그대만
있다면

그대만
있다면

초판 1쇄 인쇄일 2018년 01월 24일
초판 1쇄 발행일 2018년 01월 30일

지은이 | 노혜인
펴낸이 | 김기선

편집장 | 김은지
편집부 | 박지은, 김지현, 김아름, 박신혜
디자인 | 한주희

펴낸곳 | 와이엠북스(YMBOOKS)
출판등록 | 2012년 7월 17일 (제382-2012-000021호)
주소 | 서울시 도봉구 노해로 379, 802호(창동, 대성빌딩)
전화 | 02)906-7768 / **팩스** | 02)906-7769
E-mail | ymbooks@nate.com

ISBN 979-11-322-4433-2 03810

값 9,000원

※파본은 구입처에서 교환하여 드립니다.
※저자와 협의하여 인지를 붙이지 않습니다.
※이 책은 저작권법에 따라 보호를 받는 저작물이므로 무단 전재와 복제를 금하며,
이 책 내용의 전부 또는 일부를 사용하려면 반드시 저작권자와 와이엠북스의 동의를 받아야 합니다.

그 대 만
있 다 면

YMBOOKS ROMANCE STORY

노혜인 장편소설

차 례

#프롤로그

"싫어요."

"강재인, 그만 놔라."

"흐흑."

준호의 고함의 설움이 터져버렸다. 재인은 털썩 주저앉았다. 그럼에도 건의 손을 놓지 않았다. 온기가 남아 있던 손은 서서히 식어가고 있었다.

"할아버지."

건은 마지막 가는 순간까지 그녀를 걱정했었다. 재인은 건이 이렇게 건강이 악화되도록 눈치채지 못한 자신이 원망스러웠다.

재인은 심각한 얼굴로 서 있는 준호와 준희를 쏘아봤다.

공부를 위해 외국에 있다 급하게 귀국한 그녀는 모든 게 원망스러웠다.

"어떻게 이 지경이 되도록 모르실 수가 있어요? 어떻게요!"

"지금 변호사들이 몇 시간째 밖에서 기다리고 있다."

유산상속에 관해 논의해야 한다는 말 따위 듣고 싶지 않다.

작년에 잠시 들어왔을 때만 해도 건은 건강해 보였다. 채 1년도 안 된 사이에 이렇게 건강이 악화되어 유명을 달리하게 됐다는 걸 믿을 수가 없었다. 아니, 받아들일 수가 없었다.

15년 전, 사고로 부모님이 세상을 떠났을 때보다 더 슬펐다. 상실의 슬픔을, 이별의 아픔을 이제는 너무 잘 알고 있었다.

"흐흑, 할아버지."

"이제 적당히 좀 해라."

준호는 또다시 울며 건을 부르짖는 재인을 나무랐다.

"에잇."

준호는 한숨을 내쉬다 병실을 박차고 밖으로 나갔다. 그녀가 닦달하지 않았다면 임종도 제대로 지키지 못했을 준호는 화가 난 상태였다. 준호에게는 부친이 위독하다는 사실보다 유상상속이 불공정하다는 사실이 더 크게 다가온 것 같았다.

오래전 민호가 세상을 떠나며 그녀에게 상속된 30프로의 지분과 건이 남긴 27프로의 지분. 그로 인해 재인은 하루아침에 수천억 원의 자산가로 등극했다.

"이게 대체 말이 된다고 생각하나? 법적으로 처리하라고. 법적으로!"

건이 숨을 거두고 공개된 유언장을 두고 준호는 다시 한 번 변호사들과 언쟁을 벌이고 있었다.

병실 밖에서 들려오는 소음에 귀를 틀어막고 싶었지만 건의 손을 놓으면 지금보다 더 차가운 현실이 눈앞에 닥칠 것 같았다.

"흐흐흑."

"재인아."

잠시 눈물짓던 준희 또한 이제 지쳤다는 듯이 그녀를 바라보고 있었다. 병실 문이 벌컥 열리며 준호가 버럭 소리를 질렀다.

"강준희, 잠깐 나와봐."

"왜?"

"나오라면 나와!"

신경질적으로 말하는 준호는 늘 그렇듯 차가운 눈으로 재인을 쏘아보고 있었다.

재인은 뒤에서 느껴지는 준호의 시선에도 돌아보지 않고 건의 차가운 손에 온기를 전하려는 듯 계속해서 쓰다듬었다.

준희는 재인과 준호를 계속해서 번갈아 보며 한숨만 내쉬고 있었다.

"강준희, 빨리 나와!"

"후우, 알았어."

준희는 머뭇거리다 결국 준호를 따라 밖으로 나갔다. 밖에서 변호사들과 유산상속에 관한 언쟁은 점점 커져가고 있었다.

냉기가 가득한 넓은 병실에는 이제 그녀와 건뿐이었다.

"할아버지한테 칭찬받으려고 악착같이 공부해 학위 다 땄는데……. 보고 싶은 거…… 정말 보고 싶은 거 꾹 참아가며 공부했는데……. 흐흑, 참지 말걸 그랬나 봐. 할아버지, 나 잘한 거 맞지?"

재인은 건의 손을 머리에 올리고 쓰다듬듯이 천천히 쓸어내렸다.

"잘했다고? 흑, 흐흑."

재인은 다시는 건의 따뜻한 격려와 칭찬을 들을 수 없다는 사실에 목 놓아 울기 시작했다.

"재인아."

몸에 있는 수분이 다 빠져나갔다고 생각될 만큼 울었다 생각했는데 준의 목소리에 눈가가 금세 젖어들었다.

"이제 그만 보내드리자."

준은 그녀의 어깨를 조심스럽게 끌어안았다. 어깨에 스며드는 온기에 진짜 이별의 순간이 다가왔음을 깨달았다.

"오빠, 나 어떡해?"

"계속 그렇게 울면 회장님 마음이 무거우실 거야."

"흐흑."

준은 그녀의 눈가를 말끔히 닦아냈다.

"마지막으로 인사드려. 걱정하시지 않게 제대로. 강재인, 더 이상 어린애가 아니란 걸 보여드려."

"후우."

그래도 임종을 지킬 수 있어 다행이었다. 깊게 숨을 들이마신 재인은 영면에 빠진 건의 이마에 가볍게 입을 맞췄다.

"할아버지, 기다려줘서 고마워."

재인은 준을 돌아봤다. 준은 말없이 그녀를 지켜보고 있었다.

"이제 내 걱정은 하지 마."

재인은 천천히 일어나 건의 손을 가지런하게 가슴 위에 올렸다. 23년 동안 그녀에게 든든한 울타리가 되어주던 국내 최대 호텔그룹 퀸의 회장 강건은 그렇게 세상을 떠났다.

#01 - 방탕한 여자

현란한 조명 아래, 수많은 무리가 몸을 부대끼고 있었다. 고막 끝까지 자극하는 음악과 함께 미친 듯이 움직이는 인영들. 눈을 감아도 잔영이 남아 눈을 어지럽혔다.

앞에 없어도 언제나 따라다니는 그처럼 괴롭게 만들었다. 재인은 지워지지 않는 환영을 지우려는 듯 고개를 세차게 흔들었다.

음악에 취해, 술에 취해, 분위기에 취해. 광기 어린 몸사위로 움직이는 수많은 인영들 틈에서 따분한 듯 주위를 둘러봤다. 역시 어둠이 주는 위력은 대단했다.

몇 시간 전 연회장에서 점잖을 빼고 있던 모습은 그 어디에도 찾아볼 수 없었다. 이제 그저 광인(狂人)으로 변해버린 미물들에 불과했다.

그들은 검은 아가리를 벌려 그녀에게 촉수를 내밀기 위해 마수를 뻗치려 안달하고 있을 뿐이었다. 인정할 수밖에 없는 현실. 그 현실을 잊으려 오늘도 이 분위기에 몸을 맡겼다.

파티의 분위기는 점점 고조되고 있었다. 그럼에도 어느 하나 감흥을 주는 것이 없었다.

재인은 앞에 있는 잔을 홀짝이며 주위를 돌아봤다. 순간, 시선에 박히는 모습에 보기 좋은 이마에 미세하게 주름이 새겨졌다.

멀찍이 준과 수린이 보였다. 시끄러운 홀 안쪽에 서서 귓속말을 하는 그들의 모습에 쓴물이 올라왔다.

재인이 이곳에 나타난 이상, 총지배인 준과 마린의 대표 수린이 얼굴을 비치는 건 어쩌면 당연한 일인지도 모르겠다. 하지만 그녀의 등장으로 두 사람이 마주 보게 됐다는 사실에 헛웃음이 나왔다.

두 사람이 마주 보며 서 있는 모습조차 보고 싶지 않았다. 준이 다른 여자와 말을 섞는 모습을 보는 것 자체가 싫지만 준에게 권리를 내세울 수는 없었다. 처음에도 그랬고 지금도 마찬가지다. 변한 건 하나도 없었다. 그들은 그저 주종관계에 불과할 뿐이다. 그녀가 원하든 원치 않든 그 사실은 변함없었다.

변함없는 사실에 더 화가 났다. 모든 것을 가졌지만 가장 원하는 단 하나를 가질 수 없었다.

재인은 또다시 차오르는 소유욕에 앞에 놓인 잔을 가득 채워 단숨에 비웠다. 따분하기 짝이 없는 밤을 이제 마무리할 시간이다.

한바탕 놀고 나면 이 밤도 끝날 것이다. 여느 날과 같이. 재인은 언제나처럼 어둠의 위력에 힘입어 자신을 던져버리고 있었다.

그녀는 몇 시간 전 연회장에서 입었던 크림색 드레스를 벗어 던지고 강렬한 와인색의 톱 드레스를 입고 있었다.

멍울진 핏빛 가슴을 대변이라도 하듯 언제나 붉은 계열의 옷만 골라 입었다. 그녀는 천천히 자리에서 일어섰다. 옆에서 온갖 말로 그녀를 현혹하려던 강호가 재인의 모습에 두 손을 치켜들었다.

"이제 퀸이 나설 시간인가?"

강호의 외침에 주위에서 환호성이 들려왔다.

"와아!"

"우와아!"

"후훗, 여왕님 행차를 드디어 보게 되네."

재인은 강호를 흘끗 바라봤다. 이곳에서 빨리 벗어나고 싶은 이유 중 하나가 옆에서 떠들어대던 강호 때문이기도 했었다.

재인은 수많은 사람들이 보란 듯이 느긋하게 자리에서 일어섰다. 그녀가 발을 디딜 때마다 새로운 길이 열렸다. 이곳에서는 그녀가 걷는 곳은 곧 길이다.

밤의 여왕으로 불리는 재인이 지배하는 이곳은 호텔 퀸의 클럽, 마린이다.

반짝이는 조명 아래, 더 강력하게 빛나는 재인은 모든 사람의 이목을 집중시켰다. 그리 작지 않은 키에 뽀얀 얼굴, 그에 대비될 만큼 관능적인 몸매를 드러낸 강렬한 핏빛 드레스.

한눈에 보기에도 재인은 사람의 시선을 잡아끄는 외모를 소유하고 있었다.

거기에 몸서리칠 정도로 차갑게 뿜어져 나오는 냉기는 모든 사람들의 시선을 얼어붙게 만드는 힘이 있었다. 뜨겁게 달아오른 클럽의 열기와 상반된 재인의 모습에 사람들은 열광했다.

밤이면 어김없이 들려오는 광인들의 함성. 재인은 거기에 동참할 뿐이었다. 그녀는 자신이 어떤 행동을 취할 때 가장 빛나는지 알고 있었다. 잘록한 허리를 살짝 흔들며 긴 팔을 들어 부드럽게 긴 머리를 쓸어내렸다.

"우와아!"

"우와아악!"

"휘이익!"

그녀를 바라보는 수많은 남자들의 입에서 환호성이 터져 나왔다. 재인을 향한 환호는 귀가 먹먹할 정도의 음악을 묻히게 할 만큼 세기를 더해가고 있었다. 추파를 담은 휘파람과 환호성.

수많은 여자들이 부러움과 질투의 시선으로 재인을 보고 있는 게 한눈에 들어왔다. 곳곳에 드러난 야유의 눈빛까지도. 언제나 그렇듯 재인은 그들의 시선을 무시하고 무대 위로 천천히 올라갔다.

핀 조명이 머리 위로 쏟아져 내렸다. 온통 하얗게 변해버린 세상. 재인은 익숙한 음악에 맞춰 몸을 흔들기 시작했고 파티는 절정으로 치닫기 시작했다. 몇 시간 전, 연회에 참석했던 그녀는 이제 존재하지 않았다.

몇 시간 전,

재인은 호텔 퀸의 명성에 보탬이 될 거라는 준의 말에 연회에 참석했다. 물론 준이 아니어도 재인은 연회에 참석할 생각이었다.

이번 연회의 주최자는 재인 옆에 있는 현재 영수대 동문 회장 석현이었다.

그날은 새로운 회장을 선출하는 날이라 그녀에게도 더없이 좋은 기회였다. 하지만 당장에라도 연회장을 빠져나가고 싶어졌다. 영수대학 동문이라고 하면 나름 한국에서 알아주는 브레인 집단이었다. 재인 입장에서는 결코 손해 보는 장사가 아니다.

정·재계를 좌지우지하는 인물들이 벌써 여기저기 인사를 하고 있었다. 그들과 교류하는 것만으로도 수많은 인맥을 맺게 되는 건 자명했다.

호텔을 경영하려면 인맥 관리는 기본이다. 준의 잔소리가 아니어도 그 정도는 알고 있었다.

그들은 연회라는 이름으로 지금 비즈니스를 하고 있었다.

자신을 한껏 드러내기 위해 마음껏 부의 냄새를 풍기는 인간들이 득실거렸다. 그들은 그저 자신의 가치를 부로 직결시키기 위해 안달 난 존재들에 불과했다.

이러니저러니 얘기해도 결국 그들이 원하는 건 부에 불과했다. 재인은 그들에게 자신의 부를 더없이 뽐내기 위한 장신구일 뿐이었다.

호텔에서의 연회. 그 호텔을 상속받은 그녀와의 인맥. 그것만으로도 그들은 자신들의 가치를 상당히 끌어올린다고 생각했다.

재인을 스치며 수많은 사람들이 지나고 있었다. 당장 간이라도 빼줄 듯 웃고 있는 마스크 뒤로 그들이 재인을 어떻게 칭하는지 알고 있었다.

'방탕한 밤의 여왕, 퀸의 여제.'

대놓고 말하지는 않지만 그들이 재인을 어떻게 생각하는지, 어떻게 얘기하는지 잘 알고 있었다. 상관없었다. 그들이 원하는 걸 내어주는 대신 그녀도 원하는 걸 얻을 테니까. 그들과의 관계는 그걸로 충분했다.

재인은 한껏 멋을 낸 사람들 틈에서 손을 들어 올렸다. 석현이 웃는 얼굴로 재인에게 다가왔다.

역시나 석현에게도 진하게 풍겨왔다. 역한 부의 냄새. 선별된 유전자에게 받은 우월한 유전자에 수천만 원 하는 고급 슈트, 호텔 피트니스에서 관리받는 탄탄한 몸, 작은 커프스까지 모두 수제임은 틀림없었다.

그날따라 향수를 몸에 쏟아부은 건지 코를 파고드는 진한 향에 발끝까지 울렁거렸다. 재인은 쓰게 웃으며 석현을 바라봤다.

"파트너를 이런 식으로 대하는 건 예의가 아닌 것 같은데?"

"미안. 오늘까지는 총회장이라서 말이야."

재인은 으스대듯 말하는 석현을 보며 표정 없는 얼굴로 주위를 둘러봤다. 속내를 감추고 점잖을 떠느라 바쁜 얼굴들이 부의 향기를 좇아 여기저기 무리 지어 다니고 있었다.

"우리의 밤은…… 길어."

재인의 말에 석현의 얼굴이 금세 환해졌다. 그들이 그녀에게 원하는 건 언제나 둘 중 하나. 그녀의 부가 아니면 육체.

석현의 얼굴에 기대감이 서렸다. 마음껏 분출할 수 있는 광란의 밤을 기대하는 것 같지만 그녀는 그럴 마음이 추호도 없었다.

"석현아, 선배님들 오셨어."

멀리서 석현을 찾는 소리가 반갑게 들려왔다.

"미안."

석현의 눈은 이미 그가 좇아야 할 부를 향해 있었다. 재인은 무심하게 손에 들린 샴페인으로 목을 축였다.

"내 인내심은 그리 길지 않다는 걸 잊지 마."

"안석현! 빨리 와!"

멀리서 좀 더 급하게 석현을 찾고 있었다. 상대가 만만치 않은 대상이라는 소리였다. 재인은 감정 없는 눈길로 입구를 바라봤다.

멀리 하린 인터내셔널의 최무혁 이사가 모습을 드러냈다. 하린의 유일한 후계자, 최무혁.

연회에 오랜만에 모습을 보였다. 무혁의 등장에 벌떼처럼 군중이 몰려들었다. 부를 좇는 자들은 그 고약한 냄새를 기가 막히게 맡았다. 석현은 다급한 얼굴로 재인을 바라봤다.

'너도 우선은 최무혁이 먼저겠지?'

"정말 미안한데, 잠시만 다녀올게."

예상했던 대답에 미동 없이 대꾸했다.

"대신 제대로 갚아야 할 거야."

석현은 진심으로 미안하다는 듯이 고개까지 숙였다. 그는 이내 꼬리를 흔들기 위해 다른 무리로 사라졌다. 그녀로서는 반가운 일이지만 얼굴에는 그 어떤 감정도 나타나지 않았다.

재인은 느긋하게 주위를 둘러봤다. 그녀 옆으로 한 무리의 여자들이 다가왔다.

"어머! 재인 씨, 잘 지냈어요?"

한껏 부로 치장한 여자가 고개를 까딱하며 인사했다. 재인은 그 옆에서 존경스러운 눈으로 그녀를 바라보는 추종자들의 시선에 짧게 웃었다.

이 무리의 수장은 아무래도 재인에게 인사를 건넨 여자 같았다. 다행히 기억 속에 매치되는 여자가 떠올랐다. 더불어 그리 달갑지 않은 기억도 그녀를 따라왔다.

그래, 그날이다. 한순간 싸늘해진 감정을 감추고 무리들을 무심한 듯 바라봤다. 기분 같아서는 눈앞에 있는 모두를 무시하고 자리를 뜨고 싶지만 아직은 아니었다. 자신의 자리에 걸맞게, 여느 때처럼 최소한의 예의는 지켜야 했다.

"네. 오랜만이네요. 지난 연말 연회에서 봤었죠? 그날 하도 정신이 없어 인사도 제대로 못 했는데, 사모님 미모 덕분에 바로 알아봤어요. 연 이사님 가족분이시죠?"

재인의 말이 끝나기 무섭게 여자의 간드러진 웃음소리가 거슬릴 정도로 크게 들려왔다.

"역시 재인 씨는 미모만큼이나 기억력도 좋네요. 지난번 우리 현진그룹 연회에서 인사했죠? 그날 바빠서 제대로 얘기 못 해 아쉬웠어요. 그때 우리 갤러리에 한번 나온다고 얘기했었는데 바빴나 봐요."

말을 하며 재인의 전신을 스캔하는 눈빛들. 크림색 드레스에 감싸인 완벽한 몸매는 재인을 그곳에서 가장 빛나게 해주고 있었다.

퀸의 여왕 자리에 걸맞은 복장과 감히 넘볼 수 없는 마성의 외모에서 뿜어져 나오는 기에 다들 주눅이 들 정도였다. 그럼에도 호기심 가득한 눈들이 여전히 그녀를 재단하고 있었다.

그들은 자신들의 잣대로 멋대로 자르고 재단해 판단했었다.

그 판단이 옳은지 그른지는 상관없었다. 그들은 돈이 되는 이슈거리가 필요할 뿐이었다.

씹고 뜯을 만한 제물이 필요했고 재인은 더없이 좋은 존재였다. 이런 상황들이 익숙해질 만도 한데 여전히 속이 뒤집어졌다.

재인은 여자들의 눈빛에 당당하게 고개를 치켜세웠다. 그녀들이 앞으로 무슨 말을 할지 안 들어도 훤하다. 재인은 쓴웃음을 애써 감췄다.

"연말부터 지금까지 호텔이 시즌이라 정신없이 계속 바쁘네요. 그래도 사모님이 원하시면 조만간 갤러리에 한번 나가도록 할게요. 좋은 그림 있으면 소개해주세요. 호텔 증축도 마무리되고 있는데 객실이 너무 휑해 그림 몇 점 걸어둘까 생각 중이거든요."

재인의 말에 여자가 다시 한 번 웃었다.

"그래요? 안 그래도 내가 제인 씨 생각나서 그림 몇 점 빼놨으니까 언제든지 와요."

"사모님, 갤러리의 그림이 얼마나 멋진지 몰라요. 그림도 보고 투자도 하고 좋지요."

"그럼요. 호호호."

무리의 수장인 그녀의 기분에 맞춰 따라 웃는 여자들. 하나같이 입을 가리며 조신하게 웃고 있는 우아한 동작과 목소리.

판에 박힌 것처럼 어쩌면 이리도 똑같은 패턴들인지 모르겠다. 재인은 쓴물이 올라오는 걸 내리누르며 작게 웃었다.

"일정 확인해보고 비는 날 연락드릴게요."

그녀의 일정이 앞에 있는 여자로 인해 채워지는 일은 없을 것 같았다. 웃고 있는 입가에 경련이 일었다. 이제 슬슬 한계에 다다른 것 같았다.

이 가식을 얼마나 떨어야 할까 싶었다. 호텔 장식을 위해서라도 실제 갤러리도 나가야 했다. 하지만 그녀를 발가벗기고 가치를 매기듯 쳐다보는 시선을 또 겪고 싶지는 않았다. 갤러리에 그녀가 직접 갈 필요는 없었다. 준에게 말하면 알아서 할 것이다. 그렇다면 더 이상의 대화는 무의미했다.

"다음번 연회에서 또 뵙도록 하죠. 일행이 절 애타게 찾고 있네요. 그럼."

재인은 웃고 있는 여자들을 지나 연회장 끝으로 걸어갔다. 간간이 인사를 하며 사람들의 시선이 덜한 곳에 겨우 도착했다.

"하아."

안도의 한숨이 저절로 새어 나왔다. 모든 게 지겨웠다. 하지만 이 또한 벗어날 수 없는 그녀의 삶이었다. 온통 자신들의 이익을 위해 억지로 웃고 있는 가면만이 가득한 세상이 그녀가 속한 세계였고 그녀가 가질 수 있는 전부였다.

여기를 봐도 저기를 봐도 모두 얼빠진 인간들뿐이다. 오로지 부와 권력에 미친 족속들이 득실대는, 부가 곧 권력이 되어버린 이곳. 그 안에서 가장 얼빠진 인간은 오늘 재인의 파트너인 석현 같았다.

석현은 무혁에게 겨우 눈도장을 찍고 이제는 당 대표를 맡았다는 현직 국회의원 선배 앞에서 당장이라도 허리가 부러질 듯이 머리를 조아리고 있었다.

그 모습이 역겨웠다. 부와 명예의 노예가 되어버린 인간들. 모두 똑같았다. 여자들은 자신의 부를 과시하기 바쁘고 남자들은 그렇게 외치던 자존심은 내팽개치고 더 큰 권력 앞에 고개를 조아렸다.

매번 연회장을 가득 채우는 사람들만 바뀔 뿐 그 안에서 벌어지는 일들은 항상 똑같았다. 누군가에게 머리를 조아리고 굽실거리며 자기들을 포장해 내보이기 급급한 인간들. 연회장을 가득 채운 사람들의 가면을 모조리 벗겨내고 싶었다.

하지만 그중 가장 꼴 보기 싫은 게 바로 자신이었다. 그녀 또한 이곳에 모인 사람들과 목적은 같았다.

부의 축적. 권력의 중심. 자괴감에 몸서리쳐지지만 또한 벗어날 수 없는 굴레였다.

재인은 터질 것 같은 머릿속을 정리하며 잔을 계속 비웠다. 아무리 마셔도 취하지 않았다. 차라리 눈앞이라도 흐려진다면 아무것도 보이지 않을 텐데…… 도망하고 싶은 현실도, 그리고 이곳 어딘가에서 그녀를 지켜보고 있을 그도.

재인의 입가에 그 어느 때보다 씁쓸한 미소가 걸리고 있었다.

연회도 이제 거의 끝을 향해 가고 있었다. 권력의 실세인 무혁이 사라지고 여기저기 흩어져 있던 부의 끄나풀들을 잡기 위해 움직이던 사람들은 소정의 목적을 달성한 것 같았다.

재인은 차가운 얼굴로 주위를 둘러봤다. 쓸데없는 자괴감 따위 던져버리면 그만이다. 어차피 변하는 건 없었다.

그때 그녀를 지켜보는 남자와 눈이 마주쳤다.

몇 시간 전 영수대학 동문 차기 회장으로 뽑힌 한강호. 한껏 축하를 받던 그가 기다렸다는 듯이 사람들을 헤치며 그녀에게 다가왔다.

강호는 웃으며 재인에게 샴페인 잔을 내밀었다. 그녀는 들고 있던 잔은 내려놓고 그가 건네는 잔을 받았다. 강호의 손이 끈적하게 그녀의 손을 쓸었다.

"훗, 축하해."

재인은 작게 웃으며 건배했다. 강호라면 클럽에서 몇 번 마주친 적이 있었다. 새한그룹의 막내아들. 현 정권의 실세 한석현 의장의 조카. 그에 대한 소문도 익히 알고 있었다.

그 또한 그녀에 대해 알고 있을 것이다. 솔직히 이곳에 모인 이들 중 그녀에 대해 모르는 사람이 있는 게 더 이상할 것이다.

"이제 더 자주 보게 되겠어."

"그럴지도……."

재인은 가볍게 목을 축이며 따분한 시선으로 주위를 돌아봤다.

"우리 대학 총회는 처음이지?"

"아마도."

"들었는지 모르겠지만 지난달까지 써든 호텔에서 하던 걸, 내가 강력하게 퀸을 밀어붙인 거야."

"이제야 옳은 선택을 한 거지."

강호는 몇 시간 전 석현이 했던 말을 고스란히 반복하고 있었다. 모두 자신의 역량이라고 한껏 으스대는 모습까지 똑같다.

그녀는 쓴웃음을 감추고 석현에게 했던 말을 반복했다. 강호는 샴페인을 홀짝이며 성의 없이 대꾸하는 재인의 말에도 뭐가 그리 좋은지 연신 웃어댔다.

그와 달리 재인은 헛웃음조차 나오지 않았다. 이것 또한 판에 박힌 듯 똑같다. 그녀와 같이 있는 것만으로도 사람들의 이목을 집중시킨 게 좋은 것이리라.

'내 능력이 이 정도야.'

큰 소리로 떠들지 않을 뿐 그의 행동과 웃음만으로도 그의 과시욕은 여실히 드러났다. 수없이 많은 남자들이 자신의 가치를 높일 수단으로 그녀의 옆자리를 차지하려 했다.

서너 개의 잔이 비워지고 강호는 슬쩍 그녀에게 속삭였다.

"오늘 파트너는 아무래도 잘못 정한 것 같아. 이렇게 퀸을 방치하다니……. 석현인 파트너로 실격이야. 안 그래?"

재인은 들고 있던 잔을 내려놓고 강호를 바라봤다. 이제 그들이 원하는 대답을 해줘야 할 타이밍. 더불어 지겨운 이곳을 벗어날 기회이기도 했다.

"지금이라도 파트너를 체인지하면…… 이 밤이 좀 바뀔까?"

강호는 기다렸다는 듯이 손을 내밀었다. 강호는 자신이 기사라도 된 것처럼 행동했다.

"퀸을 모시게 된다면 나야말로 영광이지."

장난스럽게 말하는 강호의 태도에 재인은 싸늘하게 입가를 말아 올렸다.

"그렇다면 이 밤, 그 영광을 즐기도록 해줄게."

"이 밤의 끝을 잡고 있는……."

끈적대는 강호의 목소리에 재인은 귀를 후벼 팠다. 이런 수작을 부리지 않아도 강호의 속내는 훤히 보였다.

'이 밤이 끝나기 전에 정복하고 싶겠지? 그래도 너는 다른 사내들처럼 사타구니에 달린 녀석을 놀게 해주고 싶다는 속셈을 감추지는 않는구나.'

강호는 이 밤 여왕의 선택을 받은 영광을 자랑하고 싶은 모양이었다. 그는 작정한 것처럼 중앙 룸으로 재인을 이끌며 문을 굳게 닫았다. 밀실 아닌 밀실.

클럽 마린에 있는 VIP 전용 룸은 모든 게 완비되어 있는 곳이었다. 그 안에서 무슨 일이 일어나는지는 아무도 알 수 없었다. 밖에 있는 수많은 사람들은 또 상상의 나래를 펼치고 입방아를 떨 것이다. 재인은 강호의 모습에 콧방귀를 뀌었다. 남자들은 다 똑같다. 한 사람만 제외하고.

연회가 끝나고 이제 본격적으로 그 밤을 보내기 위해 사람들은 지하에 있는 마린으로 자리를 옮겼다. 더는 사람들의 눈을 의식하지 않아도 되는 어둠의 세계. 그 안에서 그들은 자신을 마음껏 표출하고 있었다.

열기와 흥분이 가득한 재인의 무대가 끝나고 사람들은 광란의 밤을 마음껏 즐기기 시작했다.

재인은 혹시나 하는 마음으로 강호에게 희망을 걸었지만 눈앞에 있는 남자도 마찬가지였다.

계속되는 끈적이는 눈빛과 스킨십을 시도하려는 몸짓. 말하지 않아도 지금 그가 원하는 건 한 가지다. 재인은 앞에 있는 위스키 잔을 단숨에 비웠다. 오늘따라 이상하게 속이 쓰려왔다. 쉬고 싶었다.

"됐으니까 노래는 집어치우고 올라가. 피곤해."

말이 끝나기 무섭게 강호는 빠르게 움직였다. 룸을 가득 채우며 고막을 혹사시키던 음악도, 눈을 어지럽히던 조명도 순식간에 사라졌다.

재인은 한쪽에 놓인 작은 클러치를 집어 들었다. 강호는 벌써 흥분한 건지 셔츠의 단추를 풀어헤치고 있었다. 재인은 점점 흐려지는 눈으로 강호를 바라봤다.

"내 방 알지?"

강호가 크게 웃었다. 밤의 여왕이 있는 곳은 언제나 같았다. 퀸호텔 스위트룸. 그곳은 밤의 여왕으로 불리는 퀸 호텔그룹의 상속녀 재인의 집이며 성역이었다.

재인은 거칠게 몰아붙이는 강호의 손길에 짜증이 일었다. 밤은 길고 그녀는 아직 아무런 감흥도 일지 않았다.

룸에 들어서자마자, 강호는 그녀를 벽으로 몰아붙이며 입술을 여기저기 찍어댔다. 끈적거리는 몸짓과 역한 술 냄새가 신경을 자꾸 건드렸다.

재인은 강호의 조급함에 그를 밀어냈다. 그리고 천천히 강호의 가슴을 쓸어내렸다. 그녀를 마음대로 만질 수 있는 사람은 없지만 그녀는 아니었다.

재인은 긴 손가락으로 남아 있던 셔츠 단추를 하나하나 풀어 헤쳤다. 손끝에 닿은 몸이 뜨겁고 끈적거렸다. 재인은 서서히 드러난 강호의 가슴을 어루만졌다. 강호의 눈이 황홀경에 빠진 듯 몽롱하게 변했다.

'그래, 네가 원하는 것이 이런 껍데기라면 얼마든지 주겠어.'

재인은 손바닥에 닿는 작은 돌기를 살짝 꼬집었다. 그녀는 작은 돌기를 손끝으로 돌리며 부드럽게 쓰다듬었다. 돌기가 점점 단단해지는 게 느껴졌다.

"아흐흑."

그녀의 자극적인 손길에 강호의 입에서 거친 숨이 새어 나왔다. 그녀는 천천히 강호에게 몸을 기대며 그의 바지 지퍼를 내렸다. 속옷 위로 성난 분신이 한껏 고개를 치켜들고 있었다.

강호는 숨을 크게 들이마시며 재인의 행동을 가만히 지켜봤다.

재인은 천천히 강호의 바지를 허벅지까지 끌어내렸다. 그녀는 잔뜩 성이 난 그의 분신을 잡고 위아래로 쓸어내렸다. 그녀의 손길이 계속될수록 강호의 입에서 거친 숨이 새어 나왔다.

"아흐흑."

속옷이 금세 젖어들었다. 손가락에 느껴지는 미끈거리는 감촉에 재인은 인상을 썼다.

"겨우 이 정도에 가는 거야?"

"후흑."

재인의 말에 강호는 인상을 썼다. 하지만 그의 분신을 자극하는 강렬한 손길에 아무 말도 할 수가 없었다.

당장에라도 재인의 짧은 치마를 들치고 그녀의 깊은 곳을 들쑤시고 싶었다. 이 밤, 여왕은 그의 품에 안길 것이다. 우월감에 강호의 입이 커다란 호선을 그렸다.

"그럴 리가?"

강호는 급하게 몸을 빼고 재인에게 달려들었다. 순식간에 카펫이 등에 닿았다. 폭신한 카펫이건만 그 어느 때보다 불편하게 느껴졌다. 재인은 거칠게 입을 맞추는 강호를 밀어냈다.

"아직 안 돼!"

"더는 못 참아!"

재인은 강호의 말에 차갑게 대꾸했다.

"퀸을 만족시키지 못한 남자라는 소리를 듣고 싶어? 그런 꼬리표 달고 다니고 싶다면 마음대로 해!"

재인의 말에 강호는 뒤로 물러섰다. 그녀의 한마디면 그의 평판은 땅바닥, 아니 지하 끝까지 곤두박질칠 게 분명했다.

밤의 여왕으로 지칭되는 재인이 지배하는 이곳. 여왕의 눈 밖에 나는 날이면 모든 게 끝장이다. 재인의 영향력이 미치지 않는 사교계는 어디에도 없었다. 정·제계도 마찬가지였다.

뛰어난 두뇌로 따낸 수많은 학위는 물론이고 외국에서 같이 공부하며 쌓은 글로벌한 인맥들은 그녀의 권력을 더 막강하게 만들었다. 동종업계가 아니어도 지금 재인의 입김이 영향을 미치지 않는 곳은 거의 없었다. 강호는 재인의 말에 금세 기가 빠지는 걸 느꼈다.

재인은 급격하게 줄어드는 남성을 물끄러미 바라봤다. 언제나처럼 끝도 같았다. 권력 앞에서는 욕구마저 사라지는 법이다. 재인은 긴 머리를 쓸어 올리며 일어섰다.

"조금 참았으면 됐잖아. 기분 상해서 못 하겠다. 그만 가."

재인은 손을 저으며 몸을 돌렸다. 그녀는 비틀거리며 침대로 걸어갔다. 정말 쉬고 싶은 마음이 간절했다.

"저…… 혹시라도 이상한 말 하는 건 아니지?"

남자들이란 하나같이 똑같았다. 돈, 명예, 여자. 거기다 그것까지 잘한다는 소릴 듣지 못해 안달들이다. 재인은 코웃음을 치며 손을 흔들었다.

"걱정하지 마. 며칠 동안 걸어 다니지 못할 만큼 끝내줬다고 할 테니까. 내일 아침까지 이 방에서 나가지 않을 생각이니까 바로 연기처럼 사라지는 게 좋을 거야."

"고마워."

강호는 그제야 만족하며 허둥지둥 옷을 추슬렀다. 곁눈으로 그 모습을 보는데 속이 더 울렁거렸다.

"다음 총회는 물론이고 당신, 모임은 전부 퀸에서 하는 거야. 알지?"

재인의 말에 강호는 크게 고개를 끄덕였다. 지금은 서둘러 사라지는 게 그에게 이득이라는 걸 직감할 수 있었다.

"퀸의 말인데 여부가 있으려고."

강호는 끝까지 그녀의 비위를 맞추기 위해 안달하고 있었다.

"그때 봐. 오늘 즐거웠어."

다른 말을 하진 않을 거라는 믿음에 강호는 반색했다.

"그래."

"아직 안 갔어?"

강호는 서둘러 남은 옷가지를 집어 들고 밖으로 나갔다. 강호는 문을 나서며 바지를 추슬렀다. 여전히 육체적으로 미련이 남지만 그 밤, 새로운 타이틀을 얻었다.

여왕의 남자. 비록 하루뿐이라고 해도 상관없었다. 그 하나로 그는 더 많은 걸 얻을 테니까. 재인과의 하룻밤으로 그는 자신이 잘

나간다는 걸 만인들에게 증명했었다. 그를 우습게 봤던 투자자들도 이제는 태도가 달라질 것이다. 강호의 입가에 만족스러운 미소가 걸리고 있었다.

준은 재인의 방을 나서는 강호를 보며 인상을 썼다. 조금 전까지 안에서 무슨 일이 벌어졌는지 안 봐도 훤했다.

문밖에 서 있던 준은 한숨을 쉬며 안으로 들어갔다. 이번에도 마찬가지였다. 진한 정사의 향은 느껴지지 않았다.

준은 뜻 모를 한숨을 내쉬며 천천히 재인에게 다가갔다. 재인은 아무렇지도 않게 침대에 누워 있었다.

말아 올라간 짧은 드레스. 중요한 부분만 가린 속옷이 한눈에 들어왔다. 마무리되지는 않았지만 어떤 상황이 펼쳐졌을지는 눈에 선하게 들어왔다. 준은 숨을 들이켜고 침대로 걸어갔다.

재인은 고개도 깊이 묻은 채 침대에 엎드려 있었다. 이제 취기가 올라왔다. 얼굴로 온몸에 열이 몰려온 것 같았다. 머릿속이 어지러웠다. 마지막 잔을 급하게 비운 탓 같았다.

아니면 속이 비어서 그런 걸지도 모르겠다.

평소보다 많이 마시긴 했다. 생각해보니 저녁도 먹지 않았다. 아니, 점심 또한 먹은 기억이 없었다. 뭔가를 먹는 것도 이제는 귀찮다. 그저 뜨거운 열기로 목을 축이는 것. 그녀의 일상이 된 지 오래다.

"강재인!"

분명 강호가 꽁지 빠지게 나가는 걸 확인했었다.

'쳇, 고작 저런 남자가 영수대학 모임의 차기 회장이라니?'

그런 남자와 밤을 보낼 생각을 했다는 사실에 씁쓸함이 목구멍을 타고 올라왔다. 퀸의 입지를 다진 후에는 제대로 된 단체에게만 연회장을 빌려줘야 할 것 같았다.

머릿속이 뒤엉킨 실타래처럼 복잡했다. 그날 만난 수많은 사람들의 이름과 지위가 실타래처럼 엉켜 그녀를 괴롭혔다. 재인은 머리를 어지럽히는 생각에 고개를 흔들었다.

"재인아, 자니?"

어렴풋이 남자의 목소리가 들렸다. 재인은 감겨 있는 눈을 겨우 떴다. 이곳은 그녀의 성역이었다.

허락받지 않은 객은 사절이다. 고개를 들고 천천히 얼굴을 확인했다.

흐릿한 얼굴의 윤곽이 점점 뚜렷해졌다. 짙은 눈썹과 깊은 갈색 눈동자, 반듯하게 선 코, 야무져 보이는 입술과 단단한 턱까지.

얼굴을 확인한 순간, 좀 전까지 그녀를 채우고 있던 취기는 한 방에 날아가버렸다.

"왜 또 여기 있는 거야?"

재인은 급하게 몸을 일으키다 몰아치는 취기에 몸을 다시 뉘었다.

"으윽."

준은 옷을 거의 벗다시피 한 재인을 보며 한쪽에 놓인 가운을 집어 들었다.

"입어."

재인은 아무렇지도 않은 얼굴로 가운을 건네는 준을 보며 피식 웃었다. 그는 늘 그렇듯 그녀가 벌인 일탈의 끝을 목격했다.

여느 때처럼 아무런 말이 없었다. 차라리 혼이라도 내면 좋을 텐데.

그녀는 한쪽 어깨에 아슬아슬하게 걸려 있는 끈을 내렸다.

하얀 어깨와 봉긋한 가슴이 고스란히 드러났다. 재인은 천천히 어깨와 가슴을 쓸어내렸다. 침대에 한쪽 팔을 기대며 준을 바라봤다.

"어때? 꽤 매력적이지 않아? 오늘도 제대로 채워주지 못했는데…… 준이 날 채워주는 건 어때?"

준은 뇌쇄적으로 한쪽 다리를 쓸어내리는 재인을 보며 아무렇지도 않게 어깨끈을 다시 올렸다. 준은 엉망으로 구겨져 있는 시트를 손으로 반듯하게 펴고 이불을 당겨 목까지 덮었다.

"그만 자. 아침에 룸서비스 올려줄게."

재인은 몸을 돌리고 나가려는 준의 손목을 잡았다. 준은 그녀의 손은 가볍게 떼어내 이불 속으로 밀어 넣었다. 여전히 마주 닿은 손이 뜨겁지만 그의 행동은 늘 차가웠다.

"내일 오전에 이번 분기 손익계산서 올릴게. 이번에는 제발 읽는 척이라도 하고 사인해."

말을 마친 준은 천천히 걸어 나갔다. 막 나가려는 준의 옆으로 유리잔이 벽에 부딪혔다.

얼마든지 맞힐 수 있는 거리임에도 그녀의 마음처럼 빗나갔다.

벽에 부딪친 잔이 재인의 가슴처럼 조각조각으로 부서졌다. 날카로운 파편이 준의 얼굴을 치고 지나며 아릿한 통증을 안겨줬다. 조각난 가슴에서 비명이 새어 나왔다.

"너! 뭐야?"

재인의 악다구니가 들려왔다. 준은 한숨을 내쉬고 밖으로 나갔다. 다시 한 번 뭔가가 벽에 부딪히며 부서지는 소리가 들려왔다. 뒤이어 재인의 긴 비명이 복도를 가득 채웠다. 다른 객실에 아직 투숙객이 들지 않아 다행이다.

밤마다 들려오는 재인의 온갖 비명에 15층 스위트룸은 재인의 전용 공간이 된 지 오래였다.

준은 그녀의 비명이 잦아들 때까지 그녀의 문 앞에 서 있었다.

준은 한참의 시간이 지나 고요가 찾아올 때쯤 천천히 발을 뗐다. 그는 언제나처럼 아무렇지도 않은 얼굴로 앞으로 걸어갔다. 직원용 엘리베이터에 올라탄 준은 그제야 얼굴을 확인했다. 가늘게 난 상처에 벌써 피가 흘러내리고 있었다.

"이 정도 상처는 아픈 것도 아니지."

준은 양복 포켓에 있는 행커치프를 꺼내 피를 닦아냈다. 쉽사리 피가 멈추지 않았다. 그의 마음을 알기라도 하는 건지, 내리누를수록 붉은 선혈이 볼을 타고 흘러내렸다.

준은 거울 속에 비친 자신의 모습을 보며 작게 속삭였다.

"재인아…… 아프다."

엘리베이터는 어느새 1층에 도착해 있었다. 준은 도착 알림 음이 다 울리기 전에 구겨진 행커치프를 주머니에 쑤셔 넣었다. 더러운 그의 기분을 깊이 감추듯이.

그리고 홀을 지나 프런트로 빠르게 발을 옮겼다. 뒤에서 급하게 달려오는 발소리가 들려왔다.

"총지배인님! 좀 전에 영수대학 모임에서 연락이 왔습니다. 다음 달 정기총회부터 저희 호텔을 이용했으면 한다는데 어떻게 할까요?"

또다시 거미줄에 걸린 희생양 등장이다. 준은 내색하지 않고 수성을 바라봤다.

"연회장 예약 현황 확인해서 연락하세요. 예외 적용은 없는 거 아시죠? 절차에 맞게 진행해주시길 바랍니다."

"네."

재인과의 친분을 이용해 어떻게든 연회장을 공짜로 사용하려는 사람들이 있었다. 하지만 그건 어디까지나 재인이 직접 나설 때만 허용되는 일이었다. 그러나 안타깝게도 재인이 나서는 경우는 지금까지 한 번도 없었다.

재인의 방에서 나온 남자들은 그동안 수없이 많았다. 하지만 같은 남자가 두 번 이상 그곳을 들어가는 일도 없었을뿐더러 그 안에서 목적을 달성한 남자 또한 아직까지 없다는 걸 알고 있었다.

그럼에도 남자들은 재인과 보낸 짧은 하룻밤으로 모든 걸 얻은 것처럼 굴었다. 재인의 저울질에 맞춰 그들은 여왕의 기사를 자처했다.

스스로 나가떨어지기 전까지 재인은 그들을 맘껏 이용할 것이다. 그들은 눈치채지 못했다. 부에 미쳐 있는 눈은 이성을 잠재우는 법이다. 준은 쓰게 웃으며 눈인사를 하고 걷다 뒤를 돌아봤다.

"부지배인님, 그만 들어가 쉬십시오. 제가 점검하고 들어가겠습니다."

연배로 치면 수성은 준보다 20년은 연상이다. 그럼에도 수성은 언제나 준에게 깍듯했다.

수성만큼 호텔을 아끼고 사랑하는 이가 없다는 걸 퀸에 근무하는 사람이면 누구나 알고 있었다. 그런 수성이 따르는 것만으로도 많은 사람이 그를 신임했다. 수성 덕에 준의 입지는 더 단단해져가고 있는지도 몰랐다. 그래서 그를 더 믿고 아꼈다.

수성은 짧게 묵례를 했다.

"좀 전에 점검 마치고 오는 길입니다. 특별한 변동 사항 없습니다. 먼저 들어가 쉬십시오. 오더테이커 확인만 하고 들어가겠습니다."

그가 맡고 있는 일까지 해주는 월권은 행사할 수 없었다. 준은 짧게 묵례를 하며 살며시 웃었다. 자신의 자리에서 최선을 다하는 수성을 보며 다시 마음을 다잡았다. 그가 해야 하는 일이기도 했었다.

"네."

뒤돌아 가려던 수성이 준을 돌아봤다.

"저 총지배인님, 얼굴에 피가……."

수성의 말에 준은 급하게 얼굴을 가렸다. 손바닥으로 혈흔이 가진 끈적끈적함이 느껴졌다. 늘 그렇듯 아물지 않은 상흔은 오래도록 발악을 했다.

"아무것도 아닙니다. 일 보세요."

"네."

수성은 그 어떤 질문도 하지 않고 사라졌다. 여전히 피가 흐르고 있는지 몰랐다. 멀찍이 사라지는 수성을 보며 준은 프런트 뒤에 있는 작은 사무실로 들어갔다.

좁은 사무실에 딸린 화장실 안. 세면대에 비친 얼굴에는 어느새 피가 굳어 붉은 선이 그어져 있었다. 그의 가슴에 그어진 선만큼이나 선명하게 흔적이 추가됐다.

"후우."

3층에 있는 사무실로 가기도 귀찮다. 차라리 처음부터 사무실로 갔으면 좋았으련만. 잠시 생각에 빠진 사이 1층에 도착했다.

"하아."

한숨이 더 깊어졌다. 왜 여전히 이렇게 정신을 못 차리는지…….이유는 알지만 변하는 건 없다는 사실에 무력감이 목구멍까지 차올랐다. 얼굴에 남아 있던 핏자국을 깨끗이 지우고 화장실을 나왔다.

준은 한쪽에 있는 간이침대에 몸을 누이고 눈을 감았다. 여전히 눈앞에 선했다.

재인의 우유보다 맑은 빛깔의 어깨와 봉긋하게 솟은 가슴. 그를 향해 고개를 치켜들고 있던 정점까지. 생각만으로도 순식간에 중심에 힘이 들어갔다.

"남궁준! 아직도인 거냐?"

준은 자신의 상태를 자각하며 낮게 웃었다.

"미친놈."

그도 그 방을 나왔던 수많은 수컷들과 별반 다르지 않다는 사실에 쓴물이 올라왔다. 하지만 준은 그들과 본질적으로 달랐다. 그는 자신을 감출 것이다. 무슨 일이 있어도.

준이 그녀의 침실에 그들과 같은 목적으로 찾아간다면 결말은 파멸뿐이다.

국내 유일의 호텔그룹 퀸의 상속녀 재인과 총지배인 남궁준. 확실한 주종관계. 그들이 가진 감정과 상관없이 그들을 명시할 수 있는 건 그 하나여야 했다. 그가 아무리 뛰어난 인재라 해도 변할 수는 없었다.

총지배인으로 근무한 지도 벌써 4년. 그를 그 자리에 앉힌 건이 세상을 떠난 지도 벌써 2년이라는 시간이 지나 있었다.

4년 전,
강건 회장의 파격 인사에 회장실은 이사들로 붐비고 있었다.

"회장님, 고작 스물여섯입니다. 아무리 능력이 뛰어나다고 해도 이번 인사는 허용할 수 없습니다."

이사회가 끝났음에도 그들은 자리를 뜨지 못했다. 결국 전전긍긍하다 최 이사가 대표로 건을 찾아왔었다. 최 이사 뒤로 여러 이사들이 눈치를 보며 서 있었다.

"나이가 문제 되지는 않을 거라고 보는데, 아닌가?"

건은 서류에서 시선을 떼지도 않고 있었다. 이미 그는 이사회를 소집해 총지배인으로 남궁준을 영입했음을 알렸다. 알렸다기보다 통보에 가까운 인사였다.

최 이사는 답답한 심정으로 건을 바라봤다. 총지배인으로 있던 학연이 수술로 일을 그만둘 수밖에 없게 된 사정은 알지만 이렇게 파격적인 인사일 거라 생각지 못했다.

"왜 나이가 문제 되지 않습니까? 그룹 업무 협의할 때도 그렇지만 부지배인과 팀장을 이끌어야 하는 자리입니다."

"나이가 사람의 자리를 결정한다고 생각하지는 않네. 인사 철회는 없을 거네."

"회장님!"

건은 서류에서 눈을 떼고 이사들을 바라봤다.

"여기 있는 사람들 중에 호텔 행정관리에 대해 아는 사람이 몇이나 있지?"

몇몇 이사가 그 정도는 할 수 있다며 손을 들었다.

"그럼 회계 업무와 건설 쪽은 어떤가?"

이사들은 대체 무슨 뜻인지 알 수 없어 서로를 바라보기만 했다.

"인테리어, 요리, 컨시어즈, 레비뷰 업무까지 맡아서 할 인재를 혹시 알고 있나?"

"그렇게 다양하고 방대한 업무를 어떻게 한 사람이 다 한단 말입니까? 전문분야가 있는 업무입니다. 그래서 지금도 분야별로 인재를 쓰고 있지 않습니까?"

건은 그제야 쓰고 있던 안경을 내려놨다. 처리해야 할 서류가 산더미임에도 이 안에 있는 이들 중 서류 한 장 제대로 처리해줄 인재가 없었다.

그가 이토록 파격 인사를 단행한 이유를 아는 이는 많지 않았다. 얼마 남지 않은 시간. 그는 준비할 게 많았다.

일일이 설명한다고 이사들이 그의 진심을 알아줄 리 만무했다. 자신들의 부의 척도만 재기 바쁜 그들의 처사에 지친 지 오래였다.

"그런 인재라 데려온 거네."

건의 말에 이사들은 서로의 눈치를 봤다. 아직 신임 총지배인인 준에 대해 아는 게 없었다. 물론 이력만으로 보면 나쁠 게 없었다.

준은 세계적인 명문 호텔학교를 단기간에 수석 졸업한 것도 모자라 7개 국어를 능수능란하게 구사했다. 그간 타 호텔에서 쌓은 경력은 호텔 업무에 바로 투입해도 문제가 없을 것이다.

하지만 총지배인 자리에 앉기에는 부족해 보이는 것 또한 사실이었다. 호텔 모든 업무는 3, 4년 일해서 체득할 수 있는 게 아니었다.

"아무리 그래도……."

"앞으로 석 달만 지켜보게! 최대주주로서 장담하건대, 호텔에 해가 되는 일을 하진 않을 거네."

건의 장담에 결국 이사들은 자리를 떠났지만 여전히 준에 대해 미심쩍어했었다. 하지만 몇 개월 뒤 호텔 관계자들은 물론이고 퀸과 어깨를 나란히 하는 경쟁 호텔까지 준의 능력을 인정하기 시작했다.

준이 총지배인으로 오고 퀸은 눈부신 속도로 업계에 이름을 올리기 시작했다. 그는 호텔계에 살아 있는 퀀텀 점프를 보여줬었다.

1년 새 퀸은 호텔계에 새로운 다크호스로 떠올랐고 그건 모두 준이 일궈낸 성과였다.

퀸은 처음 성급이 낮은 편에 속하는 비즈니스호텔이었다. 하지만 준이 총지배인으로 오고 채 2년도 되지 않아 5성급 호텔로 급부상했다.

강 회장이 오래도록 준비해온 국내외 호텔 퀸 조성을 위한 투자유치를 성공한 것도 한몫했지만 준이 없었다면 투자가 쉽게 이뤄지지 않았을 것이다.

준은 건의 말처럼 호텔의 기본적인 행정관리는 물론 회계 업무, 인테리어와 요리, 컨시어즈, 레비뉴 업무까지 여러 방면에서 특출한 능력을 갖추고 있었다. 그는 웬만한 사람 열 명의 몫을 혼자서, 그것도 완벽하게 해냈다. 그는 호텔을 위해 태어난 사람이라고 해도 손색이 없을 만큼 호텔 경영에 탁월한 재능을 가지고 있었다.

투자자들은 퀸 호텔보다 준의 추진력에 투자를 결정했었다. 건의 부재에도 퀸 호텔그룹이 건재할 수 있었던 건 준이 있었기에 가능했다는 말이 낭설만은 아님을 그는 몸소 보여주고 있었다.

총지배인으로 4년을 보낸 지금, 많은 호텔에서 그를 스카우트하려 물밑작업을 끊임없이 시도했지만 그 어떤 제안에도 흔들림 없이 퀸을 지키고 있었다.

그런 그를 보며 직원들은 신의 실수를 뜻하는 갓 미스테이크(god mistake)를 줄여 갓 미스라 불렀다. 완벽한 외모에 누구도 따라잡을 수 없는 능력과 카리스마는 신의 실수라고밖에 볼 수 없었다. 그런 그가 못 하는 것이 있었다.

강재인. 그녀를 웃게 하는 것. 그것만은 해줄 수가 없었다. 아니, 할 수 없다는 게 맞았다.

앞으로 퀸 호텔그룹을 이끌어갈 여왕과 신의 실수로 빚어진 그는 같이 있어선 안 되는 사람이었다.

호텔은 재인이 상속받는 이후 노후된 외관은 물론이고 뒤처져 있던 식당들을 정리해 말 그대로 새롭게 태어날 준비를 하고 있었다.

그의 조언도 있었지만 재인의 혜안이 호텔을 성장하는 데 큰 몫을 했었다. 하지만 재인은 겉으로 보이는 모습으로 인해 제대로 평가받지 못했다. 그녀가 속한 곳에서의 말 한마디는 순식간에 판도를 바꾸기도 했다. 세간의 추잡한 입방아에 그들이 엮이는 일은 없어야 했다.

"하아."

쓸쓸하게 자각된 현실에 한숨이 터져 나왔다.

준은 비좁은 간이침대에 앉아 자신을 가득 채우는 열기를 냉정한 가슴으로 잠재우고 있었다. 그의 밤은 그날도 느리고, 시리게 가고 있었다.

#02 - 비틀린 성좌

"저, 아침입니다."

단잠을 깨우는 소리에 짜증이 치솟았다. 재인은 무거운 몸을 반쯤 일으켜 세웠다. 새벽녘이 돼서야 겨우 잠들 수 있었다.

준을 본 이후 복잡한 머리를 어쩌지 못하고 그 새벽, 뜨거운 열기로 또다시 자신을 채웠다. 그 탓에 지금 머리가 깨질 것같이 아파왔다. 이래저래 고단한 하루가 또다시 시작됐다.

재인은 쓰고 있던 안대를 거칠게 집어 던졌다.

"필요 없으니까 가지고 나가세요."

재인의 말에 건주는 움찔했지만 물러나지는 않았다.

"총지배인님이 식사는 무슨 일이 있어도 꼭 해야 한다고 전하셨습니다."

바보처럼 준의 이름이 나오자 금세 화가 수그러들었다.

"됐어요."

재인은 한숨을 내쉬며 몸을 다시 뉘었다.

건주는 난감한 표정으로 서 있었다. 총지배인 준이 오늘은 무슨 일이 있어도 접시를 비우게 해달라고 부탁했었다. 웬만해서 이런 부탁을 하지 않는 준이라는 걸 알기에 쉽사리 물러설 수가 없었다. 문을 열 때부터 가득 찼던 독한 위스키 향이 아직도 코를 자극하고 있었다.

건주는 짐짓 아무렇지도 않은 표정으로 재인을 바라봤다. 누가 봐도 예쁜 얼굴에 피곤이 한가득 묻어나 있었다.

왜 안 그럴까 싶었다. 하루가 멀다 하고 벌어지는 연회와 클럽 행사에 재인은 한 번도 빠지지 않았다. 그리고 어김없이 객실은 지금처럼 변해 있었다.

조금 전, 식사를 배달하기 위해 문을 열었던 건주는 하룻밤 사이에 변한 객실 모습에 경악을 금치 못했다. 산산이 부서진 유리잔들과 바닥에 나뒹구는 위스키 병들을 치우며 숨조차 마음껏 쉬지 못했다.

이제 겨우 하루 겪었을 뿐인데 그동안 들었던 말들이 허언이 아님을 알 수 있었다. 사정을 전부 알 수는 없지만 호텔 내 풍문으로 들은 소문만으로도 재인의 삶이 마냥 부럽지만은 않았다. 건주는 나오려는 한숨을 꾹 참으며 접시를 다시 내밀었다.

"오늘은 꼭 드셔야 할 것 같습니다."

재인은 꼼짝 않고 음식을 다시 권하는 건주를 바라봤다. 눈이 마주친 순간 건주는 고개를 푹 숙였다. 건주는 그녀의 눈초리에 몸을 잔뜩 웅크렸다. 지난번 룸을 관리하던 선애는 일주일도 되지 않아 다른 곳으로 옮겨갔다.

재인은 잔뜩 긴장한 건주를 보며 긴 머리를 헝클었다. 긴장한 얼굴에 역력히 쓰여 있었다.

'제발 자르지는 말아주세요!'

허구한 날 메이드를 바꾸니 오는 사람마다 이런 얼굴이다. 재인은 짜증스럽게 관자놀이를 누르며 몸을 일으켜 세웠다.

머리가 지끈거리며 속까지 울렁거렸다. 침대 옆에 서서 난처한 얼굴로 있는 건주는 처음 보는 얼굴이지만 명찰의 이름은 낯설지가 않았다.

'어제 봤었나?'

이제 기억조차 나지 않았다. 며칠 전 룸을 관리하던 선애를 해고하라고 했으니 새로운 사람이 온 건 맞을 것이다. 준은 분명 기회를 줬을 테지만 고객의 물건에 손대는 건 절대 용서할 수가 없었다.

재인은 슬쩍 건주를 바라봤다. 그래도 전에 왔던 직원들보다는 베테랑 같았다. 당황했지만 겉으로 내색하지 않으려 애쓰고 있었다.

준은 시험하려는 듯 신임 직원들을 매번 그녀의 룸에 배정했었다. 그들도 사람이기에 실수할 수 있다. 하지만 서비스 업계에서의 실수는 고객들의 클레임으로 직결됐고 결국은 그룹 이미지에 타격을 준다. 사람이 하는 일이기에 작은 실수는 눈감아줄 수 있다. 하지만 반복되는 순간 아웃이다. 처음에도 그랬고 지금까지 늘 그래 왔었다. 룸 관리부터 서비스 부분까지 그녀는 매일매일 꼼꼼하게 체크했다.

오너가 아닌 고객으로 스스로 만족해야 다른 고객들도 만족시킬 수 있다는 믿음은 변함이 없었다. 대충 둘러본 객실은 언제 청소했는지 정갈하게 정리되어 있었다. 준을 며칠 더 괴롭힐 생각이었는데 그것도 마음처럼 되지 않을 것 같았다.

"후우."

사실 누가 관리하든 상관없다. 그들에게도 크게 상관없을 것이다. 누가 이곳을 사용했든 그들은 자신의 일을 하는 것이다. 그녀 앞에 있는 사람들은 소모품처럼 필요 때문에 존재하는 사람들이었다. 그들은 모두 자의로 이곳에 있는 것이다. 돈이든 명예든. 그들이 원하는 걸 대가로 지불하면 그만이었다.

그들은 단지 직원일 뿐이었다. 재인이 그들을 모두 알기에는 해야 할 일도, 책임져야 할 일도 많았다. 그렇기에 사소한 것까지 모두 신경 쓸 수 없다고 여겼지만 준은 달랐다.

그녀가 모든 직원들을 알기 바라는 것처럼 신입직원들을 그녀 곁에 두고 시험하게 만들었다. 덕분에 전 직원이 그녀와 한마디 이상 말을 나눴었다.

준이 그녀를 시험하려 할수록 더 독하게 그들을 다그쳤다. 덕분에 기본교육 과정이 생겼고 서비스의 질은 눈에 띄게 나아졌다. 그 후에도 그녀는 직원들을 트집 잡지 못해 안달했지만 그것 또한 이제 끝내야 할 것 같았다. 이제 누가 뭐라고 해도 그들은 퀸을 위해 일하는 사람들이었다. 어찌 보면 감사해야 할 사람들인지도 모르겠다는 생각이 들었다.

"됐으니까 나가봐요. 고생하셨어요."

새벽까지 마신 알코올의 잔해들도 깨끗하게 정리되어 있는 걸 보며 한편으로 고맙다는 생각이 들었다.

돈 때문에 일한다고 해도 쉽지는 않을 것이다. 나이 어린 그녀 같은 사람들에게 수없이 조아려야 하는 것도, 매일 밤 어지럽게 변한 룸을 정리하는 것도. 그럼에도 그들은 성실하게 자신의 일을 하고 있었다.

얼마 전 해고하라고 한 직원도 분명 그녀의 시선이 닿지 않는 곳에서 일하고 있을 것이다.

준은 실수한 직원들에게도 다시 한 번 만회할 기회를 줬었다. 그는 언제나 모든 사람들에게 관대했다.

오직 그녀에게만 냉정하게 변해버린 사람. 뭐든 들어주는 것 같으면서도 절대 그녀 뜻대로 행동하지 않는 단 한 사람.

"으윽."

불현듯 떠오른 생각에 짜증이 치솟으며 머리가 더 지끈거리기 시작했다. 이 두통은 아무리 애써도 적응되지 않았다. 하지만 그것보다 더욱 참을 수 없는 게 있었다. 코를 찌르는 냄새. 메뉴도 준이 선택했을 것이다.

"하아, 지금 이걸 먹으라는 건가요?"

재인은 준의 어이없는 선택에 쓰게 웃었다. 재인은 채소라면 끔찍하게 싫어했다. 준이 그걸 모를 리가 없다. 아니, 너무 잘 알고 있었다.

준과 함께했을 때는 싫어도 한 번씩 먹었지만 그가 멀어지며 그녀는 몇 년간 채소는 입에도 대지 않았다. 준과 함께 먹었던 소박한 식탁은 채소가 전부였지만 포만감은 그 어떤 진수성찬보다 커다랬었다. 그때 느꼈던 포만감은 이제 환영 같았다.

준은 그녀와 일부러 식사를 하지 않았다. 그 추억 때문에 재인은 더 아파하고 있었다.

그런데 그걸 알면서 아침부터 채소를 먹으라고 올려 보냈다. 역한 채소 냄새에 속이 더 울렁거렸다.

숙취 때문인지 무엇 때문인지 모를 멀미와 현기증이 그녀를 흔들었다. 언제부터인지 지독한 멀미가 그녀를 따라다녔다. 이미 마린에서 벗어난 지 오래건만 아직도 깊은 바닷속을 헤매는 것처럼 속이 울렁거렸다.

클럽과 레스토랑 이름을 마린으로 짓는 게 아니었다. 아니다. 준이 수린을 스카우트할 때부터 반대했어야 하는지도 모르겠다.

순간, 어젯밤 수린과 웃고 있던 준이 떠올랐다. 그 모습을 떠올리는 것만으로도 화가 났다. 그녀에게 더는 웃어주지 않는 그가 웃고 있었다.

"하아."

생각할수록 두통만 심해질 뿐이었다. 런치 타임에 마린에 찾아가 속이라도 긁어놔야 속이 시원해질 것 같았다.

문득 그때 사인을 하지 말걸 그랬다는 생각이 들었다.

2년 전.

"송수린. 레스토랑과 클럽을 맡기에 이보다 적격인 사람은 없을 거야."

"알아서 해."

서류를 읽지도 않은 채 사인하는 그녀를 보며 준은 한숨을 내쉬었다.

"최소한 이력이라도 확인해봐."

"총지배인이 어련히 알아서 뽑아 쓰려고. 언제부터 출근하는 거야?"

"다음 달 오픈 전에는 올 거야. 기존에 있던 레스토랑을 기어이 전부 없앴다고 부회장 쪽에서 말이 많아."

"그러겠지."

몇 개월 전 준호는 레스토랑을 해외 네트워크를 통해 미슐랭 등급의 아울렛을 입점시키며 구조 변경만 하자고 주장했었다.

비용적인 면에서나 미래 가치를 볼 때 새롭게 오픈하는 게 나음에도 준호는 뜻을 굽히지 않았다. 하지만 최종 결정은 그녀 몫이었다.

반대하는 이사들을 설득한 건 그녀였다. 심의도 마쳤고 공사도 이제 막바지에 다다랐었다.

"새로 오픈하는 레스토랑은 좀 더 체계적이고 다양한 메뉴를 구사할 수 있게 플랜을 잡았어. 송 팀장이라면 분명 잘 이끌어갈 거야."

"그래야지. 얼마를 주고 스카우트한 건데……."

재인의 투덜거림에 준은 쓰게 웃었다.

"제발 이번에는 속 긁어 사표 쓰게 하지는 마라."

"잘하면 뭐라고 할 일도 없어."

더 말해봐야 입만 아플 것이다. 준은 다른 서류를 내밀었다.

"구조 변경 비용 정산서야. 예산보다 10프로는 줄었어."

"그래도 이사들이 보면 한마디씩 할 금액이네."

그동안 구조 변경과 보수 비용으로 어마어마한 자금이 지출됐었다. 신축보다 구조 변경에 따르는 비용이 더 많이 드는 현실에서 그녀가 한 선택은 이사들의 지지를 받기 어려웠었다.

하지만 그녀는 무조건 새로운 것이 좋다고 여기는 사람이 아니었다. 옛것이 주는 정감과 이어야 할 정신이 그 안에 녹아 있었다. 사실 건이 소중히 여긴 호텔이었기에 함부로 하고 싶지 않은 것도 있었다.

재인의 이런 고집 탓에 경영자금 압박을 받고 있는데 그 손실을 클럽 마린과 레스토랑 마린이 메워주고 있었다. 리미티드 사전 예약제가 큰 호응을 보이고 있었다.

"선지급한 비용 제외하고 30프로 내에서 이번 주 내로 결재해주면 될 거야."

"클럽은 어떻게 할 생각이야?"

"클럽에 대한 세부적 계획은 송 팀장이 출근하고 나서 보고한다고 했어."

"송 팀장, 송 팀장. 둘이 꽤나 친했나 봐. 사진 보니 예쁘고 미혼이던데, 둘이 사귀었던 거야?"

그녀의 질문에 준은 얼굴에 표정 변화도 없이 다른 서류를 내밀었다.

"검토해보시고 제발 사인하시길 바랍니다. 전 팀장단 회의가 있어 먼저 나가보겠습니다."

"대답하기 곤란하면 꼭 이러더라. 네. 바쁜 총지배인님 시간을 많이 뺏어 죄송합니다."

그녀는 준이 건넨 서류에 전부 사인을 하고 그에게 내밀었다.

"자! 결재 서류 받으러 올 시간 단축해드렸습니다."

준은 말없이 그녀가 건네는 서류를 받아 정리했다.

"왜 그러는지 이유라도 말해주면 안 되는 거야?"

서류를 정리하던 그의 손이 잠시 멈칫하더니 다시 빠르게 움직이기 시작했다. 분명 뭔가 있다. 하지만 그는 절대 말하지 않을 거라는 걸 알았다. 변해버린 그들 사이만큼이나 답답한 심정으로 준을 바라봤다.

"대표님, 오후 연회에 꼭 참석하셔야 합니다."

퀸의 경쟁 그룹인 로열 호텔의 금이영 사장이 연회에 참석한다고 연락해왔었다. 최근 로열은 객실과 기존 레스토랑을 리뉴얼 오픈하며 많은 고객들을 유치시키는 데 성공했었다. 그러나 초반에 몰렸던 고객이 이제 썰물 빠지듯 빠지며 비상이 생겼다.

높은 투자금에 비해 턱없이 낮은 성과는 이영의 자리를 위협하고 있었다. 아마도 탐색하려 할 것이다.

퀸에서 레스토랑 구조 변경 이야기가 나오기 무섭게 로열은 발 빠르게 객실과 기존 레스토랑을 리뉴얼했다. 그러나 내부 계획까지 파악은 못 했던 것 같다.

준호가 떠들고 다닌 얘기를 기정사실로 믿었을 것이다. 기존 투자자를 가로챘을 때는 비즈니스 관계상 문제를 크게 만들고 싶지 않아 묵인했지만 더는 참고 있지 않을 생각이었다. 나이는 어리지만 호락호락 당할 그녀가 아니다.

"이번에 제대로 한 방 먹여야겠어."

준은 아무런 대답 없이 결재 서류를 정리했다.

"대답 안 해줄 거야?"

"무슨?"

"송수린 씨랑 어떤 사이야?"

기우겠지만 준의 입에서 피식 웃음이 새어 나온 것 같았다.

"전에 있던 호텔에서 같이 근무했었어. 궁금하면 이력서라도 읽어봐."

"그거 말고 다른 건? 이렇게 높은 금액에 스카우트할 정도로 믿을 만한 인물이야?"

"곧 알게 될 거야. 턱없이 적은 비용에 스카우트했다는 걸."

준이 이렇게 칭찬하는 사람은 드물었다. 능력을 의심하지는 않았다. 다만 준과의 사이가 궁금할 뿐이었다.

그러나 그 궁금증은 몇 년이 지난 지금까지도 계속되고 있었다. 준의 말대로 수린을 스카우트한 건 신의 한 수였다.

수린이 가진 사업가로서의 수완은 재인도 인정할 수밖에 없었다. 클럽 마린과 레스토랑 마린은 이제 퀸의 명실상부한 또 다른 얼굴이었다.

준호의 뜻대로 미슐랭 등급의 아웃렛을 입점시키며 전체적으로 구조 변경을 했다면 엄청난 자금 손실을 입을 뻔했다.

준의 탁월한 선택으로 레스토랑은 예외적인 성공을 거뒀고 퀸의 입지는 더 굳건해졌다.

호텔이 지향하는 수익 모델로서의 레스토랑 가치는 이미 사라진 지 오래였다. 준호는 여전히 호텔은 고급에, 최고만 취급해야 한다는 인식을 안고 있었다. 하지만 시대는 이미 바뀌어 있었다. 호텔 문밖으로 한 발짝 나서기만 하면 싸고 맛있는 식당들이 즐비한데 굳이 비싼 가격에 외부 경쟁 식당과 우위에 서 있지도 않은 호텔 레스토랑을 찾을 일은 없었다.

최근 외래 관광객들은 내국인보다 더 풍부한 사전 지식으로 방한했다. 겨우 접대용으로 찾아오는 몇몇을 위해 고가만을 고집할 수는 없었다.

수린은 호텔의 기본적 식음료의 가격을 낮출 방법을 효과적으로 활용했고 레스토랑 마린은 좀 더 다양한 사람들이 찾아오게 됐었다. 그 덕에 호텔을 찾는 손님들의 발길도 잦아진 건 사실이었다. 문턱을 낮추고 서비스의 질은 향상시킨다는 수린의 계산은 정확하게 맞아떨어졌었다. 거기다 젊은 층을 타깃으로 하는 클럽 마린의 전략 또한 탁월했다. 주마다 벌어지는 쇼케이스에 젊은이들은 열광했고 시간이 지날수록 열기를 더해가고 있었다.

클럽 마린의 입장만으로 그들은 자신의 가치가 상승했다고 믿었고 그로 인해 젊은이들에게 마린은 누구나 한번 꿈꾸는 지표로 자리 잡았다. 하지만 지금은 이런저런 생각 따위 하고 싶지 않았다.

"우욱, 접시 좀 저리 치워요."

머리가 깨질 것 같은 두통. 이것부터 해결해야 했다. 앞에 있는 건주를 해고한다고 두통이 사라지진 않았다. 이유 없이 메이드를 교체했다간 준이 화낼지도 모른다.

지난번에 쓰러졌을 때 처음으로 준이 화내는 모습을 봤다. 항상 그녀에게 화내는 것 같지만 진심이 아님을 알고 있었다.

하지만 지난번 병원에서 눈을 떴을 때 마주한 준의 시선은 무시무시했었다. 그 새벽, 메이드가 아니었으면 진짜 큰일이 생겼을지도 몰랐다.

"으윽."

머리가 깨질 것 같은 숙취와 함께 새벽에 봤던 준의 얼굴이 다시 아른거렸다. 괴로운 건 언제나 그녀 혼자였다.

"후우."

재인은 한풀 꺾인 기세로 자리에서 일어섰다. 순간 몸이 휘청거려 멈칫했다. 고개를 흔들어봐도 좀처럼 현기증이 가라앉지 않았다. 금방이라도 쓰러질 것같이 휘청거렸다.

준이 있다면 그날처럼 한바탕 소리를 질렀을 것 같다. 불쑥불쑥 떠오르는 준의 허상에 한숨을 터져 나왔다.

"하아, 됐으니까 나가보세요."

비틀거리며 가운을 대충 걸쳤다. 서둘러 서랍을 열었다. 항상 있던 약통이 보이지 않았다. 여전히 침대 옆에 서 있는 건주를 돌아봤다.

"언제부터 이 방 담당이었나요?"

분명 존댓말인데 위엄이 느껴졌다. 나이와는 상관없었다. 재인의 싸늘한 말에 건주는 놀란 눈으로 그녀를 바라봤다.

재인은 건주의 태도에 짜증이 일었다. 언제나 저자세인 사람들의 태도에 진절머리가 났다. 차라리 준처럼……. 또다시 떠오른 생각에 고개를 저었다.

"어제부터입니다."

"여기 있는 약, 치우셨나요?"

건주가 치운 게 맞으면 당장 이 호텔에서 쫓아내 버릴 것이다. 준이 말린다고 해도 상관없었다. 주인 허락 없이 함부로 물건을 만진 건, 엄연한 해고 사유였다. 두 번 다시 기회를 주는 일 따위 없을 것이다.

"어제 청소 후에 제자리에 넣어뒀습니다."

잘못이 없다면 좀 더 당당해도 된다고 생각했지만 천편일률적으로 그들의 태도는 똑같다.

돈이 권력인 시대, 권력 앞에서 맥없이 무릎 꿇는 그들 모습에서 자신의 모습이 보여 더 싫은 건지도 모르겠다.

서비스업계에서 권력 남용은 말할 것이 없었다. 그래서 더욱 둘수가 없었다. 그녀는 직원들이 좀 더 당당한 태도로 고객을 대했으면 좋겠다는 생각이 들었다. 그녀뿐만 아니라 어떤 고객이라고 해도 마찬가지였다. 다음 사내 교육에는 반드시 명시해줘야 할 것 같았다.

"그럼 여기 있던 약들이 저절로 사라지기라도 했다는 건가요?"

"전 분명 제자리에 넣어뒀……."

건주의 말이 끝나기도 전에 문이 열렸다. 준은 말끔하게 차려입고 안으로 들어왔다. 몸도 마음도 엉망인 그녀와 대조적으로 준은 한 치의 흐트러짐도 없어 보였다.

준의 등장과 동시에 그녀는 약의 행방을 알아차렸다. 그녀는 준을 사정없이 쏘아봤다. 준은 건주를 향해 짧게 웃으며 인사했다.

"양건주 씨, 수고하셨습니다. 그만 나가보세요. 제가 서비스하겠습니다."

건주는 안도하는 표정으로 서둘러 사라졌다. 준은 한쪽으로 밀어져 있는 트레이를 끌고 재인에게 다가왔다.

"이거 다 먹으면 약은 필요 없을 거야."

목소리에는 그 어떤 감정도 느껴지지 않았다. 대화 내용은 분명 그녀를 위한 거지만 그녀가 원하는 건 이런 무미건조한 말들이 아니었다.

매일 반복되는 고된 일상 속, 변함없는 준의 모습을 보는 게 가장 신물 난다.

"약 도로 가져와."

재인은 준의 말을 들은 척도 하지 않고 소리쳤다. 준은 그녀가 원하는 걸 주지 않을 것이다. 알고 있기에 더 원하게 됐고, 가질 수 없기에 늘 쓰려왔다.

준은 언제나처럼 변함없는 얼굴로 그녀 앞에 접시를 내밀고 있었다.

"샐러드와 쌀로 만든 파스타야."

어이없음으로 헛웃음이 나왔다.

"지금 나한테…… 이걸 먹으라고 하는 거야? 미쳤어?"

재인은 마치 세상에서 가장 못 볼 걸 본 것처럼 접시를 바라봤다. 준은 한숨을 쉬며 재인을 바라봤다. 그녀가 싫어하는 걸 알지만 더는 두고 볼 수가 없었다.

"샐러드는 조금만 먹어. 그리고 면은…… 잘 먹잖아."

재인은 볼에 담긴 파스타를 바라봤다.

면, 거기다 파스타라면 자다가 일어날 정도로 좋아했었다. 그 옛날 앞에 서 있는 남자와 함께라면 팅팅 불어 원래 맛조차 분간할 수 없는 면만 먹어도 행복할 거라고 생각했다.

물론 지금은 아니다. 그 예전 좋아하는 것들은 사라진 지 오래였다. 그 무엇도 그녀에게 남아 있지 않았다. 물건도, 사람도 마찬가지였다.

재인은 쓰리게 다가오는 현실에 준을 매몰차게 쏘아붙였다.

"필요 없으니까 약 가져와."

그는 늘 태연했다. 그 모습이 더 속 쓰리게 만드는 걸 알면서도 변함없었다. 아니, 되레 그녀를 구석으로 몰아붙였다. 지금처럼.

"지난번처럼 쓰러지고 싶어서 그래? 스트레스성 위염이 더 심해졌다고 하잖아. 당분간 금주야. 오늘부터 식사는 꼬박 챙겨 먹도록 해."

준의 훈계에 속이 더 쓰려왔다.

"언제부터 날 걱정했다고?"

준은 그녀의 비아냥거림에도 대꾸조차 없었다. 그는 말없이 음식을 세팅했다. 찬바람조차 불지 않은 평온한 얼굴의 그를 흔들어 놓고 싶었다. 언제나 한 치의 틈도 주지 않는 그를 무너트리고 싶었다. 차갑고 단단한 저 벽을 부서뜨리고 싶었다. 하지만 그 벽에 부딪혀 무너지는 건 언제나 그녀였다. 그게 가장 싫었다.

이 세상의 여왕이 되고 어떤 남자든 그녀 앞에서 무릎 꿇었다. 단 한 사람. 남궁준만이 그녀의 무릎을 꺾게 만들었다. 그래서 준이 싫다. 그럼에도 놓을 수가 없다. 그녀에게 가장 필요한 사람이면서 원하는 사람 또한 준이었기에.

준이 아니었다면 지금의 재인은 존재할 수 없었다 해도 과언이 아니다. 실질적으로 퀸의 실무는 모두 준이 맡고 있었다.

준이 없었다면 이미 호텔은 공중분해됐을 게 분명했다. 호시탐탐 회사를 노리는 작은아버지 준호를 견제하기에 아직 그녀는 턱없이 부족했다.

준이 훌륭한 가림막을 해주고 있기에 그녀의 성은 안전할 수 있었다. 그 사실 하나만으로도 준은 그녀에게 고맙고 버릴 수 없는 존재였다. 준은 그녀에게 처음부터 그런 존재였다.

"하아아."

재인은 깊은 한숨을 내쉬며 준을 바라봤다. 가질 수 없기에 더 간절해진 사람. 준은 그런 존재로 그녀 곁에서 자신의 존재를 각인시키고 있었다. 더 깊고 더 아프게.

눈가가 시큰거리는 것 같아 고개를 급하게 흔들었다. 이런 감정 따위 아무 짝에도 쓸모없었다. 지금 필요한 건 사랑놀음에 목마른 여자가 아니었다.

"이거 다 먹으면 뭘 해줄 건데?"

"다 먹으면 그때 얘기해."

그는 재인이 무엇을 원하든 다 해줄 것이다. 단 한 가지만 제외하고. 재인은 그걸 알기에 더 쓰게 웃었다.

"쳇! 더는 그 말 안 믿어. 안 먹어. 채소라면 더더욱."

"천천히 먹는 습관 들여!"

다른 때와 달리 강경하게 나왔다. 재인은 준을 쏘아봤다.

"싫어!"

준은 단호한 얼굴로 그녀를 바라봤다. 다른 날과 확실히 달랐다.

재인은 더 단단하게 자신을 부장하는 준을 또다시 쏘아봤다. 단단하게 무장하며 도망만 치는 준을 반드시 무릎 꿇게 만들 것이다. 반드시! 하지만 지금은 아닌 것 같았다.

"그럼 다시 입원해. 그렇게나 싫어하는 주삿바늘 꽂고 다시 검사하면 되겠다."

채소보다 싫은 게 주사다. 준을 쏘아보는 재인의 시선이 더욱 짙어졌다. 한마디도 지지 않는다. 그래서 더 준이 밉다. 하지만 정말 미운 건 그녀였다.

밉다 하면서 또다시 그를 가슴에 담고 있었다. 흔들림이 없는 이 모습조차 그이기에. 예전과 달라졌다 해도 앞에 있는 사람이 남궁준이기에 가슴에 담을 수밖에 없었다.

"어제는 연회만 참석하라고 했잖아. 퇴원한 지 며칠이나 됐다고 또다시 클럽이야?"

준의 나무라는 말투에 재인은 짜증이 났다. 잔소리라면 지겨웠다.

"상관 마."

"그럼 신경 쓰지 않게 행동해."

재인은 준을 다시 쏘아봤다. 이 순간만큼은 진짜 그가 미웠다.

"진짜 신경이나 쓰고 말해! 약 줘."

준은 물끄러미 그녀의 손목을 바라봤다. 그를 향해 내밀고 있는 가녀린 손목이 그녀가 얼마나 말랐는지 여실히 보여주고 있었다. 억지로라도 진즉부터 먹어야 했었다.

골치 아픈 조사만 아니었다면 좀 더 신경 썼을 텐데……. 미리 살피지 못한 그의 잘못이었다. 앞으로는 절대 이렇게 두지 않을 것이다. 준은 단호한 얼굴로 재인을 바라봤다.

"안 돼."

다른 때 같았으면 진즉 약을 건넸을 테지만 오늘따라 준은 강경했다. 이렇게 나오면 준을 꺾을 방법이 없었다. 재인은 한숨을 쉬고 침대에 걸터앉았다.

"무슨 일이야?"

재인이 차분한 얼굴로 그를 바라보자 준은 그제야 입을 열었다.

"부회장이 퀸 식품 납품 건으로 긴급이사회 소집했어. 다음 주 화요일. 채 일주일도 남지 않았어. 그런데 지금 네 상태라면…… 알아서 표결하게 둬도 될 것 같다."

"남궁준!"

재인은 베개를 집어 던졌다. 준은 베개를 가볍게 받아 주름을 반듯하게 펴고 원래 있던 자리에 가져다 놨다. 재인이 어떤 행동을 하든 준은 늘 준비된 듯 행동했다.

그는 언제나 아무렇지도 않았다. 그녀의 사나운 눈초리 따위 신경 쓰지 않는다는 평온한 표정에 더 화가 나 미칠 것 같았다. 아니, 늘 이렇게 미쳤다.

"약 줘."

그녀의 악다구니에 준은 접시에서 음식을 다시 덜어 재인 앞에 가져왔다.

"이런 소리 듣고 싶지 않으면 건강은 스스로 챙기도록 해. 너 한 사람 쓰러지는 걸로 끝나는 게 아니잖아. 네가 아무리 싫다고 부정해도 퀸 호텔의 주인이 너라는 사실은 변하지 않아. 네가 쓰러지면 이 호텔도, 그룹도 쓰러지는 거야. 네가 계속 이 상태라면 퀸은 곧 부회장 손에 들어가 공중분해되겠지. 전 회장님이 남겨준 지분만 믿어선 안 된다는 내 말, 벌써 잊었어?"

재인은 이를 악물고 그를 쏘아봤다. 사실임을 알기에 반박할 수가 없었다.

"이제 지친 거야? 이럴 거면 차라리 호텔이고 그룹이고 다 넘겨 버려!"

준은 그녀를 도발하고 있었다. 알고 있었다. 하지만 그의 말이 비수가 되어 가슴에 박혔다. 그렇게 되는 걸 두고 볼 수가 없어 그녀가 이 자리에 있는 것이다. 호텔을 상속받고 차라리 모든 걸 넘겨주는 게 나을지도 모른다는 생각이 든 적도 있었다. 하지만 그건 어디까지나 잠깐이었다.

막대한 부와 함께 전해진 책임감. 그녀는 그 모든 것이 버거웠지만 피할 방법이 없었다. 아니, 더는 피할 곳이 없었다. 이곳은 유일하게 남은 가족의 흔적이었다. 그곳마저 사라지게 둘 수가 없었다. 호텔은 할아버지가, 아버지가 남긴 추억이며 재산이었다.

"됐으니까 그만해. 이미 머리가 깨질 것 같으니까."

재인은 체념한 듯이 속삭였다. 준은 언제나 어디 하나 틀린 데가 없다. 분하지만 인정할 수밖에 없었다.

"이제 식사 때마다 채소 먹도록 해."

준의 말에 재인은 다시 그를 쏘아봤다. 금세 사나워진 재인의 눈초리에도 그는 멈추지 않았다.

"그럼 지금이라도 병원으로 향하든가!"

재인은 결국 포크를 들었다. 하지만 입에 넣고 싶지가 않았다. 그녀는 사정없이 채소를 찔러댔다. 준이 말한 이상 안 먹고는 못 배길 것이다.

재인은 못마땅한 얼굴로 접시를 바라봤다. 아무리 봐도 식욕이 일지 않았다.

"차라리 누가 기절이라도 시켜 먹여줬으면 좋겠다."

재인은 한숨을 내쉬며 투덜거렸다.

준은 애먼 채소만 쿡쿡 찍어대는 재인을 보며 보이지 않게 웃었다. 20년이 지나도 재인은 하나도 변한 게 없었다. 여전히 보호하고 싶고 안아주고 싶은 존재였다.

그 시간 동안 변해버린 건, 아니 변해야 했던 건 자신뿐이었다. 그 변화에 재인은 늘 화내고 있었다. 준은 쓰게 올라오는 현실을 자각하며 씁쓸한 웃음을 지웠다.

"씹어 먹여줄 만큼 난 여유롭지가 못해. 한가한 네가 꼭꼭 씹어 먹도록 해. 그게 건강에도 더 이로우니까."

구구절절 옳은 소리만 해댄다. 재인은 뭐라 대꾸할 방도가 없었다. 오늘도 여느 때처럼 재인의 완패다. 언제나 져주던 그의 모습은 기억 속에만 존재했다.

잠시 후, 재인은 끝내 한쪽으로 접시를 밀었다.

"으윽, 더는 못 먹겠다."

위 속으로 사라졌던 채소가 위로 올라오려는 걸 겨우 참아내고 있었다. 준은 이번에는 파스타 접시를 내밀었다.

"채소는 조금씩 늘리도록 하고 이거라도 더 먹어. 한 시간 뒤에 팀장회의 있으니까 꼭 참석하고."

재인은 인상을 쓰며 접시를 바라봤다. 이걸 다 먹으면 언제나처럼 수많은 업무들이 그녀를 괴롭힐 것이다.

"하아."

준은 한숨을 내쉬는 재인의 손에 포크를 들려줬다. 언제나처럼 여유 부릴 시간이 없었다.

"다 먹고 준비하려면 빠듯할 거야."

기어이 다 먹는 걸 보겠다는 소리였다. 재인은 인상을 쓰다, 결국 손을 움직이기 시작했다. 음식이라는 이름을 가진 걸 오랜만에 목으로 넘기는 것 같았다.

못 넘길 것 같았는데 생각보다 맛이 괜찮다. 준을 쏘아봤지만 손은 전보다 빠르게 움직이고 있었다.

준은 말없이 접시를 비우는 재인을 보며 그제야 브리핑을 시작했다.

"어제 영수대학 연회는 잘 마친 것 같아. 추후 행해지는 총회와 모임은 우리 쪽에서 주최하는 걸로 연락받았어. 연회장 일정은 조정 가능할 것 같아. 소연회장은 지금 진행하는 심포지엄 끝나는 대로 다시 협의할 예정이야. 그리고 어제 마린에서 작은 사고가 있었다고 하는데 그건 그쪽에서 해결한다니까 따로 보고하지는 않을 거야."

준은 잠시 말을 멈추고 물을 따라 그녀 앞에 내밀었다.

재인은 피식 웃으며 물을 마셨다. 말하지 않아도 준은 그녀가 필요한 걸 알아챘다. 그는 아무 일도 없던 것처럼 다시 서류를 집어 들었다.

"지난번 그랜드 홀에서 진행했던 바이오 셀 컨포지엄은 얘기했던 대로 우리 쪽에서 연회장을 무상 대여해주기로 합의 봤어. 대신 주기적으로 행해지는 학회는 연회장 대여료를 지급하는 걸로 했고. 생각보다 학회 일정이 많아질 것 같아. 그리고 SGP 관한 건데 최근 우리 호텔이……."

그 뒤로도 한참 동안 준은 그날 재인이 해야 할 일과 앞으로 해야 할 일들에 대해서 끝도 없이 브리핑하고 있었다.

준의 브리핑이 끝날 쯤 재인의 접시는 말끔히 비워져 있었다. 처음에는 아무것도 못 먹을 것같이 속이 울렁거렸는데 막상 배를 채우고 나니 속이 고요하게 가라앉았다. 거센 바다에 제물이라도 바친 것 같다는 생각이 들었다.

'두렵고 겁나지만 그것을 행한 순간 얻어지는 평화란 건가?'

문득 떠오른 생각에 재인은 피식 웃었다. 더불어 깨질 듯한 두통도 어느새 사라져 있었다.

재인은 느긋하게 커피를 마셨다. 5분쯤의 여유는 있었다. 그녀는 준을 찬찬히 바라봤다.

한 번쯤은 봐줄 거라 생각했다. 하지만 그는 변함없었다.

준에게 그녀는 여전히 철부지 동생에 불과했다. 부정해봐도 현실은 바뀌지 않았다. 유난히 커피가 썼다. 목을 타고 내려가는 검은 물을 겨우 삼키고 재인은 잔을 내려놨다.

"다 된 거야?"

"우선은."

준은 접시들을 치우고 결재 서류들을 내밀었다.

"손익계산서야. 순손실액이 100억 이상 줄었어. 정리해뒀으니까 천천히 읽고 사인해."

준의 말에도 재인은 서류를 펼치기 무섭게 사인하고 침대에 서류를 던졌다. 준은 한숨을 쉬며 재인을 바라봤다.

"최소한 보는 시늉이라도 해."

"어차피 알아서 잘하잖아."

준은 눈을 잠시 감았다가 떴다. 지난 2년간 그녀를 바라보며 조금은 바뀔 거라 생각했다. 그러나 재인 또한 변함없었다. 더는 봐줄 여유가 없었다.

"내가 다른 마음이라도 먹으면 어쩌려고 그래?"

"할 수 있다면 제발 그러든가."

한숨이 나오는 걸 억지로 참고 서류를 집어 들었다.

"팀장들 회의에서도 이런 식으로 사인했다간 진짜 그만둘 거야. 날 원하는 곳은 많아."

준의 말에 재인은 콧방귀를 뀌며 웃었다.

"이제 협박까지 하는 거야?"

준은 진지한 눈으로 그녀를 바라봤다. 더 이상의 어리광은 곤란했다. 준호의 움직임이 달라졌다. 더는 수수방관할 수 있는 상황이 아니었다. 좀 더 확실해진 후에 재인에게 알릴 생각이었다.

지금 필요한 건, 그녀의 건강과 미래를 위한 전투력 증진이다. 싸울 생각이 없는 상대방을 일으킬 방법은 하나였다. 그게 비록 자신을 타격하는 일일지라도 그는 반드시 해야 했다.

"협박이 아니라 경고야. 이런 식으로 일하는 건 곤란해. 직장인으로서 대표가 무너지는 걸 더는 지켜볼 수가 없어."

재인은 천천히 자리에서 일어섰다. 잠시뿐이라고 해도 그를 흔들고 싶었다.

"그게 전부야?"

재인은 천천히 가운을 풀며 준에게 다가갔다. 실오라기 하나 걸치지 않은 몸에 얇은 슬립만 걸친 재인은 무척 관능적이었다.

준은 흔들림 없는 시선으로 재인을 바라보며 꼼짝 않고 서 있었다. 천천히 준의 넓은 가슴을 손으로 쓸어내렸다.

그녀의 손길에 준의 단정했던 셔츠가 위로 올라갔다. 구김 하나 없던 양복에 주름이 가고 있었다. 그녀는 좀 더 대담하게 손을 움직였다.

"나도 준을 원하는데, 그럼 어떻게 해야 하지?"

준은 점점 아래로 향하는 그녀의 손목을 아프지 않게 움켜잡았다. 장난을 받아주는 건 여기까지였다. 참을 수 있는 한계도 마찬가지다.

"지금 당장 씻고 회의 준비해. 앞으로 30분 뒤에 회의실로 오는 거 잊지 말고! 그럼 당분간 이적은 보류해줄게."

준은 순식간에 그녀에게서 떨어졌다. 그는 아무렇지도 않은 얼굴로 트레이를 밀고 밖으로 사라졌다.

재인은 허탈한 웃음을 지으며 침대에 걸터앉았다.

"당분간 보류라……. 나쁘지 않은 조건이네. 극적 협상타결."

나지막이 읊조리던 재인은 자리를 털고 욕실로 향했다. 그날도 여느 때처럼 치열한 전투를 해야 할 것이다.

준이 저렇게 나오는 건 분명 이유가 있었다. 제대로 전투태세를 갖춰야 할 것 같았다. 한동안 움직임이 없던 준호가 긴급이사회를 소집했다는 건 조만간 태풍을 몰고 온다는 소리였다.

거기다 퀸 식품에서 잠자코 일하는 재훈까지 끌고 올 속셈이라면 문제는 더 복잡해질 것이다. 그 어느 때보다 차갑고 냉정해질 필요가 있었다.

욕실로 향하는 재인의 표정에 비장함이 서리고 있었다.

19년 전.

"오빠는 호텔이 왜 싫어? 같이 가자. 응? 호텔 가자. 가자. 가자. 재훈 오빠."

어린 재인은 오랜만에 보는 재훈 옆에서 계속 쫑알거리며 조르고 있었다. 준호는 싫지만 재훈은 그녀를 예뻐해주고 가끔은 그림도 그려줬었다.

가족 모임이 있어 모였는데 몇 시간 전에 어른들은 호텔에 일이 생겼다며 죄다 나가고 재훈과 둘이 집에 있었다.

준과 놀고 싶지만 오늘은 선인과 같이 있어야 한다는 말에 꾹 참고 있었는데 도저히 집에 있을 수가 없었다. 선화에게 말해봐야 소용도 없었다.

재훈이 호텔에 데려다달라고 하면 선화는 분명 데려다줄 것이다. 하지만 재훈은 도통 호텔에 관심이 없었다. 재훈은 스케치북에서 시선을 떼지도 않은 채 중얼거렸다.

"호텔이 뭐가 좋다고 매번 가자고 난리야? 방해되니까 저리 가."

재인은 입을 한바탕 내밀었다.

"오빠는 맨날 그림만 그리잖아. 호텔 가면 사람들도 많고 재미있는 것도 많아. 같이 가자."

본가에 오랜만에 놀러온 재훈은 몇 시간째 그림만 그리고 있었다. 재인은 그림만 그리는 재훈을 도저히 이해할 수가 없었다.

"넌 호텔이 왜 좋아? 6살밖에 안 된 게 리셉셔니스트니 컨시어즈니 그런 건 어떻게 아는 거야? 난 널 더 이해할 수가 없다."

재인은 고개를 갸웃거리며 재훈을 바라봤다.

"오빠는 왜 몰라? 지배인 아저씨가 하는 일이잖아. 삼촌들이랑 언니들이 매일 하는 일인데 보고 있으면 재미있어. 프런트에 있으면 재미있는 걸 더 많이 볼 수 있는데 그럼 안 된다고 해서 못 가."

재훈은 신나서 떠드는 재인을 보며 한숨을 내쉬었다. 준호를 따라 호텔에 갈 때마다 숨이 막혀왔다. 쉴 새 없이 오가는 수많은 사람들과 그를 바라보는 시선이 싫었다. 한 번씩 물어보는 질문들에 대답하지 못하는 자신도 싫었다. 준호의 강요에 호텔에 대해 공부하고 있지만 머릿속에 하나도 들어오지 않았다.

재인과 함께 호텔에 갈 때마다 그녀처럼 웃을 수가 없었다. 하나도 즐겁지가 않았다. 멋들어진 샹들리에와 높은 천장의 울림보다 작은 방에서 화폭을 채우는 게 더 좋았다.

"난 그게 제일 싫어. 모르는 사람들한테 인사하고 이거 해달라, 저거 해달라, 하면 달려가야 하고……. 후우, 너한테 말하면 뭐 하겠니?"

"그게 왜 싫어? 이모들이랑 삼촌들이 해주면 사람들이 즐거워하잖아. 할아버지가 호텔은 행복과 만족한 서비스를 제공하는 곳이라고 했어. 호텔은 즐겁고 행복한 곳이야. 재인이 호텔 좋아. 나중에 할아버지, 엄마, 아빠, 준 오빠랑 다 같이 행복하게 살 거야."

재훈은 고개를 저었다.

"나는 싫어. 만약 호텔에서 살라고 한다면 멀리 도망가버릴 거야."

"치! 호텔 진짜 좋은데……."

"그럼 너는 호텔에서 평생 살아."

"응."

재훈은 고개를 끄덕이는 재인을 보며 작게 중얼거렸다.

"아빠가 매번 호텔은 내 거가 될 거라고 하는데, 재인아. 호텔은 네가 가져라."

"진짜? 오빠 약속하는 거다."

재훈은 손가락 걸며 굳게 약속했었다.

팀장회의를 준비하며 불현듯 떠오른 기억에 재인은 고개를 저었다.

어릴 적부터 재훈은 호텔에 관심이 없었다. 그는 공공연하게 호텔에 관심이 없다고 얘기했고 준호는 재훈의 뜻을 받아들였다고 생각했다. 하지만 자신이 못 다 이룬 꿈을 끝내 이루려는 것 같았다. 미국에 있던 재훈을 불러들인 건 준호였다.

호텔경영학을 전공하라고 보낸 유학에서 재훈은 준호 몰래 미술을 공부하고 있다 한바탕 난리가 났었다. 결국 경영학을 전공하고 결혼을 하며 입국해 퀸 식품 사장으로 취임했었다. 그걸로 일단락된 거라 생각했었다. 그런데 얼마 전부터 식품 납품을 시작하며 잡음이 생기기 시작했다.

이 모든 게 불거지는 재산 싸움에도 잠자코 있던 그녀 탓일지도 모르겠다. 지금 준호에게는 그 꿈에 한 발짝 다가갈 수 있는 힘도 있었다. 그에게 힘을 실어준 건 그녀였다. 재인은 유산상속을 받고 처음 참석한 이사회를 떠올렸다.

"아무리 그래도 적임자는 퀸즈 건설 강 회장뿐입니다."

최 이사의 말에 이사회장의 있던 수많은 이사들이 고개를 끄덕였다.

"지분을 따진다면 강재인 양이 회장에 취임하는 게 맞습니다. 경영 방침에도 최대주주를 회장으로 선임한다고 되어 있지 않습니까?"

"고작 스물셋밖에 안 된 아가씨를 회장 자리에 앉힌다는 게 말이 된다고 생각됩니까?"

"안 될 이유가 뭐가 있습니까?"

갑론을박이 계속되고 있었다. 건은 경영에 참여하는 건 자유지만 최소한 그룹의 건재를 위해서는 회장 자리에 있는 사람이 최대 주식을 소유해야 함을 명시했었다. 주식 매도를 한 번에 할 수 없고 더불어 지분 매각 상한선까지 정해놨을 정도였다. 그녀는 성실히 사칙을 준수하고 유산상속에 따르는 제약까지 모두 받아들인 상태였다.

스물셋이라는 자유를 만끽해도 모자랄 나이에 최소 일주일에 3일 이상을 묵어야 하고 호텔 지분도 함부로 처분할 수 없으며 개인 재산 또한 손댈 수가 없었다.

건은 그녀를 호텔에 완벽하게 묶어뒀었다. 모든 걸 포기하기에 그녀는 용기가 없었고 모든 걸 겸허하게 받아들였다.

지금 상황에서 이사들이 할 수 있는 건 사칙을 전면 수정하는 방법뿐이었다. 사칙 변경은 수많은 개미주주들까지 들고일어설 수도 있는 일이었다. 그에 따르는 후폭풍보다 그들은 안전하게 그룹을 지킬 방법을 모색해야 했다. 지금 상황에서 사칙을 변경하지 않는 한 재인이 회장 자리에 취임해야 했다.

"최대주주가 강재인 양인 건 변하지 않습니다. 여기에는 다들 동의하시리라 생각됩니다."

"험."

"허."

부정할 수 없는 사실에 여러 이사들이 헛기침으로 응수했다. 한쪽에 앉아 있던 재인이 입을 열었다.

"당장 취임할 생각은 없습니다. 회장 자리가 공석이면 안 되는 이유가 있습니까?"

건이 타계한 지 한 달도 지나지 않았다. 그간 회장 자리가 공석으로 있었지만 호텔 경영에 큰 무리는 없었다. 유산상속이 확정되고 법적 마무리가 끝나 모든 결재는 그녀가 진행하고 있었다. 이런 와중에 회장 취임으로 또다시 분란을 만들고 싶지 않았다.

여전히 유산상속에 불만이 있는 준호와 준희를 보는 게 껄끄럽지만 그렇다고 안 볼 수도 없었다.

"계속 회장직을 공석으로 두는 것도 아니라는 이사회의 의견을 수렴해 퀸즈 건설 강준호 회장을 부회장으로 모실까 합니다."

최대한 이사들의 의견을 수렴하는 방안으로 내린 결론이었다. 재인의 말에 장내가 소란스러워졌다. 한쪽에 서 있는 준은 아무런 표정 없이 그녀를 바라보고 있었다.

'잘하고 있는 거지?'

'잘하고 있어.'

마주치는 시선에 준은 무언의 힘을 실어주었다.

"그럼 퀸즈 건설의 강 회장을 부회장 자리에 선임하는 투표를 진행하도록 하겠습니다."

기다렸다는 듯이 그들은 표결했고, 준호는 그룹의 부회장 자리에 앉았다. 하지만 결정적으로 그가 원하는 회장직은 여전히 공석이었다. 많은 사람이 공석의 주인을 재인이라고 생각했다. 물론 때가 되지 않았을 뿐이었다.

직함 없는 대표로 보낸 지난 2년간, 호텔은 분명 성장했다. 유언장에는 30살까지 호텔을 제대로 운영하며 문을 닫지 않으면 그 뒤 재인의 의지대로 할 수 있다고 되어 있었다.

물론 그 전에 부채비율이 10프로 대에 이르면 모든 조건은 사라진다. 하지만 부채비율 10프로는 꿈꿀 수도 없는 일이었다.

이제 부채비율은 40프로에 육박해 있었다.

처음 유언장을 듣고 그깟 7년이라고 생각했다. 하지만 2년이 지난 지금, 모든 것을 내던지고 싶을 만큼 지쳐 있었다. 남은 시간을 버틸 자신이 점점 사라져가고 있었다.

준호는 언제부턴가 그녀를 보호한다는 명목 아래 야금야금 지분을 늘려갔다. 그녀가 가진 57프로의 지분은 그 누구도 따라잡을 수가 없었다.

오래전부터 상당한 자산가였지만 건의 유산으로 인해 누구도 넘볼 수 없는 막강한 부를 가지게 되었다. 하지만 그녀는 그냥 강재인일 뿐이었다.

강건 회장이 별세하고 연일 매스컴에서는 재인의 이름이 거론됐다. 길을 가던 어린애까지 재인의 이름을 알 정도로 그녀는 하루아침에 유명인사가 되었다.

23살의 자산가. 미모와 부, 권력을 가진 최고의 영애. 그 옆을 지키는 준까지 세간의 관심을 받고 있었다. 26살 젊은 나이에 최고의 자리에 오른 남궁준. 카리스마 넘치는 외모와 그에 못지않은 실력, 그리고 최고 권력자의 총애를 받고 있는 남자.

이제 퀸 호텔그룹은 국내 유일의 호텔 전문 그룹으로 거듭났다. 전국에 9개의 호텔을 운영하며 호텔과 관련된 건축과 시설 관리 전문회사인 퀸즈 건축과 세탁 관련 회사인 클린 퀸을 직영으로 운영하고 있었다.

거기에 그치지 않고 얼마 전 퀸 식품을 설립하며 식품 사업까지 확장해 영역을 넓혀가고 있었다. 홍보 팀장이었던 준희는 오빠인 준호의 부회장 취임을 반대했지만 준호를 지지하는 세력을 막을 수는 없었다. 그리고 어느 순간부터 준희는 준호 뒤에 서 있었다. 결국은 부를 따를 수밖에 없는 다른 족속들처럼.

이제 그 어디에도 재인의 편은 없었다. 재인이 믿을 사람은 준밖에 없었다. 준호는 여전히 호시탐탐 기회를 엿보고 있었고 또다시 검은 마수를 뻗치려 하고 있었다.

굳건할 것 같던 그녀의 성벽. 작은 균열은 이미 시작된 것 같았다. 막강한 지분을 소유하고 있음에도 풍전등화 같은 퀸의 권자. 온전히 무언가를 소유할 수 없는 게 그녀의 삶인 것 같았다.

재인은 한꺼번에 생긴 부로 인해 많은 걸 얻었고 또 많은 걸 잃었다. 가족이라는 존재는 그녀의 삶에서 지워진 지 오래였다. 세상의 전부와도 같았던 건이 2년 전 타계했고 그보다 오래된 15년 전, 그녀의 부모인 민호와 의주는 사고로 세상을 떠났었다.

단 몇 시간이었지만 민호와 의주는 마지막까지 재인을 위해 웃음을 전하며 세상을 떠났다. 재인은 아직도 병원에서 온갖 기계들이 매달려 있던 부모의 모습을 잊지 못했다. 그 탓에 병원이라면 질색이다. 그녀는 넘치는 부에도 자유롭지 못했다. 여전히 건의 그늘 아래 있었다.

건은 50년 전, 12개의 방을 가진 작은 서양식 호텔을 시작해 지금의 퀸 호텔그룹을 만든 장본인이었다. 남들보다 빠르게 국제적인 호텔 경영 프랜차이즈인 코르와 전략적 파트너십을 체결해 국제적 비즈니스 역량을 지속적으로 도모할 만큼 혜안도 뛰어난 이였다. 그의 혜안 덕에 그룹은 국내외로 체인을 점점 늘려가고 있지만 지금은 재인이 그 모든 걸 떠맡고 있었다.

시간이 지나면서 그녀는 모든 게 버거워졌다. 그녀는 건과 달랐다. 언제나 호텔만 생각하는 한결같은 경영 철학, 그딴 건 없었다. 건은 그것 또한 알고 있던 것처럼 시장을 꿰뚫는 통찰력과 경영 능력을 갖춘 준을 재인 곁에 남겨뒀다.

준만 있다면 문제없었다. 퀸 호텔그룹을 운영하는 데. 그리고 살아가는 데. 하지만 다른 문제는 여전히 남아 있었다.

유산을 상속받으면서 받아들인 제약들. 상속받을 때 같이 증여받은 부채 32프로는 이제 40프로다.

지금은 그저 30살까지 그룹을 유지하기에 매달리고 있었다. 그룹을 유지하며 지분을 매각하긴 했지만 여전히 가장 많은 지분을 가진 사람은 그녀이고 대표 또한 강재인으로 되어 있었다. 건이 무슨 의도로 재인에게 그 많은 재산과 권리를 남겼는지 모르겠다.

재인은 하루빨리 퀸이라는 이름에서 벗어나고 싶었다. 어디를 가든 꼬리표처럼 따라다니는 퀸의 그림자. 그 안에서 절대 자유롭지 못했다.

그녀는 숨을 자유조차 없었다. 호텔에 그녀가 모습을 보이지 않으면 모든 예금과 재산은 사라졌다. 유산이 공개되고 그녀는 그 사실에 경악을 금치 못했지만 변호인단은 그저 유산상속의 조건이라는 말만을 반복했다.

어쩔 수 없이 호텔에서 생활을 시작했다. 그렇게나 좋았던 호텔 생활이 이제 그녀의 숨통을 틀어쥐고 있었다.

처음 얼마간은 방황했다. 호텔 서비스만 생각했던 그녀가 반드시 서비스를 받아야 하는 호텔 생활에 적응하지 못할 것 같았다. 어느 곳에 있든 무엇을 하든 모든 사람들의 시선이 그녀에게 쏟아졌다. 그 시선 속에서 그녀는 숨을 곳을 찾지 못해 방황했다. 그나마 유일하게 기대고 있던 준은 더 이상 그녀를 받아주지 않았다.

거대한 호텔그룹의 오너라는 자리는 그녀가 홀로 견디기 힘들고 고된 자리였다. 누구도 대신할 수 없는 괴로움을 견디며 지금껏 달려왔다.

시간이 지나며 차츰 재인은 그 시선들에 무뎌지기 시작했고 조금씩 변하기 시작했다.

2년이 지난 지금, 재인은 모든 환경에 적응했었다. 너무도 완벽하게.

#03 - 거미줄에 걸린 남자

　누가 봐도 완벽하게 차려입은 재인은 스위트룸을 빠져나와 3층으로 향했다. 매주 금요일 오전은 총지배인인 준의 사무실에서 팀장회의가 있는 날이다.

　매일 오전 의례적인 업무회의가 있음에도 준은 한사코 팀장단 회의를 별도로 진행했다. 같은 주제를 두 번씩 들을 필요가 있을까 싶지만 준의 고집을 꺾을 수는 없었다.

　그날 주제는 알고 있었다. 며칠 뒤 있을 긴급이사회 건에 대해서도 분명 말이 나올 것이다. 미리 팀장들의 의견을 들어둔다면 도움이 될 것이다. 준이 가져다놓은 사전 자료들은 꼼꼼히 점검했다.

　그녀가 씻는 사이, 준은 언제나처럼 수북이 회의 자료들을 던져놓고 사라졌다. 그녀가 한 번에 상황을 파악할 수 있도록 만든 완벽한 자료. 체크된 사항만으로도 충분히 파악할 수 있었다.

식품 납품 건이니만큼 식음료 팀에서 하는 말을 더 신경 써야 할 것이다. 늘 긴장되는 팀장회의.

재인은 최대한 당황한 기색을 들키지 않으려 크게 심호흡했다. 그날은 새로운 컨시어즈 한서도 출근하는 날이었다. 준은 그동안 자신이 맡았던 컨시어즈 업무를 전문화할 필요가 있다고 했었다. 최대한 퀸에 어울리는 사람으로 선별했고 최종 선택된 사람이 박한서였다. 재인은 준의 선택에 동의했었다.

한서는 세계에서도 인정받은 한국인 컨시어즈였다. 한서는 이미 골든 키로 컨시어즈의 능력을 인정받은 인재로 수많은 호텔에서 러브콜을 보내고 있는 인물이었다. 상상할 수 없는 조건을 제시하는 곳도 있었을 테지만 그가 최종적으로 선택한 곳은 퀸이었다.

새로운 컨시어즈가 박한서라고 했을 때 놀랐다. 재인은 준의 스카우트 능력에 다시 한 번 감탄했다. 한서가 후보자 리스트에는 있었지만 진짜 그를 데려올 거라는 생각은 하지 못했다.

한서를 퀸으로 데리고 온 건 탁월한 선택이었다. 한서의 출중한 능력으로 인해 출근 전부터 이미 관광객들이 퀸으로 숙소를 옮겼다는 보고도 받았다.

앞으로 한서의 역할이 중요했다. 한서를 제대로 파악해볼 생각이었다. 지금까지 파악한 자료로는 아직 그를 판단할 수가 없었다.

이래저래 복잡한 심경으로 회의실에 발을 들였다. 이미 자리에 앉아 있던 팀장들은 재인이 들어오자 자리에서 일어섰다. 준은 자리에 앉아 재인에게 눈길조차 주지 않고 있었다.

재인은 자리에 앉으며 주위를 둘러봤다. 객실관리부 팀장을 맡고 있는 부지배인 수성과 식음료 전문가인 준혁이 눈인사를 건넸다. 그녀는 짧게 웃으며 가볍게 묵례로 인사를 대신했다.

그들 건너편에 앉아 있는 수린도 가볍게 인사를 하며 자리에 앉았다. 트레이닝 매니저 진선은 한쪽에 서서 오더를 내리며 눈을 마주쳤다.

재인은 짧게 눈을 마주치며 팀장들과 인사를 했다. 그 외 피트니스 센터 팀장 민성과 CRO 팀장 시경이 인사를 하고 자리에 앉아 서류를 확인하고 있었다. 비어 있는 건 언제나처럼 부회장 준호와 홍보 팀장 준희의 자리뿐이었다.

준호는 전처럼 금요일 팀장회의에는 참석하지 않을 것이다. 부회장이 일계 팀장회의에 참석하는 건 그로서는 생각할 수 없는 일인 것 같았다. 다음 주 주주총회에서나 얼굴을 비칠 것 같았다.

재인은 준의 강요 때문에 언제부턴가 팀장단 회의에 참석했다. 처음 재인의 등장에 낯설어하던 그들도 이제는 재인의 참석을 당연하게 생각하고 있었다.

홍보 팀장 준희는 자신을 대신해 홍보부장 재진을 보냈다. 이름만 올려놨을 뿐 준희는 호텔에 출근조차 하지 않았다. 재인은 한숨을 쉬며 주위를 둘러보다 낯선 얼굴에서 시선이 멈췄다.

박한서다. 객관적 입장에서 판단했을 때 그는 꽤 괜찮은 마스크까지 가지고 있었다. 업계에서 탐을 낸 이유를 조금은 알 것 같았다.

외모보다 실력이 우선이겠지만 그의 외모가 그의 가치를 상승시킨 건 확실했다. 그 또한 알고 있는 것 같았다. 마주친 시선에 당당함이 느껴졌다. 피식 웃으며 고개를 돌린 재인은 시간을 확인하고 입을 열었다.

"회의 시작하시죠."

재인은 어둠이 찾아오는 시간이면 밤의 여왕으로 불렸다. 하지만 한낮의 재인은 퀸의 여왕이어야 했다. 재인은 완벽하게 바뀐 얼굴로 팀장들을 바라봤다. 준혁은 자리에 팀장들이 앉기 무섭게 입을 열었다.

"새로운 컨시어즈 박한서 씨를 소개하겠습니다."

한서는 환하게 웃으며 자리에서 일어섰다. 여심을 흔들기에 충분한 미소지만 재인에게는 통하지 않았다.

"안녕하십니까? 박한서입니다. 앞으로 잘 부탁드리겠습니다."

목소리도 마스크에 걸맞게 차분하고 간결해 믿음이 가는 음색이었다. 한서가 간단하게 인사를 마치자 준혁이 마이크를 잡았다.

"우선 저희 팀부터 말씀드리겠습니다. 알고 계시겠지만 지난주부터 퀸즈 식품에서 전반적인 식재료들이 모두 들어오고 있습니다. 그런데 단가는 오른 반면, 품질은 변함이 없거나 떨어지는 것 같습니다. 배송상의 문제인지 원재료의 문제인지 파악해주시기 바랍니다."

준혁의 말이 끝나기 무섭게 준이 그녀에게 서류를 건넸다.

<현재 조사 중. 2~3일 내로 보고서 올릴 예정. 부회장님이 개입됐을 가능성 있음. 현재로서는 파악 중. 특별히 조심 바람.>

준이 건네준 서류의 메모를 보며 재인은 표정 변화 없이 준혁을 바라봤다.

"현재 파악하고 있습니다. 조만간 조치하겠습니다. 다른 건 없으신가요?"

"전일에 있었던 연회에서 음료로 제공된 샴페인 단가가 너무 높다는 항의가 들어왔습니다."

준혁의 보고에 재인은 서류를 확인했다. 특별히 문제 될 건 없어 보였다.

"연회 시작 전에 이미 계약된 내용 아니었나요?"

"연회 전에 대학 측에서 변경해달라는 요청이 들어왔습니다. 저희 쪽에서는 서면으로 변동 사항 확인해서 보냈습니다. 그쪽에서도 체크했다고 확인받은 상태입니다. 하지만……."

클레임을 할 상황은 아닌 것 같았다. 어젯밤 식음료 팀에서 선별한 음식과 주류는 완벽했었다. 마음껏 부를 과시할 때는 언제고 제 지갑을 열려니 졸렬한 속내를 여지없이 드러냈다.

재인은 간단하게 메모했다. 이건 전화 한 통으로 해결할 수 있었다.

그녀가 할 일은 하나였다. 석현이 됐든 강호가 됐든 둘 중 하나에게 전화하는 것. 선택만 하면 됐다. 두 번 다시 보고 싶지 않지만 쉽사리 쳐낼 수는 없는 존재들.

그들을 떠올리며 일어나는 짜증을 감추며 준혁을 바라봤다.

"그렇다면 문제 될 건 없을 것 같네요. 제가 확인하도록 하겠습니다. 다음 사항은요?"

"그 외 식자재 관련해 계속 말이 나오고 있습니다."

생각보다 문제가 컸다. 벌써부터 잡음이 들린다면 자회사라고 해도 도리가 없었다. 준의 말처럼 정확한 조사가 필요했다.

"구체적으로 어떤 부분에서 차이가 있는지 보고서로 작성해서 올려주세요."

준혁은 재인의 말이 끝나기 무섭게 보고서를 건넸다. 생각했던 것보다 단가가 너무 높았다. 준호는 예상했던 것보다 많은 자금을 끌어모으는 것 같았다. 이렇게 대놓고 선전포고를 한다는 건 전쟁을 치를 준비가 되어 있다는 반증이었다.

퀸즈 식품은 재훈이 얼마 전부터 경영하고 있었다. 하지만 배후에서 준호가 장악하고 있었다.

재인은 심각한 얼굴로 보고서를 읽었다. 예상보다 움직임이 빨라질 것 같았다. 벌써 결제된 금액이 30억에 달했다. 재인은 마케팅과 사무국 팀을 맡고 있는 유경을 바라봤다.

"이 팀장님은 별다른 보고 없으신가요?"

재인의 말에 유경이 보고서를 건넸다.

"이번 달 지출된 연회와 컨벤션 행사 지출 명세입니다."

명세서를 보던 재인은 유경을 다시 바라봤다.

"구매 팀의 지출 내용 중 꽃값 비중이 상당히 늘었네요."

준이 가져다 놨던 서류에서 확인했던 내용이었다.

"최근 행사에 사용된 꽃이 워낙 고가라 지출된 금액이 높은 편입니다."

유경의 말에 재인은 잠시 생각에 빠졌다. 그녀의 기억이 맞다면 지난달에도 꽃값으로 상당한 금액을 지출했었다.

"행사 주최 측과 협의가 이뤄진 내용인가요?"

"연회장과 행사장 예약 시 꽃값은 시세대로 지급하는 걸로 약정되어 있습니다."

"약정이 언제 바뀌었죠?"

유경의 말에 재인은 최근 약정이 바뀐 기억이 없다는 걸 떠올렸다.

"행사장 꽃은 황금난초에서 별도로 계약하고 있습니다. 약정은 그쪽에서 정한 사항입니다."

재인은 심각한 얼굴로 지출명세를 살폈다. 최근 이나가 경영하는 꽃집의 매출이 눈에 띄게 늘었다.

예전에는 외부 업체와 입찰 경쟁으로 행사를 진행했지만 준호가 부회장에 오르고 어느 순간부터 모든 행사는 황금난초가 독식하기 시작했었다. 이 모든 게 그간 강원도 지역에 호텔 유치를 신경 쓰느라 본사 관리에 소홀해진 탓이었다. 무산된 강원 지역 호텔 건으로도 머리가 아팠다. 재인은 작게 한숨을 내쉬었다.

"지난 분기…… 아니, 지난 1년간 황금난초 수입, 지출명세 좀 올려주세요."

재인의 말이 끝나기 무섭게 준은 서류를 내밀었다. 준은 이미 모든 걸 파악하고 있었다.

서류를 건네받은 재인은 천천히 서류를 확인했다. 그녀가 원하던 내용이 고스란히 있었다. 눈앞에 있는 숫자만으로도 알 수 있었다. 최근 1년간 꽃집 매출만 따져봐도 커다란 수익이 발생했다. 수치만으로도 엄청난 금액이었다.

재인이 파악한 바로는 이 정도의 수익은 보고되지 않았다. 결론은 하나. 못해도 수백억의 자금이 준호 쪽으로 유입되었다. 좀 과장되긴 하지만 호텔에서 꽃은 황금알을 낳은 거위 같았다. 그 탓에 그룹에서도 몇 년 전부터 직영 꽃집인 황금난초를 운영하기 시작했었다. 호텔에서 꽃은 없어서는 안 되는 소품 중 하나였다.

건은 생전에 좀 더 실질적인 부분에 투자했지만 재인의 생각은 달랐다. 이미지 마케팅은 아주 좋은 홍보 수단이었다. 거기에 꽃은 남녀를 불문하고 좋은 반응을 얻을 수 있는 도구였다.

호텔에서는 꽃으로만 적게는 수백에서 수천만 원까지 매출을 올릴 수 있었다. 그래서 다른 사람보다 재훈의 가족인 이나를 쓰는 게 유리할 거라고 생각했다.

이나는 꽤 오래전부터 호텔과 관계를 유지한 플로리스트였고 지명도도 높은 편이었다. 하지만 모든 게 재인의 오판이었다. 이나는 처음부터 철저하게 준호의 사람이었다.

처음 직영 꽃집을 개업할 당시, 준호가 별다른 반대를 하지 않았던 게 떠올랐다. 이미 그때부터 계획된 일인 것 같았다.

재인은 복잡한 심경으로 눈앞에 있는 보고서를 바라봤다. 늦었다고 생각했을 때가 가장 빠르다고 했지만 지금 당장 플로리스트를 바꿀 수는 없었다. 그동안 이나가 진행해오던 행사가 있기에 한꺼번에 바꾸게 되면 잡음이 발생할 것이다.

거기다 최근 고가의 꽃들이 대량으로 수입되었다. 아직은 모른 척하며 조사하는 게 더 안전해 보였다. 섣불리 움직이면 꼬리조차 잡지 못할 것이다.

좀 더 효과적인 방법을 물색해야겠다는 생각을 하며 수성을 바라봤다. 객실 담당이지만 준 다음으로 호텔에 관해 철저히 파악하고 있는 인물이었다. 수성은 색이 조금 바랬지만 맑은 눈으로 재인을 바라보고 있었다. 조만간 수성과 면담해봐야겠다는 생각을 하며 다시 유경을 바라봤다.

"구매 팀은 상세한 보고서 작성해서 다시 올리도록 하세요."

재인은 그날 올린 보고서에 결재를 미루고 수성을 바라봤다.

"한수성 부지배인님, 객실부 다른 전달 사항은 없으신가요?"

"최근 객실 점유율이 하락하는 추세를 보이고 있습니다. 크리스마스와 연초 행사 시즌이 끝난 것도 있지만 최근 리노베이션해 개관한 상층부 예약만 계속 진행되고 있습니다. 저층은 여전히 예약이 저조한 상태입니다. 리노베이션이 자꾸 늦어지는 게 그 이유 중 하나인 것 같습니다."

재인은 그가 건넨 보고서를 내려다봤다. 눈에 띌 정도는 아니지만 객실 점유율은 확실히 떨어지고 있었다.

"얼마나 감소했나요?"

"전달 대비 3% 하락했습니다."

재인은 심각한 얼굴로 서류를 들여다봤다. 크리스마스와 연말 행사가 있었다고 해도 이 정도 차이가 나는 건 이례적이었다. 재인은 자신도 모르게 펜 끝을 잘근거렸다.

뭔가 골똘히 생각할 때 나오는 버릇. 한참 동안 펜 끝을 씹던 재인은 한숨을 내쉬었다. 당장 뾰족한 수는 없었다.

"현재 저층 리노베이션은 얼마나 진행되고 있죠?"

"동관은 지난주 마무리해서 이번 주부터 예약 시작했습니다. 서관은 다음 달쯤 완전히 끝날 것 같습니다."

전 층의 구조 변경은 무리가 있어 시차를 두며 시작한 공사였다. 하지만 최근 여러 가지 차질로 공사가 늦어지고 있었다.

최대한 소음을 줄인다고 하지만 여전히 크고 작은 소음으로 이용객들에게 불편을 주고 있었다. 구조 변경이 끝난 본관과 동관은 아직까지 홍보 부족으로 인해 예약이 원활하지 못했다. 홈페이지는 물론이고 대대적인 광고를 하고 있음에도 객실 점유율이 떨어지고 있었다. 이대로 두고 볼 수는 없었다. 결단이 필요했다.

"최대한 빠른 시일 안에 끝내도록 추진해주세요. 일정 조정해주시고 추가 비용 예산안은 오후까지 부탁드릴게요."

호텔에서 나오는 수익은 크게 객실과 식음료, 그 외 연회장과 홀의 행사로 발생하는 것이었다. 그중 가장 큰 수입은 객실 부분이었다.

행사장의 대여료는 큰 수익이 되지 못했지만 객실은 70% 이상의 수익을 낼 수 있었다. 지금 상황에서 객실 점유율이 하락한다는 건 호텔 수익에 직접적인 영향을 주고 있다는 신호였다.

"네. 업체 측과 상의해보겠습니다."

수성의 말에 재인은 그제야 생각난 듯이 그를 바라봤다.

"아무리 그래도 안전이 우선이라는 건 꼭 인지시켜 주세요. 부탁드립니다, 부지배인님."

수성은 짧게 고개를 끄덕였다. 재인은 그 무엇보다 안전을 우선시했었다. 그녀가 호텔을 맡고 가장 먼저 한 것도 안전을 위한 구조 변경이었다.

크고 작은 보수는 있었지만 전체적으로 호텔을 구조 변경하는 건 쉬운 결정이 아니었다.

그녀의 단호한 결정으로 전체적인 구조 변경을 감행했고 그 덕에 퀸은 더 안전하고 편안한 휴식처로 거듭나고 있었다. 하지만 그로 인해 발생하는 긍정적인 부분은 물론 부정적인 부분까지 모두 재인 몫으로 돌아왔다. 오너로서의 자질 문제까지 거론된 게 어제오늘 일은 아니지만 최근 더 말이 많아지고 있었다.

"다른 팀장님들은 그저 사인만 받기를 바라고 계신가요? 오늘은 제가 시간이 좀 나서 천천히 듣고 싶은데요."

재인의 말에 다른 팀장들의 안색이 급격하게 굳어졌다. 그 후로도 회의는 한동안 계속되었다.

준은 한쪽에 앉아 차분하게 회의를 이끌어가는 재인을 바라봤다. 참 많이 변한 것 같으면서도 여전히 변함없었다.

문득 이른 아침 채소 샐러드를 보며 잔뜩 성이 났던 얼굴이 떠올랐다. 그 모습에 준은 소리 없이 웃었다. 그가 지금 웃고 있는 건 회의실 안에 있는 그 누구도 눈치를 채지 못했다. 준은 그 어떤 감정도 나타나지 않은 얼굴로 재인이 필요로 하는 서류를 건넬 뿐이었다.

준은 골똘히 생각에 잠겨 볼펜 끝을 씹고 있는 재인을 물끄러미 바라봤다. 그때나 지금이나 여전했다.

처음 재인을 만났던 그날의 일들이 그의 기억 속에서는 아직도 생생했다. 그 밤, 어둡기만 하던 검은 하늘을 밝히던 별들도 아직 그에게는 생생했었다.

학교를 마치고 열심히 집으로 가고 있었다. 한참을 걷던 준은 집 근처 골목 어귀에 있는 작은 인형을 발견하고 발을 멈췄다.

더 늦으면 선인이 걱정할 것이다. 어차피 전화로 집에 온 걸 알리는 게 다였지만 그것만으로 선인은 안심할 게 분명했다. 그걸 알기에 그는 숨이 차오는 걸 참으며 집을 향해 기고 있었다. 그런데 처음 보는 작은 인형이 그의 발목을 붙잡았다.

하얀 드레스를 입은 아이는 당장에라도 울 것 같은 얼굴로 바닥에 앉아 있었다. 준은 본능적인 끌림으로 아이에게 다가갔다. 살며시 아이 앞에 앉았다.

발개진 뺨이 제법 오래 그곳에 앉아 있었던 것 같았다. 곧 여름이라고 해도 4월의 밤은 따뜻한 봄볕을 잊은 채 싸늘하기만 했었다. 준은 걱정스러운 마음에 외투를 벗어 여자아이를 감쌌다.

"혹시 길 잃어버렸니?"

아이는 고개를 들어 준을 쳐다봤다. 하늘의 별이 눈앞에서 빛나고 있었다. 준은 마주친 시선에 금세 사로잡혔다.

몇 초간 그를 바라보던 아이는 와락 품에 안겼다. 놀란 준은 아이를 안은 채 뒤로 넘어졌다. 다행히 아이는 그의 품에 안긴 채였다. 유난히 큰 눈이 하늘의 별보다 아름답게 빛나고 있었다.

"Lost way. I have almost gone missing at the park. but I'm happy. I meet you. My prince. Finally look for royal prince."

갑자기 쏟아내는 영어에 준은 당황했다. 대체 무슨 말을 하는 건지 모르겠다.

"지금 뭐라고 한 거야?"

어느새 품에 안긴 아이는 준을 꼭 끌어안고 있었다. 손에 닿은 아이의 뺨이 무척이나 차가웠다. 당황한 얼굴로 아이를 떼어내려 했지만 아이는 그의 품에서 떨어지지 않았다.

"야, 너 왜 그래?"

"싫어."

한국말도 할 줄 아는 모양이었다. 준은 아이를 다독이며 겨우 일어났지만 여전히 그의 품에서 떨어질 줄 몰랐다.

"엄마 잃어버렸어? 이름이 뭐야? 오빠가 집 찾아줄게."

"재인. 강재인."

"그래, 재인이구나. 그런데 어쩌다가 길을 잃어버린 거야?"

인적이 드문 골목이었다. 최대한 아이가 놀라지 않게 준은 재인의 등을 천천히 도닥여줬다. 무서울 때마다 아빠가 이렇게 도닥여주면 순식간에 무섭던 감정들이 사라졌었다.

"Get out grandpa house……."

준은 다시 시작된 영어에 당황했다.

"재인아, 영어로 말하면 오빠가 못 알아들어."

"왜?"

왜라고 묻는 재인이 무척 귀여웠다. 준은 재인의 머리를 천천히 쓰다듬었다.

"오빠가 공부를 좋아하지 않거든."

이럴 줄 알았으면 좀 더 공부를 열심히 하는 건데, 라는 생각이 들었다. 준은 피식 웃으며 재인을 바라봤다. 재인은 곰곰이 생각에 빠진 얼굴을 하다 이내 환하게 웃으며 그를 바라봤다. 웃는 모습이 참 예뻤다.

인형이 살아 있는 것 같다는 생각을 하며 재인을 살며시 떼어냈다. 하지만 재인은 또다시 그의 허리를 꼭 끌어안았다. 준은 당황스러웠지만 재인이 귀여워 그냥 참기로 결심했다.

"혹시 엄마나 아빠 전화번호 아니?"

"700-555-1004."

재인이 말하는 전화번호는 아무리 생각해봐도 없는 번호 같았다.

"음, 저기 재인아, 몇 살이야?"

"다섯 살."

한숨을 나왔다. 전화번호를 외우기에는 아직 어린 것 같았다. 아무래도 경찰서에 데려다줘야 할 것 같았다. 그런데 경찰서는 집에서 30분은 더 내려가야 했다. 차라리 선인에게 전화하고 다녀오는 게 나을 것 같았다.

준은 재인의 손을 꼭 잡았다. 손안에 들어온 작고 찬 손이 그의 손을 꼭 잡았다. 나눈 체온에 금세 온기가 전해지며 냉기가 사라졌다.

"재인아, 오빠가 집에 가서 전화 한 통만 하고 부모님 찾아줄게. 그래도 되지?"

재인은 밝은 미소로 주위를 환하게 만들며 고개를 끄덕였다.

"괜찮아."

"가자."

준은 재인의 손을 잡고 천천히 집으로 가기 시작했다. 조금 걷던 재인은 뭐가 불편한지 계속 걸음을 멈췄다. 준은 다시 무릎을 꿇고 재인을 마주 봤다.

"왜? 어디 아파?"

그제야 재인이 치마를 들쳤다. 언제 넘어졌는데 무릎에 피가 굳어 있었다. 준은 인상을 쓰며 재인의 상처를 쓰다듬었다.

"아야."

준의 손길에 재인은 움찔하며 다리를 피했다.

"넘어진 거야?"

"응, 아파."

잠시 고민하다 가방을 앞으로 메고 재인에게 등을 내밀었다.

"자, 업혀!"

재인은 한 치의 망설임도 없이 업혔다. 준은 힘들이지 않고 재인을 업은 채 집으로 향했다.

"재인아, 어쩌다가 엄마 잃어버린 거야?"

"엄마 잃어버린 거 아니야."

"그럼?"

"마미랑 대디는 애틀랜타에서 다음 주에 온다고 했어."

처음 영어로 말할 때 알아챘어야 했다. 그녀의 집은 이 근처에 있진 않았다. 상황이 더 난감해졌다.

"그럼 여기는 어떻게 온 거야?"

"할아버지 보고 싶어서 재인이 먼저 왔어. 그런데 할아버지 호텔 갔어. 심심해서 나왔는데 어딘지 모르겠어. 여기 너무 복잡해. 배도 고픈데 이제 괜찮아."

재인은 준의 목을 더 세게 끌어안고 뭐가 그리 신이 났는지 발까지 흔들고 있었다.

"왜?"

"왕자님이 왔으니까 이제 안 무서워."

"뭐?"

재인의 말에 준은 당황스러웠다.

"공주가 위험하면 왕자가 구해주잖아. 재인이 공주니까 오빠는 왕자야."

재인의 말에 준은 그저 웃고 말았다.

해가 뉘엿뉘엿 지고 있었다. 어느덧 집에 도착한 준은 커다란 대문을 열고 안으로 들어갔다. 많이 고단했던지 조잘대던 재인은 그새 잠들어 있었다. 준은 잠시 고민하다 선인에게 전화를 걸었다.

"아빠, 집에 왔어요."

-그래. 준아, 미안한데 아빠가 지금 바쁘니까 이따 전화할게. 오늘 저녁은 혼자 먹어야 할 것 같다. 밥이랑 반찬 있으니까 챙겨 먹어. 미안하다.

"늦으세요?"

―아마도 늦을 것 같구나. 미안하다.

"아니에요. 먼저 잘게요."

선인은 뭐가 바쁜지 준의 말이 끝나기도 전에 전화를 끊었다. 평소 누구보다 자상한 선인이었다. 준은 수화기를 내려놓으며 한숨을 내쉬었다.

재인은 여전히 자고 있었다. 가방을 정리하고 식탁에 저녁을 차리기 시작했다. 재인을 업고 오는 내내 뒤에서 꼬르륵 소리가 들려왔다. 이른 저녁을 먹고 재인과 함께 경찰서에 가면 될 것 같았다.

냉장고에 있는 반찬을 쭉 바라봤다. 아무리 봐도 재인이 먹을 게 없어 보였다. 고민하다가 선인이 아침에 만들어 놓은 시금치와 콩나물을 꺼냈다.

달걀이라도 하면 좋을 것 같지만 선인은 혼자 있을 때 절대 가스레인지를 만지지 말라고 당부했었다. 준은 자신의 그릇에 밥을 뜨고 재인을 바라봤다.

배가 고프다고 했으니 분명 많이 먹을 것 같았다. 준은 그의 국그릇에 밥을 가득 담았다.

식탁에 밥을 내려놓고 잠시 고민하다가 그의 수저와 젓가락을 재인의 자리에 놓고 선인이 쓰는 수저와 젓가락을 가져다 자리에 내려놨다.

혼자 먹을 때마다 선인의 수저를 놓고 먹었는데 오늘은 그러지 않아도 될 것 같았다. 준은 조심스럽게 재인을 흔들었다.

"재인아, 재인아. 강재인. 일어나."

준의 목소리에 재인은 눈을 비비적거리며 일어났다. 눈을 뜬 재인은 환하게 웃으며 준을 바라봤다. 준은 재인의 웃는 모습에 괜스레 기분이 좋아졌다.

"밥 먹어."

밥이라는 말에 재인은 눈을 크게 떴다.

"배고파!"

재인은 앉아서 준에게 손을 내밀었다. 준은 웃으며 재인을 번쩍 안았다. 그리고 그녀를 안은 채 식탁에 앉았다. 재인이 식탁에 차려진 반찬들을 보며 인상을 찌푸렸다.

"안 먹어!"

분명 조금 전까지 배가 고프다고 했었다. 준은 어리둥절한 얼굴로 재인을 바라봤다.

"왜? 배고프다며?"

"채소 안 먹어!"

이제 재인은 코까지 막고 있었다. 준은 웃으며 그녀의 손에 수저를 쥐여 줬다.

"골고루 먹어야 예쁜 공주님이지! 채소 안 먹는 공주는 안 예뻐."

준의 말에 재인은 심각한 얼굴로 채소를 바라봤다. 준은 재인의 표정이 너무 귀여웠다. 준은 재인의 수저에 밥을 가득 뜨고 그 위에 시금치를 올렸다. 재인은 그의 행동에 눈을 크게 떴다.

"너무 커!"

준은 시금치를 입으로 가져가 반을 먹었다. 반으로 자른 시금치를 다시 수저에 올려주자 재인은 작게 한숨을 내쉬었다.

"재인이 착하지. 아!"

준은 재인의 입에 수저를 밀어 넣었다. 재인은 울상을 지으며 억지로 입을 움직였다. 하지만 씹는 시늉만 할 뿐이었다.

재인은 결국 입 안에 있던 음식을 다 뱉어냈다.

"못 씹겠어."

"우리 아빠가 채소를 잘 먹어야 씩씩한 어린이라고 했어."

"안 씹힌단 말이야."

준은 잠시 고민하다 시금치를 입에 넣고 꼭꼭 씹어 재인의 수저에 다시 올려줬다.

"다시 먹어봐."

재인은 잠시 준을 쳐다보다가 밥을 먹었다. 그런데 이번에는 아무렇지도 않았다. 입 안에 있던 밥을 다 넘긴 재인은 자랑스럽게 입을 벌렸다.

"아! 다 먹었어. 나 이제 예쁜 공주지?"

준은 소리 내 웃으며 재인의 머리를 쓰다듬었다.

"그래. 예쁜 공주다."

"또 줘. 아!"

이번에는 콩나물을 씹어 재인에게 줬다. 처음에는 질색하더니 그가 씹어준 뒤로는 맛있게 먹기 시작했다. 어느새 배를 채운 재인은 활짝 웃으며 배를 두드렸다.

"배불러!"

준은 그 모습에 다시 한 번 웃으며 재인을 식탁에서 내려줬다.

"오빠도 얼른 먹을게. 이제 집에 가자."

준의 말에 재인이 고개를 저었다.

"안 가도 돼."

"왜? 부모님 걱정하고 계실 거야."

"공주는 이제 왕자님이랑 행복하게 살 거야."

준은 고개를 흔들었다. 역시 어린애는 어린애였다.

"왕자 아니라 그냥 오빠야. 오빠 이름은 남궁준이야. 앞으로 준 오빠라고 불러."

"아니야! 왕자님이야!"

만화에서나 봤던 상황 같았다.

"창피하게 왜 그래? 자꾸 왕자님이라고 하면 오빠 화낼 거야."

준은 쑥스러워 얼굴이 화끈거리는 것 같았다.

"치! 왕자님인데……."

준은 말도 안 되는 소리를 하는 재인을 보며 설거지를 했다. 선인은 그날도 늦는다고 했었다. 밤늦게까지 일하는 아빠를 조금이라도 돕고 싶었다. 꼼꼼히 설거지를 마친 준은 옷장에서 작은 점퍼를 꺼냈다.

재인이 입은 옷은 얇아 보였다. 점퍼를 입은 재인은 인상을 찌푸리며 옷을 벗었다.

"커."

딱 봐도 큰 옷이지만 그냥 데리고 가기에는 걱정이 됐다. 준은 소매를 재인의 팔 길이에 맞춰 접었다.

"이 정도면 될 거야. 재인아, 이제 가자."

"싫어."

재인은 어느새 자리에 앉아 티브이를 보고 있었다. 준은 한숨을 내쉬고 재인을 일으켜 세워 옷을 입혔다.

재인이 입기에는 턱없이 컸지만 소매를 서너 번 더 접어 입히고 만족스런 얼굴로 그녀를 바라봤다. 재인은 여전히 티브이를 보느라 정신이 없었다. 작게 한숨을 쉬고 티브이의 전원을 껐다. 전원이 꺼지기가 무섭게 재인이 소리를 질렀다.

"싫어. 더 볼 거야!"

준은 단호한 얼굴로 재인에게 손을 내밀었다.

"안 돼! 이제 집에 가자. 할아버지 걱정하실 거야."

재인은 잠시 고민했다. 밖은 이미 깜깜해져 있었다. 준과 있는 게 좋았다. 하지만 할아버지 얘기에 걱정이 일었다. 분명 할아버지도 그녀를 걱정하고 있을 것이다.

할아버지는 세상에서 그녀를 가장 사랑한다고 했었다. 할아버지에게 말하면 지금의 걱정거리는 해결될 것 같았다. 재인은 눈을 빛내며 준을 바라봤다.

"오빠도 같이 갈 거야?"

"응."

준의 대답에 재인은 웃으며 그제야 그의 손을 잡았다.

어느새 수많은 별이 쏟아질 것처럼 빛나기 시작한 밤을 배경으로 집을 나선 두 사람이 두런두런 이야기를 하며 골목을 지날 때였다. 수많은 사람이 웅성거리며 서 있었다.

재인은 많은 사람들을 보며 준의 손을 세게 잡았다. 재인의 긴장감이 준에게 고스란히 전해져왔다. 잔뜩 겁먹고 있는 게 느껴졌다.

"재인아, 가자."

재인은 땅에 발이 붙은 듯 꼼짝을 안 했다. 경찰서에 얼른 재인은 데려다 줘야 했다. 조금만 늦어도 그를 걱정하는 선인처럼 재인의 부모도 지금 그녀를 애타게 찾고 있을 것이다.

준은 안 되겠다는 생각이 들었다. 그런데 그리 멀지 않은 곳에 경찰차도 보였다. 다행이라는 생각을 하며 재인을 바라봤다.

"재인아, 오빠가 업어줄게."

업어준다는 말에 재인은 반색하며 그의 등에 업혔다. 목을 끌어안는 따뜻한 손길에 준은 마음까지 따뜻해졌다.

부모님이 별거하고 늘 혼자였다. 거기다 얼마 전 이곳으로 이사해 아는 친구조차 없었다. 사는 집은 전보다 좋아졌지만 더 외로웠다. 재인같이 예쁜 동생이 있다면 매일 업고 다닐 수 있을 것 같았다.

재인이 친동생이었으면 좋겠다는 생각을 하며 천천히 앞으로 걸어갔다. 조심스럽게 사람들 틈을 비집고 가던 준은 들려오는 말소리에 고개를 들었다.

"그 아이가 대체 어디로 갔다는 게야? 한국 온 지 하루도 안 된 애가 대체 어디로 사라진 건지……."

"혹시 납치됐을 가능성은……."

옆에 서 있던 선화는 어쩔 줄 몰라 하며 건을 바라봤다.

"우리 재인이한테 무슨 일이라도 생겼다면 다들 가만두지 않을 게야. 윤 실장은 이 큰 집에서 어린애 하나 건사 못 하고 뭐 하고 있던 게야?"

준은 설마 하는 마음으로 좀 더 앞으로 나아갔다. 역시나 그의 예상이 맞았다. 준은 천천히 사람들 사이를 지나 고함치고 있는 노인 앞에 섰다.

"안녕하세요. 회장님. 찾으시는 재인이가 얘 맞나요?"

준의 등장에 당황하던 건은 그의 등에 업힌 재인의 모습에 급하게 그녀를 끌어안았다.

"재인아."

준의 등에 업혀 고개를 파묻고 있던 재인은 건의 모습에 환하게 웃었다.

"할아버지!"

재인을 품에 안은 건은 연신 큰숨을 내쉬며 재인을 쓰다듬었다.

"이 녀석! 대체 어딜 돌아다닌 게야?"

"할아버지 왜 이렇게 늦었어? 금방 온다고 했잖아!"

건의 품에 안긴 재인은 인상을 쓰며 투정을 부렸다. 그런 재인의 모습에 건은 안도하며 그녀의 얼굴을 계속 쓰다듬었다.

"에고, 우리 공주! 할애비가 미안하구나. 그런데 말도 없이 밖에 나가면 어떡하니?"

건의 말에 재인은 입을 삐죽였다.

"비디오만 계속 틀어주고! 재미없어. 혼자 있기 심심하단 말이야. 호텔 데려다달라니까 아줌마는 계속 안 된다고 하고."

재인의 말에 건은 재인을 꼭 끌어안았다.

"아무리 그래도 다음부터는 얘기하고 나가야 한다. 할아버지랑 어른들이 재인이 찾느라 얼마나 애썼는지 알아?"

걱정했다는 말에 재인은 건을 꼭 끌어안았다.

"재인이 준 오빠랑 있었는데. 할아버지 많이 걱정했어? 미안해."

재인은 주름진 그의 얼굴을 부드럽게 쓰다듬었다.

"할아버지, 미안해."

건은 재인의 행동에 환하게 웃으며 그녀의 머리를 쓰다듬었다.

"다음부터는 절대 혼자 나가면 안 된다. 우리 공주님, 알았지?"

"응, 할아버지."

"재인이 때문에 이 할애비가 오늘 천국과 지옥을 오갔구나. 무사해서 정말 다행이다."

말을 마친 건은 그제야 준을 바라봤다. 준은 얼마 전 인사했던 건을 말없이 바라보고 있었다.

꽤 오랫동안 시선을 마주했다. 건은 당당한 준의 모습에 기분이 묘해졌다. 거기다 유난히 경계가 심한 재인을 데리고 온 것도 신기할 따름이었다.

재인은 본능적으로 사람을 알아보는 능력이 있었다. 가끔은 신기할 정도로 맞아떨어지는 직관에 놀랄 정도였다. 그런 재인이 준과 함께 있었다.

"남궁 실장 아들이었나?"

건은 그를 기억하고 있었다. 처음 이사하고 자신의 집 위에 있는 안채에 들어가 인사했었다. 준은 짧게 고개를 끄덕였다.

"네."

새로운 운전기사 선인은 최근 그의 별채로 이사 왔다. 민호가 얼마 뒤면 외국계 호텔에서의 생활을 마치고 돌아오기로 했었다. 그에 앞서 민호는 선인을 건의 기사로 채용했으면 한다고 얘기했었다.

민호는 지방 호텔에서 근무할 때 중소기업 회장의 기사로 근무하던 선인과 인연을 맺게 됐고, 늘 성실하게 웃으며 일하는 선인이 마음에 들었다. 그러다 최근 선인이 다니던 회사가 도산되며 직장을 잃게 됐었다. 그 일로 부인과는 별거를 하게 되고 아들만 데리고 여기저기 옮겨 다니며 직장을 구한다는 얘기를 전해 들었다.

선인의 소식을 알게 된 민호는 건에게 연락했다. 중소기업 회장의 부탁도 있기는 했지만 민호는 선인을 믿었다.

수많은 사람들을 만나며 믿음을 넘어 신용이 가는 사람을 곁에 두기는 쉽지 않았다. 건은 민호의 안목을 믿었다. 부모들의 인연에 이어 묘한 인연이었다.

건은 무릎을 낮춰 준과 눈을 마주쳤다.

"고맙구나. 지난번에 인사했는데 내가 이름을 잊었구나."

"남궁준입니다."

준은 다시 한 번 인사했다. 반듯한 인상에 어울리는 맑은 음성이 마음에 들었다.

"올해 나이가 어떻게 되니?"

"10살이에요."

"그래. 우리 재인인 어디서 만났니?"

준은 최대한 담담하게 재인과 만나게 된 경위를 설명했다. 찬찬히 이야기를 듣던 건은 저녁까지 챙겨 먹였다는 준의 밀에 김딘했다.

어린 나이임에도 제 할 일은 톡톡히 해내고 있었다. 거기다 말하는 모습이 여간 야무진 게 아니었다. 남다름이 보였다. 당찬 입매며 말하는 어투까지 모두 마음에 들었다.

며칠간 지켜본 선인도 과묵하게 제 일을 하고 있어 곁에 오래 둘 심산이었다. 그런데 이런 아들까지 있다니 더 반가웠다. 건은 어느새 준의 손을 잡고 있는 재인을 보며 작게 웃었다.

"우리 재인이 준이가 좋은가 보구나."

"응. 재인이 오빠랑 결혼해야 해."

갑작스러운 재인의 말에 준은 당황했다. 어두운 거리에서 자신을 올려다보는 재인의 눈이 초롱초롱 빛나고 있었다. 별은 하늘에 떠 있어야 하는데 계속 재인의 눈 속에서 빛나고 있었다.

건은 당황한 얼굴로 서 있는 준과, 웃으며 준만 보고 있는 재인의 모습에 자꾸 웃음이 나왔다. 그는 재인의 머리를 부드럽게 쓰다듬었다.

"그건 이다음에 커서 생각해보자꾸나."

재인은 고개를 세차게 흔들었다.

"아니야. 공주는 왕자님이랑 결혼해서 오래오래 행복하게 사는 거랬어. 재인이 씩씩하게 크려고 채소도 먹었단 말이야. 오빠! 재인이 채소도 잘 먹는 예쁜 공주 맞지?"

건은 자랑스럽게 말하는 재인의 모습에 다시 한 번 놀랐다. 재인은 채소라면 끔찍이 싫어했다. 유난히 후각이 예민한 재인은 채소 냄새가 조금이라도 나면 절대로 음식을 입에 대지 않았다. 놀란 건은 준을 다시 돌아봤다.

"저녁에 우리 재인이가 먹은 게 뭔지 말해줄 수 있겠니?"

놀란 건의 모습에 준은 당황했다. 잘은 몰라도 알레르기로 사람이 잘못될 수도 있다고 들은 기억이 있었다.

"그냥 밥이랑 시금치, 콩나물, 그리고 김치도 조금 먹었어요. 아! 요구르

트도 하나 줬어요. 혹시 먹으면 안 되는 게 있나요? 재인이 아파요?"

들을수록 대경실색할 노릇이었다. 재인의 소식을 듣고 미국에서 한달음에 들어온다는 민호와 의주가 있었다면 듣고도 믿지 못했을 일이었다.

건은 기특한 마음에 준의 어깨를 따뜻하게 감싸며 토닥였다. 그 누구도 못 했던 걸 이 아이는 단번에 해냈다.

"아주 잘했구나. 고맙다."

멀리서 달려오던 선인은 건과 있는 준을 보고 놀랐다.

"준아! 아, 회장님! 어떻게 준이가 여기에……."

건은 선인의 어깨에 손을 올리며 크게 웃었다.

"아무래도 자네가 내 마지막 복인 것 같구먼."

"예?"

놀란 선인의 얼굴에 건은 그저 웃기만 했다.

"아닐세."

선인은 황급하게 준의 손을 잡고 한쪽으로 비켜섰다. 자초지종은 나중에 들어도 상관없었다.

건은 재인을 찾아 다행이라는 생각을 하며 재인을 안았다. 하지만 재인은 건의 손을 뿌리치고 준에게 달려갔다.

"오빠!"

재인은 한달음에 준의 품에 안겼다. 놀란 준은 그대로 엉덩방아를 찧으며 넘어졌다. 재인은 웃으며 준을 마주 봤다.

"약속해!"

"무, 무슨 약속?"

놀란 준이 재인의 얼굴을 바라봤다. 어두운 하늘에 수놓인 별과 함께 재인의 환한 얼굴이 당장에라도 쏟아질 듯 가까이 다가왔다.

"왕자님은 공주님 구해주는 거잖아! 그러니까 재인이 나쁜 사람한테 잡혀가면 오빠가 구해줘야 해. 알았지? 빨리 약속해!"

"어. 알았어."

이미 손가락을 걸고 흔드는 재인을 보며 준은 그냥 웃었다. 동화책을 너무 많이 본 모양이다. 재인을 보면 자꾸 웃음에 새어 나왔다. 그런데 다음 순간, 준은 그대로 얼어붙었다.

환하게 웃고 있던 재인은 준의 입술에 뽀뽀를 했다. 놀란 준이 눈만 껌뻑이고 있는데 재인이 배시시 웃으며 그를 바라봤다.

"원래 왕자님이 뽀뽀해주는 건데…… 나중에는 왕자님이 해야 되는 거야. 알았지?"

수많은 사람들의 웃음소리가 한참 동안 들려왔지만 준의 귀에는 아무것도 들리지 않았다. 그저 빛나게 웃고 있던 재인의 미소만 보였다.

그날 재인을 만나지 않았다면 지금 준의 인생이 어떻게 바뀌었을지 아무도 모를 것이다. 그 밤 재인의 입맞춤을 받지 않았다면……. 재인을 조금이라도 멀리했다면……. 그 일만 일어나지 않았다면…….

준은 부질없이 떠오르는 생각에 고개를 흔들었다. 잠시 공상에 빠져 있던 준은 팀장들이 자리에서 일어나는 모습에 정신을 차렸다.

"지난 분기는 물론이고 이번 분기 수입, 지출 현황과 호텔 객실 점유율 표 다시 작성해서 보고해주세요. 오후부터 주말까지 연회장과 컨벤션에서 치러지는 행사들, 차질 없이 진행하도록 신경 써주시고요. 오늘도 잘 부탁드립니다."

재인은 습관이 되어버린 인사를 끝으로 일어서며 준을 쏘아봤다. 그는 회의 내내 그녀 쪽은 쳐다보지도 않았다. 그녀는 그 어느 때보다 차가운 얼굴로 회의실을 나섰다. 회의실을 막 빠져나가려던 그녀는 뒤를 돌아봤다.

"총지배인님, 오늘따라 회의에 집중하지 못하더군요. 회의 내용 다시 점검해주시고 아까 말씀드린 보고서는 직접 작성해주시기 바랍니다."

준은 냉랭하게 바라보는 그녀를 보며 고개만 끄덕이고 밖으로 나갔다. 재인은 준의 그런 모습에 더 화가 났다. 언제나 똑같다. 예전의 모습은 그 어디에도 찾아볼 수가 없었다. 준은 그녀에게 총지배인, 그 이상도 그 이하도 아닌 것처럼 행동했다.

재인은 사무실을 나서며 멀어지는 준의 뒷모습을 계속해서 쏘아봤다. 집무실로 가 당장 해야 할 일들이 산더미였다. 하지만 발이 떨어지지 않았다.

언제나 시선의 끝자락까지 그의 뒷모습을 담고 있었다. 점점 멀어지는 차가운 등마저 그리움으로 가득 차올랐다. 울컥하고 올라오는 열기에 더운 숨이 쏟아져 나왔다.

"후우."

언젠가는 변할 거라 여긴 그녀의 오만에 그는 매번 정신을 차릴 수 없을 정도의 차가운 현실을 직면하게 만들었다. 재인은 주먹을 그러쥐며 준을 계속 바라봤다.

준은 뒤통수로 여실히 느껴지는 재인의 시선에 씁쓸하게 웃으며 식원용 엘리베이터에 몸을 실었다. 천천히 닫히는 문 사이로 여전히 그를 쏘아보는 재인이 보였다. 그가 짧게 묵례를 하자 재인은 휑하니 몸을 틀며 서서히 멀어져갔다.

"하아."

엘리베이터 문이 닫히자 안도의 한숨이 새어 나왔다. 급하게 전화를 걸며 눈을 감았다. 머릿속에 수많은 정보들이 그를 옥죄어왔다. 시간이 없었다.

"후우."

공기를 천천히 폐부 가득 채우며 머릿속을 정리하기 시작했다.

-아침부터 무슨 일이니?

준은 한철의 목소리를 들으며 지끈거리는 머리를 무시한 채 감았던 눈을 떴다. 정리를 마친 그의 눈이 빛나고 있었다.

"저예요. 전에 부탁드린 일을 좀 더 서둘러야 할 것 같아요. 부회장 쪽에서 움직이기 시작했어요."

-안 그래도 이쪽으로 접촉하려고 해서 연락하려고 했었다. 예상 자금을 거의 확보한 것 같다. 이제 어떻게 할 생각이니?

"생각보다 진행 속도가 빠르네요. 다른 사항들은 얼마나 진척됐나요?"

-지난번 투자한 하린 C&F가 상장하면서 본사에서 주식 일부 양도계약을 다시 협의하자고 연락이 왔는데 어떻게 할까? 일부 자금만 빼서 이번에 매각한 주식을 양도받는 것도 나쁘지 않을 것 같은데 말이야. 메일로 서류 보내줄까?

"대표님과 협의해서 진행하세요. 나머지는 제가 이따가 들러서 확인할게요. 감사해요."

-별말을 다 한다. 조금 있다 보자.

통화를 마친 준은 메모를 하며 엘리베이터에서 내렸다. 스며드는 연민으로 모든 걸 망칠 수는 없었다. 재인에게 필요한 건 일말의 연민이 아닌 그녀를 지킬 방패와 적과 맞설 수 있는 날카로운 칼날이었다. 바지 깊숙이 수첩을 넣으며 올라왔던 감정들도 내리눌렀다.

"좋은 아침입니다. 오늘도 잘 부탁드립니다."

어느새 준은 평소 모습으로 돌아와 마주치는 직원들과 일일이 인사하고 있었다.

"총지배인님, 오늘도 잘 부탁드립니다."

그러고는 웃으며 사라지는 직원들을 뒤로하고 프런트로 향했다. 지금 그의 자리는 이곳이다.

자신의 성역에서 전투를 하고 있을 재인 생각은 이제 그만이다.

"어서 오십시오. 호텔 퀸에 오신 것을 환영합니다."

준은 능숙하게 손님을 맞이했고 본격적으로 그들의 하루는 시작되고 있었다.

#04 - 말하지 못한 진실

　문서로 작성된 내용은 예상보다 심각했다. 지난 몇 년간 지출된 비용의 절반만 빼돌렸어도 최소 이백억 이상의 자금을 유용했을 것이다. 이 모든 게 퀸즈 식품과 꽃집을 파악 못 한 그녀의 잘못이었다.

　서류를 넘길 때마다 한숨은 커져갔다. 그동안 준이 수집한 자료만으로 준호를 추궁할 수는 없었다.

　좀 더 명확한 증거가 필요했다. 현재까지 매입한 주식의 행방 또한 묘연한 상태였다. 별다른 움직임이 없다고 여긴 탓에 호텔 리노베이션에 주력하느라 등한시한 탓도 있었다. 다른 사람은 몰라도 준호와 준희가 퀸 호텔그룹을 삼키게 둘 수는 없었다. 방법을 모색해야 했다.

　재인은 초조한 얼굴로 빠르게 서류를 넘기고 있었다.

준은 말없이 서류를 검토하는 재인을 바라봤다. 잘근잘근 씹힌 펜 끝이 흉하게 뭉개져 있었다.

재인은 초조하거나 걱정거리가 있을 때면 뭔가를 입으로 가져가 씹었다. 어릴 적에는 손톱을 물었지만 성인이 된 후에는 손톱 대신 다른 대체물을 찾아 씹었다. 오늘은 펜인 것 같았다. 말리지 않으면 곧 잉크가 번져 그녀의 입이 엉망이 될 것 같았다. 준은 재인의 손에 들린 펜을 빼앗아 한쪽에 내려놨다.

재인은 그제야 또 펜을 씹었다는 걸 깨달았다. 그녀는 머쓱해진 얼굴로 준을 바라봤다.

"언제부터 알고 있었던 거야?"

재인의 말에 준은 그녀의 건너편에 앉았다. 이야기가 길어질 것 같았다.

"지난해 말부터 이상 조짐이 보이긴 했어. 변동 사항이 크지 않아 예의주시만 하고 있었던 건데 이번 분기부터는 보란 듯이 수입, 지출 폭을 대폭 늘리기 시작했어. 지난해부터 강남점 리노베이션과 신규 호텔 건축으로 지분을 내놓은 탓도 있지만……."

"그래서?"

"그동안 줄어든 12프로의 주식이 부회장 쪽으로 유입된 것 같아."

재인은 놀란 얼굴로 그를 바라봤다. 눈에 띄게 매출이 줄었다. 건의 부재도 있었지만 경기가 그만큼 하락 추세에 있었다.

하지만 준의 투자금 유치로 호텔은 지금까지 큰 무리 없이 운영되고 있었다. 그럼에도 외부 자금이 대거 유입되며 수익률이 그만큼 하락한 상태였다. 경기 하락으로 투자금을 회수하려는 투자자들의 움직임도 보이고 있었다. 더 이상 경기가 반등할 때까지 넋 놓고 있을 순 없는 상황이었다.

재인은 본사의 전체적인 리노베이션을 감행해 매출 증대를 꾀하고 있었다. 그동안 그녀는 경영권을 유지하는 마지노선까지 주식을 보유하고 나머지는 최대한 유동자금으로 전환했었다.

이사진들은 재인이 지분을 내놓은 것에 대해 한 번도 불평하지 않았다.

어차피 그들의 목적은 돈이었다. 사주의 주머니가 비어가는 건 늘 그들과 무관했었다. 어찌 됐든 자신들의 경제적 가치만 높아지면 그만이었다.

주머니를 채우는 부의 청렴도 따위는 이사들의 안중에서 없어진 지 오래였다. 그러지 않았다면 재인은 진즉 그들에게 배척당했을지도 몰랐다. 경영권이 흔들린다면 그들의 태도는 순식간에 바뀔 것이다. 재인은 심각한 얼굴로 준을 바라봤다.

"전부?"

"전부는 아니겠지만 지금까지 파악한 걸로는 대부분 매입한 것 같아."

준은 다른 말을 하지는 않았다. 아직 그녀에게 말할 시기가 아니었다. 준의 침묵에 재인의 입에서 깊은 한숨이 새어 나왔다.

"자금은?"

"파악 중이야."

재인은 다시 한숨을 내쉬었다. 지금은 유상증자를 할 수 없는 상황이었다. 더 이상의 외부 투자를 받으면 경영권이 위태로웠다. 재인이 이 상황에서 선택할 수 있는 건 또다시 지분을 내놓는 길밖에 없었다. 경영권을 고수할 수 있는 마지노선은 이제 한계에 다다랐다.

이 상황에서 주식을 시장에 내놓으면 경영권을 고수할 수 있다고 장담할 수가 없었다. 준호가 지분 인수를 진행할 거라고는 생각지 못했다.

준호가 재훈을 호텔로 끌고 온 이유가 이것 때문이었다. 하지만 며칠 전 만난 재훈은 자신의 의지를 확실히 밝혔다. 그는 호텔 경영에 관심 없을뿐더러 자기 몫이 아니라고 딱 잘라 말했다. 재훈의 연기력이 뛰어난 게 아니라면 결국 준호의 욕심이 채워지지 않았다는 소리였다.

그동안 표면에 떠오르는 움직임이 없었기에, 준호가 부회장 자리에 앉아 그녀가 채워주는 두둑한 지갑에 만족하는 줄 알았다. 준희 또한 홍보 팀 일 외에는 아무런 움직임도 보이지 않았었다. 몇 년간 이렇게 준비했다는 건 이미 전쟁을 치를 준비를 하고 있었다는 소리다. 더욱이 자금이 눈에 띌 정도로 움직인다는 건 곧 그날이 다가온다는 신호였다. 재인은 마지막 서류를 내려놓고 준을 바라봤다.

"어떻게 할 생각이야?"

준은 서류를 정리해 세절기에 파기했다. 준호는 아직 재인이 그의 동태를 파악한 걸 몰라야 했다. 그래서 더 조심하고 있었다. 그 누구도 믿을 수도, 믿어서도 안 되는 상황이다. 준은 서류를 모두 파기하고 재인을 바라봤다.

"대표는 내가 아니야. 나는 언제 잘릴지 모르는 월급쟁이라고 했잖아. 결정은 네 몫이야."

재인은 준의 일갈에 헛웃음이 나왔다.

"그래서 툭 하면 그만둔다고 협박하는 거야?"

재인은 투정 부리는 것처럼 그를 쏘아봤다. 입이 한 자는 나와 있었다. 어릴 적이나 지금이나 변함이 없었다.

"큭, 그 협박이 통하기는 하니?"

준이 오래간만에 웃었다. 재인은 준의 웃는 모습에 가슴이 세차게 뛰었다. 잊고 있었다. 준이 이렇게 웃을 수 있다는 사실을.

멍한 시선으로 준을 바라보던 재인은 금세 그의 얼굴에서 미소가 사라지는 걸 지켜봤다. 조금의 여유도 보여주지 않았다. 비집고 들어갈 틈이 없었다.

재인은 어느새 무표정한 얼굴로 그녀를 바라보는 준을 보며 미간에 작은 주름을 새겼다. 잠깐이라도 그의 웃는 모습을 봐서 다행이었다. 지금은 그걸로 위안 삼을 수 있었다.

"우선은 이대로 지켜보는 게 나을 것 같아. 섣불리 행동해봐야 득 될 게 하나도 없어. 우선은 예의주시해줘."

"알았어."

"나도 부회장이 어느 쪽과 손잡고 있는지 알아볼게. 먼저 파악하면 알려줘. 지금 흐름으로 봤을 때 꽤 진척이 있을 거야. 우리 쪽에 별다른 말이 없는 걸 보면 외국계 프랜차이즈거나 신규로 사업을 시작한 기업일 거야. 진척 상황까지 파악해주면 고맙겠지만, 그거까지 하라고 하기에는 일이 너무 많다. 아! 빠른 시일 내에 지분이 얼마나 늘었는지 파악은 해줘. 나보다는 오빠…… 총지배인이 움직이는 게 눈에 덜 띌 테니까."

재인은 습관처럼 나왔던 오빠라는 말에 움찔하며 말을 마쳤다.

준은 말없이 고개만 끄덕였다.

　재인은 회의 때 부탁했던 서류를 챙기는 준을 가만히 지켜봤다. 눈앞에 있음에도 그 어느 때보다 멀리 있는 것 같았다. 그 사실에 더 힘이 들었다.

　수많은 사람이 그녀 옆에 있었다. 때로는 눈에 보이는 목적으로, 때로는 알 수 없는 수많은 목적으로 그녀 주위에는 사람이 늘 넘쳐 났다. 하지만 그 누구도 편하게 대할 수가 없었다. 단 한 사람만이라도 진실한 사람이 곁에 있으면 좋을 것 같았다. 아니, 그녀에게는 오래전부터 한 사람만 있으면 됐었다.

　"오빠."

　서류를 챙기던 준의 손이 멈칫했다. 재인의 입에서 오빠라는 말이 나온 건 오랜만이었다.

　그가 다른 여자와 살고 있다는 말로 그녀에게 상처를 줬던 그날을 마지막으로, 재인은 그를 총지배인으로만 불렀다. 냉랭해진 태도와 달리 한 번씩 그를 도발했지만 호칭은 바뀌지 않았던 그녀였다. 그런 그녀가 2년여 만에 그를 다시 오빠라 불렀다. 몸도 마음도 이제 한계에 다다른 것이다. 안타까움에 뜨거움이 목까지 차올랐다. 준은 애써 아무렇지도 않은 척 서류를 다시 집어 들었다.

　"자꾸 이런 식으로 나오면 곤란합니다, 대표님."

　깍듯한 준의 말에 재인은 입을 다물었다. 그녀가 경계를 넘어서면 준은 더 확실하게 선을 그었다.

　준은 공개적인 자리에서 그 누구보다 그녀를 대표로 깍듯하게 대했다. 서류상의 대표, 하지만 재인에게 직함이 있는 건 아니었다. 이사들의 반대로 회장직에 취임하지 못한 재인은 직함 없이 호텔을 운영하고 있었다. 그럼에도 불구하고 준은 퀸의 모든 대소사의 마지막 결정을 재인이 책임지게 했었다.

재인은 준의 도움으로 무리 없이 퀸을 이끌어왔다. 지금까지 경영진들의 지갑을 부풀리며 그들의 부를 상승시킨 건 준이라고 해도 과언이 아니었다.

준은 철저히 총지배인으로서 그녀 곁에 머물고 있었다. 그녀가 다가가면 갈수록 그는 더 달아날 것이다. 준과 이 이상 멀어지는 건 상상할 수도 없었다. 재인은 한숨을 내쉬며 고개를 저었다.

"그냥 한번 불러봤어."

준은 물끄러미 그녀를 바라봤다. 처음 만난 순간부터 지금까지, 그녀는 한 번도 변하지 않았다. 변한 건 자신뿐이다.

변할 수밖에 없었고 변했다고 믿었다. 그런데 여전히 그녀를 바라보는 시선에 열망이 피어올랐다. 결국 변한 건 아무것도 없었다.

준은 감정을 드러내지 않은 채 아무렇지도 않은 얼굴로 재인을 바라봤지만 그 어느 때보다도 흔들리고 있었다.

마치 그때처럼.

준은 그 마음을 감추려는 듯 주먹을 그러쥐었다.

우연한 만남으로 마주친 시선. 그 한 번의 시선으로 이미 모든 걸 빼앗겨버렸었다. 준은 오래전 그녀에게 사로잡혀 모든 것을 받아들이고 비로소 어른이 됐었다.

15년 전.

처음 재인을 보았을 때. 그녀가 5살, 그는 10살이었지만 그는 또래보다 조숙했었다. 그래서인지 그는 이미 세상을 다 안다는 듯이 행동했었다.

그때의 그는 그의 인생에 남은 건 아버지인 선인뿐이라는 걸 알았다. 그 예전, 자주 체하는 준을 위해 채소를 씹어 다정하게 수저에 올려주던 혜영은 이제 없었다. 별거를 하던 부모는 끝내 이혼을 했다. 혜영은 이혼하고 홀가분하게 그들을 떠났었다.

그 후 혜영은 매정하리만큼 얼굴조차 보여주지 않았다. 준은 선인에게 혜영에 관해 묻지 않았다.

혜영이 없다고 울던 어린아이가 아니었다. 부모가 처음 별거를 시작했을 때는 혜영을 찾으며 울었지만 이제 그러면 안 된다는 걸 깨달았다. 그가 울면 선인은 더 많이 울었다. 가끔. 아주 가끔. 흐려지는 혜영의 얼굴이 진짜가 맞는지 궁금할 뿐이었다.

이혼 이후 선인이 웬만한 사진들은 모두 정리해 혜영의 사진은 돌쯤 찍었던 가족사진이 전부였다. 혹시 선인이 보게 되면 슬퍼할까 봐 책가방 안, 작은 주머니에 넣고 다녔다. 언젠가 혜영을 만나게 되면 자랑스러운 아들이 되었다는 걸 보여주고 싶었다. 하지만 어떻게 해야 자랑스러워할지는 아직 모르겠다. 딱히 하고 싶은 건 없었다. 이루고 싶은 것도 없었다. 그저 선인과 사는 것만으로도 만족했었다. 그런데 어느 순간, 또 하나의 목표가 생겼다.

맑은 눈으로 그를 올려다보는 이 작은 아이.

어릴 적부터 무언가를 갖고 싶다고 느낀 적이 없었다. 하다못해 다른 친구들이 갖고 노는 로봇도 필요 없었다.

인형은 더더욱 그랬다. 그런데 인형을 가지고 싶었다. 눈앞에 있는 살아 있는 인형을.

그날도 준의 앞에 인형이 있었다.

첫 만남 이후 5년이 지났지만 재인은 여전히 사랑스러웠고 웃는 모습은 그 어떤 것보다 그를 즐겁게 만들었다. 그런데 그날은 아니었다.

항상 웃고 있던 재인의 얼굴이 젖어 있었다. 멀리서도 보이는 재인의 흔들리는 어깨에 준은 한달음에 달려갔다. 준은 무릎을 꿇고 재인의 머리를 쓰다듬었다.

"재인아."

준의 부름에 재인은 그의 품에 안겼다. 등을 토닥이기 무섭게 재인은 서러움을 한 움큼 쏟아냈다.

"흐흑, 할아버지가 이제 오빠한테 가지 말래."

준은 울고 있는 재인의 어깨를 도닥였다. 건이 이번에는 진짜 화난 것 같았다.

"자꾸 몰래 나오니까 그렇지. 오빠가 다음에 가서 얘기해줄게. 그만 울어."

준의 말에도 재인의 울음은 좀처럼 줄지 않았다. 준은 재인이 그의 어깨를 적시는 걸 더는 보고 싶지 않았다.

"안 울면 오빠가 업어줄게."

업어준다는 말에 재인은 금세 눈물을 닦으며 웃어 보였다. 준은 그럴 줄 알았다는 듯이 웃으며 등을 내밀었다.

재인은 흐르는 눈물을 말끔히 닦고 환하게 웃으며 등에 업혔다. 준은 가방을 문 앞에 내려놓고 재인이 사는 본채로 천천히 걸어갔다.

방학으로 한국에 온 재인은 언제나처럼 본채에서 지내고 있었다. 중학생이 된 준은 한창 공부에 열을 올릴 때지만 미국에서 학교를 다니는 재인은 방학이라며 여름을 만끽하고 있었다. 등에서 신이 나게 다리를 흔드는 재인은 그사이 많이 자랐다.

준은 부쩍 자란 재인을 흐뭇한 눈으로 돌아봤다. 마주치는 시선에 재인은 별처럼 환하게 웃어 보였다.

"할아버지한테 어제 또 혼났어?"

"응."

대답을 하며 재인은 잔뜩 풀이 죽은 얼굴을 했다.

"그러니까 허락받고 오라고 몇 번을 말해. 자꾸 그러면 오빠까지 회장님한테 혼나. 다음에는 꼭 허락받고 와. 알았지?"

며칠 전 학원에 다녀온 재인은 준의 집에서 밤늦도록 돌아가지 않았다. 준은 당연히 허락받은 줄 알고 있었다. 건은 재인이 준과 함께 밥 먹는 건 유난히 반가워했었기 때문이다. 그도 그럴 것이 온 가족이 못 먹이는 야채를 준은 아무렇지도 않게 재인의 입으로 넣었고 넘기게 만들었다. 저녁을 먹고 즐거워하는 재인을 보며 준은 그날도 여느 날처럼 그러려니 생각했었다.

하지만 재인은 낮부터 학원에서 몰래 빠져나와 준의 집에 숨어 있었던 거였다. 재인과 함께 있던 선화는 그날도 종일 재인을 찾아 헤맸다. 선화는 재인이 또다시 준의 집에 숨을 거라고는 생각지 못한 것 같았다. 그 탓에 다시 한 번 큰 소란이 있었다.

재인에 대한 건의 사랑은 유별났다. 민호와 의주 사이에 아이가 늦었던 것도 있지만 재인은 그 누구보다 건을 닮아 있었다. 외모로 따지자면 재훈이 건을 더 닮았지만 내적인 부분에서 재인은 놀랄 만큼 건과 닮아 있었다.

한 대에 걸쳐 나타나는 특이한 후각까지 닮을 필요는 없을 텐데, 라는 아쉬움은 있지만 그 때문에 건은 더 재인에게 마음이 갔다. 더욱이 재인에게는 사람을 끄는 묘한 매력이 있었다.

어린 나이임에도 재인 곁에는 좋은 기를 가진 사람들이 가득했었다. 준

그 대 만 있 다 면 111

만 봐도 그랬지만. 재인은 준에 대한 의존도가 지나치게 높았다.

건은 이참에 재인의 버릇을 고칠 심산으로 준과 잠시 떼어놓을 생각이었다. 하지만 그걸 알 길 없는 준은 잔뜩 긴장한 얼굴로 재인을 업은 채 본채로 향했었다.

선화는 그 밤 또 건에게 호되게 야단을 맞았다. 따지고 보면 재인의 잘못이었다. 아니, 어찌 보면 준의 잘못일지도 몰랐다. 이상하게 재인과 있으면 시간이 가는 줄 몰랐다. 준은 그 밤 소란을 떠올리며 재인에게 더 주의를 시켜야겠다고 생각했다.

"재인아, 앞으로 오빠 집에 올 때는 꼭 물어보고 와. 알았지? 약속하는 거다."

준의 말에 재인은 뾰로통해졌다. 매번 같은 소리였다.

허락, 허락, 허락. 왜 준을 만나기 위해 허락을 받아야 하는지 이해할 수가 없었다.

하지만 준이 하는 말이니 들을 생각이었다. 준은 항상 옳은 말만 했으니까. 그래도 그녀의 마음을 몰라주는 준에게 서운한 마음이 드는 건 어쩔 수가 없었다.

"알았어. 그런데 물어보면 할아버지가 가지 말라고 한단 말이야. 할아버지가 오빠 공부 방해한다고 이제 가지 말래. 자꾸 오빠 방해하면 다시 미국으로 보낼 거래. 흐흑, 재인이는 오빠 방해 안 하는데……. 그렇지, 오빠?"

방학 때마다 보는데도 돌아올 때마다 재인은 준을 더 따랐다. 준은 집착이라고 할 정도로 그를 찾는 재인이 싫지 않았다. 도리어 기분이 좋았다. 사실 재인이 외국에서 공부한다고 해도 수시로 전화를 해 멀리 있다는 생각도 들지 않았다. 준은 웃으며 재인을 돌아봤다.

"응, 재인이는 오빠 방해 안 해. 오빠가 재인이를 얼마나 좋아하는데! 재인이 있으면 오빠는 공부 더 열심히 할 수 있어. 그래도 앞으로는 꼭 허락받고 와. 알겠지?"

재인은 그럴 줄 알았다는 듯이 웃었다.

"할아버지는 알지도 못하면서! 할아버지 미워!"

준은 재인의 말에 소리 내어 웃었다. 말은 그렇게 해도 또다시 건의 품에 안겨 뽀뽀 세례를 할 재인을 모르지 않았다. 준은 채 5분도 되지 않는 거리에 있는 본채 앞에서 재인을 내려놨다.

"얼른 들어가."

"오빠는?"

재인은 돌아가려는 준의 손을 잡았다.

"숙제 있어. 그리고 다음 주 시험이라 공부해야 해. 그러니까 오늘만 혼자 놀아. 재인이 그럴 수 있지? 오빠 시험 잘 봐야 할아버지한테 재인이 방해 안 된다고 얘기하지? 오빠 말 무슨 뜻인지 알지?"

재인은 금세 풀이 죽은 얼굴로 그를 바라봤다.

"치! 아까는 방해 안 된다고 하더니……. 오빠도 순 거짓말쟁이야."

금세 토라진 재인의 표정이 너무 귀여웠다. 준은 재인의 머리를 부드럽게 쓰다듬었다.

"아니야."

"할아버지랑 아빠, 엄마도 일찍 온다고 말만 하고 지금까지 안 오잖아! 집에는 아줌마밖에 없는데……."

준은 한숨을 내쉬었다. 혼자 있는 건 그도 마찬가지지만 재인은 유난히 외로움을 많이 탔다. 그래서 더 그를 따르는 건지도 모르겠다. 준은 그날도 재인의 행동에 걱정이 일었다.

"윤 실장님한테 얘기하고 나온 거지? 설마 오늘도 몰래 온 거야?"

준의 말에 재인이 그를 쏘아봤다.

"아줌마가 데려다준 거야! 또 밖에 나갈지 모른다고 아줌마가 대문은 다 잠가놨단 말이야."

안 그래도 문들이 죄다 잠겨 있어 본체에 열어달라고 해 집으로 들어온 참이었다. 선화는 그렇게라도 해서 재인의 외출을 막은 것 같았다.

어찌 됐든 한울타리 안에 있으니 걱정은 덜해도 된다고 생각한 것 같았다. 준은 재인의 머리를 다시 부드럽게 쓰다듬었다.

"그럼 숙제만 끝내고 올게. 가방도 집 앞에 두고 그냥 왔잖아. 윤 실장님한테 간식 달라고 해서 먹고 있어. 금방 올 거니까. 약속!"

준은 새끼손가락을 내밀며 환하게 웃었다.

"진짜 약속! 약속하는 거다."

준은 약속을 한 번도 어긴 적이 없었다. 그럼에도 재인은 손가락을 걸며 연거푸 확인했다. 준은 엄지로 도장을 찍고 손바닥을 맞대 복사까지 마치며 의기양양한 얼굴로 자신을 보는 재인이 너무 귀여웠다. 재인을 꼭 안았다.

"아아, 숨 막혀."

따뜻한 재인의 체온이 가슴을 훈훈하게 만들었다. 말은 그렇게 해도 재인은 준의 목을 끌어안으며 또다시 물었다.

"오빠, 꼭 와야 해. 알았지?"

"알았어."

말을 마친 재인은 아쉬운 얼굴로 끝까지 손을 흔들며 본채로 들어갔다. 준은 재인이 들어가는 걸 확인하고 나서야 발을 돌리며 한숨이 내쉬었다.

숙제는 없었다. 시험은 있지만 당장 매진해야 할 만큼 힘든 건 아니었다. 이미 복습 노트는 수없이 봐서 외울 정도였기에 시험 걱정은 되지 않았다.

대신 다른 걱정이 마음을 무겁게 만들었다.

새벽까지 울먹이던 선인의 모습이 머릿속에서 떠나지 않았다. 혜영은 결국 돌아오지 않을 모양이었다. 통화 내용으로 혜영은 미국에서 재혼한 것 같았다.

선인은 그저 돌아오라는 말만 되풀이하며 전화기를 향해 울며 매달렸다. 선인은 하나뿐인 준을 위해서라며 혜영을 설득했지만 혜영은 끝까지 결심을 돌리지 않은 것 같았다.

준은 새벽 내내 들었던 선인의 말들에 마음이 더 무거워졌다. 선인과 혜영은 둘 다 천애 고아나 마찬가지인 사람이었다. 가까운 친척 하나 없는 두 사람은 서로만 보며 행복할 거라 여겼다. 하지만 세상은 그리 호락호락하지 않았다. 혜영은 물질이 주는 풍요로움을 간절히 원하는 사람이지만 선인은 혜영이 만족하는 만큼의 풍요는 줄 수 없는 사람이었다. 마음만큼은 그 어떤 사람보다 풍요로웠지만 혜영은 마음만으로는 살 수가 없었다.

준은 아침이 올 때까지 숨죽인 채 선인의 울음소리를 들었다. 귀를 막아 봐도 파고드는 서글픔에 눈을 뜰 수가 없었다. 볼을 타고 흐르는 눈물을 닦을 생각도 못 했다.

준은 그 새벽, 이제야 완벽히 그에게 남은 건 선인뿐임을 깨달았다. 굳게 닫힌 눈꺼풀 위로 아침이 밝아왔음을 느꼈다.

준은 선인이 연거푸 비우는 알코올의 쓴맛을 피부로 느꼈다. 선인은 떨리는 손으로 준의 머리를 쓰다듬고 밖으로 나가 아침을 준비했었다.

준은 두 눈을 꼭 감은 채 있었다. 달그락거리는 소리에도 미동조차 하지 않았다. 한참만의 소음이 잦아들고 선인은 다른 날보다 일찍 집을 나섰다.

준은 열린 방문 틈으로 밖을 나서는 선인의 뒷모습을 바라봤다. 유난히 선인의 어깨가 작게 느껴지는 아침이었다. 선인이 집을 나서고 그의 그림자가 사라진 뒤 천천히 몸을 일으켜 세웠다. 더는 철부지 아들로 있으면 안 됐다.

"아자!"

자리에서 일어나 이불을 개고 선인이 차려놓은 아침을 먹으며 결심을 굳혔다. 반드시 성공할 것이다. 다시는 그의 옆에서 누군가 떠나는 걸 보고 싶지 않았다.

하지만 지금 그에게는 새벽에 집을 나서는 선인을 도울 방법이 없었다. 그가 할 수 있는 거라고는 공부를 열심히 해서 성공하는 것. 이제 그것밖에 없는 것 같았다.

집으로 돌아온 준은 저녁을 먹고 공부에 매진했다. 그날따라 문제가 하나도 어렵지 않았다. 준은 저녁에 선인이 돌아오면 자랑이라도 할 생각에 더 열심히 공부에 전념하기 시작했다.

꽤 시간이 지난 것 같았다. 작은 현관을 두드리는 소리가 들린 것 같았다. 준은 고개를 갸웃거리다 시계를 바라봤다.

9시가 조금 넘은 시각, 그의 집을 찾을 사람은 아무도 없었다. 재인이라면 당장 문부터 열고 들어왔을 것이다. 기웃였다는 생각에 다시 책으로 시선을 돌렸다.

"계십니까?"

확실하게 문을 두드리는 소리와 함께 낯선 목소리가 들려왔다.

"누구세요?"

준의 대답에 밖에서 말소리가 들려왔다.

"여기가 남궁선인 씨 댁 맞습니까?"

"네."

준은 서둘러 대답하며 문으로 달려갔다. 문 앞에는 처음 보는 남자 둘이 준을 보며 서 있었다. 준의 모습을 확인한 사내들은 당황한 얼굴로 그를 바라보고 있었다.

"무슨 일이세요?"

"여기가 남궁선인 씨 댁 맞니?"

"네. 저희 아빠세요."

준의 말에 한쪽에 선 사내가 한숨을 내쉬며 다른 쪽 사내를 바라봤다. 준은 등을 타고 흐르는 싸한 기운에 다른 쪽 남자를 바라봤다.

"혹시 엄마는 안 계시니?"

남자의 말에 준은 아랫입술을 꼭 깨물었다.

"엄마 없어요."

"후우, 혹시 다른 어른은 안 계시니?"

"아빠랑 저밖에 없어요. 누구세요?"

준의 말에 뭔가 귓속말로 얘길 하던 사내들이 준을 바라봤다.

"강남경찰서 김한철 형사란다."

신분증을 보여주는 한철을 보며 준은 이상한 기분에 몸을 감싸 안았다. 갑작스럽게 찾아드는 한기에 몸이 서늘해졌다.

"무슨 일로 저희 아빠를 찾으세요?"

똑 부러지게 말하는 준을 보며 한철은 어렵게 입을 열었다.

"너희 아빠를 찾는 게 아니라 널 찾아온 거란다."

"왜요?"

"몇 살이니?"

"15살이요."

15살이란 말에 한철의 입에서 더 큰 한숨이 새어 나왔다.

"놀라지 마라. 오후에 큰 사고가 있었다. 자동차 추돌 사고였는데 사상자가 많이 나왔단다."

온종일 그를 따라다니던 무거운 기분이 이것 때문이었을까?

준은 앞으로 나올 말들이 무슨 말인지 예감할 수 있었다. 준은 한철의 말에도 눈도 깜박이지 않고 서 있었다.

"사망자 가운데 남궁선인 씨도 있는 것 같구나. 사망자 신분 확인을 해야 하는데…… 같이 갈 수 있겠니?"

한철의 입에서 나오는 말이 머릿속에 하나하나 박혀왔다. 준은 멍한 시선으로 앞에 있는 한철을 다시 바라봤다.

"아저씨! 확인해서 아닐 수도 있는 거죠?"

준의 말에 두 형사는 차마 대답할 수가 없었다. 이미 신원 확인은 끝난 상태였다. 그들은 장례 절차를 진행하기 위해 가족을 찾은 것뿐이었다. 한철은 쓴웃음을 지으며 무릎을 꿇고 준을 바라봤다.

"그래. 확인만 하는 거야. 아닐 수도 있어."

눈앞에 있는 아이가 겪기에는 쉽지 않은 일일 것이다. 굳은 얼굴로 안으로 들어가 채비를 하고 나오는 준의 모습에 한철은 가슴이 뜨거워졌다.

완벽히 온기를 잃어버린 누군가를 대면한다는 건 생각보다 끔찍한 일이었다. 그 누구도 대신해줄 사람이 없었다.

여기저기 살집이 베이고 멍든 얼굴이지만 선인이 확실했다. 준은 덤덤한 얼굴로 선인의 사체를 확인했다.

준은 다시는 온기를 품을 수 없는 선인과 그렇게 헤어졌다. 무섭거나 겁나지는 않았다. 단지 엄습하는 추위가 견디기 힘들 뿐이었다. 그는 시체 안치실이 주는 서늘함보다 세상에 홀로 남겨졌다는 외로움에 떨고 있었다.

남아 있는 전화번호를 찾아 혜영에게 연락했지만 하루 사이 그녀의 연락처는 사라져 있었다. 세상에 더는 존재하지 않는 연락처를 잡고 준은 무너져버렸다.

세상에 완벽히 혼자라는 외로움. 작게 차려진 선인의 빈소에 찾아오는 사람은 많지 않았다. 첫날과 둘째 날에는 조문객이 조금 있었지만 마지막 날에는 아무도 찾아오는 이가 없었다.

검은 상복을 입은 준은 멍한 시선으로 선인의 영정을 바라봤다. 영정사진 속의 선인은 그 어느 때보다 환하게 웃고 있었다.

"아빠……."

입으로 내뱉은 말이 귓전을 때리고 돌아와 그의 어깨를 흔들었다. 대답해줄 사람 없는 공허한 말이 입에서 계속 맴돌았다. 준은 바닥에 이마를 기대며 참고 있던 눈물을 쏟아냈다.

"크으윽, 어어헝."

준은 들짐승이 울어대듯 목 놓아 울기 시작했다. 누구 하나 대신 울어줄 사람도 없다는 게 이렇게나 서러운 일인지 처음 알았다. 누군가를 잃은 상실감을 공유해줄 사람이 하나도 없다는 게 서럽고 또 서러웠다.

쏟아내는 눈물에 앞이 보이지 않았다. 그때 모든 것을 토해내듯 울고 있는 준의 머리를 누군가가 쓰다듬었다.

준은 흐릿한 눈으로 고개를 들었다. 그 앞에는 재인이 서 있었다. 울음을 참고 있는 힘겨운 얼굴이 그를 향해 웃고 있었다.

"오빠, 울지 마."

재인은 작은 손으로 그의 얼굴에 흐르는 눈물을 닦고 있었다. 홀로 남겨진 이후, 처음으로 받아보는 오로지 그만을 위하는 손길.

얼굴에 닿은 작은 온기에 두 눈에 눈물이 가득 차올랐다.

"울지 마. 오빠 울면 재인이도 울고 싶잖아. 재인이도 이렇게 씩씩하게 참고 있는데……."

준은 파르르 떨리는 재인의 입가를 보며 그녀를 끌어안았다.

"흐흑, 재인아."

준은 재인을 안고 한참 동안 목 놓아 울었다. 품으로 전해져오는 작은 온기가 이렇게나 반가울 수가 없었다. 준은 절대 놓치지 않을 것처럼 재인을 끌어안고 설움을 한 움큼 뱉어냈다.

재인도 준의 품에 안겨 마음껏 울고 있었다. 작은 빈소에 그들의 울음소리가 적막을 깨고 가득 울리고 있었다.

한차례 설움의 시간이 지나고 준은 그제야 정신을 차렸다. 재인이 어떻게 여기에 왔는지 몰라도 분명 걱정하고 있을 것이다.

준은 천천히 재인을 품에서 떼어냈다. 서로의 어깨를 젖게 한 후였지만 가슴이 후련해졌었다.

막막하기만 했었다. 세상에 누구 하나 의지할 사람이 없다는 게 겁났다. 그런데 이 작은 아이가 그에게 힘을 주고 있었다. 준은 재인의 얼굴을 감싸며 눈물을 말끔히 닦아냈다.

"재인아, 회장님 걱정하실 거야. 얼른 가."

"싫어."

준은 도리질을 하는 재인을 보며 그녀를 살짝 밀어냈다. 하지만 밀어낼수록 재인은 그를 더 세게 끌어안았다. 준은 처음으로 버럭 소리를 질렀다.

"강재인!"

준의 고함에 재인의 눈물이 볼을 타고 흘러내렸다.

'울리고 싶지 않았는데……'

준은 한숨을 내쉬며 재인의 등을 도닥였다.

"재인아, 할아버지가 걱정하실 거야."

"할아버지한테 가면 사람들이 이상한 눈으로 쳐다본단 말이야."

재인은 고개를 들어 그를 바라봤다.

"오빠도 내가 불쌍해? 엄마, 아빠 돌아가셔서 불쌍하다는 거야?"

재인은 말이 없는 준을 보며 확신에 찬 어조로 말했다.

"재인이 불쌍하지 않아. 할아버지도 있고 오빠도 있잖아. 오빠 옆에는 항상 재인이 있을 거니까 오빠도 불쌍하지 않아! 그렇지?"

확신에 찼지만 눈물 섞인 목소리. 준은 또다시 눈가가 뜨거워지는 걸 느꼈다. 쓸쓸한 빈소에 혼자 있던 준은 재인이 누구보다 반가웠다. 같이 있으면 좋을 것 같았다고 수없이 생각했다.

세상을 떠난 건 선인만이 아니었다. 그날의 사고로 같은 차에 타고 있던 재인의 부모님, 민호와 의주도 유명을 달리했다.

선인의 작은 빈소와 조금 떨어진 빈소에는 퀸 호텔그룹 장남 부부의 장례식장이 마련되어 있었다. 첫날부터 지금까지 끝도 없이 조문 행렬이 이어지고 있었다. 재인은 그곳에 있어야 했다.

텅 빈 빈소에서 살을 파고드는 냉기와 외로움을 달래기에 그는 아직 어렸다. 다시는 볼 수 없는 선인이 미치도록 그리웠다. 그의 머리를 부드럽게 쓰다듬던 손길도, 자상하게 웃어주던 그 미소도 다시는 볼 수 없다는 사실을 받아들일 수가 없었다. 하지만 철저하게 혼자인 시간이 그에게 차가운 현실을 직시하게 만들었다.

이제 그에게 남은 사람은 아무도 없었다. 아니, 없다고 생각했다. 그런데 언제나처럼 재인이 그의 곁으로 왔다. 그의 곁에 있겠다고 했다.

차가운 냉기와 맞서며 재인이 전하는 따뜻한 체온이 간절하게 그리웠었다. 그 간절함에 재인이 그를 찾아왔을지도 모른다고 생각했다.

품을 파고드는 온기를 다시는 놓고 싶지 않았다. 하지만 재인이 자신의 자리로 돌아가야 한다는 걸 알기에 그는 힘겹게 이를 악물었다.

재인을 보며 차오르는 눈물을 훔쳤다. 다른 사람은 몰라도 재인 앞에서 울면 안 된다. 조금 늦었지만 사랑하는 재인 앞에서 의젓한 오빠이고 싶었다.

"빨리 가!"

"싫어!"

"자꾸 이러면 오빠, 화낼 거야!"

"흐흑."

재인이 울고 있었다. 흐르는 눈물을 닦아주고 싶지만 약해지면 안 된다는 생각이 들었다. 준은 눈을 꼭 감았다가 떴다.

"부모님께…… 작별 인사는 해야 될 거 아냐."

준의 차가운 말에 재인은 그를 다시 쏘아봤다.

"인사했단 말이야! 엄마, 아빠는 같이 있으니까 외롭지 않아. 아저씨도 같이 있으니까 괜찮을 거고. 그런데 오빠는 혼자잖아. 재인이가 오빠랑 있을게. 재인이 있으니까 오빠는 이제 혼자 아니야."

"하아."

재인의 말에 말문이 막혔다. 재인은 금세 준의 곁으로 다가와 앉았다. 재인의 그 마음이 고마웠다. 그래도 재인은 이곳에 있으면 안 됐다. 곧 사람들이 그녀를 찾으러 올 것이다. 선인과 보내는 마지막 시간이었다. 준은 그 시간을 조용히 보내고 싶었다.

재인이 전한 온기로 그는 이미 충분히 위로받았다. 지금 그의 말이 재인에게 상처가 된다는 건 알지만 반드시 해야 했다. 오로지 그녀를 위해서.

"강재인, 어린애 같은 소리 그만하고 가! 언제까지 애처럼 굴 거야? 자꾸 이러면 다시는 너, 안 볼 거야."

마음에도 없는 말로 재인을 몰아붙였다. 재인은 금세 눈물을 뚝뚝 흘렸다.

"오빠는 재인이 떠나지 않을 거지? 흐흑, 엄마, 아빠처럼 말없이 떠나지 않을 거지? 그렇지? 떠나지 않을 거라고 약속해!"

재인은 어릴 적처럼 떼쓰듯 억지로 손가락을 걸었다. 준은 그녀의 손을 거칠게 떼어냈다.

"강재인!"

"약속해! 오빠는 절대 다른 데 가지 않는다고. 흐흑, 빨리 약속해."

재인의 울부짖음에 준은 한숨을 내쉬었다. 약속하지 않으면 재인은 절대 가지 않을 것이다.

"하아, 약속할게."

준은 손가락을 내밀었다. 그 앞에 시 있는 재인이 다시는 울지 않도록 지킬 것이다. 준은 마치 자신에게 약속하듯 손가락을 걸었다.

하지만 진실과 마주한 순간, 그 약속은 지킬 수 없게 됐다.

홀로 납골당에 선인을 안치하고 돌아왔다. 마지막까지 혜영은 찾아오지 않았다. 그래도 건이 배려해준 덕에 장례를 무사히 치를 수 있었다. 건에게 감사 인사를 하러 본채로 가고 있었다.

재인이 미치도록 보고 싶었다. 재인은 그날도 아침부터 그의 집에서 준을 기다리고 있었다.

재인은 사고 이후 준에 대한 집착이 더 심해졌다. 준이 눈앞에 보이지 않으면 자지러지게 울었다. 탈진해 쓰러질 때까지 준을 찾았다.

오전에도 건과 선화가 겨우 진정시켜 납골당에 다녀왔지만 내내 재인이 걱정됐었다. 재인을 울게 하고 싶지 않았지만 그에게는 방법이 없었다. 더는 이 집에 머물 이유가 없었다.

앞으로 거처를 어떻게 해야 할지 결정하지 못했다. 보험금으로 많은 돈이 나올 거라고 주위에서 말했지만 그런 건 중요하지 않았다.

재인이 없는 곳에서 살고 싶지 않았다. 재인을 볼 수 없을지도 모른다는 생각에 아무것도 할 수 없었다. 이곳에 머물 수 있게 부탁해볼 생각이었다. 할 수 있는 일이 있다면 뭐라도 할 생각이었다.

미성년자인 그가 당장 혼자 살 수는 없었고 당분간일지라도 이곳에 있지 않으면 시설 같은 곳으로 갈 수밖에 없다고 했었다. 그러고 싶지는 않았다. 피를 나눈 혈육은 아니어도 이곳에는 재인이 있었다.

"후우."

준은 크게 숨을 내쉬고 발을 옮겼다. 그때 갑자기 들려온 고함에 발이 저절로 굳었다.

"당장 그 입 다물지 못해!"

노기 띤 건의 목소리에 준은 움찔했다. 본채 바로 앞에 있는 정원에 건과 신형이 서 있었다. 비서실장인 신형은 잔뜩 긴장한 얼굴로 고개를 숙이고 있었고 건은 화난 얼굴로 정원을 서성이고 있었다. 간혹 오가며 인사한 덕에 신형을 알고 있지만 그가 본채를 찾는 일은 거의 없었다. 뭔가 큰일이 생긴 것 같았다.

섣불리 끼어들면 안 될 것 같다는 생각에 발길을 돌리려 했다. 그때 신형의 입에서 그리운 이름이 튀어나왔다.

"남궁선인……."

"듣고 싶지 않네."

"남궁 실장, 과실일 수도 있습니다. 혈중 알코올 농도가……."

"그만하라는데도!"

호통 치는 건을 보면서도 신형은 뜻을 굽히지 않았다.

"그냥 덮는다고 되는 문제가 아닙니다. 작은 사장님과 모종의 관계가 있을 수도 있습니다. 증거도 이미 확보했습니다. 만약 남궁 실장이 고의로 사고를 냈다면……."

"함 비서!"

건의 노기에 신형은 결국 입을 다물었다. 하지만 준은 신형의 말을 듣고 깨달았다.

"흡."

터져 나오려는 울음을 틀어막았다. 온몸이 사시나무 떨듯 떨려왔다. 며칠 전 있었던 사고는 우연이 아니었다. 누군가의 실수. 아니, 고의로 일어났을지도 모를 일이었다.

재인의 부모는 선인의 과실일지도 모를 사로로 인해 세상을 떠났다.

준은 그날 새벽까지 잔을 기울이던 선인의 모습을 똑똑히 기억하고 있었다. 눈뜬 세상이 검게 변하는 것 같았다. 저 넓고 황량한 곳에서 울고 있는 재인의 슬픔이 그가 사랑하는 선인 탓일 수도 있었다.

천천히 뒷걸음질했다. 더는 재인에게 갈 수 없었다. 이제 그는 철저히 혼자였다. 앞으로도 영원히.

#05 - 그를 향한 메아리

오빠라는 호칭을 쓴 이후 재인은 하루가 다르게 불안함을 겉으로 드러냈다. 간간이 둘이 있을 때 감정을 드러낸 경우는 있지만 이렇게까지 한 적은 없었다.

늘 당당하던 재인을 믿었던 탓일까? 무너져버린 재인의 모습에 준은 마음이 더 무거웠다.

그는 자신을 무작정 잡아끄는 재인을 아무 말도 않고 바라봤다. 이렇게라도 해서 곁에 있으려는 재인을 알기에 잠자코 따라갔다. 하지만 그녀가 가는 곳을 깨닫고 준은 걸음을 멈췄다. 지금은 일과 시간이 아니었다. 재인은 지금 퀸의 대표가 아닌 밤의 여왕이다.

재인은 그녀의 뜻을 알아채고 꼼짝 않고 멈춰 선 준을 쏘아봤다.

"따라와!"

"왜 그러는 거야?"

"몰라서 물어? 기억해봐."

"내가 기억할 것 따윈 없어."

준의 목소리는 어느 때보다 차가웠다. 그 서늘함에 온몸으로 진저리가 쳐졌다. 가장 따뜻하고 정겹기만 했던 그의 목소리. 그 따스함을 알기에 더 가슴이 아팠다.

재인은 차가운 눈으로 바라보는 준을 응시했다.

"내가 얘기했지. 다시 내 옆에 다가오면 그때는 내 마음대로 할 거라고!"

재인이 공공연하게 했던 말이다. 물론 잊지 않았다. 아니, 잊을 수가 없다. 하지만 잊어야만 하는 말이다. 준은 잡아끄는 재인의 손을 매몰차게 떼어냈다.

"대체 뭘 하자는 거야?"

"알고 있잖아."

"강재인!"

"내 걸 찾는 것뿐이야. 이제부터 남궁준은 다시 내 거야. 오늘 가질 거야."

재인을 믿었어야 하는데 더는 두고 볼 수가 없었다. 전날 밤, 재벌가 자제들이 주최한 파티에 참석한 재인이 걱정돼 몰래 따라갔던 준은 재인을 추행하려 한 강호를 때려눕혔다.

만취한 상태라 강호는 기억하지 못하겠지만 재인은 기억하고 있었다. 완벽히 소유욕을 드러냈던 어젯밤의 그를.

"하아."

또다시 원인 제공을 한 셈이었다. 재인은 혹시나 했던 준의 의심을 확신시켜주었다. 그녀가 그의 손을 다시 잡아끌었다.

준은 재인의 손을 거칠게 뿌리쳤다. 취기와 열기에 싸인 재인의 손이 더 뜨거워졌다.

재인은 다시 그의 손을 부여잡았다.

"놔!"

"다시 가질 거야."

재인은 놓치지 않겠다는 듯 준의 손을 더 세게 잡았다.

"하아."

준은 한숨을 내쉬며 매몰차게 재인의 손을 쳐냈다. 힘없이 떨어져나가는 작은 손. 힘없는 가녀린 체구까지 휘청거렸다.

준은 저도 모르게 나아가려는 손길에 주먹을 그러쥐었다. 스친 손끝이 저릿하게 아려왔다. 베어내는 감정만큼 가슴에 자상(自傷)이 일었다. 보이지 않는 출혈에 가슴이 쓰려왔다.

베어냈다고 생각했던 감정들은 금세 새살로 돋아났다. 돋아난 살은 더 크게 자라 이제 그의 온 가슴을 채우고 있었다.

오래전 움튼 감정들이 이제는 그를 쥐고 흔들 만큼 커다래져 있었다. 우연을 가장한 운명. 연민과 동정이라는 감정은 형태를 바꾼 지 오래였다.

갚지 못할 빚으로, 그 감정의 무게는 더 커다랗게 그를 옥죄어왔다.

"흡."

눈물을 참으며 쏘아보는 눈길, 그녀의 울부짖음이 들려오는 것 같았지만 더는 안아줄 수 없었기에 더 안타까웠다. 준은 쓰린 가슴을 감춘 채 차가운 가면으로 그녀를 바라봤다.

"너하고 잘 생각 없다고 분명 얘기한 것 같은데?"

"누가 생각 같은 거 하라고 했어? 이제 생각 따위 집어치워!"

준은 한 걸음 뒤로 물러났다. 당장에라도 품에 파고들 것 같은 재인의 얼굴이 곧 폭우를 토해낼 듯했다.

그녀는 텅 빈 빈소에서 받은 온기를 나눠주고 싶을 만큼 시린 얼굴로 그를 바라보고 있었다.

이렇게 흔들리는 감정으로 마주할 때 폭우를 마주하면 그녀를 피할 수 없을 것 같았다.

아직 이성이 남아 있을 때 달아나야 했다.

"강재인, 우리는 이러면 안 되는 거 알지?"

"왜?"

"그건 네가 더 잘 알잖아."

"몰라. 아니, 알고 싶지도 않아. 설령 안다 해도 상관없어. 난 내 걸 찾는 것뿐이야. 호텔도, 오빠도 그 누구에게도 빼앗기지 않아."

극도의 불안감이 재인을 엄습한 것 같았다. 클럽에서 취한 재인을 데려오는 게 아니었다. 오늘따라 정신없이 알코올에 자신을 맡기는 재인을 보며 더는 참을 수가 없었다.

통보 없이 갑작스러운 외출로 사라졌던 재인은 몇 시간 만에 호텔에 돌아왔다. 가끔 있는 일이었지만 오늘 같은 모습은 처음이었다.

처음에는 며칠 뒤에 있을 이사회 때문이라고 생각했었다. 하지만 지금의 모습을 보면 다른 뭔가가 있는 게 확실했다. 바라보는 시선이 아리게 가슴을 파고들었다.

그럼에도 준은 입을 다물고 지켜보기만 했다. 굳게 닫힌 입술을 보면 그가 묻는다고 해도 대답하지 않을 것이다.

'주말 연회와 이사회 준비만 아니었으면 혼자 외출하게 두지도 않았을 텐데……'

누굴 만난 건지, 무슨 일이 있었는지 감조차 잡을 수가 없었다.

"대체 누굴 만나고 왔기에 이러는 거야?"

준은 대답하지 않을 걸 알면서 바보 같은 질문을 했다.

"차라리 말을 해!"

"가질 거야."

재인은 대답을 회피한 채 또다시 어린애처럼 투정을 부렸다. 준은 재인의 어깨를 잡고 눈을 마주 봤다. 어깨를 잡은 손에 힘이 잔뜩 들어갔다.

언제나 당당하길 바랐다. 언제나 거만하게 그를 쏘아봐주길 바랐다. 지금처럼 당장에라도 울 것 같은 표정만은 그 앞에서 내보이지 않길 바랐다.

재인은 그 어느 때보다 안아주고 싶은 얼굴로 그를 바라보고 있었다. 그녀의 어깨를 잡지 않았다면 손은 이미 방향을 잃고 그녀를 안았을 것이다. 준은 깊은 숨을 내쉬었다.

"재인아…… 우린 아니야. 너도 알잖아."

"아니. 잊었어? 나한테 걸려든 이상 달아날 수는 없어. 천하의 남궁준이라고 해도 말이야."

호텔에서 공공연하게 떠도는 소문. 여왕의 거미줄에 걸려든 이상 그 누구도 빠져나갈 수 없다. 알고 있었다. 그는 이미 그녀의 거미줄에 걸린 지 오래였다. 그 사실을 그녀만 모르고 있었다. 그녀의 거미줄에 매달려 스스로 다가갈 수 없음을 철저히 깨달으며 독처럼 내뿜는 그녀의 시선에도 이렇게 녹아내렸다. 그녀는 영원한 포식자고, 그는 그 줄에 걸린 먹이에 불과했었다. 대표와 총지배인. 형태만 바뀌었을 뿐.

준은 뒤로 보이는 스위트룸을 차갑게 바라봤다. 거부할 수 없는 여왕의 침실이 바로 눈앞에 있지만 그는 절대 그곳에 그녀와 같은 마음으로 들어갈 수 없었다.

들어가는 순간 그가 맞이할 현실은 파국일 것이다. 또다시 직면한 현실에 더욱 뜨거워지는 가슴을 안고 재인을 바라봤다. 그녀도 이제는 받아들여야 할 것이다. 그녀가 마주해야 할 현실을.

"나한테는 주희가 있다."

재인은 사나운 눈길로 준을 쏘아봤다. 알고 있기에 더 화가 났다. 준의 옆에 다른 여자가 있는 걸 상상한 적이 없었다.

처음 본 순간부터 준은 그녀의 남자였다. 재인은 그 사실을 의심한 적이 한 번도 없었다. 그녀 곁에 있겠다는 준을 굳게 믿었다. 세월이 아무리 흘러도 변하지 않을 거라 믿었다.

그녀에게 준은 그만큼 절대적인 존재였다. 하지만 어느 순간 준은 변했다.

재인은 변해버린 현실을 믿을 수도, 믿고 싶지도 않았다. 그럼에도 파헤쳐 마주한 현실은 추악한 진실을 알려줬을 뿐이었다.

지금 그녀에게는 진실이 무엇이든 상관없었다. 반드시 되찾을 것이다. 무슨 일이 있어도 꼭 그래야만 했다. 그녀를 위해. 그리고 그를 위해서.

재인은 젖어드는 눈가를 그대로 두고 준을 바라봤다. 그저 평범한 남자와 여자가 될 수 없는 그들 사이가 안타까웠다.

"왜 안 되는데? 다른 여자는 되면서 난 왜 안 되는데!"

재인의 악다구니에 준은 손을 들어 그녀의 얼굴을 쓰다듬었다. 며칠 새 더 해쓱해져버렸다. 식사만 잘 챙겨도 이 꼴은 아닐 것 같았다. 아무리 말해도 재인은 말을 듣지 않았다.

"하아."

자책 같은 깊은 한숨이 새어 나왔다.

"너니까! 내 동생 강재인. 내가 아무리 천박한 놈이라고 해도 동생하고 그 짓은 안 한다."

말을 마친 준은 차갑게 돌아섰다. 지금 재인을 상대해봐야 누구에게도 득이 없었다. 그러나 재인은 그를 쉽사리 보낼 생각이 아닌 것 같았다. 재인은 돌아서는 준의 앞을 가로막았다. 차오르는 취기로 몸이 휘청거렸다.

저도 모르게 그녀의 팔을 잡아 바로 세웠다. 한 손 안에 팔뚝이 그대로 들어왔다. 지난번보다 몸무게도 더 줄어든 것 같았다.

준은 재인을 좀 더 자세히 바라봤다. 몸의 삼분의 일도 채 가리지 못한 드레스가 형편없이 구겨져 있었다. 클럽 안에서부터 승강이를 벌인 탓이다. 재인의 흐트러진 모습을 다른 사람들에게 보여주고 싶지 않았다.

"후우."

그녀의 팔을 놓고 구겨진 드레스를 반듯하게 정리했다. 재인은 준의 행동에 코웃음을 쳤다.

"누가 이딴 걸 바라는 줄 알아?"

재인은 곱게 편 드레스를 다시 엉망으로 구겼다. 준은 재인이 하는 대로 그냥 두고 봤다.

재인은 준이 말없이 지켜보자 손을 스르륵 내렸다. 신경질적으로 구겨진 드레스가 그녀의 기분을 대변하는 것 같았다. 모든 게 엉망으로 변해버렸다. 하지만 이것만은 확실했다. 그녀에게는 그가 필요했다.

"내게…… 돌아와."

물기 가득한 재인의 목소리에 준은 주먹을 그러쥐었다. 차라리 악다구니를 쓰는 게 나았다. 이렇게 금방이라도 무너져 내릴 얼굴을 하고 있으면 힘겹게 세운 그의 성벽도 무너질 것 같았다.

"오빠, 제발……."

준은 앞으로 나가려는 손을 급하게 주머니에 찔러 넣었다. 얼마나 힘들어야 이 고통이 끝날지 모르겠다. 가슴을 깊이 후벼 파는 통증을 감추며 담담한 얼굴로 재인을 바라봤다.

"돌아가고 할 것도 없어. 난 여전히 네 오빠니까."

그의 말에 재인은 버럭 소리를 질렀다.

"친오빠도 아니잖아. 그따위 변명 집어치워!"

준은 어느새 자란 머리를 쓸어 올리며 한숨을 내쉬었다. 재인은 여전히 포기를 몰랐다. 그래서 더 그 마음을 잘라내야 했다. 그의 마음속에 자라나는 희망의 싹을 매일 자르듯이.

준은 최대한 냉정한 얼굴로 그녀를 쏘아봤다.

"그게 아니어도 난, 주희 배신하는 짓 하지 않아."

"하핫."

재인은 쓰게 웃으며 그를 바라봤다. 뒤늦은 원망을 한다 해도 민호와 의주, 그리고 선인은 돌아오지 않았다.

어쭙잖은 책임감으로 준이 그녀를 피하고 있다면 더 용서할 수가 없다.

재인은 아직도 낮에 봤던 서류들의 글자들이 눈앞에 떠다니는 것 같았다. 그녀는 이를 악물고 싸늘한 눈으로 자신을 바라보는 준을 쏘아봤다.

비서실장이었던 신형은 건이 세상을 떠나고 일을 그만뒀다. 신형은 오랫동안 건의 그림자 노릇을 했던 사람이었다.

신형은 건이 사라지고 그제야 자유로운 생활을 하는 듯했지만 실상 준호와 준희의 눈을 피해 은밀하게 재인의 뒤를 봐주고 있었다. 그것이 건이 신형에게 남긴 마지막 밀명이었다. 신형은 그 역할을 착실히 수행하고 있었다.

그런 그가 때가 도래했음을 인지하고 판도라의 상자를 들고 그녀를 찾아왔었다.

몇 시간 전.

신형은 재인이 자리에 앉고 차가 식도록 말이 없었다. 오랜 침묵에 그녀가 자리에서 일어서려 하자 그는 서류를 내밀었다. 침착한 얼굴로 그녀를 바라보는 신형의 눈빛에 재인은 등골이 서늘해졌다.

"보셔야 할 서류입니다."

'저 안에 있는 것들을 꼭 확인할 필요가 있을까?'

재인은 수없이 자문했다. 하지만 신형은 작심한 것처럼 그녀 앞으로 서류를 더 밀었다.

"꼭 보셔야 합니다."

"제가 꼭 알아야 하는 건가요?"

"네."

서류를 집어 드는 손끝이 떨려왔다. 조심스럽게 서류를 꺼내 들고 천천히 읽어 내려갔다.

시간도, 공간도 잊은 채 같은 내용을 수없이 읽고 또 읽었다. 재인은 믿을 수 없다는 얼굴로 신형을 바라봤다.

"함 비서님, 이게 뭔가요?"

신형은 앞에 놓인 물을 단숨에 비웠다. 앙다문 입매에 결연한 의지가 보였다.

"회장님은 끝까지 함구하라고 하셨지만 이제는 아셔야 할 때가 된 것 같습니다."

손끝이 덜덜 떨려왔다. 단순한 사고로 알고 있던 15년 전 사고의 실체가 이 안에 들어 있었다.

준호가 사고와 연관이 있을 수도 있다. 항상 날 선 얼굴로 자신을 보는 준호가 싫었다. 이유 따위 궁금하지 않았다. 어차피 궁금하다고 알려줄 이도 없었다.

재인은 준호가 왜 그토록 호텔을 팔아치우고 싶어 하는지 몰랐다. 이제야 그 이유를 알 것 같았다. 준호는 어쩌면 홀가분하게 과거를 털어내 버리고 싶어서였는지도 모르겠다.

호텔은 건뿐 아니라 민호의 자취가 곳곳에 묻어 있었다. 로비부터 시작해서 어느 하나 민호의 손길이 닿지 않는 곳이 없었다.

처음부터 호텔은 민호가 맡을 요량으로 설계되어 있는 곳이었다. 십여 년이 지났지만 여전히 민호에 대해 얘기하는 이사들이 있을 정도였다.

그런 호텔이 준호에게는 분명 짐이었을 것이다.

"하하하."

헛웃음이 나왔다. 건은 세상을 떠나기 전에 이 사실을 알고 있었다.

"후우."

차라리 몰랐으면 좋을 뻔했다. 신형이 15년이 지난 지금, 왜 자신에게 진실을 알리는 건지 모르겠다. 앞에 있는 서류들로 눈앞이 깜깜해졌다.

재인은 서류를 다시 한 번 확인했다. 여전히 변함없는 사실들이 가슴속에 파고들어 상처를 헤집었다.

재인은 서류 마지막 장을 뚫어지게 바라봤다. 선인이 관련되어 있을지도 모른다는 부분에서 다시 숨이 막혀왔다. 단순한 활자라 하기에는 그 안에 담긴 뜻이 너무도 날카로웠다.

비릿하게 퍼지는 슬픔과 함께 참고 있던 숨을 겨우 토해냈다.

"하아."

준은 알고 있다. 사고의 원인이 부친일지도 모른다는 걸. 그것이 아니면 설명되지 않았다. 아니, 이것이 이유라면 모든 것을 설명할 수 있었다.

신형은 떨리는 손으로 서류를 내려놓는 재인에게 다른 서류를 내밀었다.

"혹시 하는 마음으로 조사했습니다. 하지만 진실을 알아내지는 못했습니다. 다만 정황상 증거를 보면 충분히 가능성은 있다고 생각됩니다."

재인은 신형의 입에서 나오는 말을 더는 듣고 싶지 않았다.

"총지배인은 알고 있었던 거죠?"

재인의 질문에 신형은 아무런 대답도 하지 않았다. 침묵이 건네준 확신에 소리 없는 비명이 가슴을 채웠다.

서류에 적힌 내용만으로 선인에게 책임을 추궁할 수는 없었다. 물론 준호가 선인에게 접촉한 흔적은 확실하게 남아 있었다.

이사회에 참석 못 하게 하려는 거였지만 사고의 크기는 누구도 장담할 수 없다. 이건 명백하게 살인 계획이었다.

사고를 모의하고 계획했다는 것만으로도 준호는 가족으로 이미 실격이었다. 준희가 사고에 가담했는지는 알 수 없지만 알고 있었던 건 확실했다.

재인은 건이 왜 그녀에게 모든 지분을 남겼는지 알 것 같았다. 절대 호텔이 준호의 손아귀에 넘어가게 두지 않을 것이다.

지금까지 재인은 자신의 재산을 위해 호텔을 지켜왔다. 하지만 앞으로는 오로지 호텔을 위해 일할 것이다.

호텔에는 많은 기억과 추억이 있었다. 그것들마저 더럽힐 수는 없었다.

재인은 냉정하게 다시 서류를 살폈다. 선인이 준호의 제안을 받아들였다는 증거는 그 어디에도 없었다. 단지 제안을 받았었다는 증거밖에 없었다.

거금이 인출되어 선인에게 전해졌지만 며칠 뒤 그의 이름으로 다시 입금되어 있었다. 하지만 사고가 있기 며칠 전 더 큰 금액이 인출되어 있었다. 돈의 행방을 끝까지 찾지 못했다.

재인은 직감적으로도 알 수 있었다. 선인에게는 아무런 책임도 없었다. 민호와 선인은 둘도 없는 관계였다. 물론 상사와 부하직원이라는 틀에 얽매여 있기는 했지만 누구보다 진솔한 관계였다는 걸 기억하고 있었다.

사망한 선인의 혈중 알코올 농도가 높았던 건 사실이지만 그것이 준호와 모종의 거래를 했다는 증거는 되지 않았다.

사고의 원인은 반대편 가드레일을 넘어온 차량에 있었다. 운전자와 준호는 그 어떤 인연도 없었고 단순한 졸음운전에 의한 사고로 사건은 종결됐었다. 사고는 절대 의도된 것이 아니었다. 그런데 신형은 여전히 일말의 의심을 품고 있었다.

준 또한 의심하고 있었던 것이다. 자신의 부친에 대해.

만에 하나 준이 선인의 상태에 대해 오래전부터 알고 있었다면 갑자기 변해버린 그의 태도도 이해할 수 있었다. 하지만 그런 이유로 그녀를 멀리했다면 절대 용서할 수가 없었다.

재인은 철저히 조사해볼 생각이었다. 그때까지 그녀가 이 모든 사실을 알고 있다는 건 비밀이다.

"하아아."

재인은 엄습해오는 두통에 길게 심호흡을 하고 준을 바라봤다.

신형과 만났다는 걸 알면 준은 더 달아날 것이다.

여전히 차가운 얼굴. 그 예전처럼 웃어주길 바라는 건 너무 큰 욕심인지도 몰랐다. 하지만 그녀 곁을 떠나는 건 용납할 수가 없었다. 그 어떤 이유로든 마찬가지였다.

"상관없어. 다른 여자와 함께한다고 해도."

"내가 안 돼."

"그냥 즐기면 되잖아!"

준은 재인의 턱을 잡고 눈을 마주했다. 준은 천천히 고개를 숙였다. 준은 재인의 입술을 긴 손가락으로 살짝 쓸었다.

그의 손길에 파르르 떨리는 입술. 여전히 어리고 여리다. 그러나 눈앞에 있는 그녀는 더는 어린 시절 꼬마가 아니었다.

재인이 하는 말이 무슨 뜻인지 잘 알고 있었다. 그녀를 채우는 열기가 손끝을 타고 그에게 전해져왔다. 그의 가슴에 들끓고 있는 열망이 그녀에게서 그대로 느껴졌다.

재인은 준의 눈을 똑바로 바라봤다.

"안 된다는 말은 이제 집어치워! 더는 믿지 않을 거니까."

붉고 뜨거운 입술이 그의 마른 입술을 덮었다. 뜨거운 숨이 그의 온몸을 강타했다. 준은 이를 악물고 재인의 눈을 바라봤다.

더는 그를 흔들지 말아주길 간절히 바랐다.

준은 거침없이 파고드는 입술을 겨우 떼어냈다.

"밀회라도 즐기라는 거야?"

"밀회? 난 감추는 짓 따위 안 해. 당당하게 내 걸 찾는 거야."

준은 그녀에게서 손을 떼고 돌아섰다. 이런 실랑이를 하는 것조차 버거웠다.

"사양하겠어. 그리고 또다시 이따위 짓 하면, 그때는 진짜 그만둘 거야. 경고는 이제 없어."

진심이었다. 더는 재인과 있는 게 편하지 않았다. 아니, 한순간도 편한 적이 없었다.

재인은 모른다. 준이 그녀에게 진짜 가지 못하는 이유를.

언젠가는 말할 생각이었다. 아마도 그녀가 완벽히 그룹을 소유할 때쯤이면 그도 홀가분하게 떠날 수 있을 것 같았다.

그 전에 그녀를 자신과 같은 고통 속에 떨게 할 수는 없었다. 조금 더 시간이 지나 그녀가 진짜 어른이 되고 퀸의 왕좌에 오를 때…… 그때쯤이면 말할 수 있을 것 같았다.

그 전까지 그는 침묵해야 했다.

준은 그 어느 때보다 차가운 얼굴로 엘리베이터에 몸을 실었다. 멀리 보이는 재인의 어깨가 떨리는 게 눈에 들어왔다.

서서히 닫히는 문 사이로 준은 주먹을 거세게 쥐었다. 그러지 않으면 닫히는 문을 열고 재인에게 달려갈 것 같았다. 예전처럼 울고 있는 그의 공주를 달래기 위해.

한편, 재인은 사라지는 준을 보며 또다시 무너졌다. 아직까지도 변해버린 그들 사이를 믿을 수가 없었다. 그녀는 그 변화에 적응할 시간이 없었다. 모든 것이 한순간에 바뀌어버렸다.

준은 사고 이후, 더는 웃지 않았다. 재인은 물론이고 그 누구 앞에서도 웃지 않았다.

세상에 홀로 남겨진다는 게 어떤 건지 모조리 공감할 수는 없지만 그녀도 부모라는 존재가 사라졌기에 이해하려고 애썼다.

하지만 홀로 남겨졌다고 세상이 끝나는 건 아니었다. 여전히 세상은 돌아가고 있었다. 재인은 사람들의 말처럼 시간이 지나면 준이 예전처럼 돌아올 거라고 생각했다. 하지만 시간이 갈수록 준은 더 멀어져갔다.

준은 언제부턴가 혼자 있고 싶다고 말했다. 눈은 그렇지 않다고 말하는데 입은 늘 거짓말을 했다.

재인은 준의 거짓말을 믿지 않았고 그를 혼자 있게 하지도 않았다. 준은 절대 혼자가 아니었다. 그의 곁에는 언제나 그녀가 있었고 앞으로도 영원히 함께할 생각이었다. 그럼에도 불구하고 준은 점점 멀어져갔다.

재인이 그렇게 철없이 시간에 기대고 있을 때 건은 철저하게 그녀를 호텔 경영자로 키우기 시작했었다. 건은 그때쯤 재인이 한국에 들어오지 못하게 했었다. 그러나 재인은 건의 말을 듣지 않았었다.

　　15년 전. 여름.

　　"싫어!"

　　"재인아."

　　"싫어. 싫어. 싫다고!"

　　"강재인!"

　　민호의 사고 후 한 번도 큰소리 내지 않던 건이 호통을 쳤다. 재인은 건의 고함에 금세 눈가가 젖어들었다.

　　"미국 가기 싫단 말이야!"

　　"가서 학교는 마치고 와야지."

　　"여기서 학교 다니면 되잖아!"

　　몇 시간째 고집 피우는 재인과 더는 대화해봐야 이득이 없을 것이다. 차라리 강압적으로 보내는 것이 나을 것 같았다.

　　"잔말 말고 내일 출국하도록 해! 윤 실장, 얘 데리고 올라가봐."

　　"네."

　　옆에서 듣고 있던 선화는 목 놓아 울고 있는 재인을 안고 위층으로 올라갔다. 위층으로 올라가는 내내 재인은 발버둥 치며 소리를 질렀다. 건도 선화도 그녀의 말이 더는 들리지 않는 듯이 행동했다. 재인은 결국 울다 지쳐 잠이 들었다.

　　어슴푸레한 새벽, 눈을 뜬 재인은 살금살금 아래층으로 내려왔다. 아직 아무도 일어나지 않은 것 같았다.

　　그녀는 조심스럽게 현관문을 열고 밖으로 나가 달리기 시작했다. 목적지에 도착한 재인은 숨도 쉬지 않고 문을 당겼다.

문은 굳게 잠겨 있었다. 생각할 것도 없이 두 손으로 문을 두들겼다.

쾅, 쾅, 쾅, 쾅.

거세게 뛰는 심장박동처럼 문이 요란한 소리를 내고 있었다. 재인은 계속해서 뒤를 힐끔거리며 문을 두들겼다. 도저히 기다릴 수가 없었다.

"오빠! 오빠! 문 열어! 준 오빠!"

문이 열리기 무섭게 재인은 안으로 들어와 문을 잠갔다. 재인은 거친 숨을 몰아쉬며 잠근 문을 꼭 잡았다.

"재인아, 새벽부터 무슨 일이야?"

"조용히 해."

곧이어 문을 두드리는 소리가 들려왔다.

"재인이 여기 있는 거 다 안다. 문 열어라. 강재인."

"오빠, 아무 말도 하지 마."

"준아, 문 열어라."

덜컹하고 문을 당기는 손길에 재인은 움찔하며 잠긴 문을 더 세게 잡았다. 준은 무슨 일이 생겼다는 걸 감지했다. 밖에서 재인과 준의 이름을 계속 부르고 있었다.

"재인아, 손 놔."

재인은 고개를 세차게 흔들었다.

"재인아."

"싫어."

어느새 재인은 굵은 눈물을 뚝뚝 흘리며 서 있었다. 문을 잡고 있는 손에 얼마나 힘을 주고 있는지 손끝이 파랗게 변해 있었다. 준은 재인의 손을 꼭 잡았다. 작은 손이 파르르 떨고 있었다.

"재인아, 밖에서 회장님 걱정하고 계시잖아. 문 열어."

"싫어."

준은 문에서 천천히 재인의 손을 떼고 그녀를 바라봤다.

"재인아. 무슨 일인데 그래? 그러지 말고 오빠한테 말해봐."

재인은 큰 소리로 울기 시작했다. 울고 있는 건 재인인데 그의 눈가가 같이 젖고 있었다.

"할아버지가 미국 가야 된대."

이제 진짜 이별인 것 같았다. 재인은 준의 품에 안겨 그의 어깨를 적시고 있었다.

"오빠! 재인이 공부 열심히 하고 방학 때 올 거니까 그때까지 재인이 잊으면 안 돼."

역시나 그랬다. 선화가 낮에 바쁘게 재인의 짐을 정리하는 걸 봤었다. 재인은 그와 노느라 몰랐겠지만 그는 눈치챘었다. 재인과도 이별해야 한다.

준은 빠르게 눈물을 훔치고 짐짓 아무렇지도 않은 얼굴로 재인을 바라봤다.

"미국 가서도 매일 전화할 거면서 뭘 그래?"

"오늘 가면 몇 달 동안 오빠 못 본단 말이야."

오늘이라는 재인의 말에 숨이 턱 막혀왔다. 아직 재인에게 해주고 싶은 게 많았다. 버스 정류장 옆에 떡볶이 집에도 가야 하고, 건너편 게임방에서 재인이 좋아하는 게임도 같이하기로 약속했었다. 정원에 같이 심은 꽃씨가 싹이 나 환한 꽃으로 피어나는 걸 같이 보자고 약속도 했었다. 그 외에도 수없이 많은 약속으로 손가락을 걸었다. 수많은 약속들이 그의 머릿속에 떠돌았다.

쾅, 쾅, 쾅

잠시의 정적을 깨는 커다란 소리에 재인이 움찔하며 그의 품으로 파고

들었다. 준은 그제야 정신을 차리고 문을 열었다.

"죄송해요."

준은 고개를 숙여 인사했다. 노기 가득한 건이 재인을 쏘아봤다. 그 뒤에서 선화가 잔뜩 긴장한 얼굴로 그들을 보고 있었다.

"재인이 일어나라!"

건의 말에 재인은 준의 등 뒤로 숨어버렸다. 재인은 절대 놓치지 않겠다는 듯이 준의 손을 꼭 잡았다.

"하아."

건은 재인의 모습에 한숨이 새어나왔다. 그토록 말했는데 도통 듣지 않았다. 앞으로 이 아이의 인생이 어떻게 변할지는 그의 선택에 따라 달라질 것이다. 안쓰러움으로, 미안함으로 지금처럼 놔뒀다가는 모든 것을 잃을 것이다.

건은 마음을 다잡으며 눈앞에 있는 아이들은 바라봤다. 준은 잔뜩 긴장한 얼굴로 그를 보고 있었다. 긴장했지만 여전히 눈매에 결연함과 위엄이 서려 있었다.

건은 며칠 전 그를 찾아온 준이 떠올라 쓴웃음을 지었다. 준은 이 집에서 나갈 생각을 하고 있었다. 이미 집까지 준비했다는 준은 오랜 세월의 풍파를 맞은 그가 보기에도 당차 보였다.

'사고만 아니었다면 좋았으련만……'

아무리 봐도 아까웠다. 건은 쓴웃음을 지우고 재인을 바라봤다.

"재인이 계속 이런 식으로 하면, 다시는 한국 땅에 발도 못 붙이게 할 거야!"

건의 고함에 재인은 소리 내어 울기 시작했다.

"그럼 오빠랑 같이 보내줘. 오빠도 미국에서 공부하면 되잖아!"

그 생각도 안 한 건 아니었다. 하지만 준은 건의 제안을 한마디로 거절했다. 다시 제안한다고 바뀔 것 같지 않았다.

지금 준에게는 혼자만의 시간을 주는 게 맞았다. 건은 준이 앞으로의 인생을 스스로 결정할 수 있게 도와줄 생각이었다.

아무리 귀한 재인이라고 해도 준의 인생을 막게 할 수는 없었다. 그에게 준은 이미 재인과 같이 귀한 손자였다. 건은 선화를 돌아봤다.

"한 실장! 재인이 데리고 나오게."

선화는 재인을 준에게서 떼어내려 했다. 하지만 재인은 어떻게든 준을 붙잡고 떨어지지 않았다. 준은 재인을 말없이 보고 있었다. 어쩌면 이것이 마지막일 수도 있다는 생각이 들었다.

"아아악, 싫어. 놔!"

한참의 실랑이 후 결국 준에게서 떨어진 재인은 계속해서 준을 불렀다.

"오빠! 오빠! 오빠! 준 오빠!"

준은 한달음에 달려가고 싶은 마음을 꾹 누르며 건을 바라봤다.

"죄송합니다."

"이사는 꼭 할 생각인 게냐?"

"네."

"휴. 일주일에 한 번은 꼭 연락하려무나. 새벽부터 재인이 때문에 고생 많았다."

"아니에요."

건은 무거운 걸음으로 준의 집을 나오며 준이 멀어지는 재인을 안타까운 시선으로 보는 걸 가만히 바라봤다. 지금의 이별이 그들 관계를 돈독하게 할지, 멀어지게 할지는 미지수다.

그럼에도 그들은 분명 재회할 거라는 걸 믿어 의심치 않았다. 그렇게 재인은 한국을 떠났다.

얼마 뒤, 준은 말했던 대로 이사를 준비했다. 막막했지만 더는 이곳에 있을 이유가 없었다.

다행히 한철이 혼자 살 만한 곳을 알아봐줬다.

선인의 사고 소식을 전했던 한철은 내내 준이 마음에 걸렸던 모양이었다. 그 뒤로 계속 연락을 하더니 이제는 후견인을 자처하며 보호자 역할을 자청하고 있었다.

준은 성인이 될 때까지 한철의 도움을 받을 생각이었다.

건이 도움을 주겠다고 말했지만 준은 모든 도움을 거절했다. 다른 사람은 몰라도 건의 도움은 절대 받을 수 없었다. 지금까지 그에게 해준 것만으로도 감사할 따름이었다.

사고가 진짜 선인의 잘못인지는 확인할 수 없었다. 하지만 일말의 의심이라도 있는 상황에서 건의 도움을 받는다는 건 그의 양심이 도저히 용납하지 않았다.

복잡한 심경으로 며칠을 보내고 그날도 짐 정리를 하고 있었다. 이미 대부분의 짐은 정리한 상태였다.

준은 텅 빈 거실과 방을 보며 몸을 동그랗게 말았다. 이제 정말 혼자였다. 선인과 살 때는 항상 좁게 느껴졌던 공간이 이제는 운동장만큼이나 커다랗게 느껴졌다. 눈을 감고 자신을 감싸는 한기를 몰아내려 애썼다.

설핏 잠이 든 것 같았다. 이미 밖은 어둠으로 한가득인데 소란스러웠다. 마치 재인이 이곳에 있는 것 같다는 생각이 들었다. 그 생각에 피식 웃음이 나왔다. 미국에 있는 재인이 이곳에 있을 리가 없었다. 재인이 미국으로 가고 온 집이 적막에 휩싸인 것처럼 바뀌어버렸다.

쾅. 쾅. 쾅.

준은 점점 커지는 소리에 자리에서 일어섰다. 막 밖으로 나가려는데 문이 벌컥 하고 열렸다.

재인이 벌게진 얼굴로 씩씩대며 그 앞에 서 있었다. 놀란 준이 뭐라 말할 사이도 없이 재인이 그의 품에 안겼다.

"아무 데도 못 가!"

"재, 재인아. 어, 어떻게 네가 여기에 있는 거야?"

놀란 준이 말까지 더듬으며 재인을 바라봤다.

"아무 데도 못 가!"

"무슨 말이야?"

재인은 그의 허리를 잡고 같은 말만 반복하고 있었다. 준이 그녀를 떼어 내려 할수록 재인은 더 세게 허리를 잡고 매달렸다.

"오빠, 이사 가지 마!"

재인의 말에 준은 멈칫했다. 재인이 없을 때 나가는 게 나을 거라고 생각했다. 그래서 그녀가 출국하고 이사 준비를 했는데 재인이 어떻게 알고 돌아왔는지 모르겠다. 건은 분명 말하지 않았을 것이다.

건은 지금도 준의 이사를 탐탁지 않게 여기고 있었다. 하지만 준의 고집을 꺾지 못하고 자주 찾아오는 대신 이사를 허락했었다.

그런데 재인이 돌아왔다. 준은 한숨을 쉬며 재인의 머리를 쓰다듬었다.

"재인아."

"안 돼! 절대 안 돼! 약속했잖아! 절대 떠나지 않는다고 약속했잖아!"

"재인아, 그게……"

"오빠 가면 재인이 아무것도 안 먹을 거야!"

그제야 재인의 얼굴을 확인한 준은 인상을 찌푸렸다. 머리는 산발이 되어 있었고 옷도 여기저기 찢긴 채였다.

거기다 며칠 새 얼굴이 몰라볼 정도로 핼쑥해져 있었다. 대체 그동안 미국에서 무슨 일이 있었는지 모르겠다. 준은 재인의 머리를 곱게 손으로 쓸어내리고 엉망으로 구겨진 치마를 펴줬다.

"밥은 먹었어?"

재인은 그제야 고개를 들었다.

"안 먹었어."

"언제부터?"

"한 사 일?"

재인은 우연히 선화가 통화하는 걸 들으며 준이 이사한다는 사실을 알게 됐다. 믿을 수 없는 사실에 재인은 당황했다. 오후에 통화할 때도 준은 아무 말이 없었다. 그런데 벌써 집까지 구해 이사할 거라니. 아무리 생각해도 건이 쫓아낸 게 틀림없었다.

이럴 줄 알았다. 그래서 어떻게든 한국에 있으려 했었다. 이제 준에게는 재인밖에 없는데. 재인은 이를 바드득 갈며 그날부터 단식투쟁에 들어갔고, 결국 선화가 두 손을 들고 재인은 한국행 비행기에 몸을 실었다. 건에게 전화라도 하는 날이면 어딘가로 숨어버린다는 협박에 선화는 전화조차 걸지 못했을 것이다. 선화는 자포자기 심정으로 본채에서 건을 기다리는 중이었다.

준은 갑자기 들이닥친 재인을 보며 난감한 표정을 지었다. 재인은 허리를 거세게 안고 절대 놓지 않겠다는 듯이 매달려 있었다. 겨우 마음을 다잡았는데 재인을 보며 다시 풍랑을 맞은 듯 가슴이 요동쳤다.

이 모든 건. 그의 잘못이 아니었다. 까짓 거 두 눈 딱 감고 건이 제안한 대로 공부하고 이곳에 살면 좋을 것 같았다. 하지만 혹시라는 죄책감이 그의 양심을 일깨웠다.

신형이 한 말이 진실이라면 더더욱 재인 옆에 있을 수 없다. 아직 그에게는 진실을 파헤칠 만한 힘이 없었다. 무력감이 준의 어깨를 사정없이 짓눌렀다. 준은 싸하게 전해지는 눈가에 힘을 주며 재인을 떼어냈다.

재인은 매몰차게 손을 잡아떼는 준을 보며 눈물이 쏟아졌다. 준이 달라졌다. 바라보는 시선에서 더는 온기가 느껴지지 않았다. 재인은 준의 손을 살며시 잡았다. 하지만 준은 그녀의 손을 아프게 쳐냈다.

"오빠…… 왜 그래?"

재인의 목소리가 겁먹은 듯 떨려왔다.

"강재인! 네가 한두 살 먹은 어린애야? 언제까지 이렇게 행동할 거야?"

"오빠 이사 간다고 해서 말리러 온 거란 말이야!"

"내가 이사를 가든 말든 너랑 무슨 상관인데?"

준의 차가운 말에 눈물이 후두두 떨어졌다. 재인은 그렁한 눈으로 준을 바라봤다.

"흐흑."

커져가는 재인의 울음소리에 준은 이를 악물었다. 얼마나 세게 물었는지 입 안에서 비릿한 피 맛이 느껴졌다. 준은 아무렇지도 않은 얼굴로 재인에게서 한 걸음 물러났다.

준이 멀어지자 재인은 급하게 그에게 다가와 팔을 붙잡았다. 준은 세차게 재인의 손을 떼어내고 소리쳤다.

"계속 귀찮게 굴래? 자꾸 이러면 다시는 너, 안 볼 거야!"

재인은 이제 주저앉아 울기 시작했다.

"그런 거 아니란 말이야! 재인이가 평생 오빠 옆에 있을 거라고 말하려고 온 거란 말이야! 이사 가면 오빠, 진짜 혼자잖아! 나는 할아버지도 있고 아줌마도 있는데. 오빠는 이제 재인이밖에 없잖아."

재인의 말에 눈가가 후끈 달아올랐다. 준은 눈을 부릅뜨고 당장에라도 넘치려는 눈물을 삼켰다.

"누가 너한테 그런 걱정 하라고 했어?"

"재인이 공부해야 해서 옆에 있을 수도 없는데 그럼 어떻게 해? 오빠도 혼자고 할아버지도 혼자니까 같이 있으면 되잖아! 그러면 안 되는 거야? 할아버지가 열심히 공부하고 와서 같이 살자고 했단 말이야. 그때까지 여기 있어. 재인이 진짜 열심히 공부할게! 이제 오빠 귀찮게 안 하고 공부할 거야. 그러니까 여기 있어. 그래 줄 수 있지? 그렇지?"

"흐흐흑."

재인의 외침에 준은 참지 못하고 울음을 터트렸다. 재인의 말처럼 그럴 수만 있다면 좋을 것 같았다. 두 사람은 하염없이 눈물만 흘리며 서로를 보고 있었다.

준이 망설임의 끝에서 울고 있는 사이. 건이 찾아왔다. 건은 울며 준에게 매달리고 있는 재인을 보고 절망감에 한숨을 내쉬었다. 어쩌면 예상하고 있었는지도 몰랐다. 건은 눈물을 훔치며 시선을 피하는 준을 바라봤다.

"준아. 이사는 하지 않는 게 좋을 것 같구나."

"아니에요."

준은 급하게 고개를 저었다.

"오늘 변호사 만나 법적인 조치도 마무리했다. 너는 이제 합법적으로 이곳에 있을 수 있다. 성인이 될 때까지 널 후원하기로 했다. 그 후에는 네가 원하는 대로 하려무나."

준은 이 선택이 옳은 건인지 고민했다. 쉽사리 선택할 수 없었다. 하지만 후회할 바에야 마음이 원하는 대로 하고 싶었다.

"그럼 고등학교 졸업할 때까지만 있을게요."

건은 고개만 끄덕였다. 결국 준은 재인의 뜻대로 별채에서 계속 지내기로 했다. 하지만 준은 예전의 그가 아니었다.

재인이 타국에서 공부하는 사이, 준은 완전히 다른 사람이 되어 있었다. 재인은 변해버린 그를 받아들일 수가 없었다.

1년에 반 이상 떨어져 있어도 그녀의 마음만은 언제나 준과 함께 있었다. 그러나 어느 순간부터 준은 그녀에게서 조금씩 멀어져갔다.

시간이 지나 365일, 매일 얼굴을 볼 수 있게 되었지만 준은 지구 반대편에 있는 것보다 더 먼 사람이 되어 있었다.

재인은 15년을 한결같이 기다리고 있었다. 언제나 그 자리에서 그를 보고 있었다. 미국에 있는 동안 그녀는 준에게 돌아오기 위해 그 누구보다 열심히 공부했다.

건은 틈만 나면 한국에 오려는 재인에게 제안했었다. 그가 바라는 학위를 모두 취득하면 한국에 얼마든지 들어와도 된다고. 원하는 건 뭐든 들어주겠다고.

재인은 건과의 약속을 지키기 위해 미친 듯이 학업에 매진했었다. 그리고 누구보다 빨리 학위를 취득했다.

재인은 보란 듯이 자랑하고 싶었다. 준이 옆에 없어도 이렇게 멋지게 잘 컸다고. 그를 귀찮게 하던 그녀는 이제 사라졌다고. 그러니 이제 좀 봐달라고.

하지만 준의 눈에 재인은 여자로 보이지 않는 것 같았다. 아니, 처음부터 재인은 여자가 아닌 것 같았다. 그래서 더 화가 났다.

볼을 타고 흐르는 눈물이 그 어느 때보다 뜨거웠다. 가슴속 열기가 볼을 타고 하염없이 흘러내렸다. 준이 다가오지 못한다면 그녀가 다가갈 것이다.

이제 그녀에게 남은 사람은 준뿐이었다. 전에도 그랬고 지금도 그녀가 원하는 건 오직 남궁준, 한 사람뿐이다.

"아무리 그래도 포기 안 해."

재인은 결심을 굳히고 룸으로 들어갔다. 하지만 언제나처럼 깔끔하게 정리된 방이 서늘하게 그녀를 기다리고 있을 뿐이었다.

#06 - 전쟁의 시작

분명 긴급이사회라고 했었다. 하지만 자리를 채운 이사들을 확인하고 재인은 긴장할 수밖에 없었다. 평소 얼굴조차 보이지 않던 이사들까지 대거 참석한 회의장은 인산인해를 이루고 있었다. 준호는 오래전부터 이날을 준비한 것 같았다.

그녀가 처음 퀸 호텔그룹의 대주주라는 명목으로 이사회에 참석했던 날이 떠올랐다. 이사들 모두, 그날 있을 회의 내용보다 결과가 궁금해서 그 자리에 나온 게 분명했다. 자신들의 자산을 늘려줄 사람 얼굴 정도는 확인해보겠다는 그들 심리에 헛웃음이 나왔다.

누가 됐든 부의 청렴도 따위 상관없이 자신들 주머니만 채우면 된다는 것은 늘 변함이 없었다. 내 주머니를 채우기 위해 누군가를 끌어내는 것쯤은 일도 아닐 것이다.

회의장을 가득 채운 그들에게서 풍겨오는 역한 부의 냄새에 속이 울렁거렸다. 그녀를 바라보는 시선에서는 탐욕과 정욕이 가득했다.

사람들의 시선이 모두 그녀에게 향해 있었다. 예전이었다면 숨도 못 쉬고 있었을 것이다. 하지만 그녀는 더 이상 겁쟁이 강재인이 아니었다. 화려한 겉모습에 숨기 바빴던 건 어제까지다.

그들 손에 휘둘릴 마음도 여유도 이제는 없었다. 재인은 그들 앞에서 당당하게 대표임을 인정받아야 했다. 아니, 반드시 그러리라 다짐했다.

재인은 최대한 긴장한 내색을 하지 않으려 허리를 곧게 폈다. 하지만 말아 쥔 손에는 땀이 흥건하게 배어 있었다. 해내야 한다는 결심과 해내는 건 엄청난 차이였다.

지난 2년간 스스로 이룬 건 하나도 없었다. 고작 대표라는 이름으로 준의 뒤에 숨어 있을 뿐이었다. 지금까지는 아무래도 상관없었지만 이제는 아니다.

그녀가 긴장을 늦추는 순간, 호텔은 준호의 손아귀로 떨어질 것이다. 그 사실을 이제야 절실히 깨달았다.

재인은 앞에 있는 물로 목을 축였다.

"후우."

좀처럼 긴장이 가라앉지 않았다. 당당한 얼굴로 건너편에 앉아 있는 준호 때문에 더 그런지도 모르겠다. 준호는 세상에 남아 있는 몇 되지 않은 혈육이지만 이곳에 모인 사람 중에서 가장 멀게 느껴졌다. 오랜만에 마주하는 준호는 달라진 게 하나도 없었다. 언제나 싸늘한 얼굴과 무시하는 듯 내려다보는 시선.

그녀는 준호의 시선을 아무렇지도 않은 듯 맞받아치고 있었지만 울렁이는 속만큼이나 불편했다.

건이 살아 있을 때도 마찬가지였지만 내색하지는 않았다. 그러나 지금은 그녀를 바라보는 차갑고 못마땅한 시선이 고스란히 느껴졌다. 이곳에 처음 발을 디딘 사람들이 모두 느낄 정도로 준호는 그녀를 향해 곱지 않은 시선을 보내고 있었다.

준호가 왜 그토록 그녀를 싫어하는지 이유를 알지 못했다. 어렴풋이 짐작은 하고 있었다. 모든 유산을 상속받은 것이 못마땅했을 것이다. 하지만 유산을 상속받기 전에도 준호는 재인을 유난히 싫어했었다.

재인 또한 준호가 달가운 건 아니었다. 하지만 그녀는 처음부터 준호가 싫었던 건 아니었다. 그녀가 준호를 싫어하게 된 데는 이유가 있었다.

신형의 말이 아니었어도 이미 준호는 그녀에게 가족이 아니었다. 준호에게 재인은, 아니 그녀의 가족은 가족이 아니었다.

20년 전.

준호는 건이 살아 있을 때도 본가에 찾아오는 일이 드물었다. 그 덕에 재인이 준호와 마주치는 일은 거의 없었다. 그녀의 기억 속에도 많지 않은 만남이었지만 그날만큼은 또렷하게 기억하고 있었다. 재인이 미아가 되어 한바탕 소란을 일으키고 며칠 뒤였다.

건은 몇 년 만에 보는 민호와 의주, 재인을 보며 흐뭇해하고 있었다. 민호는 며칠 뒤부터 퀸에서 일하기로 했었다. 오랜 세월 건의 호통과 회유에도 퀸으로 오지 않던 민호는 이제야 마음을 먹었다.

기초 설계와 기본 운영 방침까지 모두 그의 계획이었음에도 민호는 퀸으로 오는 걸 최대한 미뤘었다.

사실 민호는 준호가 호텔에서 좀 더 자리 잡기를 바랐다. 하지만 준호는 건설 쪽 업무만 전담할 뿐 호텔 사업에는 크게 두각을 보이지 않았다. 민호는 준호와 함께 건이 꿈꾸는 미래를 만드는 것도 나쁘지 않을 거라 판단했다. 오랫동안 외국계 호텔에서 근무하며 호텔 운영에 대해 많을 걸 보고 배웠다. 이미 구체적인 사업 구상도 마친 상태였다.

민호는 준호와 준희가 오면 함께 상의해볼 생각이었다. 얼마 뒤에 그의 입국 축하를 겸해 오랜만에 온 가족이 모이기로 했었다. 민호는 결혼하고 7년 만에 집으로 돌아왔다. 준호 또한 유학 중에 결혼하고 분가한 탓에 본가에서 얼굴을 마주한 적은 거의 없었다. 그나마 같이 살던 준희가 몇 년 전에 독립해 본가에는 오래전부터 건이 홀로 지내고 있었다. 재인이 오고부터 항상 비어 있던 집이 웃음소리로 가득했다.

건은 오랜만에 가족이 모인다는 생각에 기분이 좋아졌다. 곧 준호 내외와 준희가 도착할 것이다.

건은 걱정스러운 얼굴로 주방과 밖을 바라봤다. 민호는 오전부터 선인과 함께 뭔가를 준비한다며 정원에 나가 들어올 생각을 않고 있었다. 의주 또한 선화와 주방에서 아침부터 음식 준비를 하느라 여념이 없었다. 사람을 써도 된다는 걸 의주는 직접 요리하겠다고 끝까지 고집을 부렸다. 건은 하는 수 없이 허락했지만 내내 걱정스러운 눈으로 주방을 바라봤다.

와장창.

주방에서 또다시 요란한 소리가 늘려왔다. 제시간에 저녁을 먹을 수 있을지 걱정이다. 선화가 있으니 예전처럼 굶는 일은 없을 것 같지만 영 미덥지가 않았다.

의주는 언제나 실험정신이 투철했었다. 그런데 음식을 만들 때도 그 실험정신을 유감없이 발휘한다는 게 문제였다. 재인에게 채소를 먹이기 위해 더 그런다는 걸 알지만 그 탓에 온 가족이 며칠 동안 고생했던 일을 떠올리면 다시 아랫배가 싸해지는 것 같았다.

건은 문득 떠오른 기억에 잠시 웃다 거실 한쪽에서 놀고 있는 재인을 물끄러미 바라봤다. 어린아이답지 않게 똑 부러지는 성격에 가지고 싶은 건 반드시 쟁취해내는 집념은 이미 그를 넘어선 것 같았다. 이상하리만치 재인이 하는 말은 믿음이 갔고, 누구든 그녀의 뜻대로 움직였다.

"오빠! 이거 해봐!"

재인은 짧은 머리에 온통 분홍 리본이 달려 있는데도 빈 곳에 또다시 핀을 꽂으라 하고 있었다.

준은 핀을 받아 들고 울상을 지었다. 거울 속 그의 모습이 기괴하게 웃고 있었다.

"하아."

한숨이 절로 나왔다. 핀을 꽂을 거라면 차라리 스스로 꽂는 게 나았다. 아니면 조금 전처럼 머리가 한 움큼 빠질 것이다.

재인은 머뭇거리는 준을 보며 그의 손에서 핀을 뺏으려 했다. 준은 핀을 황급히 감췄다.

"재인아, 이제 그만하면 안 돼?"

"안 돼! 빨리해."

재인의 단호한 얼굴에 나오는 건 한숨뿐이다.

"알았어."

건은 한쪽에 서서 만면에 미소를 띠며 그들을 바라봤다. 재인의 말에 꼼짝 못 하는 준을 보면 자꾸 웃음이 나왔다.

재인은 나이와 상관없이 사람을 잡아끄는 매력과 확실한 그녀만의 소신이 있었다. 잘 가르친다면 호텔에 재인만 한 적임자를 앉히는 건 어려울 것이다.

게다가 그녀는 오랜 호텔 생활에 지칠 법도 한데 여전히 호텔에 대한 애정을 지니고 있다. 항상 호텔에서 일어나는 크고 작은 일들에 관심이 많았고 그걸 해결하는 걸 보며 자신의 일처럼 기뻐했다.

자신이 이뤄놓은 것들과 융화되는 재인을 보며 건은 뿌듯함을 감출 수가 없었다. 건은 성인이 된 재인이 호텔을 어떻게 키울지 벌써부터 기대가 됐다.

퀸의 진짜 주인은 그도 민호도 아닌, 재인이었다.

민호가 퀸을 아낀다는 건 알지만 오래 머물지 않을 거라는 걸 직감했다. 호텔을 위해서는 내 것을 지키고자 하는 욕심이 있어야 했지만 민호는 늘 양보하기 바빴다.

처음부터 민호를 위해 키운 호텔이지만 지킬 마음이 없는 사람을 자리에 앉힐 수는 없었다.

건은 재인을 위해 차근차근 준비해둘 생각이었다. 비록 지금은 아닐지라도 나중에 그녀에게 물려주려는 때, 잡음이 생길 게 분명했다.

부의 화려함은 늘 굶주린 맹인을 만드는 법. 건은 그 잡음을 최소한으로 만들 생각이었다. 호텔을 운영하며 생기는 외부 잡음은 재인의 몫이지만 내부 잡음은 그가 완벽히 차단할 것이다.

건은 능력이 안 되는데 이에게 자리를 내어줄 만큼 너그러운 사람이 아니었다.

민호는 자식이기 이전에 훌륭한 인재였기에 등용한 것이었다. 하지만 준호는 여전히 민호의 사장 취임을 장남의 특혜로 오해했었다.

준희는 걱정되지 않았다. 그녀는 자신의 능력과 권력 앞에 순응할 줄 알았다. 하지만 준호는 달랐다. 그는 민호를 시기한 데 이어 언제부턴가 재인을 경계하기 시작했었다.

다른 건 몰라도 준호는 인재를 알아보는 눈이 있었다. 그런 능력으로 그의 주위에 인재들이 많았다.

준호는 어린 재인에게서 나오는 능력을 이미 간파했다. 하지만 믿고 싶지 않았을 것이다. 자신의 것이라 여겼던, 더불어 재훈이 잇기를 바라는 자리를 넘보고 있는 재인이 탐탁지 않았을 것이다. 하지만 중학생인 재훈은 일찌감치 호텔에 관심이 없다는 걸 표현했었다.

건은 어릴 적부터 호텔에 데리고 갈 때마다 온갖 핑계를 대고 도망가는 재훈의 모습에 그를 일찌감치 포기했었다. 준호만이 아직 포기 못 하고 있을 뿐이었다.

미국으로 도망치듯 유학을 간 재훈은 미술을 공부하며 한 번씩 연하장을 그려 보냈다. 그 안에서 재훈은 자신이 얼마나 행복하게 살고 있는지 보여줬다. 그런데 준호는 그것이 제일 못마땅해 그 화살을 재인에게 돌리고 있었다. 어쨌든 강씨 집안에 아들이 재훈 하나뿐인 건 사실이었다.

민호는 재인 하나만 키운다고 전부터 말했고 준호는 둘째가 생기지 않은 지 10년이 훌쩍 넘어 포기한 상태였다. 준희는 독신 생활에 만족하고 있어 결혼을 강요하고 싶은 마음도 이제는 일지 않았다. 준호는 당연히 유일한 아들인 재훈이 호텔을 물려받을 거라 생각하는 것 같았다. 건은 준호의 속내를 알면서도 아무 내색도 하지 않았다.

아들만 고집해 호텔을 물려줄 생각은 처음부터 없었다. 오로지 호텔을 위해 일할 사람에게 맡기는 거라고 생각했었다. 잠시 주인 노릇을 할 뿐 진짜 주인은 그 누구도 될 수 없다고 생각했다. 제대로 된 인물을 주인으로 앉혀놔야 진짜 주인이 편하게 쉴 수 있는 법이었다. 호텔이란 그런 곳이었다. 일정 대가를 지불하고 그 안에서 모든 편의를 제공해 주인을 쉬게 하는 곳.

지금은 그가 일선에서 일하고 있지만 한동안은 민호가 호텔을 맡아야 할 것이다. 하지만 민호는 호텔을 맡을 생각이 없음을 공표했었다. 지방 호텔이 안정되고 그룹도 안정권에 접어들면 의주와 외국 호텔에서 예전처럼 근무할 거라고 공공연히 말했다. 본인이 지킬 의지가 없다고 한다면 호텔은 짐이 될 뿐이었다.

건은 호텔을 기꺼이 맡을 사람을 원하고 있었다. 준호가 퀸즈 건설에서 성실히 일하며 실력을 쌓는다면 호텔의 권리를 어느 정도 이양해줄 수도 있을 것이다.

하지만 준호는 그룹 전체를 떠안기에는 욕심이 많았다. 자식임에도 준호의 욕심은 언제나 마뜩잖았다.

호텔은 눈에 보이는 수치로만 판단해선 안 되는 곳이었다. 민호는 오래전부터 그 사실을 알았지만 준호는 호텔은 그저 막대한 부의 한 덩어리로 보고 있었다. 그런 준호가 호텔을 맡고 가치가 떨어지기라도 한다면 가차 없이 버릴 게 분명했다.

결국 그가 떠나고 나면 호텔을 책임질 사람은 재인밖에 남지 않았다. 해맑게 웃고 있는 재인은 보고 있으면 분명 잘해낼 거라는 믿음이 일었다.

"아버지, 저 왔습니다."

한참 동안 잡념에 빠져 있던 건은 준호의 목소리에 고개를 돌렸다.

"아빠! 저, 왔어요."

준호와 준희가 나란히 들어오고 있었다. 준호는 언제나처럼 단정한 정장에 타이까지 매고 있었다. 에어컨이 틀어진 실내에서도 창 너머 들어오는 햇볕이 따가운 계절이었다.

자신이 세운 원칙이 보이는 게 전부인 준호다운 복장이었다. 준호는 얼굴 가득 이곳이 불편하다고 쓰여 있었다. 건은 모른 척하며 소파에 앉았다.

"왔니? 더운데 고생했구나. 어떻게 둘이 같이 들어오는 거냐?"

준호는 어색한 듯 고개를 돌리며 안으로 들어갔다.

"앞에서 만났어요."

"날이 너무 더워요. 난 시원한 거라도 먼저 마셔야겠어요."

준희는 부리나케 주방으로 달려갔다.

준호는 소파에 앉아 주위를 두리번거리다 거실에 한가득 장신구들을 늘어놓고 떠드는 재인을 바라봤다.

언제 봐도 시끄럽고 요란스럽다. 그럼에도 자꾸 눈이 갔다. 그 사실이 그의 기분을 늘 상하게 만들었다.

"오빠, 이것도 해봐."

재인 앞에 처음 보는 아이가 있었다. 잘생긴 얼굴이 잔뜩 구겨져 있었지만 꼼짝 않고 재인 앞에 앉아 있었다. 재인 못지않게 그의 시선을 잡아끌었다.

"재인이랑 있는 애는 누구예요?"

준호의 물음에 건의 시선이 준에게 향했다. 바라보는 시선이 부드럽게 변하는 걸 느끼며 준호는 준을 찬찬히 훑어봤다.

"이번에 들어온 남궁 실장 아들이다. 준아! 이리 오렴."

건의 부름에 준은 안도의 한숨을 내쉬었다. 이제야 해방되는 것 같았다. 준은 벌써 몇 시간째 재인에게 붙들려 실험 대상이 되고 있었다. 재인은 가지고 있는 액세서리를 모두 그에게 착용시켰다.

처음 재미있는 놀이라고 했을 때 그저 장난감을 가지고 놀아주면 될 거라고 생각한 게 오산이었다. 재인과 함께하면 처음 하는 인형놀이도 재미있을 것 같았다. 그런데 재인은 준을 앉혀두고 그의 머리에 온갖 리본을 달기 시작했었다. 준은 졸지에 재인의 인형이 되어 있었다. 그는 자신의 몰골이 엉망이 되어가는 걸 참을 수밖에 없었다.

재인이 앞에서 너무도 밝게 웃고 있었다. 자신의 꼴이 조금 우스워진 걸로 재인이 웃는다면 상관없었다.

"재인아, 회장님이 부르신다."

준은 머리에 잔뜩 달려 있던 핀을 털어내고 재빨리 일어났다. 건은 몰라도 처음 보는 준호는 그를 이상한 애라고 생각할지 몰랐다. 남자가 머리에 잔뜩 리본을 달고 있는 게 정상적으로 보이진 않을 것이다. 준은 빠른 손길로 머리를 정리했다.

"안녕하세요."

그러고는 처음 보는 준호를 향해 고개를 푹 숙였다. 선인은 어릴 때부터 누구든 인사는 반드시 해야 한다고 가르쳤었다. 안면이 있든 없든 상관없이 어른에 대한 예의라고 수없이 들었다. 거기다 준은 지금 준호에게 조금은 감사한 마음이 들었다. 준호 덕분에 잠시 쉴 수 있었다.

무심한 눈으로 바라보던 준호는 준과 눈이 마주치고 순간 멈칫했다. 삐죽삐죽, 머리는 엉망이지만 단단한 입매와 눈에 총명함이 가득했다. 준호는 준을 보며 이상하리만치 그에게 매료됐다.

다른 사람은 몰라도 준만은 꼭 그의 사람으로 만들어야 할 것 같았다. 그렇지 않으면 안 될 것 같다는 느낌이 그를 사로잡았다. 준호는 준에게 가까이 다가갔다.

"그래. 이름이 뭐니? 몇 살이야?"

"10살 남궁준입니다."

나이에 비해 키도 크고 말하는 모습도 보통이 아니었다.

"똘똘하게 생긴 게 참 마음에 드는구나. 아저씨 이름은 강준호란다. 앞으로 자주 봤으면 좋겠다."

준호는 준의 머리를 쓰다듬었다. 그때 재인이 빠르게 다가와 준호의 손을 밀어냈다.

"오빠는 내 거야!"

재인의 행동에 준호는 인상을 썼다. 앙다문 입매로 그를 쏘아보는 시선이 날카로웠다. 고작 머리 한 번 쓰다듬었다고 씩씩대는 모습에 기가 막혔다.

대체 아이 교육을 어떻게 했기에 이러는지 모르겠다. 민호는 물론이고 건 또한 재인이라면 너무 싸고만 돌았다. 준호는 그 모습이 싫었다.

한국에 없을 때조차 건은 재인의 칭찬을 입이 마르도록 했었다. 준호도 알고 있었다. 건과 같은 활화산 같은 심장을 가진 건 그가 아닌 재인이라는 걸.

더불어 건에게 그는 한참 모자라 보인다는 것도. 그럼에도 서운함이 밀려드는 건 어쩔 수가 없었다.

건은 재훈에게는 이상하리만치 엄격했다. 호텔에 한 번씩 갈 때마다 건의 기세에 긴장했던 건 사실 재훈뿐만이 아니었다.

준호도 항상 그랬었다. 날카로운 시선으로 이것저것 질문해대는데 전문가도 아닌 그들이 대답을 제대로 해낸다는 건 무리였다. 하지만 재인이라면 건은 얼굴부터 달라졌다.

건은 재인의 작은 행동에도 기뻐하며 칭찬하기 바빴다. 어릴 때부터 민호만 편애했던 것과 똑같다. 재훈만큼은 자신처럼 대접받길 원치 않았다. 하지만 건은 여전히 민호밖에 몰랐고 이제는 그 모든 게 재인에게로 넘어가 있었다.

시기심이 차올랐다. 재훈은 그와 달랐다. 재인과 견주어봐도 어디 하나 부족한 게 없었다. 민호와 견주어 그가 어느 하나 부족하지 않을 것처럼! 그 사실을 건이 보지 않을 뿐이다.

준호는 굳게 믿었다. 언젠가는 건이 반드시 후회할 거라고.

준호는 나무라는 시선으로 재인을 바라봤다.

"누가 어른한테 그렇게 소리를 치니? 버릇없게!"

주방에서 음료를 들고 나오던 준희는 준호의 고함에 인상을 썼다. 안 좋은 일이라도 있는 건지 준호는 오는 내내 인상을 쓰고 있었다.

"왜 소리를 지르고 그래? 놀랐잖아."

소파에 앉으며 준희는 준호를 쏘아봤다.

"얘는 누구예요?"

준희가 준을 바라봤다. 재인은 잽싸게 준의 팔을 잡아끌었다.

"오빠는 내 거예요! 만지지 마세요!"

준호는 재인의 행동에 일부러 준을 자신 쪽으로 당겼다. 재인은 준의 팔을 자신 쪽으로 잡아당겼다. 하지만 준호는 준을 놓지 않았다.

아무리 당겨도 준은 그녀에게 다가오지 않았다. 힘에서 진 재인은 서럽게 울기 시작했다.

"아아 앙. 내 거란 말이야!"

"울면 다 되는 줄 알아. 그만 울어!"

준호의 단호한 말에 재인의 울음은 더 커졌다. 옆에서 보고 있던 건은 재인을 번쩍 안고 호통 쳤다.

"어린애가 뭘 안다고 그렇게 다그치는 게야?"

"5살이면 알 거 다 아는 나이예요. 아버지가 그렇게 감싸기만 하니까 버릇이 없어지는 거잖아요."

"재인이가 버릇없는 게 아니라 준에 대한 애착이 강한 것뿐이다."

재인은 5살이라는 나이가 무색할 정도로 평소에는 너무도 깍듯한 아이였다. 호텔에 데리고 갈 때마다 건은 재인의 태도에 매번 놀라곤 했었다.

마치 오랜 시간 교육을 받은 매니저처럼 모든 상황을 한눈에 꿰뚫어 봤다. 재인에게 5살이라는 나이는 숫자에 불과했었다.

그녀는 호텔에 관해서만큼은 이미 준호와 재훈을 넘어선 것 같았다. 앞으로 제대로 가르친다면 퀸을 세계 제일의 호텔로 만들 것이다.

그동안 수많은 사람을 만나며 익힌 것 중 가장 커다란 수익이 사람을 보는 혜안이다. 그에게 재인은 자신을 뛰어넘을 유일한 혈육이었다. 그랬기에 집에서의 응석은 얼마든지 받아줘도 된다고 생각했다. 아직까지 재인은 어린아이에 불과했다.

집이 아닌 다른 곳에서도 지금처럼 행동하면 곤란하지만 지금까지도 그랬고 앞으로도 그러지 않을 거라는 걸 알았다.

다만 한 가지. 준에 관한 일이라면 걱정부터 일었다. 재인은 민호를 닮아 누군가에게 마음을 주면 모든 걸 신뢰하고 따랐다.

건은 준이 재인에게 든든한 지원군이 될 거라 확신했다. 지금부터 자신의 사람으로 만들어 놓는 것도 나쁘지 않다고 생각했다. 그것이 집착이 되지 않게 만들어주기만 한다면 말이다. 건은 재인의 머리를 쓰다듬었다.

"재인아. 아무리 그래도 작은아빠한테 그렇게 말한 건 잘못한 거란다. 알겠니? 얼른 사과드려라."

재인은 잔뜩 인상을 쓰더니 준호 앞으로 갔다. 하지만 끝까지 아무 말도 하지 않았다.

아무리 생각해도 잘못한 게 하나도 없었다. 준은 그녀 것이다. 그녀 이외에 준에게 손대는 건 두고 볼 수가 없었다. 준호라고 해도 용서할 수가 없었다.

재인은 준호를 다시 쏘아봤다.

준호는 자신 앞에서 벌 받는 것처럼 서 있는 재인의 앙다문 입매를 보며 기분이 더 상했다. 분명 버릇없이 군 건 재인이었다. 그런데 마치 그가 큰 잘못을 저지른 것 같았다.

어쩌다 이런 상황이 왔는지 모르겠지만 시간이 지날수록 자신이 옹졸한 인간으로 전락하는 것 같았다.

"됐으니까 밖에 나가서 놀아."

준호의 말에도 재인은 꼼짝 않고 있었다. 대체 뭐가 문제냐는 듯이 그녀를 바라보는데 준호는 그제야 자신이 아직도 준을 잡고 있다는 걸 깨달았다.

"허."

어이없는 웃음이 새어 나왔다. 준호가 잡고 있던 손을 놓자 재인은 언제 그랬냐는 듯이 준의 손을 잡고 유유히 밖으로 사라졌다.

준호는 사라지는 준의 뒷모습을 보며 저 아이만큼을 꼭 자신의 사람으로 만들어야겠다는 생각을 다시 굳혔다.

그 일이 있고 재인이 오랜 외국 생활은 한 것도 준호와 멀어진 이유 중 하나였지만. 그 일을 계기로 재인은 준호와 마주치는 상황이 오기만 해도 불편하고 싫었다.

재인은 그녀를 바라보는 준호의 눈빛 자체가 싫었다. 딱히 다른 이유를 꼬집어 말할 수는 없었다.

그저 입에서 나오는 말과 달리 바라보는 시선은 언제나 차가웠고 못마땅한 걸 느낄 수 있었다. 준호는 단 한 번도 작은아버지로서 그녀를 살갑게 안아준 적이 없었다.

　재인은 새삼스럽게 떠오른 옛 기억에 씁쓸해졌다. 어린 재인도 본능적으로 느꼈는지도 몰랐다. 준호는 그녀를 좋아하지 않았다. 아니, 싫어하고 있었다. 그걸 깨달은 순간부터 재인은 준호와 같은 공간에 있는 것이 부담스러웠다. 그럼에도 불구하고 준호는 이제 집안에서 가장 큰 어른이었다. 그녀는 지금까지 최대한 예의를 지켰다고 생각했다. 그리고 이제야 모든 상황을 알게 됐다.

　섣불리 태도를 바꾸진 않을 것이다. 마음 같아서는 당장에라도 따지고 싶은 말들이 목구멍까지 차올랐지만 당분간 참기로 결심했다. 그녀가 품고 있는 폭탄으로 인해 다칠 사람이 너무 많았다.

　재인은 기다리고 있었다. 비밀이 가지고 올 파급효과가 가장 극명한 때를 기다리며 그녀는 숨을 죽이고 있을 뿐이다. 아직 준호가 가진 패를 확인하지 못한 상태였다.

　섣불리 나섰다가는 준호의 뜻대로 될 게 분명했다. 자신만만한 표정에 그녀는 불안했다. 분명 알아내지 못한 뭔가가 존재하고 있었다.

　시간이 지나며 회의 시간이 다가올수록 불안감이 점점 커지는 것 같았다. 회의의 기본 안건은 퀸즈 식품의 납품 건이었다. 하지만 드러나지 않은 다른 안건을 배제할 수는 없는 상황이다.

　그녀는 긴장한 얼굴로 한쪽에 서 있는 준을 바라봤다. 준은 오전 브리핑에서 기다리라는 말만 하고 서둘러 사라졌었다.

　아무리 봐도 준의 진심을 알 수가 없다. 그날 이후 준은 그녀와 같은 공간에 있으려 하지도 않았다. 어쩔 수 없는 경우를 제외하고 그는 철저히 재인을 무시했다.

그들 사이에 벽을 넘은 건 그녀였다. 준은 그 대가를 확실하게 보여주고 있었다.

"하아."

재인은 작게 한숨을 내쉬며 자리를 채우는 사람들의 얼굴을 다시 바라봤다. 예상보다 회의가 길어질 것 같다는 생각이 들었다.

준은 한참 동안 그를 바라보는 재인을 애써 무시하고 있었다. 지금은 그 어느 때보다 냉정하게 판단해야 하는 시기였다. 오전까지 확인해준다는 서류가 아직 도착하지 않았다.

답답한 심정으로 시계를 바라봤다. 곧 이사회가 시작될 것이다. 자칫 잘못했다간 호랑이 입에 먹이를 던져주는 꼴이 될 수도 있었다. 지금까지의 노력을 허사로 만들 수는 없었다.

정황 증거만으로는 아무것도 할 수가 없다. 그들에게 명확한 증거를 제시하기 전까지 재인의 자리는 위태로울 수밖에 없었다. 위협이 도사리고 있음을 알면서도 재인은 자신의 자리에 앉아 있을 수밖에 없었다. 그것이 여왕이 가진 힘이며 권력인 동시에 재앙이었다. 준은 재인에게 닥칠 재앙을 힘겹게 막고 있었다. 그는 답답한 심정으로 다시 한 번 시계를 올려다봤다.

준희는 준호가 건네는 서류를 말없이 들여다봤다. 어차피 준호가 처음부터 알아서 하겠다는 말에 동참한 일이었다. 하지만 막상 앞으로 나서야 할 시기가 오자 망설여졌다.

법적으로 싸운다고 재인에게 상속된 유산을 받을 수 있는 건 아니다. 법적인 유산배분 싸움이라고 해도 그들에게는 불리할 뿐이다. 알고 있었다.

처음 유산이 공개되고 말도 안 되는 유산배정에 화가 났다. 고작 집 한 채를 받으려고 호텔에 젊음을 바친 건 아니다. 가치로 따지면 300억이 넘는 금액이지만 재인이 받은 유산에 비하면 턱없이 적은 돈이었다. 단순히 그 이유 하나만으로 준호의 제안을 받아들였다. 그런데 얼마 전 뜻밖의 사실을 알게 되었다.

준호는 호텔을 통째로 매각할 셈이었다. 준희는 그렇게까지 하고 싶은 마음은 없었다. 호텔은 건이 오래도록 지켜온 곳이었다. 물론 그녀에게도 젊음이 녹아 있는 장소다.

작은 여관부터 시작해 지금의 퀸을 만들기 위해 건은 벽돌 한 장까지 본인 손으로 직접 골랐을 정도로 애정을 품고 있었다. 건만큼의 애정은 아니어도 그녀에게도 퀸은 소중한 곳이었다.

준희는 자신의 몫을 제대로 받고 싶은 생각뿐이었다. 하지만 일이 너무 커져버렸다. 발을 빼기에는 이미 너무 늦었다.

준호는 예상이라도 한 것처럼 그녀 이름으로 차명계좌를 만들어 주식을 사들였다.

그 많은 자금은 어떻게 모았는지 따위는 말해주지도 않을뿐더러 궁금해하지도 않았다. 지금은 자포자기의 심정이었다. 어차피 원하는 걸 얻으면 그만이다.

준희는 처음부터 호텔의 주인 자리에는 관심도 없었다. 그저 지금보다 좀 더 여유롭게 살 수 있다면 충분하다.

건은 일하지 않으면 재산은 한 푼도 없을 거라고 공공연하게 말했다. 그 탓에 준호도, 준희도 그룹이나 호텔에서 일했다. 하지만 유산이 공개된 후에야 준희는 건에게 제대로 속았다는 생각이 들었다. 이미 건은 모든 걸 완벽하게 처리해둔 상태였다. 법률 팀에서는 소송을 해도 무리라고 했었다. 건은 오래전부터 민호 이름으로 되어 있던 그룹 지분을 재인 이름으로 관리했었다.

민호의 유일한 혈육인 재인의 어마어마한 재산은 자산신탁관리에 맡겨 정기적으로 갱신해온 탓에 그들이 건드릴 수 없었다. 건이 남긴 유산도 마찬가지였다. 그들이 자신들의 몫을 찾을 방법은 없었다. 방법은 하나였다. 재인 스스로 내려놓는 것.

건은 처음부터 호텔을 그들에게 물려줄 생각이 없었다. 오래전 유산 포기 각서를 작성하라고 했을 때 준호와 준희는 말없이 서명했었다. 어차피 법적으로 그들이 보장받을 수 있는 유산은 정해져 있었다. 그것만으로도 충분하다고 판단했었다. 그런데 건이 이런 식으로 뒤통수를 칠 거란 생각은 하지 못했다. 호텔의 모든 지분은 오래전부터 재인의 소유였다.

민호가 가지고 있던 몫은 그렇다 치더라도 건의 몫까지 모두 재인에게 돌아갈 줄을 상상도 못 했다. 그 모든 사실을 유언장이 공개된 후에야 알게 됐었다.

이해할 수도, 이해하고 싶지도 않았다. 생전의 건이 재인을 아꼈다는 건 알지만 모든 재산을 재인에게 남길 거라고는 한 번도 생각지 못했다. 준희는 자신의 몫을 챙기러 이 자리에 왔을 뿐이었다.

준희는 서류를 뚫어지게 쳐다보는 재인을 물끄러미 바라봤다. 어딘지 모르게 닮아 있었다. 외모는 다르지만 풍겨 나오는 분위기는 영락없이 건이었다. 재인이 언제 저렇게 컸는지 모르겠다. 재인은 언제나 어린 줄만 알았다. 그런데 회의장 중앙에 앉아 있는 재인은 영락없이 건의 모습을 하고 있었다.

준희의 시선에 재인은 고개를 들고 그녀를 바라봤다. 준희는 이 안에서 일어나는 모든 일을 꿰뚫고 있는 것 같은 재인의 눈빛에 고개를 돌렸다.

심장이 두근거리고 얼굴이 화끈거렸다. 어차피 재인은 그룹을 맡기에 적합하지 않았다. 이름뿐인 홍보실장이라고 해도 그간 호텔이 어떻게 돌아가고 재인이 어떻게 생활했는지는 충분히 알았다.

술에 취해 객실로 옮겨진 것도 여러 번 목격했고 남자와 어울려 사라지는 모습도 이미 수차례 지켜봤었다. 준호의 말처럼 재인은 호텔을 가질 자격이 없었다.

준희는 자신들의 행동에 타당한 이유를 대며 말없이 준호를 바라봤다.

준호는 자신의 시선을 고스란히 받아치는 재인의 모습에 코웃음이 일었다. 언제까지 저렇게 당당할 수 있을지 두고 볼 생각이었다. 말도 안 되는 유산상속으로 주인 노릇 하는 것도 얼마 남지 않았다. 준호의 입가에 비릿한 웃음이 걸리고 있었다.

"지금부터 퀸 호텔그룹, 긴급이사회를 진행하도록 하겠습니다."

회의가 시작됐음을 알림과 동시에 재인과 준호의 눈에 빛이 반짝였다.

생각보다 퀸 식품 안건은 쉽게 넘어갔다. 최근 거래하고 있는 업체를 변경하는 걸로 일단락이 되며 싱거울 정도로 이사회는 끝났다. 하지만 회의가 끝났음에도 그 누구 하나 자리를 뜨는 이가 없었다.

재인은 긴장한 얼굴로 준호를 바라봤다. 준호가 웃으며 천천히 자리에서 일어서고 줄지어 이사들이 일어서고 있었다. 그 자리에 이제 재인 편은 아무도 없었다. 전쟁은 이제부터 시작이었다.

#07 - 무너지는 성벽

"헤어져요."

"싫어요."

주희는 단호하게 말하며 일어섰다. 재인은 서둘러 주희의 팔을 잡았다.

"원하는 게 있다면 말해요. 뭐든 들어줄 테니까."

"내가 원하는 건 이미 가졌어요. 나는 준만 있으면 돼요."

"그건 안 돼요."

재인은 주희의 말을 단호하게 맞받아쳤다. 주희는 코웃음 치며 재인을 바라봤다. 되풀이되는 상황에 진심으로 짜증이 일었다.

"당신이 뭔데 안 된다고 하는 거죠? 이미 준은 내 남자예요."

"결혼한 건 아니잖아요."

주희는 웃었다. 재인이 충분히 기분 상할 정도로 크고 오래도록. 재인은 주희의 웃음소리에 미동조차 하지 않았다. 어차피 각오한 일이었다.

주희는 자리에 앉지도 않고 재인을 물끄러미 바라봤다. 어차피 끝도 없이 반복될 얘기뿐이었다.

"결혼식은 하지 않았죠. 하지만 결혼을 전제로 한집에서 살고 있어요. 벌써 2년이 넘었다는 건 재인 씨도 알고 있잖아요. 당신이 날 찾아왔던 지겹도록 긴 시간이니까. 그 정도면 사실혼이라고 해도 무방하지 않을까요?"

재인은 주희의 말을 들으며 입술을 지그시 깨물었다.

"상관없어요. 헤어져요."

"싫어요."

도돌이표도 아니고 똑같은 말을 몇 번이나 반복하는지 모르겠다. 주희는 한숨을 쉬며 재인의 팔을 떼어냈다. 이제 이 짓도 지겨웠다. 정말 끝내야 할 때가 된 것 같았다. 하지만 그 끝은 그녀 몫이 아니었다.

주희는 한숨을 쉬며 재인을 바라봤다. 처음 만났을 때보다 더 성숙해졌다. 같은 여자가 봐도 재인은 다가가기 어려울 만큼 눈부시게 아름다웠다. 재인은 항상 알 수 없는 기운이 둘러싸인 것 같았다. 그 기운은 시간이 지나며 커다랗게 변해 있었다.

같은 공간에 있는 것만으로도 뿜어져 나오는 기에 눌리는 것 같다.

주희는 최대한 아무렇지도 않은 것처럼 행동했지만 재인과의 시간이 버거워졌다. 개인적인 복잡함이 작용한 것인지 평소의 그녀답지 않았다.

그녀의 몸서리칠 정도로 냉정한 성격 탓에 준도 그녀에게 이런 말도 안 되는 제안을 했던 것이고 그녀도 흔쾌히 허락했던 것이었다. 이렇게 감정적으로 변해버린 걸 알면 준은 조만간 새로운 방패를 찾아 나설 게 분명했다. 이 모든 게 정곤 탓이었다.

재인의 변함없는 감정이 고스란히 느껴졌다. 정곤의 끈질김 속에서 보았던 감정들. 어떤 상황에서도 흔들리지 않을 것 같은 그들이 그녀를 변하게 만들었다.

"주희 씨."

"그만해요. 나도 힘들어요."

재인과 계속 있다 보면 해서는 안 되는 말까지 모조리 쏟아낼 것 같았다. 재인은 당장에라도 폭우를 쏟아낼 것 같은 눈으로 그녀를 보고 있었다. 마주치는 시선에 안타까운 감정마저 생겼다.

주희는 시선을 거두며 고개를 저었다. 이제 준의 방패로 실격이다.

"찾아왔다고 말할 거예요."

"상관없어요."

단단히 각오한 모양이다. 그녀의 일정까지 확인해 시간을 만들어둔 걸 보고 예상하긴 했었다. 언젠가는 이런 날이 올 거라 생각했다. 어느 쪽을 위하는 게 맞는 건지도 모르겠다. 하지만 아직 그녀에게는 준이 먼저였다.

"이제 그만 찾아와요. 나는…… 재인 씨가 원하는 걸 줄 수가 없는 사람이니까요."

재인은 주희의 말을 들으며 앞에 놓인 잔을 두 손으로 잡았다. 잔을 채운 작은 온기라도 가지고 싶었다. 그녀를 채우는 냉기에 미세하게 남아 있던 잔의 온기마저 모두 빼앗긴 듯 손끝이 시려왔다. 지금 그녀가 할 수 있는 건 이것밖에 없었다.

준은 절대 손 내밀지 않을 것이다. 지금까지도 그랬고 앞으로도 변하지 않을 거라는 걸 누구보다도 잘 알고 있었다. 더는 기다리지 않을 생각이다.

가슴에 품고 있는 진실이 무엇이건 상관없었다. 준이 그녀에게 오는 길을 방해하는 게 있다면 치워줄 생각이었다.

느린 걸음으로라도 그녀에게 올 수만 있다면 모든 것을 버려야 한다고 해도 상관없었다.

"내가 매달릴 사람은 당신밖에 없는 거 알잖아요. 그러니까 헤어져줘요. 부탁할게요. 주희 씨한테 준은 전부가 아니잖아요. 나한테…… 그 사람이 전부예요. 주희 씨는 준을 사랑하지 않잖아요."

그녀는 재인의 진심 어린 말에 동요했다. 오랜 집착일 뿐이라고 여긴 적도 있었지만 재인이 진심이라는 걸 이제 부정할 수가 없다. 준의 진심 또한 알고 있기에 차라리 이 자리에서 진실을 알려주는 편이 두 사람을 위하는 게 아닌가라는 생각마저 들었다.

"후우."

한숨이 절로 나왔다. 이제 재인에게 시달리는 것도 지쳤다. 아니면 재인의 사랑에 감동했는지도 모르겠다. 그녀도 재인처럼 자신의 온 마음을 다해 사랑한 적이 있었던가 싶었다.

부러움과 동시에 묘한 질투가 일었다.

잠시 고민하던 주희는 이내 고개를 저었다. 그녀를 깨닫게 한 사람이 재인인지 정곤인지 모르겠지만 지금 상황에서는 그리 달갑지만은 않은 깨달음이다. 진실은 본인 입으로 알려야 한다고 생각했다. 그들 사이에서 주희는 언제나 제삼자에 불과했다. 재인만 그걸 모르고 있었다.

"앞으로 얼굴 마주할 일 없었으면 좋겠네요. 그만 업무 때문에 가봐야겠어요. 그리고 다시 한 번 말하지만 내 상사까지 당신 마음대로 휘두르지 말았으면 좋겠군요."

주희는 황급히 자리를 벗어났다.

재인은 성큼성큼 사라지는 주희를 바라보기만 했다. 자신의 초라한 모습이 비참하기 짝이 없었다. 하지만 준을 찾을 수만 있다면, 그의 옆에 있을 수만 있다면 이제 무슨 일이든 할 생각이었다. 재인은 어깨를 펴고 자리에서 일어섰다.

주희는 서둘러 업무를 마치고 집으로 갔다. 월요일이 이렇게 길게 느껴지긴 처음이다. 문을 열고 들어가기 무섭게 침샘을 자극하는 냄새가 그녀를 먼저 반겼다.

준은 언제나처럼 주방에서 음식을 준비하고 있었다. 문소리에 준이 고개를 내밀었다.

"늦었네. 전화기 꺼져 있기에 무슨 일 있나 했다."

"일이야 많았지. 언제 들어왔어?"

"좀 전에 들어왔어."

"쉬는 날이라면서 종일 뭐 했어?"

"호텔 갔다가 개인적인 일 좀 보고 들어왔어. 씻고 나와. 저녁 먹자."

주희는 변함없는 그의 일상을 들으며 한숨을 내쉬었다. 슬쩍 준을 바라봤다. 언제나처럼 알 수 없는 얼굴을 하고 있었다. 평소에라도 긴장을 풀고 살면 좋으련만, 준은 언제나 자신을 바짝 당긴 채 살고 있었다. 마치 잔뜩 당겨진 활시위를 보는 것 같아 내내 불안했다. 그래도 잠시 뒤면 그 얼굴이 크게 동요할 걸 알았다.

하지만 그 표정 또한 금세 감출 게 분명했다. 주희는 잠깐이라도 흐트러진 준의 얼굴이 보고 싶어졌다. 찰나처럼 지나는 그 짧은 시간이 준이 감정을 가지고 있다는 걸 확인할 수 있는 유일한 시간이었다.

"오늘 제대로 공사다망한 하루였다. 그 덕에 입맛도 싹 달아났어."

주희는 외투를 아무렇게나 바닥에 벗어 던지며 소파에 몸을 기댔다.

준은 주희를 보며 피식 웃었다. 주말에 신이 나게 놀다 급하게 새벽에 출근한 것 같더니 많이 피곤한 모양이다.

"이제 나이 생각하고 적당히 놀아!"

"나이 탓 아니거든!"

쏘아보는 눈길이 꽤 사나웠다. 하지만 준은 피식 웃으며 어깨를 으쓱거렸다.

"계속 그러고 있을 거야? 그럼 혼자 먹는다. 나중에 차려달라고 하지 마."

"피곤해."

준은 소파에 앉아 있는 주희를 바라봤다. 그녀는 아무렇지도 않게 팬티스타킹을 벗어 던지고 있었다. 준은 고개를 저었다. 대체 누가 여자들이 깔끔하다고 했는지 알 수가 없었다. 아니면 그의 주위에 있는 여자들이 이상하기라도 한 건가 싶기도 했다. 그가 치우지 않으면 저 상태 그대로 한 달, 아니 1년이 갈지도 모를 일이다.

며칠 만에 들어온 집은 그야말로 난장판이었다. 별다른 일이 없는 한 준은 집으로 퇴근했다. 하지만 요 며칠 바쁜 일로 호텔에서 지냈다. 그런데 단 며칠 사이 집은 그야말로 폭격이라도 맞은 듯 엉망이 되어 있었다. 주말 내내 클럽에 다녀온 건지 손바닥만 한 옷들이 여기저기 던져져 있었다.

준은 언제나처럼 팔을 걷어붙이고 청소와 빨래를 하고 저녁을 준비했다.

준은 끓고 있는 찌개 간을 보며 거실로 고개를 내밀었다.

"왜? 또 하 사장이 뭐라고 한 거야?"

준의 말에 주희는 몸을 일으켜 세우더니 고개를 세차게 흔들었다. 아무리 생각해도 징조가 불길했다.

"푸우우, 푸우우우."

아니나 다를까. 주희는 긴 머리를 풀고 살풀이라도 하듯 머리를 위아래로 흔들기 시작했다. 무반주에 행해지는 광란의 댄스.

한참의 살풀이가 끝나고 주희는 한숨을 내쉬며 소파에 주저앉았다.

"날씨도 좋고 하늘마저 푸른데 축 처져 있는 게, 뭔가 큰일이라도 난 줄 알았더니 그건 아니더라고."

"그럼 잘된 거 아니야?"

"365일 능글능글 웃기만 하는 하정곤이 말 한마디 없이 사무실에 처박혀 있는 게 정상으로 보여? 사실 주말 인제 행사 갔다 와서부터 이상하긴 했어."

"사고 있었던 건 아니고?"

"행사도 잘 끝내고 왔더라고. 그런데 평소랑 다르게 너무 조용한 거야."

"제발 조용했으면 좋겠다고 할 땐 언제고?"

"사람이 갑자기 바뀌면 어떻게 되는지 잊었어? 조용해도 너무 조용해서 불길할 정도였다니까. 솔직히 진짜 질려서 자르려나 싶기도 한데……. 흠, 암튼 이상했어."

소파에 가부좌로 앉아 있던 주희는 눈을 감고 고민에 빠졌다. 재인이 주희를 찾아오는 건 월례행사나 마찬가지였다. 이번에는 작정한 것 같지만 대화 내용은 언제나 같았다. 여느 날과 같은 말들임에도 오늘은 다르게 들려왔다. 귓전에 남아 있는 떨리는 재인의 목소리 탓인지도 모르겠다. 재인의 말이 계속 떠올라 주희는 준을 사정없이 쏘아봤다. 결국 마지막은 준의 몫이었다.

저녁을 준비하던 준은 따끔거리는 시선에 주희를 바라봤다. 쏘아보는 눈빛이 예사롭지 않았다. 준은 천천히 식탁을 차렸다.

"왜 그래? 무슨 일 있어?"

"남궁준! 너 때문에 내가 이렇게까지 해야 되는 거야?"

주희의 역정에 준은 인상을 썼다. 평소 시원시원한 성격의 주희가 이렇게나 화내는 걸 보면 심사가 제대로 뒤틀린 모양이다. 요며칠 바쁘다는 핑계로 푸념을 들어주지 못했지만 주희에게 푸념을 들어줄 대상이 준만 있는 건 아니었다. 하다못해 매일 붙어 있는 정곤에게 털어놔도 되는 일이다. 정곤이라면 두 팔 벌려 환영했을 게 분명했다. 평소 주희답지 않았다. 뭔가 이상했다.

"낮에 무슨 일 있었어?"

"오늘 재인 씨 만났어! 이번에는 진짜 작정했더라. 준아, 이제는 말해도 되지 않아? 언제까지 숨길 작정이야? 영원한 비밀은 없어."

재인이라는 말에 준은 들고 있던 수저를 내려놨다. 좀 전까지 맛있던 찌개가 순식간에 소태로 바뀌어 있었다.

앞치마를 벗어 제자리에 걸었다. 한 치의 흐트러짐 없이 제자리에 걸린 앞치마를 보면 왠지 위안받은 것 같았다. 변함없는 이 상태만으로도 그는 충분했었다. 하지만 그의 뜻대로 되는 일은 거의 없었다. 눈을 감고 심호흡을 하는 주희를 바라봤다.

재인을 만났다면 한바탕 소란을 겪었을 게 분명했다. 며칠 전 밤의 일을 생각하자 저도 모르게 한숨이 새어 나왔다.

"왜 또 만났어? 그냥 무시하라고 했잖아."

주희는 나무라는 준의 말에 그를 쏘아봤다.

"나도 그랬으면 좋겠다만 이번에는 미팅 장소까지 따라왔다. 안 만날 수 있어야 안 만나지. 클라이언트한테 이미 양해까지 구하고 대기하고 있는데, 내가 어떻게 피해? 도망갈 구멍을 안 주더라."

준은 입에서 깊은 한숨이 쏟아졌다.

"그래서? 뭐라고 했는데?"

걱정스러운 눈빛이지만 분명한 건 그녀를 향한 걱정은 아니었다. 이렇게 이름만 들어도 흔들리면서 왜 한마디 말도 하지 않는 건지 이해할 수가 없었다. 모든 게 짜증스러웠다.

"뭐라고 했겠어? 준아, 우리 그만하자. 재인 씨도 이제는 알아야……."

"성주희! 거기까지!"

준은 단호한 얼굴로 말을 잘랐다. 여전히 포기할 줄 몰랐다. 날이 갈수록 심해지는 재인의 행동에 진짜 결혼이라도 해야 할까 싶었다.

"주희야, 우리 결혼할래?"

주희는 눈을 감으며 정확히 준의 머리를 후려쳤다. 꽤 세게 내려치는 손길에 준은 머리를 쓰다듬었다. 거절할 거면 말로 해도 되련만 주희는 언제나 행동이 먼저였다.

"매를 벌어요."

"꼭 폭력을 써가며 거절해야겠어? 좋게 말로 하면 어디가 덧나기라도 해?"

"쓸데없는 말 하는 놈은 매가 약이야!"

주희는 차갑게 쏘아붙였다.

"결혼하자는 게 왜 쓸데없는 말이야?"

"나한테 흥미 없는 놈하고는 결혼 안 해. 뭐, 있어도 안 하지만……."

준은 소파에 등을 기대며 주희의 어깨에 팔을 둘렀다. 긴 팔이 주희의 어깨를 살며시 감싸 쥐었다.

"결혼이 별건 줄 알아? 그냥 편한 사람이랑 하면 되는 거잖아. 결혼하면 내가 밥해주고 빨래도 해주고 돈도 벌어다 줄게. 지금처럼."

"쯧쯧."

주희는 혀를 찼다. 그건 준이 아니어도 얼마든지 해결할 수 있는 일이었다.

"가장 중요한 섹스가 빠졌잖아! 기왕이면 찐하게 사랑하고 싶다고 몇 번을 말해! 프러포즈하는 센스하고는! 무드 없는 놈."

"까짓것 못 할 것도 없잖아."

"뭘? 섹스를? 하, 기가 찬다."

오늘 그녀의 심사를 뒤틀려고 작정한 것 같았다.

"지금 농담이 나와?"

"농담 아니야."

주희는 가부좌를 풀고 준을 바라봤다. 바라보는 시선이 제법 진지했다. 진짜 결혼이라도 할 생각인 것 같았다.

주희는 준을 보며 고개를 저었다. 재인을 위해 어디까지 자신을 내려놓을지 감당이 안 됐다. 지켜보긴 하겠지만 더는 할 수 없었다. 지금까지 지켜온 것으로도 충분했다. 그녀가 할 수 있는 건 여기까지인 것 같았다.

"내가 아무리 막 나가는 성격이지만 딴 여자 가슴에 품은 남자랑 그 짓까지 할 생각은 없다. 꿈 깨라, 남궁준!"

준은 나지막하게 읊조렸다.

"가슴 한쪽에 어릴 적 추억 하나 넣어둔 거로 생각해주면 안 돼? 난 네가 지금처럼 사는 거 터치할 생각 없어."

웬일로 순순히 자신의 감정을 시인했다. 이런 모습을 보면 준도 감정이라는 걸 가진 사람 같았다. 하지만 자신을 아릴 만큼 조이며 사는 준은 여전히 안타까웠다. 아끼는 친구로서 이런 준을 지켜봐야만 하는 게 가장 싫었다.

준은 진짜 웃는 모습을 완전히 잊은 것 같았다. 저 단단한 껍질 속에 온전히 영혼이 존재하는지도 모르겠다. 이미 재가 되어 흩어져 있을 것 같아 가끔 준이 홀연히 사라지는 게 아닌가 하는 생각이 들 때도 있었다.

주희는 답답한 심정에 한숨만 내쉬고 자리에서 벌떡 일어섰다. 어차피 그녀가 할 수 있는 건 준의 방패막이가 되어주는 것밖에 없었다. 얼마 남지 않은 것 같지만 그들만의 공간에서까지는 사양이었다.

"내 아량은 그렇게 넓지가 않단다, 친구야. 이 몸은 독신에 자유연애 주의자야! 어디 당치도 않은 족쇄를 채우려고 들어?"

잠시 말을 멈춘 주희는 갑자기 준에게 다가갔다. 주희는 준의 얼굴을 잡고 진한 키스를 했다.

갑작스러운 키스에 그녀를 거부하던 준은 곧 힘을 풀고 주희를 받아들였다. 타액과 뜨거운 숨이 오갔다. 주희는 그의 넓은 가슴을 어루만지다 살짝 뒤로 물러났다.

"키스는 나쁘지 않은데 진심이 느껴지지 않아. 난 아무래도 스킬보다 감정을 중시하는 타입인가 봐."

주희는 쓰게 웃고 있는 준의 어깨를 잡고 시선을 마주했다.

"그리고! 가장 중요한 여기가 말을 안 듣잖아? 참고로 난 단단한 남자가 좋다. 어휴! 진짜 피곤하다. 나도 이제 나이 먹나 봐. 주말에 너무 달렸어."

주희는 준의 중심을 아무렇지도 않게 툭 하고 건드렸다. 그는 약간의 변화조차 없었다. 주희는 그럴 줄 알았다는 듯이 뒤로 물러났다. 주희는 긴 팔을 흔들며 유유히 욕실로 향했다.

"씻어야겠다. 오늘 비지찌개 맛 괜찮네. 90점."

주희의 말에 준은 소리 없이 웃었다.

"고맙다."

주희는 예쁘게 윙크를 했다. 주희는 누가 봐도 멋진 외모와 체형은 물론이고 성격까지 좋은 여자다. 하지만 그의 몸이 동하지 않았다. 두 사람 모두 알고 있었다. 그들은 절대 연인이 될 수 없다. 재인을 속이기 위해 키스는 몇 번 해봤지만 그 이상은 되지 않았다.

욕실 앞에서 옷을 벗던 주희가 갑자기 뒤를 돌아봤다.

"고마우면 앞으로도 밥하고 빨래는 네 몫이다!"

준은 피식 웃으며 자리에서 일어섰다.

"밥 차린다."

"10분이면 나가. 급 식욕 당기네. 이게 다 너 때문이야. 내 불타는 성욕도 못 챙겨주는 나쁜 놈아!"

욕실 문이 닫히는 소리를 듣고 한숨을 내쉬었다. 마음만 먹으면 될 줄 알았다. 하지만 역시나 몸이 반응하지 않았다.

준은 식탁에 앉았다. 식욕은 이미 완전히 사라져버렸다. 며칠 전 불안한 눈빛의 재인이 머릿속에서 떠나지 않았다.

주희와 키스하면서도 재인의 얼굴만 떠올랐다. 완벽하게 떨쳐내지도 못할 거면서 오만하게 마음만 먹으면 될 거라고 여겼다. 하지만 그의 오만을 재인은 단번에 무너뜨렸다. 그녀가 심어놓은 독이 그를 쥐고 흔들었다. 처음 손을 맞잡은 순간부터 그녀의 맹독이 그에게 스며들어 자각하지 못한 사이 이미 중독되어 있었다. 벗어났다고 생각한 순간, 그는 여전히 그 가운데 서 있음을 깨달았다.

몸부림칠수록 여왕의 거미줄은 그를 더 옥죄어왔고 독은 더 깊이 스며들었다. 단 한 번의 키스에 몸이 미친 듯이 반응했던 그 밤, 준은 자신을 차갑게 단련시키기 위해 밤새 일에 매달렸었다. 하지만 점점 자신이 없어지고 있었다.

그의 몸이, 그의 마음이 이제 말을 듣지 않았다. 몸은 이미 한 사람에게만 반응했다. 그래서 더 냉혹하게 자라나는 감정에 냉기를 불어넣고 있었다. 다시는 녹지 않을 만큼 차갑고 단단하게.

우려와 달리 이사회가 끝난 뒤에도 평온한 시간이 계속되고 있었다. 준호는 당장에라도 일을 벌일 것처럼 이사들을 일제히 몰고 나갔다. 이제 곧 전쟁이 시작될 거라고 생각했다. 재인은 촉각을 세우며 일주일을 보냈다. 하지만 그 어떤 움직임도 보이지 않았다.

퀸즈 식품 건은 업체를 교체하고 빠르게 잡음이 사라졌다. 마치 기다렸다는 듯이 업체가 나타났지만 준호와 관련된 부분은 어디에서 찾을 수도 없다는 준의 말에 교체를 수락했고, 이사회 건은 마무리되었다.

그 뒤로도 평온한 날이 연속되었다. 일상처럼 있는 연회와 호텔 행사들. 시간이 지나며 준호에 대한 걱정이 괜한 우려였는지도 모른다는 생각이 들었다. 신형의 말이 아니었다면 그렇게 예민하지 않았을지도 몰랐다. 준호는 지난 2년간 부회장으로서 자리를 지켜 왔었다.

이제 와 일을 만들 이유는 없었다. 하지만 석연치 않은 부분이 많아 차마 그만둘 수도 없었다. 그런 와중에 이상한 곳에서 자꾸 말이 나오기 시작했다.

클럽 마린에서 계속해서 크고 작은 싸움이 벌어지고 있었다. 처음에는 대수롭지 않게 넘겼지만 전과 비교하면 발생하는 빈도가 눈에 띄게 늘었다. 거기다 재인과 밤을 보냈던 남자들이 그중 상당수라는 것이 더 큰 문제였다. 그 탓에 마린에서는 이상한 소문이 돌기 시작했다.

밤의 여왕을 차지하기 위해 반란이 시작됐다고 했다. 그곳에 오는 상당수의 남자는 이미 웬만한 재력과 배경을 갖추고 있었다. 그럼에도 재인을 얻기 위해 매일 혈투를 벌인다는 소문이 언제부턴가 정설이 되기 시작했다.

처음에는 말도 안 되는 소리에 반응할 필요는 없다고 생각했다. 하지만 시간이 지나며 그녀를 보며 수군거리는 무리를 볼 때마다 신경 쓰였다. 차라리 대놓고 말하는 게 나았다.

뒤에서 수군거리는 걸 볼 때마다 고개를 돌리지 않으려 이를 얼마나 악물어야 했는지 몰랐다. 이 상황에 놓인 건 모두 그녀의 지난 과오 때문이었다. 후회한다고 한들 되돌릴 수는 없었다. 이 모든 상황이 버거웠다. 돌아보지 않는 준을 탓하며 지낸 지난 시간은 모두 그녀의 과오였다. 이제 누군가를 탓할 수도, 탓해서도 안 됐다.

사람들의 입에 오르내릴지언정 그 모습이야말로 그녀의 참모습이었다. 하고 싶은 대로 지난 2년을 보냈다.

재인은 지금에서야 유산을 모두 그녀에게 남긴 건의 마음을 조금은 이해할 수 있을 것 같았다. 유산상속과 함께 그녀의 자유를 맞바꾼 건 그녀가 짊어질 왕관의 무게를 스스로 깨닫게 하기 위해서였고 그녀는 이제야 그 무게를 느끼고 있었다.

이제부터 미래는 그녀가 스스로 만들어가야 했다. 비록 그곳에 그녀가 그토록 바라던 것이 없을지라도. 이제 선택의 여지는 없었다.

한동안 벌이라도 주듯 그녀를 피하던 준도 평소처럼 일하고 있었다. 재인은 다시 일상에 길들여져가고 있었다. 시간이 흐르고 괜한 우려였다는 확신이 들 때였다.

오전 브리핑을 하는 준의 안색이 나빴다. 준은 평소 자기 관리가 철저했다. 모든 면에서 완벽했고 한 치의 흐트러짐도 용서치 않았다. 그런 준의 안색이 누가 봐도 걱정할 정도로 엉망이었다. 며칠 전부터 피곤해 보이긴 했지만 이 정도는 아니었다.

하루 사이 준은 얼굴이 거뭇하게 변해 있었다. 준이 말하지 않아도 무슨 일이 생겼다는 걸 알 수 있었다. 재인은 들고 있던 서류를 한쪽에 내려놨다.

"무슨 일이야?"

"휴."

준은 깊은 한숨을 내쉬고 서류를 내밀었다. 지금은 아무것도 생각하지 않고 오로지 호텔만 생각해야 했다. 눈앞에 있는 그녀를 위해서도, 그리고 그를 위해서도 더는 감정에 휘둘려서는 안 됐다. 준은 마음을 다잡으며 서류를 읽는 재인을 바라봤다.

객실 예약 현황이었다. 지난주 회의에서 확인한 내용이다. 아무런 이상이 없었다. 재인은 서류를 내려놓고 준을 바라봤다.

준의 안색이 눈에 띄게 수척해졌다. 매일 그녀에게 잔소리할 게 아니라 먼저 자신을 챙겨야 할 것 같았다. 하지만 재인은 입을 다물었다. 어차피 준은 그녀 말은 듣지 않을 것이다. 시선조차 마주하지 않던 준이 같이 있는 것만으로도 지금은 만족했다.

"뭐가 문제야?"

"어제부터 오늘 오전까지 절반 이상이 예약을 취소했어."

"그게 무슨 소리야?"

놀란 재인은 서류를 다시 집어 들었다. 대부분 개인 예약이었다. 단체로 예약한 경우라면 몰라도 한꺼번에 절반 이상이 취소하는 일은 극히 드물었다. 아니, 없다고 해도 과언이 아니었다.

"그 많은 사람이 한꺼번에 일이라도 생겼다는 거야?"

준은 말없이 다른 서류를 내밀었다. 퀸과 경쟁 중인 로열 시티의 예약 현황이었다. 며칠 새 수십 건의 예약이 이뤄졌다. 평소보다 눈에 띄게 많은 예약. 서류에서 시선을 떼고 준을 바라봤다.

"모두 이쪽으로 갔다는 거야?"

"아마도. 근접해 있는 호텔 가운데 로열 예약 현황만 늘었어."

"그게 가능하다고 생각해? 확인은?"

"물증은 아직 못 잡았지만 부회장 측에서 여행사 쪽에 정보를 흘린 것 같아."

"그러니까 무슨 소리냐고 묻잖아!"

모호하게 말하는 건 딱 질색이다. 뭔가 감추고 있었다. 어차피 알게 될 거라면 준의 입을 통해 듣는 게 나았다. 뒤에서 수군거리는 모습만 봐도 그녀 얘기를 하는 것 같아 신경이 곤두섰다. 며칠 동안 날 서 있던 신경이 뚝 하고 끊어진 것 같았다. 도저히 참을 수가 없었다.

"어차피 알게 될 거잖아. 말해!"

준은 잠시 숨을 골랐다.

"주식시장에 이상한 소문이 돌기 시작했어. 며칠 전부터 들긴 했는데 그룹이 매도될지도 모른다는 소문이야. 상대 회사부터 인수자금 내용은 물론이고 그간 거래된 주식 내용까지 상당 부분 자세하게 떠돌고 있어. 고객 입장에서는 그런 호텔에 묵고 싶지 않았던 거지."

"그 많은 고객들이 정보를 어떻게 다 알았다는 건데?"

"여행사를 통해 들은 정보로 호텔을 변경했다고 하는데 여행사 측은 단순하게 시장 정보를 제공한 것뿐이라는 답변만 하고 있어. 하루 전에 한꺼번에 취소한 거라 수수료 문제도 있었을 텐데 거기에 대해 전혀 말이 없는 걸 보면 석연치 않은 부분이 한두 개가 아니야,"

"소문에 대한 정확한 근거는?"

"지금까지 확인한 바로는 상당 부분이 구체적으로 명시돼 있었어. 그 탓인지 그룹 주식은 물론이고 호텔 주식까지 며칠째 큰 폭으로 하락하고 있어."

서류를 들고 있던 재인의 손끝이 미세하게 떨렸다.

"몇 포인트나 하락했는데?"

"그룹은 오늘 아침까지 3프로."

"호텔은?"

"7프로."

손안에 있던 서류가 형편없이 구겨졌다.

"오를 기미는?"

준은 입술을 지그시 깨물었다. 아릿하게 퍼지는 통증보다 이런 소식을 전할 수밖에 없는 현실이 그를 더 아프게 만들었다.

"없어. 조만간 호텔은 10프로 이상 떨어질 것 같아."

재인은 눈을 질끈 감았다. 주식이 1프로만 하락해도 자산 가치는 10억 이상 추락했다. 하락 폭이 클수록 주식시장에 주식을 매도하는 이도 늘어날 것이다. 시장에 나온 주식을 그녀가 모두 매수하면 그만이지만 지금은 그럴 만한 자금이 없었다. 계속 주식이 시장에 나온다면 순식간에 가치가 떨어지며 손 쓸 사이도 없이 몇백억이 사라질 수도 있었다. 최대한 빠르게 방법을 모색해야 했지만당장 뾰족한 수가 없었다.

"다음 주에 남아 있는 리노베이션 대금도 지급해야 돼."

"알고 있어."

"자금이…… 없어."

"후우, 또 주식을 처분해야 하는 건가? 준비해줘."

준은 대답 대신 서류를 집어 들었다. 그도 알고 있었다. 지금 상황에서 그녀가 할 수 있는 건 고작 자신의 지분을 내놓는 것밖에없다는 걸.

물론 시장에 그녀의 주식이 돌지는 않을 것이다. 은밀하게 재산을 증식하려는 이들은 어디든 존재했고 그들은 그 권력으로 재인의 인생마저 휘두르려 했다.

지금 상황에서 유령 투자자를 끌어들이는 건 모험이지만 방법이 없었다. 그래서 안타까웠다. 좀 더 일찍 손을 썼다면 이런 일이생기지 않았을지도 몰랐다. 늦은 후회와 자책으로 준의 얼굴에 수심이 가득 차올랐다.

준은 말없이 재인의 방을 나왔다. 모든 것이 짜증스러웠다. 그의일상생활은 이미 엉망이 된 지 오래였다. 건과 신형의 말을 엿들은그 밤 이후, 그의 인생은 뿌연 안개 속에 갇힌 것 같았다. 그가 할 수 있는 건 아무것도 없었다. 그나마 그가 가진 작은 능력으로 재인을 도울 수만 있다면 그걸로 충분하다고 생각했었다. 그것이 그가 할 수 있는 최선이라고 생각했다. 그런데 자꾸 욕심이 자라났다.

베어낼수록 자라나는 감정의 싹들. 수없이 자르고 베어낼수록 그는 점점 피폐해져 갔었다. 이 모든 것들이 재인을 위한 건지 아니면 죄책감을 조금이라도 덜어내려는 자신을 위한 건지 모르겠다.

그럼에도 확실한 건 재인이 위험하다는 사실 하나다. 주희 말처럼 모든 걸 털어내고 홀가분하게 떠나는 게 나을지도 모른다는 생각이 들 때도 있었다. 하지만 그럴 때마다 재인이 그의 발목을 붙잡았다. 그녀에게는 그가 필요했다. 그 이유만으로도 그녀 곁에 머물 합당한 이유를 만들어 자신을 그녀 곁에 묶어두고 있다. 마치 그녀 때문인 것처럼.

하지만 그녀를 못 보면 이제 살 수가 없었다. 그가 숨 쉬고 있는 건 모두 재인이 있기 때문이었다.

철저히 혼자가 됐던 장례식장에서 재인이 그를 안아줬을 때 이미 결심했었다. 그녀만 있다면 그는 세상이 무섭지 않다고, 그녀를 위해서라면 무엇이든 하겠다고. 하지만 그녀가 가장 원하는 걸 그는 해줄 수가 없었다.

가장 바라지만 바라선 안 되는. 그래서 더 집착하는지도 모르는 재인의 감정을 알면서도.

진실이 그녀의 눈을 가린 안개를 걷어줄 게 확실한데도 섣불리 입을 열지 못하는 건, 어쩌면 두려운 건지도 모르겠다.

영원히 재인을 못 보게 될까 봐. 이렇게라도 그녀 곁에 머물고 싶은 욕심이 그녀를 더 집착하게 만들었는지도 몰랐다.

"하아."

갈피를 잡지 못한 채 한숨을 내쉬었다. 주희를 방패 삼아 재인을 막는 것도 이제는 한계에 부딪혔다. 주희는 더는 그의 방패가 되어줄 수 없었다. 아무리 봐도 주희 상태가 심상치 않았다. 옷 입는 스타일도 바뀌고 화장하는 법까지 바뀌었다.

오랜 시간 주희를 알고 지냈지만 갑작스럽고 놀랄 만한 변화다. 정작 본인만 그 변화를 인지하지 못했다. 정곤과 관련이 있는 것 같지만 그는 내색하지 않았다.

주희도 힘든 시간을 보냈을 것이다. 선택은 그녀 몫이었다.

"후우우."

준은 깊어지는 한숨을 내쉬며 사무실로 들어갔다. 날이 갈수록 기분은 최악으로 변해갔다. 표출하지 못한 감정들이 쌓여 그를 괴롭히고 있었다. 언제 터질지 모르는 화산을 안고 사는 기분. 최대한 빨리 이 일을 끝내지 않으면 더는 참을 수 없을 것 같았다.

준은 의도적으로 재인을 피하고 있었다. 같은 공간에서 매일 그녀를 봐야 한다는 사실 자체가 그에게는 고통이었다. 하루에도 수십, 수백 번 재인을 떠올리는 자신을 주체하지 못하고 그는 사무실의 작은 화장실로 들어갔다.

찬물로 몸의 열기를 조금이라도 식히려고 했지만 그럴수록 품에 안겼던 그녀의 감촉이 되살아나 그를 불태웠다. 그녀를 생각할 때마다 자신을 채우는 열기로 몸이 욱신거렸다.

"미친놈."

뻐근하게 덩치를 키우는 자신의 아랫도리를 느끼며 낮게 욕설을 퍼부었다. 되도록 그녀와 떨어져 있어야 했다. 이번 문제가 해결될 때까지만이라도……

준은 그 어느 때보다 냉정한 얼굴로 결심을 굳히고 밖으로 나갔다.

급매한 주식으로 자금이 유통되며 어느 정도 사태가 수습되는 줄 알았지만 소문은 점점 커져갔다. 그런데 채 일주일도 되지 않아 퀸이 흔들리기 시작했다는 소문까지 시장에 퍼지기 시작했다. 한번 퍼진 소문은 꼬리에 꼬리를 물고 커져갔고 객실 점유율까지 눈에 띄게 낮아졌다. 손실액의 점차 눈덩이처럼 불어나고 있었다. 그 사이 그녀의 지분은 어느새 30프로로 떨어져 있었다.

준호는 예상대로 지분을 내놓는 재인을 보며 코웃음을 쳤다. 대표라는 직함을 가진 그녀가 할 수 있는 건 그것밖에 없었다.

그녀는 그동안 호텔을 위해 전면에 나서 뭔가를 한 적이 없었다. 기껏 해야 유산으로 받은 지분은 은밀하게 거래하고 대표 자리를 유지하는 게 다였다. 그간 시장에 나왔던 지분 대부분은 그가 쥐고 있었다. 그는 오래전부터 실권을 장악하고 있었다.

준이 아무리 발버둥 쳐도 일개 직원일 뿐이다. 이제 본격적으로 매스컴을 이용할 생각이었다. 그동안 모은 자료면 충분했다.

재인은 더 이상 퀸의 여왕이 아니었다. 재인만 물러나면 그룹은 모두 그의 손아귀에 들어올 것이다. 유산의 효력은 이미 사라졌다.

준이 그동안 호텔을 키워준 덕에 건의 충족 조건을 맞춰 재인이 원하면 언제든 호텔을 처분할 수 있었다. 물론 그 시기는 지났지만 재인은 아직 그 사실을 모르는 것 같았다. 하긴 신경 쓰고 싶지 않았을 것이다. 어차피 자신의 것으로 생각했을 테니까.

준호는 이제야 제 몫을 찾았다는 생각을 하며 서늘하게 웃었다. 그는 부회장실에 앉아 느긋하게 전화기를 집어 들었다.

연일 매스컴은 퀸 그룹에 대해 보도하고 있었다. 갑작스러운 매스컴의 공격에 퀸은 크게 휘청거렸다. 이미 소문은 걷잡을 수 없을 만큼 커져 있었다. 매도될지도 모른다는 소문이 기정사실처럼 알려지고 그룹의 주가가 하락한 가운데 재인에 대한 루머까지 합세하며 퀸의 입지는 끝없이 추락하고 있었다.

사람들은 이미 재인을 믿지 않았다. 대표로서도, 한 여자로서의 재인도 마찬가지였다. 준은 재인을 위해 사방으로 뛰었지만 준호를 막기에는 역부족이었다. 전세는 이미 준호 쪽으로 완전히 기울어져 있었다.

준호는 거침없이 밀어붙였고 재인은 무너지는 성벽에 홀로 앉아 있을 뿐이었다.

#08 - 지키고 싶지 않은 약속

"아줌마, 저 왔어요."

재인은 현관문을 열고 안으로 들어갔다. 선화는 오랜만에 본가에 발을 들이는 재인을 보며 한달음에 달려 나갔다.

고약한 건의 처사만 아니었다면 재인은 좀 더 편하게 생활할 수 있었다. 건은 처음부터 끝까지 고약한 노인네였다. 선화는 한바탕 건을 욕하며 몇 달 만에 보는 재인을 끌어안았다.

"연락도 없이 어쩐 일이야?"

재인은 웃으며 선화를 끌어안았다.

"자주 오라면서요? 오지 않는다고 화내실 땐 언제고, 오니까 귀찮으세요?"

재인은 웃으라고 농담처럼 말했지만 선화는 정색을 하며 고개를 저었다.

"오랜만에 오니까 반가워서 그러지! 그런데 온다는 전화도 없이 어쩐 일이야? 아무 일도 없는 거지? 호텔에 무슨 일이라도 있니?"

선화의 걱정스러운 말투에 재인은 갑자기 눈가가 욱신거렸다. 아직 선화는 모르는 것 같아 다행이다. 재인은 피식 웃어 보였다.

"호텔에 무슨 일이 있겠어요? 매번 똑같죠. 그냥 아줌마가 해주는 저녁 먹고 싶어서 왔어요. 아직 저녁 전이시죠?"

이제 오후 5시다. 선화는 언제나 7시쯤 저녁을 먹었다. 십여 년 넘게 계속된 저녁 시간을 재인이 모를 리 없었다. 얼마나 집에 오고 싶었으면 이런 핑계를 이야기할까 싶었다. 안타까움에 선화는 재인의 손목을 잡았다. 한 손에 들어오는 팔이 안쓰러울 지경이었다. 얼마나 고되고 힘들었으면 이토록 말랐을까 싶었다. 안쓰러움에 눈가가 뜨거워지지만 내색하지 않으려 크게 웃었다.

"몇 달 만에 왔으면서 저녁만 먹고 가려고?"

"그럼 아줌마랑 밤새 수다나 떨다 갈까요?"

웃고 있지만 전혀 즐거운 표정이 아니다. 선화는 재인의 손을 꼭 잡았다. 연일 매스컴에 나오는 말은 한마디도 하지 않았다. 거짓이 진실로 둔갑하는 건 순식간이다. 그럼에도 언젠가 진실은 밝혀지게 되어 있었다.

그들이 뭐라고 떠들건 상관없었다. 선화가 아는 재인은 결코 그런 아이가 아니었다. 재인이 얼마나 힘들게 생활하는지 누구보다 잘 알고 있었다.

하지만 모든 게 사실이라고 해도 선화는 상관없었다. 그 모든 것에도 불구하고 재인은 여전히 세상 누구보다 귀한 딸과 같은 존재일 뿐이었다.

"많이 힘드니?"

묻지 않으려 했지만 저도 모르게 튀어나왔다.

"그렇죠, 뭐……."

선화는 한참 망설이다 겨우 입을 뗐다.

"준이는, 여전하지?"

"네……."

고개를 돌리는 재인을 보며 한숨이 새어 나왔다.

"너희도 참……."

인연이라고 하기에는 모질고, 악연이라 하기에는 처절한 그들의 연은 끝도 없이 이어진 것 같았다. 선화는 여전히 건을 이해할수 없었다. 누구보다 준은 재인에게 필요한 사람이었다. 재인에게준은 지배인으로 필요한 게 아니다. 그런데 건은 지배인이라는 이름으로 준을 재인 옆에 세워놓았다.

그들 사이에 벽을 만들어 놓는 건을 이해하고 싶지 않았다. 그벽으로 재인이 얼마나 아파하고 있는지 알기에. 오래도록 차곡차곡 쌓아온 감정은 이제 그 끝이 보이지 않았다. 재인의 일방적인감정이라면 어떻게든 설득해 보겠지만 분명 둘은 같은 마음이었다. 하지만 이제는 어떤 것도 확신할 수가 없었다.

준의 진심을 도무지 알 수가 없었다. 아무리 바빠도 일주일에한 번은 찾아와 선화와 집을 돌보는 걸 보면 그대로인 것 같다. 하지만 재인을 대하는 태도만큼은 이해할 수 없을 만큼 변해 있었다.

재인이 미국에 머물 동안 준에게 무슨 일이 있었는지 알 수 없지만 그의 인생이 완전히 바뀔 만한 일이었음은 확신했다. 재인의만류로 혼자가 된 준은 이사를 보류했지만 고등학교를 졸업하자

마자 기어이 독립했었다. 마치 기다리고 있던 것처럼 준은 그렇게 사라졌었다.

미국에서 학업에 열중하던 재인은 한참의 시간이 흐른 뒤에 그 사실을 알아채고 준을 찾아갔지만 믿을 수 없을 만큼 준은 변해 있었다.

냉정하리만큼 차갑게 변한 준을 재인은 여전히 받아들이지 못했지만 그럼에도 감사하고 있었다. 준은 재인 곁을 떠나지 않고 있었다.

지배인으로서도, 한 남자로서도 준은 재인에게 절대적인 존재였다. 마치 태양과도 같은 존재였다. 어디 있어도 함께하는 빛과 같은 그런 존재.

재인의 목표는 오로지 준에게 고정되어 있었지만 아무리 발버둥 쳐도 좁혀지지 않는 준을 보며 지친 것 같았다.

선화는 답답한 심정으로 재인을 바라봤다. 안타까움에 한숨이 앞을 가려오는 걸 겨우 참으며 억지로 입매를 끌어올렸다.

"들어가자."

재인은 한 상 가득 차려진 식탁에 앉으며 웃을 수밖에 없었다. 식탁은 온통 그녀가 좋아하는 것들로 가득했다. 선화는 마치 그녀가 올 걸 알고 있던 것처럼 음식을 차렸다.

아직 그녀를 생각하는 사람이 있다는 것만으로도 코끝이 시큰거렸다. 재인은 일부러 크게 웃었다.

"언제 이렇게 하셨어요?"

선화는 몇 시간 전 말없이 음식 재료들을 한가득 놓고 간 준에 대해 말하지 않았다. 준은 재인이 찾아올 걸 알고 있었던 것 같았다. 그저 말없이 안부만 묻고 사라지는 준을 보며 선화는 또한 묻지 않았었다.

준도 몰라보게 거칠어져 있었다. 안타까움에 무슨 말을 할 사이도 없이 준은 사라졌었다. 그것이 재인을 위해서였다는 걸 그제야 깨달았다. 나오려는 한숨을 삼키고 호들갑스럽게 재인의 손에 수저를 쥐여줬다.

"얼른 먹어! 호텔에서는 밥도 안 주니? 왜 이렇게 말랐어?"

선화의 타박에 재인은 또다시 웃었다.

"잘 먹고 있어요."

"호텔 일은 죄다 네가 하는 거니? 어떻게 전보다 더 말랐어? 혹시 어디 아픈 건 아니고? 얼른 먹어."

음식을 한가득 덜어주며 먹기를 재촉하는 진심이 담긴 말에 목이 막혀왔다. 재인은 억지로 입 안에 든 음식을 삼켰다.

"제가 원래 입이 짧잖아요. 요즘 소화가 잘 안 돼서 더 그럴 거예요."

선화는 그새 젓가락을 내려놓는 재인의 모습에 화가 났다. 재료를 이렇게 몰래 사다 줄 게 아니라 옆에서 식사만이라도 챙겨줬으면 싶었다.

"아무리 그래도 그렇지! 준이는 대체 뭐 하고 있었다니? 아무래도 내가 한 소리 해야겠다."

어떤 상황에서든 그녀 편이 되어주는 사람이 있다는 게 이렇게 감사할 수가 없었다.

재인은 당장 전화를 할 것 같은 선화의 모습에 눈가가 후끈 달아올랐다.

"오빠⋯⋯."

무심코 나온 말에 목이 콱 막혀왔다. 뜨거운 것이 위로 솟구쳤다. 재인은 가까스로 그 기운을 내리눌렀다.

"총지배인이 어떤 사람인데 절 굶게 두겠어요. 잘 먹고 있으니까 걱정하지 마세요."

재인은 서둘러 젓가락을 움직이며 먹기 시작했다. 하지만 싸하게 전해지는 통증에 다시 손을 멈췄다.

"흐흠."

재인은 급하게 물을 마셨다. 가슴이 답답했다.

선화는 명치를 지그시 누르는 재인을 보며 급하게 자리에서 일어섰다.

"왜 그래?"

선화는 놀란 얼굴로 재인의 등을 쓸어내렸다.

"체한 거니?"

"맛있다고 급하게 먹었나 봐요."

연신 가슴을 쓸어내리는 재인은 보며 선화도 열심히 그녀의 등을 쓸어내렸다. 따뜻한 체온이 스며들었다.

눈이 자꾸만 시큰거렸다. 눈을 아무리 깜빡여 봐도 시큰거림이 시들지 않았다.

"소화제라도 줄까?"

재인은 분주하게 움직이는 선화의 손을 잡았다.

"괜찮아요. 급하게 먹어서 그런 거예요."

재인은 일부러 환하게 웃었다. 붉어진 눈으로 웃고 있는 재인을 보자니 억장이 무너지는 것 같았다.

"평소에 얼마나 안 먹었으면 그것 먹었다고 그래? 내가 진짜 속상해서⋯⋯."

재인은 선화를 꼭 끌어안았다. 그리운 체취에 끝내 눈가가 젖어들었다. 재인은 두 눈을 감고 선화의 옷깃을 적셨다.

"흐흑, 아줌마."

선화는 아무 말도 하지 않고 재인의 어깨를 토닥였다.

한참 동안 선화가 등을 쓸어내려도 속이 가라앉지 않았다. 재인은 결국 자리에서 일어났다.

"아줌마, 죄송해요. 오늘은 영 입맛이 없네요. 죄송해요."

재인의 얼굴에 미안한 기색이 가득했다. 파리해지는 얼굴을 보며 선화는 한 수저라도 더 먹이고 싶은 마음이 들었다.

"죽이라도 끓여줄까?"

재인은 고개를 저었다. 어차피 먹지도 못할 거 선화를 수고스럽게 만들고 싶지 않았다.

"좀 누워 있으면 괜찮아지더라고요. 조금만 쉴게요. 죄송해요. 오랜만에 왔는데⋯⋯."

"별소릴 다 한다. 얼른 올라가서 쉬자."

"아줌마랑 같이 먹으려고 했는데⋯⋯ 혼자 드시게 해서 죄송해요."

"어제오늘 일도 아닌데 뭘 그래? 얼른 가자."

"식사하세요. 혼자 갈 수 있어요."

재인은 방까지 데려다주려는 선화를 말렸다. 선화라도 식사를 했으면 싶었다. 어차피 그녀 때문에 제대로 못 하겠지만.

"식사하세요. 그래야 제가 덜 죄송해요."

"그래도……."

"이제 어린애 아니잖아요."

선화는 마지못해 자리에 앉으며 한숨을 내쉬었다. 선화 눈에는 여전히 작고 어린 아이지만 재인은 더는 어린아이로 있을 수가 없었다.

"아줌마, 죄송해요."

"뭐가?"

"혼자 드시게 해서요."

"괜찮대도 그런다."

"혼자면 쓸쓸하잖아요."

매일 혼자 먹는 게 얼마나 쓸쓸한 일인지 누구보다 절실히 깨달았다. 선화는 어두워지는 재인을 보며 일부러 크게 웃었다.

"그럼 이참에 시집이나 갈까?"

재인은 선화 말에 반색했다. 안 그래도 혼자 있는 선화가 내내 걱정이었다. 그녀라도 곁에 있으면 좋으련만 그럴 수가 없었다.

"제가 괜찮은 남자분 소개해 드릴까요?"

"어디 실한 총각이라도 있어? 내가 눈 높은 건 알지?"

"아무래도 연상보다는 연하가 낫겠죠? 흠, 부지배인님도 괜찮은 것 같고……. 아! 전에 보니까 최 상무님 아들분이 좋은 분 같더라고요."

분위기를 바꾸려 농담으로 한 말이었는데 재인은 진심으로 얘기하고 있었다. 선화는 급하게 손을 내저었다.

"어휴, 이 나이에 무슨 남자를 만나니. 내가 농담을 못 한다. 느긋하게 밥 먹을 테니까 얼른 올라가서 쉬어."

"그러지 말고 생각해보세요."

"알았으니까 어서 올라가."

가슴이 꽉 막힌 것처럼 아파왔다. 재인은 내색하지 않고 주방을 나왔다. 아무래도 위염이 도진 것 같았다. 가슴이 쿡쿡 쑤셔왔다. 누워 있으면 가라앉을 것이다. 가방에 넣어둔 약을 꺼내 삼켰다. 쓰디쓴 약 기운이 입 안을 가득 채웠다.

인상을 찌푸리며 조용히 발을 옮겼다. 진즉 약을 먹었다면 이미 가라앉았을지도 몰랐다. 묵직한 통증이 좀 전보다 심해졌다.

"흡."

신음이 새어 나올 것 같아 가슴을 지그시 눌렀다. 괜스레 선화를 걱정하게 만들고 싶지 않았다.

본가에 있는 그녀의 방도 오랜만이었다. 한참 만에 누워보는 침대는 여전히 포근했다. 호텔에 있는 가장 크고 넓은 침대보다 훨씬 작은 침대지만 그 어떤 곳보다 편안했다. 집에 오길 잘한 것 같았다.

천천히 속도 가라앉는 것 같았다.

"하아아."

그제야 참았던 숨을 내쉬었다. 통증이 올 때마다 숨을 참았던 게 습관이 됐다. 천천히 숨을 내쉬었다.

"으으윽."

오르락내리락하는 가슴을 지그시 눌렀다. 속은 가라앉았지만 다른 통증은 가시질 않았다. 아릿한 통증과 함께 준이 떠올랐다. 그는 지금 무얼 하고 있을지 궁금했다.

그녀가 호텔에 없다고 홀가분하게 일에 매진하고 있을지도 모르겠다. 아니다. 준은 그녀가 없어도 언제나 일에 파묻혀 있었다.

"워커홀릭."

불현듯 떠오른 생각에 피식 웃었다. 재인은 익숙한 천장을 바라봤다. 이곳에 누워 밤새 얘기했던 게 아직도 생생했다.

언제나 미소가 떠나지 않던 준의 얼굴이 떠올랐다. 그의 미소가 그리웠다. 떨어져 있어도, 곁에 있어도 준이 그리웠다. 감은 눈에서 한 줄기 눈물이 흘러내렸다.

준은 계속되는 악성 루머에 사방으로 뛰어다녔다. 소문의 근원지는 알지만 당장 손쓸 수 있는 상황이 아니다. 준은 그에게 시간이 주어지길 간절히 바랐다.

무슨 수를 쓰더라도 그녀를 지킬 수만 있다면 그가 가진 모든 걸 버려야 한다고 해도 상관없었다. 무슨 일이 있어도 지켜낼 생각이었다.

책상 가득 서류가 쌓여 있었다. 그날도 밤새 서류와 씨름해야 할 것 같았다. 벌써 머리가 지끈거렸다.

"으윽."

잠시 관자놀이를 지그시 눌렀다. 싸하게 전해지는 압력에도 통증은 사라지지 않았다. 준은 눈을 지그시 감았다 뜨고 다시 서류로 고개를 돌렸다.

한참 동안 서류를 뒤척여도 진척이 없었다. 창밖은 이미 칠흑 같은 어둠이 그득했었다. 준은 초조한 얼굴로 전화를 걸었다.

"김 형사님, 저 준이에요."

한철은 지금까지 준에게 든든한 버팀목이 되어주고 있었다. 한철은 과거 어린 준에게 선인의 사망 소식을 전한 게 못내 미안한 것 같았다. 그 뒤로도 온갖 이유를 대며 준을 도왔고, 준은 거기에 보답이라도 하듯 한철과 연락을 주고받으며 지내왔었다. 지금 준이 모든 걸 털어놓을 수 있는 사람은 한철뿐이었다. 만약 한철이 없었다면 지금의 준은 없었을지도 몰랐다.

15년 전. 한철은 선인의 장례를 치르고 며칠 뒤부터 찾아왔었다. 한철은 며칠 전에도 늦은 밤. 간식을 한가득 들고 와 말없이 주고 가더니 그날은 학교까지 찾아왔다.

"준아!"

모른 척 지나갈 생각이었는데 한철이 교문 앞에서 손까지 흔들고 있었다. 한 번씩 선인이 그를 보러 왔던 그 자리에 한철이 서 있었다.

문득 떠오른 생각에 눈가가 시큰했다. 준은 눈에 힘을 주며 고개를 푹 숙였다.

"안녕하세요."

인사만 하고 갈 생각이었다. 그런데 한철은 그를 무작정 끌고 차에 태웠다.

"학원 가야 돼요."

"공부 잘한다며? 하루 땡땡이 친다고 큰일 안 생겨!"

어느새 출발한 차에서 내릴 수는 없었다. 차에 타는 것도 오랜만이다. 차를 탈 때마다 선인의 사고가 떠올라 쉽게 차에 오를 수가 없었다. 얼떨결에 탄 차에서 안전벨트를 꼭 잡은 채 창밖을 바라봤다.

"날씨 참 좋다. 그치? 올가을은 유난히 짧은 거 같지 않니? 난 가을이 제일 좋은데 넌 어떤 계절 좋냐? 설마 쌀쌀맞은 겨울 좋아하냐?"

대답을 안 하면 계속 엉뚱한 소리를 할 것 같았다. 나오려는 한숨을 참으며 한철을 바라봤다.

"어디 가는 거예요?"

"멀지 않아."

한철은 웃으며 운전을 했다. 몇 분 되지 않아 차는 멈춰 섰다. 한철은 어리둥절해하는 준을 잡아끌었다. 한철은 근처 패밀리 레스토랑으로 들어갔다.

"여기 있는 거 다 주세요."

"네?"

당황한 직원을 보며 한철은 묻지도 않고 메뉴판에 있는 음식을 죄다 주문했다.

"전부 하나씩 줘요."

"네."

그제야 한철의 말을 알아들은 직원은 웃으며 사라졌다. 놀란 준이 한철을 바라봤다.

"지금 뭐 하시는 거예요?"

"세상에서 혼자 밥 먹는 게 제일 싫더라. 넌 안 그러냐?"

요즘 준이 살이 빠지는 이유 중 하나가 혼자 먹는 게 싫어서였다. 다 알고 있다는 듯이 웃는 한철을 보며 준은 고개를 돌렸다.

"이따 야간 잠복 가야 하는데 같이 밥 먹을 사람이 없어서 말이야! 같이 먹자."

준은 마뜩찮은 얼굴로 그를 바라봤다.

"준아, 내가 요즘 어떤 나쁜 놈들을 잡으려고 하는데 말이다. 그놈들이 말이다……"

한철은 그 후로도 계속해서 떠들었다. 귀에 들어오지도 않는 얘기를 해대는 한철이 귀찮았다. 한철이 찾아오는 이유를 알아 더 그런지도 모르겠다. 사람들이 수군거리는 말로 알았다.

한철은 포기 않고 혜영을 끝까지 수소문했었다. 기어이 연락처를 찾아 혜영과 연락까지 주고받아 혜영을 설득했지만 혜영은 끝까지 연락하지 않았고 찾아오지도 않았었다.

준은 철저히 버려졌던 거였다. 그 탓에 한철이 더 마음 쓰고 있는지도 몰랐다. 한철은 그가 불쌍해 보인 게 확실했다. 천애 고아나 다름없는 그가 안타까워 이렇게 찾아오는 게 틀림없었다. 하지만 준은 스스로 불쌍하다고 생각하지 않았다.

그냥…… 남들보다 좀 일찍 혼자가 된 것뿐이었다.

사람들의 수군거림에 오해하기도 했었다. 그들은 한철이 준에게 찾아오는 이유를 돈 때문이라고 생각했었다. 갑작스럽게 생긴 큰돈에 한철뿐 아니라 수많은 사람이 찾아왔었다. 대부분 갑작스러운 부를 탐내는 무리였지만 한철은 아니었다.

한철은 건이 손쓰기도 전에 준의 명의로 된 수억의 보험금을 변호사를 통해 신탁에 맡겼다.

한철은 오직 준만이 자신을 위해 쓸 수 있도록 철저하게 만들어났다. 그리고 귀에 딱지가 앉을 정도로 당부했었다. 절대 그 누구도 믿지 말라고.

한철은 자신 또한 믿지 말라고 수없이 말했다. 하지만 준은 어느새 한철은 믿어도 된다고 생각하고 있었다.

준은 한철을 물끄러미 바라봤다. 준의 시선을 느낀 한철이 얼굴을 쓰다듬었다.

"왜 그렇게 쳐다봐? 네가 봐도 내가 좀 잘생겼지? 아무리 봐도 형사 하긴 아까운 얼굴이지 않냐?"

"쓸데없는 소리 하실 거면 저 갈래요."

"야!"

그 뒤로도 한참 떠들던 한철이 잠시 조용해진 건 음식이 나온 뒤였다. 그런데 계속해서 나오는 음식을 보며 한철이 인상을 찌푸렸다.

"뭘 시켜야 하는지 몰라서 죄다 시켰는데, 뭐가 이렇게 많냐?"

"전. 이것만 먹을 거예요."

준은 재빨리 앞에 있는 접시를 당겨왔다.

"사내자식이 의리 없게 이러기야?"

준은 한철을 바라보며 입을 삐죽였다.

"여기서 의리가 왜 나와요?"

"그럼 이 많은 걸 나 혼자 먹으라는 거야?"

"아저씨가 마음대로 시킨 거잖아요. 거기다 저는 이런 거 안 좋아해요."

넘치게 채워지는 테이블을 보며 한철은 얼굴을 더 구겼다. 선배가 패밀리 레스토랑 음식은 죄다 양이 적다는 말에 이것저것 시켰는데 실수였다. 한창 클 나이인 준 또래의 남자애들은 잘 먹는 데다가 그가 매일 가는 백반집보다 레스토랑을 좋아한다고 했었다. 큰맘 먹고 처음 패밀리 레스토랑을 왔건만 완전히 실패한 것 같았다.

"너희는 이런 거 좋아하지 않냐?"

한철의 말에 준은 고개를 저었다. 또 어디서 이상한 말을 들은 모양이었다. 지난번에 박스째로 사다준 과자도 그대로 있는 상태였다.

"제가 애예요? 전 김치찌개가 제일 좋아요. 아저씨가 시킨 거니까 아저씨가 다 드세요."

말은 그렇게 했지만 자꾸 웃음이 났다. 얼마 만에 제대로 된 식사를 하는

지 모르겠다.

먹는 것 자체가 싫었다. 혼자가 된 후 집에서는 한 번도 식사한 적이 없었다. 뭔가를 넘길 때마다 선인이 떠올랐다. 안에서 올라오는 뜨거움에 아무것도 삼킬 수가 없었다.

그런데 한철과 있으면 그런 생각을 할 겨를이 없었다. 한철은 씩씩대며 테이블을 가득 채운 음식들을 노려보고 있었다.

"풉."

준은 자신도 모르게 새어 나오는 웃음에 멈칫했다. 누군가와 얼굴을 마주하며 먹는 게 이렇게 즐거운 일이라는 걸 다시 깨달았다.

깨달음과 동시에 느껴지는 통증. 빠르게 눈가가 뜨거워졌다.

한철은 갑자기 흐려지는 준의 얼굴을 보며 목소리를 높였다.

"누구보고 아저씨래? 형이야! 형! 아직 장가도 안 갔는데……."

"하."

한철의 투덜거림에 실소가 터져 나왔다. 한철은 준이 웃는다고 화낼 것 같지 않았다. 아니, 그를 웃게 만들려 작정한 것 같았다. 과장한 듯 씩씩대는 폼이 여간 어색한 게 아니었다.

준은 이날만큼은 마음껏 웃기로 결심했다. 이날만큼은…….

"후후후. 아직 장가도 안 가고 뭐 했어요?"

한철은 놀리는 게 확실한 준의 질문에 인상을 쓰며 음식을 마구 입에 넣었다.

"나쁜 놈들 잡느라 그랬다! 왜? 어? 아직도 더 있습니까?"

음식을 내려놓는 직원을 보며 한철은 진짜 당황한 얼굴을 했다.

"이게 마지막인데, 더 필요하신가요?"

"아. 아닙니다."

한철은 급하게 두 손을 저었다.

"하아, 벨트 풀고 먹어야겠다."

허리 벨트를 푸는 한철을 보며 준은 큰 소리로 웃었다.

"큭큭큭. 천천히 드세요. 남으면 싸달라고 하면 되잖아요."

음식을 죄다 먹을 생각에 고민하던 한철은 그제야 안도하며 웃었다.

"아! 싸달라고 하면 되는구나. 남궁준! 똑똑하다."

"그런 걸로 누가 똑똑하다고 해요?"

"내가 똑똑하다면 똑똑한 거야!"

한철은 단언하듯 말하며 음식을 준의 접시에 가득 올렸다.

"자! 상!"

"치!"

"너! 지금 비웃었지?"

"제가 언제요?"

"좀 전에 비웃었잖아! 안 되겠어. 너, 이거랑 이거 다 먹어!"

한철은 가장 큰 접시 두 개를 그 앞으로 밀었다. 준은 당황한 얼굴로 접시를 급하게 밀었다.

"그런 게 어디 있어요?"

"어디 있긴, 여기 있지! 빨리 먹어. 싸가긴 뭘 싸가. 늦게 먹는 사람이 이거 다 먹는 거다!"

"세상에서 제일 미련한 사람이 먹는 걸로 내기하는 사람이라고 했어요."

준의 말에도 한철은 먹기 바빴다. 벌써 접시 반이 비어 있었다. 준은 안 되겠다는 생각에 서둘러 먹기 시작했다. 그날 준은 오랜만에 배가 터지도록 먹었다.

그 후로도 한철은 준을 끌고 이곳저곳을 다니며 밥을 먹게 만들었다. 그리고 그의 새로운 울타리가 되어주었다.

문득 떠오른 기억에 준은 슬며시 웃었다. 이미 성인이 되었지만 한철은 여전히 준을 볼 때마다 뭔가를 먹이기 위해 애썼다. 한철과는 더없이 편하고 가까운 관계가 됐었다.

고맙다는 말로는 다 표현 못 할 정도로 넘치는 애정을 받고 있었다. 한철은 여전히 그를 돕고 있었다. 그는 오래전부터 준호를 조사 중이었다.

-안 그래도 연락하려고 했다.

"이번에 부탁드린 건 어떻게 됐어요?"

깊은 한숨 소리가 들려왔다.

-꼬리를 잡는 게 쉽지가 않구나. 잔챙이들 잡는다고 해결될 일도 아니잖니. 시간이 부족하구나.

알고 있었다. 그래서 더 불안했다. 그가 늦지 않았기를 바랄 뿐이었다.

"생각보다 빠르게 움직이고 있는 것 같아요."

-세무조사 팀에 있는 후배에게 은밀하게 조사하라고 지시는 해 놨다. 걱정 마라. 조만간 잡을 수 있을 거다. 전에 알아보라고 했던 회사는 페이퍼컴퍼니 같다.

예상했지만 혹시나 했던 기대가 무너지며 한숨이 쏟아져 나왔다.

"그럴 거라 생각했어요. 다른 건요?"

-워낙 철저하게 숨겨서 찾는 게 쉽지는 않다. 그래도 하나하나 파헤치고 있으니 걱정은 마라.

"매번 죄송해요."

-잔챙이들 잡아 급한 불은 껐다만 계속 둘 수는 없지 않겠니? 차라리 전면에 나서는 건 어떠니?

한철의 우려가 현실이 되고 있어 준도 걱정이었다. 그동안 조용히 조사하고 있었지만 상대도 만만치가 않았다.

"우선은 기다려야 할 것 같아요. 지금 여론 추이를 보면 조만간 부회장 쪽에서 움직일 것 같아요."

-왜?

"곧 이사회를 소집하겠죠. 그게 수순이니까요."

준의 입매가 얼음처럼 단단해졌다.

-전에 말한 식품 회사 말이다. 이사가 부회장 쪽과 연이 있는 것 같더라. 그쪽도 지금 조사 중인데 조만간 서류 보내마.

한철은 준의 마음을 읽기라도 한 듯 필요한 조사를 알아서 해주고 있었다.

"매번 죄송하고 감사해요. 그런데 이번 회의 안건은 그게 아니에요."

-참석하라는 연락은 받았다만, 안건에 대해서는 들은 말이 없다. 다른 게 또 있니?

한철은 준의 부탁으로 오래전부터 비밀리에 투자회사를 운용하며 퀸의 주식을 사들였었다. 재인에게 보탬이 되고 싶은 준의 마음을 이해한 까닭이었지만 이제는 준의 행복을 더 바라게 되었다.

"대표 해임안이에요."

곧 움직일 거라 생각했지만 예상보다 속도가 빨랐다. 만반의 준비를 하지 않으면 자칫 그녀의 성이 무너져 내릴 수도 있었다.

한철은 준의 말에 재인보다 준이 더 걱정됐었다. 한철은 재인이 호텔을 상속받았을 때부터 이 상황을 염려했었다.

한 번은 겪어야 하는 일이라고 생각했던 것이다. 하지만 지금은 아니었다. 지금 재인은 그 어느 때보다 약한 상태였다. 작은 틈에도 한 방에 무너져 내릴 수도 있었다. 준은 그렇게 되는 걸 두고 보지 않을 게 확실했다. 그가 가진 모든 걸 걸어서라도 지켜내려 할 것이다.

-강재인 씨는 알고 있니?

걱정 가득한 한철의 질문에 준은 이를 악물었다.

"내일이면 알게 될 거예요."

-준아, 이제 회장님도 안 계시잖니? 그 약속을 꼭 지킬 필요는 없다고 생각한다. 지키고 싶지 않은 약속이라면 이미 약속으로서 가치를 잃었다고 생각한다. 난, 네가 널 위해 살았으면 좋겠다.

"아저씨……."

-수없이 확인했다. 하지만 그 어떤 것도 확신할 수 있는 게 없었다. 그러니까 자책하지 마라. 그건 추측일 뿐이지 사실이 아니다.

한철이 무슨 말을 하려는지 알았다. 하지만 그럴 수는 없었다.

-그깟 약속 지키지 않는다고 널 탓할 사람은 어디도 없다.

"그만하세요. 다시 전화드릴게요."

한철은 말없이 전화를 끊었지만 수화기 너머로 깊은 한숨이 전해져왔다. 그도 알고 있었다. 약속한 당사자는 이제 그걸 지켜볼 수 없다는 걸. 하지만 준은 그럴 수가 없었다.

한철에게는 그깟 약속일지 몰라도 준에게는 금석뇌약(金石牢約)과도 같은 맹세였다. 준이 그토록 호텔을 위해 고군분투하는 건

15년 전 건과의 약속 때문이었다. 사실 약속이 아니어도 쉽사리 재인 곁을 떠나지 못했을 것이다. 하지만 그날의 약속이 준을 재인 곁에 묶어두는 것도 사실이었다.

15년 전.

준은 재인의 만류로 이사는 포기했었다. 하지만 앞으로 무얼 해야 할지 갈피를 잡지 못했다. 이미 그의 세상은 완전히 무너져 있었다.

이제 완벽하게 혼자였다. 여전히 같은 공간에 있지만 전과 같아질 수는 없었다. 그걸 알기에 사무치게 외로웠다. 한여름에도 몸을 파고드는 한기는 물러나지 않았다.

그날도 여느 날처럼 학교에서 돌아와 불도 켜지 않은 방에 앉아 있었다. 재인은 건의 성화에 결국 일주일 전에 미국으로 돌아갔다. 재인은 출국하는 날까지 준을 잡고 약속에 약속을 거듭하게 했었다. 손가락을 수십, 아니 수백 번 걸어도 재인은 끝까지 걱정 어린 시선을 거두지 못했었다.

재인에게 해줄 게 그것밖에 없는 자신이 한심스럽게 느껴졌다. 무기력한 자신이 이렇게나 초라하게 느껴지는 게 무엇보다 싫었다. 그럼에도 불구하고, 할 수 있는 건 아무것도 없었다.

"하아."

주위를 둘러봐도 어두운 방 안. 시커먼 문만이 눈앞에 있었다. 벗어날 수 없는 어둠이 무서웠다. 한순간에 한기가 온몸으로 찾아왔다. 두 팔로 몸을 감싸도 온기는 느껴지지 않았다. 인지하지 못하는 사이 얼굴은 이미 젖어 있었다. 감당하기 힘든 슬픔이 그를 잠식해왔다.

설움과 공포, 그리고 외로움이 그를 쥐고 흔들었다.

"흑, 흐흑."

새어 나오는 슬픔을 어쩌지 못하고 준은 숨죽여 울었다. 그러다 언뜻 잠이 든 것 같았다. 눈을 뜬 준은 여전히 어둠이 둘러싸인 방 안에 홀로 있었다.

그의 시선이 문으로 향했다. 당장에라도 저 어둠을 헤치고 재인이 달려올 것 같았다. 지난 몇 년간 선인과 지낸 시간보다 재인과 함께한 시간이 긴 탓인지도 모르겠다.

선인의 빈자리보다 재인의 빈자리를 더 크게 느껴졌다. 아직도 재인의 웃음소리가 귓가를 맴도는 것 같았다.

온기가 그리웠지만 그를 찾아올 온기는 더는 없었다. 그럼에도 저 문이 열리길 간절히 바라고 있었다.

"흐흑."

그럴 리 없다는 걸 알기에 더 슬펐다.

한참 설음을 쏟아내고 났더니 머리가 맑아진 것 같았다. 언제까지 어둠 속에 숨어 있을 수 없다. 이제 정말 혼자였다. 그 누구도 그를 위해 불을 밝혀줄 사람은 없었다.

준은 자리에서 일어나 스위치를 켰다. 환한 빛에 잠시 눈을 깜박이던 준은 익숙한 모습에 안도했다.

스스로 해야 할 것들이 너무 많았다. 우선은 며칠째 쌓여 있는 빨래부터 해야 했다. 선인과 함께 살 때도 종종했던 일이었다. 능숙하게 세탁기를 돌리고 그사이 청소도 끝냈다. 선인과 있을 때처럼 집 안이 깔끔하게 변했다.

준은 만족스러운 한숨을 내쉬고 책상에 앉았다. 지금 그가 할 수 있는 건 공부밖에 없었다.

막 과제를 마치고 잠자리에 누웠을 때였다. 문을 두드리는 소리에 자리에서 벌떡 일어났다. 그날 한철은 이미 다녀간 후였다. 이 시간에 문을 두드릴 사람은 한 사람밖에 없었다.

"재인아."

습관처럼 재인을 부르고 있었다. 하지만 문 앞에 있는 사람은 그녀가 아니었다. 건이 여느 때처럼 표정 없는 얼굴로 서 있었다.

"아, 안녕하세요."

그 밤 건과 신형의 대화를 들은 뒤로 처음 마주한 얼굴에 준은 고개를 들 수가 없었다.

"자던 걸 깨운 게냐?"

건은 준의 얼굴을 보며 물었다.

"아뇨. 이제 막 자려고 했었어요."

"잠시 들어가도 되겠니?"

"네."

자리에 앉은 건은 한참 동안 준을 바라봤다. 준은 시선을 맞추지도 못한 채 고개만 숙이고 있었다.

"준아."

"……."

"준아."

"네……."

준은 차마 고개도 들지 못하고 작게 속삭였다.

"어디까지 들은 게냐?"

건의 말에 준은 고개를 번쩍 들었다.

"네?"

"그날 함 비서 얘기 들었다는 거 알고 있다. 어디까지 들은 게냐?"

건의 말에 눈앞이 뿌옇게 변했다. 질책하러 온 게 틀림없었다.

'네 아비 탓이다!'

며칠 동안 꿈에서 봤던 일이 현실에서도 일어난 게 틀림없었다. 뜨거운 눈물이 손등을 적셨다.

"죄송합니다. 죄송합니다."

"잊어라! 네가 들었던 게 무엇이든 모두 잊어라."

"네?"

준은 그제야 고개를 들었다. 뜨거운 기운이 볼을 타고 하염없이 흘러내리고 있었다.

"너도 잊고 나도 잊는 거다. 알겠느냐?"

"하지만……."

"하지만은 없다!"

"재인이가 알면……."

"재인이가 알 건 아무것도 없다. 약속해다오."

건의 말에 감사했다. 재인이 알고 그를 안 본다고 할 수도 있다는 생각에 더 힘들었었다.

"재인이한테 절대로 말하지 않을게요."

"그것이 아니다."

놀란 준이 건을 바라봤다. 그의 눈에 결연한 의지가 보였다.

"네?"

"절대 오빠 이상이 되어서는 안 된다."

"네?"

무슨 말인지 알아들을 수가 없었다.

"지금은 아닐지라도 분명 나와 한 약속을 지켜야 할 때가 올 것이다. 그때 명심하도록 해라. 너는 오빠 이상이 되어서는 안 된다. 너는 우리 재인에게 남자가 아닌 오빠인 게다. 알겠느냐?"

"아!"

준은 그제야 건의 약속이 무얼 의미하는지 깨달았다. 인지하지 못하는 새 벌게진 눈이 다시 젖어들었다.

"네. 절대 잊지 않겠습니다."

준은 고개를 숙였다. 손등으로 화기가 쏟아져 내렸다.

"사고에 대해서는 여기서 덮는 게다. 준아! 재인이 옆에서 호텔을 지켜다 오. 온전히 재인이가 호텔을 가질 수 있도록 말이다. 나와 약속할 수 있겠 니?"

재인에게 해줄 수 있는 게 생겼다는 것만으로 기뻤다. 준은 흐르는 눈물 의 의미를 모른 채 연신 고개를 끄덕였다.

"그 약속, 반드시 지킬게요."

금석뇌약.

15년 전, 준은 그 자리에서 굳게 약속했었다. 무슨 일이 있어도 재인에게 오빠로 있겠다고.

그때는 자신할 수 있었다. 그에게 재인은 동생이었다. 재인에게 해줄 수 있는 게 있다는 것만으로도 감사했다.

호텔을 지켜주는 게 그녀를 지켜주는 것이라는 걸 깨닫고 미친 듯 공부에 매진했었다. 기뻤다. 재인을 위해 할 수 있는 일이 생겼 다는 사실에.

시간이 지나며 이성이라는 걸 자각하고 그 약속이 아픔이라는 걸 깨달았다. 하지만 감내할 수 있을 거라 여겼다. 어렵지 않다고 생각했다. 그깟 약속 백번이고 지킬 수 있다고 생각했다.

그런데 시간이 약속에 무게를 싣고 감정을 실었다. 준은 약속을 그 무엇보다 중요시했었다. 한철의 도움으로 독립하며 그는 한철과도 약속했었다. 주희를 세상으로부터 지켜주겠다고.

성인이 된 남녀가 한집에 지내며 있을 수 있는 모든 일들은 애초에 일어날 수가 없었다. 한철은 아마 그 모든 걸 알기에 준에게 주희를 맡겼는지도 몰랐다. 거기다 한철의 도움을 그대로 받지 않으려는 심리 때문에 그의 부탁을 받아들였는지도 몰랐다.

받은 만큼 돌려주고 싶었다. 준은 지난 시간 동안 주희의 보호자로 그녀 곁에서 있었다. 하지만 주희와 지내며 그도 위로받았다.

세상에 혼자 버려진 건 그만이 아님을 주희와 생활하며 깨달았다. 그런 그들을 한철과 같은 사람이 도와주고 있다는 것도 알게 되었다. 그들을 돕는 게 꼭 물질만이 아님을 깨달았다. 준은 그 마음과 배려에 보답하고 싶었다. 한철뿐 아니라 건에게도 마찬가지였다.

하지만 세상에서 가장 지키고 싶지 않은 약속이 있다면 그건 건과 맺은 그 밤의 약속이었다.

다른 건 다 지킬 수 있었다. 가진 부를 내놓으라면 그렇게 할 수 있었다. 그가 가진 지위를 달라고 해도 줄 수 있었고 명예를 달라고 해도 얼마든지 내어줄 수 있었다.

하지만 그녀를 향해 달려가는 마음만은 도저히 돌릴 수가 없었다. 그건 그의 의지로 불가능한 일이었다.

억누를수록 새어 나가는 감정의 소용돌이. 그 갈림길에 서서 준은 항상 고민했고 힘들게 선택했지만 언제나 그 선택의 끝은 같았다. 안 된다는 걸 알면서도 그녀에게로 가슴이, 애달픈 감정들이 소용돌이치며 달려가고 있었다.

돌이키지 않으면 더 힘들어질 거라는 건 알고 있었다. 그럼에도 돌이킬 수 없었다. 돌아갈 수 없었다.

거부할 수 없는 약속의 무게가 그를 짓눌렀다. 숨통을 죄어오는 약속의 무게에 가슴이 갈가리 짓이겨짐에도 그는 내색할 수 없었다.

온통 재인으로 가득 찬 가슴, 슬픔을 달래주었다. 곁에서 지켜주는 것만으로도 감사했다.

영원히 그녀의 그림자만을 좇는다 해도 상관없었다. 이미 그의 자리는 정해져 있었다.

쓰게 올라오는 감정의 무게를 뜨거운 숨과 함께 집어삼켰다. 또다시 홀로 울게 될 거라는 것도 알고 있었다. 약속의 의미를 깨달을수록 더 차가워져야 하는 뜨거운 가슴이 그를 아프게 했다. 건은 이미 알고 있었던 것이다. 준의 가슴에 자라고 있던 감정의 싹을.

건은 그 감정을 미리 잘라버리려 했던 것이었다. 하지만 멈출 수가 없었다. 멈춰야 한다는 걸 알았다. 거둬야 한다는 것도 알았다. 서로에게 상처가 될 거라는 걸 알기에 더 멈추고 거둬들여야 하는 마음을 알았다. 그럼에도 불구하고 가슴이 그녀를, 그녀만을 사랑했다.

가슴이 온통 그녀로 차올라 그 누구도 들어올 수 없었다. 아무 데도 갈 수가 없었다. 그래서 아팠다.

한철의 말에 또다시 가슴이 일렁거렸다. 사랑한다는 말 한마디 못 할 거면서 이토록 시린 사랑을 하는 자신이 애달팠다. 꺼진 전화기 위로 툭 하고 물기가 떨어졌다.

"후우."

뿌옇게 변하는 시야로 여전히 그녀 모습만은 또렷하게 떠올랐다. 차라리 가득 찬 눈물이 앞을 가려 그녀를 보지 않게 만들어주면 좋을 것 같았다. 더 보고 싶어도, 더 가고 싶어도 가지 못하도록. 보이지 않았으면 좋을 것 같았다. 하지만 보이지 않아도 더 사랑할 수밖에 없었다. 그녀를 사랑하지 않는 방법을 몰랐다. 이미 사랑하는데 그 마음을 버릴 수가 없었다. 그의 사랑에는 아픈 끝만 있을 뿐이었다.

준은 젖어드는 눈가를 멍한 시선으로 바라보고 있었다. 서늘한 바람이 홀로 서 있는 그를 감싸 안고 있었다.

#09 - 자유롭지 못한 자유

준호는 서류를 읽으며 만면에 미소를 띠었다. 예상대로다. 재인은 언제나처럼 자금 압박이 극에 달하면 지분을 은밀히 시장에 내놓았다. 그동안 시장에 나왔던 주식 대부분을 그가 사들였다. 차명 계좌로 매입한 탓에 준호에게 주식이 있다는 건 누구도 알지 못했다.

윈즈덤은 그의 예상보다 빠르게 움직이고 있었다. 제반 서류를 넘긴 게 일주일도 지나지 않았다. 그런데 이미 시장에 나왔던 주식 대부분은 물론이고 대다수 이사들 위임 서류가 준호의 이름으로 되어 있었다. 모든 게 그의 뜻대로 진행되고 있었다. 돈은 그 어떤 권력보다 그에게 막강한 힘을 실어주었다.

드디어 손아귀에 거머쥐었다. 모든 게 일사천리로 진행되어 이상할 지경이지만 기쁨을 감출 수가 없었다.

"하하, 하하, 하하하!"

서류를 느긋하게 살피다 인상을 찌푸렸다. 윈즈덤 그룹 대리인 이안은 성격이 급한 것 같았다. 협상 사항을 협의하고 채 하루가 되지 않았다. 그런데 그의 계좌에는 놀랄 만한 숫자가 찍혀 있었다.

호텔이 매각되지 않은 상황에서 들어온 큰 액수. 수만 가지 생각들이 그의 머리를 스치고 지나갔다. 거액의 용도를 알 길이 없었다.

큰 금액이 오간 게 발각되기라도 한다면 일에 차질이 생길 수도 있다. 더불어 원치 않는 누군가가 눈치챌 수도 있었다. 등 뒤로 식은땀이 흘러내렸다. 손안에 들어온 권력은 그에게 공포도 함께 안겨줬었다. 준호는 급하게 전화 걸었다.

-「이 시간에 어쩐 일이십니까?」

이안은 서늘하지만 언제나처럼 느긋한 목소리였다.

「계좌로 큰돈이 입금돼 있더군요.」

준호 말에 이안은 낮게 웃었다. 전화기 너머 들려오는 소리는 낮고 서늘했다. 준호는 등 뒤로 서늘한 바람이 불어와 저도 모르게 몸을 부르르 떨었다.

-「미스터 강에게 드리는 작은 성의입니다.」

「성의라 함은 어떤 걸 말하는 겁니까? 더 이상의 가격 협상은 안 된다고…….」

이미 공개된 협의 내용과 달리 윈즈덤에서는 추가 지분에 대한 양도까지 원하고 있었다.

하지만 아직 지분 확보가 안 된 상태였다. 시장에 주식이 나오긴 했지만 조심스러운 상황이었다. 섣불리 움직였다가는 모든 게 수포로 돌아갈 수도 있었다.

최근 준의 움직임이 달라졌다. 호텔밖에 모르던 준이 개인적인 일로 호텔을 비우는 일이 잦아졌었다. 소문에 의하면 다른 호텔에서 고액의 스카우트 제의가 들어왔다는 말도 들려왔었다. 건이 있을 때라면 몰라도 주인이 바뀔지 모르는 호텔에 머물 이유는 없었다. 그럼에도 마음 놓을 수가 없는 건, 오랜 경험을 통해 얻은 감이었다. 말할 수 없지만 찜찜한 기운을 저버릴 수가 없었다.

지난 시간 그가 침묵하고 참을 수 있었던 건, 이 순간을 위해서였다고 해도 과언이 아니었다. 마지막이 가장 조심해야 할 때였다. 경계를 늦출 수는 없었다.

「무슨 의미입니까?」

-하하하!

되묻는 준호 말에 이안은 큰 소리로 웃고 있었다. 꽤나 긴 그의 웃음에 또다시 냉기가 스며들었다. 작은 창문이 닫힌 커다란 집무실에 바람이 들어올 곳은 어디에도 없었다. 기우일 것이다. 그럼에도 주위를 두리번거렸다.

"후우."

푸른 눈의 이안이 생각나 그럴지도 모르겠다. 나름 사람 보는 눈이 있다고 믿지만 이안은 섣부른 판단으로 단언할 수 있는 인물이 아니었다.

두어 번 본 게 고작이지만 그의 얼굴에는 그 어떤 감정도 드러나지 않았다. 목소리는 늘 웃고 있지만 푸른 눈은 언제나 차가웠다. 지금 그가 느끼는 서늘함은 외모에서 풍기는 이미지 때문일 것이다. 준호는 등을 타고 흐르는 냉기를 애써 무시했다.

　-「가격 조정은 없을 겁니다. 저희 쪽에서 드리는 활동비입니다. 성의가 부족했다면 더 보내드리겠습니다.」

　서늘함이 사라진 유쾌한 말투에 안도의 한숨이 새어 나왔다. 괜한 우려였다. 준호는 멋쩍게 웃었다.

　「그럼 사양하지 않겠습니다.」

　돈을 사양할 이유는 없었다.

　-「조만간 뵙겠습니다.」

　전화를 내려놓는 준호의 입매가 활처럼 휘었다. 세계적인 호텔 프랜차이즈 그룹 윈즈덤은 스케일부터가 달랐다.

　"후후후."

　준호는 의자에 느긋하게 기댔다. 머잖아 호텔을 넘기면 지금 통장에 찍힌 숫자는 아무것도 아닐 것이다. 그 생각에 한쪽 입가가 비릿하게 올라갔다.

　지난 세월, 호텔에서 고생한 결실이 이제야 모습을 드러내고 있었다. 고작 스물이 갓 넘은 재인에게 더는 굽실거리며 살지 않아도 된다는 소리였다. 사실상 굽실거리지 않았다 해도 명실상부 퀸 호텔그룹의 왕좌는 재인이 차지하고 있었다.

　퀸즈 건설 사장 자리에 비하면 지금 그룹 부회장 자리는 좋은 인사(人事)였다. 그러나 그가 속한 모든 곳에서 실질적인 권력이 재인에게 있음을 모르는 이는 없었다.

　직함조차 없는 재인은 언제나 모든 곳의 중심에 서 있었다. 연배는 물론 경력만 봐도 그곳은 마땅히 그가 있어야 할 자리였다. 그럼에도 재인은 당당히 그의 자리에 서 있었다. 자신의 자리가 아님을 알면서도 고집한다면 내려오게 만들면 그만이었다. 왕좌는 본래 그의 자리였다.

호텔 매각이 시작되면 한동안 수많은 매체에서 재인과 그의 이름이 오르내릴 테지만 상관없었다. 마땅히 할 일을 하고 있는 것뿐이었다. 사람이 자리를 만든다고 하지만 자리가 사람을 만들기도 했었다.

재인은 처음부터 퀸의 왕좌에 오를 자격이 없었다. 차라리 재인이 자리에 걸맞았다면 이렇게까지 하지 않았을 것이다. 일말의 양심이 그의 행동에 타당성을 부여해주고 있었다.

그의 행동은 한 회사의 소속된 직원으로서 대표에 대한 실망 때문인지도 모른다. 구차하게 들릴지 몰라도 준호의 결심은 확고했다. 그는 지금 모두를 위해 옳은 일은 하는 중이다.

실상은 뒤에서 수군거리는 소리를 더는 견딜 수가 없어서인지도 모르겠다. 그간 참아왔던 감정들이 재인의 엉망인 사생활로 인해 그를 더 비참하게 만들었다.

세간에 오르내리는 문란한 사생활로 오너로서 자격조차 없는 재인보다 준호는 늘 대접받지 못한 존재였다. 앞에서는 깍듯하게 대우하지만 뒤에서 온갖 말로 그를 비웃고 있다는 걸 모르지 않았다. 그간 억눌러왔던 모멸감이 지금의 그를 만들었다.

하나같이 바보들뿐이다. 준희는 처음부터 유산에 불만이 없었다. 욕심도 배알도 없는 준희는 예전부터 마음에 들지 않았다. 하지만 신은 언제나 그의 편이었다.

소신이 없던 준희는 그의 몇 마디에 기꺼이 그를 도왔다. 세상에 돈 싫어하는 인간은 없었다. 차곡차곡 쌓이는 부에 준희는 이미 그의 수족이 된 지 오래였다. 그럼에도 마음이 불안했다. 진짜 믿을 만한 인물이 없다.

준희도, 여전히 호텔에 관심 없는 재훈도 매한가지였다. 그나마 며느리인 이나가 일을 제대로 처리해주어 다행이었다. 준호는 한쪽에 놓인 서류를 물끄러미 바라봤다.

준이 그에 대해 알아보고 있다는 보고서. 준이 조급하게 뛰어다니지 않아도 조만간 모두 알게 될 것이다. 하지만 이미 늦었다는 걸 깨닫게 될 뿐일 것이다.

준이 할 수 있는 건 아무것도 없었다. 재인이 어떻게 나올지 궁금하진 않지만 준은 달랐다. 준은 여전히 상대하기가 어려웠다. 건이 준을 호텔로 데려왔을 때 사실 놀랐다. 오랫동안 준을 그의 사람으로 만들기 위해 무던히도 애썼지만 반응조차 없었다. 온갖 조건과 부를 제시해도 준은 꿈쩍도 하지 않았다.

그런데 이번에는 달랐다. 소문대로 준이 다른 곳으로 갈 마음을 먹었다면 얘기는 완전히 달라졌다. 이안을 통해 조만간 물밑협상을 해봐야 할 것 같았다. 불현듯 떠오른 기억에 준호는 쓰게 웃었다.

"지 애비완 다르단 건가?"

아무래도 상관없었다. 사람은 시대에 맞춰 변하기 마련이다. 선인과 준은 분명히 달랐다. 준호는 그날 신문의 지면들을 바라봤다.

<끝없는 가십으로 하락하는 퀸 호텔그룹. 국내 최대의 퀸 호텔그룹의 행방은?>

<퀸 호텔그룹 강재인! 이대로 퀸의 여제는 몰락하는 것인가?>

타이틀만으로도 재인의 이미지는 이미 곤두박질친 상태였다.

이사들 사이에서는 벌써부터 대표 교체 건이 심심찮게 제기되고 있었다.

자신들 주머니에서 한 푼이라도 빠져나갈까 전전긍긍한 모습들이라니. 조만간 그들은 만족할 만큼 주머니를 채우게 될 것이다. 물론 그와 함께!

재인이 완전히 물러난 뒤여야겠지만 시기는 그의 예상보다 빨라질 것 같았다. 부에 길들여진 이사들은 눈치가 빨랐다. 그들은 이미 발 빠르게 움직이고 있었다.

벌써부터 그와 약속을 잡기 위해 쉴 새 없이 그의 집무실 문턱을 넘어서고 있었다. 신문 속의 재인은 여전히 아무것도 모르는 얼굴로 웃고 있었다.

"맘껏 웃어라. 웃는 것도 마지막일 테니."

그녀가 떨어질 나락은 깊고도 멀 것이다. 준호는 회심의 미소를 지어 보였다. 이제부터 진짜 시작이다. 준호는 휴대폰을 들어 빠르게 문자를 전송했다.

띡.

전광석화다. 이번에야말로 진짜 마지막의 시작이다. 준호는 저도 모르게 두 주먹을 그러쥐었다.

"강재인, 너도 이제 끝이다."

신문마다 퀸 호텔이 매물로 나왔다는 사실을 대서특필하고 있었다. 1면을 차지하는 퀸에 관한 보도에 사회와 경제가 휘청거렸다. 더불어 호텔의 주가는 하루가 다르게 곤두박질치고 있었다. 내일이면 세상 모든 사람들이 재인의 몰락을 알게 될 것이다. 계획대로 움직이면 끝이다.

준호는 비릿하게 웃으며 신문을 바라봤다. 어느 것이 진실이고 어느 것이 거짓인지 모를 정보의 홍수 속에 그들 마음대로 지껄이게 내버려뒀었다.

신문에서 떠드는 건 어디까지나 말하기 좋아하는 그들을 위한 것이다. 미끼를 던져주면 미친 듯이 물고 뜯어대는 사냥개가 따로 없는 언론은 제 역할을 톡톡히 하고 있었다.

언론의 포커스가 재인에게 향할수록 그는 자유롭게 움직일 수 있었다. 이안이 언론 플레이를 하라고 했을 때 처음에는 대수롭지 않게 여겼다. 하지만 그 효과에 지금은 탄복할 정도였다.

동분서주하느라 준의 감시도 소홀해졌을뿐더러 재인은 모래알처럼 빠져나가는 자금을 구하느라 정신이 없었다.

"훗, 아무리 애써봐야 늦었다."

그들이 이제 와 용을 써도 할 수 있는 게 아무것도 없을 것이다. 그룹에서 회수된 투자금은 대부분 윈즈덤의 자산이었다.

언론 플레이가 시작됨과 동시에 갑작스러운 거액의 투자 자금 회수는 소액 투자자들의 불안한 심리를 자극했었다. 재인이 얼마나 버틸지는 알 수 없지만 끝이 다가옴은 분명했다.

오래전부터 만반의 준비를 한 준호는 자금 압박이 극에 달하면 윈즈덤과의 계약을 공식화할 생각이었다. 서면상의 계약을 수면 위로 올리면 나머지는 이사들이 알아서 진행할 것이다. 하락세에 접어드는 호텔에 자신들의 소중한 재산을 묶어두는 어리석은 짓은 하지 않을 위인들은 그의 의중대로 움직일 것이다.

"훗."

준호는 머지않은 미래를 생각하며 쓰게 웃었다. 공식적으로 이루어질 윈즈덤과의 계약서상 숫자는 가름막에 불과했었다. 실제로 오가는 진짜 계약서는 오래전에 협상이 끝났다.

윈즈덤은 호텔 경영을 위해 더는 이미지 마케팅을 하지 않을 생각이었다. 윈즈덤은 퀸의 매입 의사를 확실히 밝혔다.

지난해 재정 위기에 처했을 때 호텔은 기업 개선 작업 중이었다. 그 당시 감정받은 호텔의 가치는 1조 523억 원. 하락세가 있다고 하지만 윈즈덤은 퀸의 가치를 미래 가치를 운운하며 서면상으로는 1조 623억 선에서 협상할 생각이었다.

이사들과 주주들 입장에서는 윈즈덤의 제안을 거절할 이유가 없었다. 협상가가 공개되는 순간 호텔 매각은 급물살을 탈 것이다. 하지만 그들은 몰랐다.

준호가 윈즈덤과 거래한 호텔의 실거래가는 500억 원이 더 높은 1조 1000억 원이다. 윈즈덤이 아무리 글로벌 그룹이라고 하더라고 파격적인 조건임은 분명했다.

증권가에는 이미 소문을 흘렸다. 윈즈덤의 퀸 양도 소식은 일대 파란을 일으켰다. 경제가 하락하는 수세 속에서도 퀸의 성장을 내다본 거라는 경제지의 수많은 의견 속에 경쟁 업체가 하나둘 나타나기 시작했지만 감정가에서 100억 이상을 부른 윈즈덤보다 높은 금액을 제시하는 곳은 나타나지 않았다. 결국 선택은 윈즈덤밖에 없었다. 지금 상황에서 호텔을 매각하면 채권자에게 대부분의 차입금을 상환할 수 있었고 부채비율도 20프로대로 떨어질 수 있었다.

정확한 일정 발표를 미루고 있긴 하지만 윈즈덤은 지난 인터뷰에서 인수하게 될 호텔은 경영진들 또한 대부분 그대로 유지하겠다는 방침을 밝혀 크게 호응을 얻고 있었다.

준호는 인터뷰 기사를 보고 코웃음 쳤었다. 그는 알고 있었다. 호텔 인수가 끝나면 윈즈덤은 본사 건물을 없애고 그곳에 새로운 윈즈덤의 랜드마크를 지을 생각이었다.

입지 조건으로 봤을 때 호텔을 리노베이션해 유지하는 것보다 새롭게 건설하는 게 이슈가 될 뿐 아니라 그들에게는 더 큰 이득이 된다는 결론을 내린 상태 같았다.

윈즈덤은 말 그대로 대대적인 개혁을 준비하고 있었다. 준호는 윈즈덤의 계획에 적극적으로 동감하고 있었다.

개혁이 아닌 이상 호텔을 유지하기는 힘들었다. 준호는 단언할 수 있었다. 그때 재인을 끌어내렸어야 했는지도 몰랐다. 준호는 2년 전 이사회를 떠올리며 이를 악물었다.

"마지막 안건은 호텔 리노베이션 건입니다. 시설안전 팀에서 조사한 서류를 확인해주시기 바랍니다."

재인의 목소리에 이사들은 말없이 서류를 넘기고 있었다. 준호는 못마땅한 얼굴로 재인을 바라봤다. 건이 타계하고 투자자들이 손을 떼며 적자가 늘어가는 상황이었다.

그런데 이 상황에서 재인은 호텔을 새롭게 보수하려고 했다. 안전이 중요하다는 걸 알지만 상황이 좋지 않았다.

"지금도 부채비율이 35프로에 육박하고 있는데 비용은 어떻게 할 생각인가? 주식이라도 내놓을 건가, 강 대표?"

재인은 비꼬는 게 확실한 준호의 어조에 감정을 최대한 감추고 그를 바라봤다.

"채권단과 유동성 지원을 받기로 이미 합의가 끝났습니다. 지난번 채권단 협의 이사회에 참석하셨다면 미리 아셨을 텐데 아쉽군요."

준호는 채권단 협의 자리에 끼어 굳이 머리를 조아릴 필요는 없다고 생각하는 사람이었다. 재인은 준호에게서 시선을 떼고 다른 이사들을 바라봤다.

"다른 이사님들도 많이 바쁘셨던 모양입니다. 채권단 협의 일정을 한 달 전부터 알려드렸는데 모두 불참하셨더군요."

"험."

준호의 헛기침 소리와 함께 여기저기 이사들이 불편한 기색을 내보였다. 그들 또한 채권단 합의 때는 코빼기도 보이지 않았다.

배당금 지급과 관련한 오늘 같은 이사회가 아니면 얼굴조차 내비치기 않는 그들의 안일한 태도에 짜증이 일었다. 결국 그들이 바라는 건 돈뿐이었다. 재인은 쏟아지려는 한숨을 삼켰다.

"리노베이션 비용으로 300억을 지원받는다 해도 부채비율은 크게 늘지 않을 겁니다. 대신 채권단에서 요구 조건이 있었습니다. 서류 마지막을 보시면 아시겠지만 완공 단계에 있는 전주의 퀸 호텔에 부족했던 금액을 채권단에서 책임지기로 했습니다. 리노베이션 비용 포함 6천억입니다."

투자가 원활하지 않아 완공이 미뤄지던 전주의 호텔은 준호에게 애물단지였다. 고풍스러운 전통미를 최대한 살린 호텔은 예상했던 건설비용을 초과한 지 오래였다. 애초부터 잘못된 선택이었는데 건은 끝까지 설립을 고수했었다. 하지만 건은 전주에 들어서는 퀸의 새로운 성지를 눈으로 확인하지 못하고 세상을 떠났었다.

건설사 사장으로 있을 때부터 골칫덩이였던 자금 문제를 재인은 너무 쉽게 해결했었다. 재인이 이런 식으로 자금을 해결할 줄을 생각도 못 했었다.

준호의 이마에 깊은 주름이 잡혔다. 백 프로 완공은 아니지만 이미 오픈한 호텔은 비교적 안정적인 매출을 보이고 있었다. 그룹의 부회장 자리에 안주해 있는 사이 재인이 일을 해냈다. 채권단의 제안은 파격적이었다.

'하, 6천억이라니. 채권단 대표가 누군지 배포 한번 크군.'

천천히 서류를 읽던 그의 눈에 번쩍 불이 들어왔었다.

'훗. 그럼 그렇지.'

재인은 서류를 보며 피식 웃는 준호의 모습에 작게 한숨을 내쉬었다. 언젠가 그 일이 꼬투리가 될 수도 있지만 지금 상황에서는 최선의 선택이었다.

"특별 조항이 있습니다. 채권단에서 유동성 지원의 대가로 수익분배의 한계점이 넘을 경우 호텔 본사를 매각하겠다는 조건을 제시했습니다. 오늘 마지막 안건의 핵심은 리노베이션보다 채권단의 조건을 수용할지 의견을 듣는 게 우선인 것 같습니다."

"지금 상황에서 다른 대안이 있습니까?"

5프로대에 달하는 주식을 보유한 함 이사가 오랜만에 입을 열었다. 유일하게 이사회 참석의 불참 이유를 유선으로나마 연락했던 함주영 이사. 주영은 강원 지역 호텔 부지 시찰이 아니었다면 분명 이사회에 참석했을 사람이었다. 재인은 주영을 보며 단호한 입매를 천천히 풀었다.

"보다 나은 대안이 있었다면 채권단과의 이런 협의를 하진 않았을 겁니다."

이보다 나은 대안은 없다는 소리였다. 가만히 듣고 있던 준호는 이사들을 돌아봤다.

"결국 표결에 붙이는 수밖에 없겠군."

재인은 준호의 말에 짧게 고개를 끄덕였다.

"표결에 붙이기에 앞서 이견이 있으시면 말씀해주시길 바랍니다."

그가 반대한다 해도 리노베이션은 감행될 것이다. 그렇다고 재인이 자금 확보를 위해 보유 주식을 내놓지는 않을 것이다.

이미 강원 지역 호텔 부지 매입을 위해 많은 자금을 지출한 상태였다. 그 당시에도 상당 부분 채권단이 재인의 주식을 매입하고 자금을 지원했었다. 지금은 채권단의 조건을 수용하는 방법이 최선이다. 다른 이사들도 그의 의견에 동감하는 것 같았다.

잠시 후, 투표 결과를 확인하는 재인은 아무 표정이 없었다.

"이사회의 결과 찬성 17, 반대 2, 기권 4로 채권단의 의견을 수용하는 것으로 결정되었음을 알려드립니다. 이사회 결과는 채권단에 전달하도록 하겠습니다. 이의 있으십니까?"

"투표 결과가 그렇게 나왔으면 따르는 게 당연지사지. 이의가 있겠나? 안 그렇습니까?"

준호의 말에 이사들이 일제히 고개를 끄덕였다. 준호가 언제부터 그들의 대변인 노릇까지 하게 됐는지 모르겠다. 재인은 터져 나오려는 한숨을 내리누르고 준호와 이사들을 찬찬히 바라봤다.

"그럼 내일 채권단 합의 회의에도 참석하실 수 있으신가요?"

그녀의 말이 끝나기 무섭게 그제야 급한 용무가 생각났는지 서둘러 자리를 정리하는 이사들의 모습에 재인은 코웃음을 쳤다.

"바쁘신데 제가 괜한 질문을 했군요. 그럼 오늘 이사회는 이것으로 마치겠습니다."

언제나처럼 주눅 하나 들지 않고 되레 모든 사람들 우위에 당연하듯 서 있으며 그들 모두를 얕보는 것 같은 태도로 바라보는 시선에 준호는 회의실을 나오며 이를 갈았다.

그런데 그날의 회의가 그에게는 천운 같은 기회를 가져다줄지는 몰랐다.

좌중을 압도하는 카리스마와 뛰어난 두뇌로 타의 추종을 불허할 정도로 빠르게 학위를 습득해내는 모습에 심장이 덜컥 내려앉기도 했었다.

재인은 미국에서도 법이 허락하는 범위 안에서 월반을 거듭한 것도 모자라 어린 나이에 호텔에 관련된 학위를 거침없이 취득했었다. 그런 재인을 보며 준호는 호텔에 대한 모든 걸 포기했었다. 호텔에 대한 권리를 쉽게 포기할 수 있었던 것도 어쩌면 그런 재인의 모습에 전의를 상실했던 건지도 몰랐다. 그런데 현실은 달랐다.

재인은 어디까지나 학문학적 지식만이 앞설 뿐이었다. 그가 몸담았던 호텔은 학문적인 지식만으로 경영할 수는 없었다. 처음부터 그녀를 과대평가한 그의 판단 미스에서 시작된 일이었다.

재인도 그에게 태산이었던 건처럼 대단한 능력이 있을 거라 착각했다. 하지만 재인에게는 처음부터 호텔을 경영할 능력이 존재하지 않았다. 앞을 내다보는 능력이 조금이라도 있었다면 호텔이 이 지경까지 오는 일은 없었을 것이다.

재인이 독단적, 사실 독단적이라는 말이 무리가 있긴 하지만 그의 말에 조금이라도 귀를 기울였다면 상황이 달라졌을지도 몰랐다.

준호는 호텔의 리노베이션을 반대하는 입장이었다. 거대한 자본을 들여 정비한다고 호텔의 매출이 하루아침에 오르는 건 아니었다. 재인의 말처럼 장기적으로 봤을 때 수익이 가능할지도 모르겠다. 하지만 현재의 수익 구조상 호텔의 미래는 낙관적이지 않았다. 부채비율만 아니었어도 호텔의 매매가는 지금보다 훨씬 높았을 것이다. 처음부터 무리하게 리노베이션하지 않았다면 채권자들에게 유동성 지원까지 받으며 부채비율이 이토록 늘어나는 사태도 벌어지지 않았을 것이다. 더불어 수익이 지금처럼 떨어지는 일도 없었을 게 확실했다.

몇 년 전, 건이 코르와 계약할 당시만 해도 부채비율은 20프로 안팎이었다. 그런데 건이 세상을 떠나고 나날이 부채비율이 늘어갔었다. 그의 몫으로 돌아오는 수익 또한 현저하게 줄어들어갔었다. 이사진들 사이에서도 불평이 쇄도하기 시작했고 준호는 때를 기다렸다.

건은 경기가 활성화되면 수익도 높아질 거라고 단언했었다. 하지만 그때보다 경기는 더 어려워졌다.

준호는 무리하게 호텔을 늘리는 걸 반대했지만 처음부터 그에게는 결정권이 없었다. 재인이 호텔에 관해 박식하다고 하지만 기껏해야 이십 대 초반의 풋내기에 불과했었다. 그럼에도 건의 선택은 재인이었다.

준호가 호텔과 관계해서 일한 지는 벌써 30년이었다. 1, 2년도 아니고 자그마치 30년! 그런데 어린 조카에게 모든 걸 빼앗기는 수모를 겪어야 했었다. 더는 당할 수가 없었다. 아니, 당할 이유가 이제는 없었다. 재인이 건과 닮은 건 시선을 잡아끄는 뛰어난 외모뿐이었다. 호텔이 사라지든 말든 그와는 상관없었다. 그에게 중요한 건 통장에 찍힌 숫자였다. 그가 누릴 부와 권력이었다.

퀸은 이미 무너지고 있었다. 건이 없는 퀸 호텔은 선장을 잃은 배와 같았다. 지방에 건설 중인 신규 호텔의 투자를 받지 못하면 수년, 아니 1년 안에 그룹은 도산할 게 분명했다. 그럼에도 재인은 막대한 투자 유치를 대수롭지 않게 여겼다. 그가 몸담아 일했던 호텔은 이제 투자가치를 완전히 잃은 상태였다. 호텔은 풋내기의 섣부른 오기로 감당할 수 있는 곳이 아니다.

무너지는 성벽의 잿더미 위에 앉아 후회하느니, 그 안에 있는 걸 먼저 차지해 나올 생각이다. 그 뒤는 상관없었다. 처음부터 이렇게 됐어야 했던 일이다.

건의 건강에 이상이 있는 걸 알았을 때 호텔을 매도하자는 의견이 나왔었다. 하지만 건은 끝까지 호텔을 고수했었고 이사들은 그의 강경한 뜻을 수용했었다. 그때 만약 준호가 이사들의 편에 섰더라면 지금보다 훨씬 높은 가치에 호텔을 매각했을지도 몰랐다. 시기만 맞았다면 지금보다 몇천억은 더 받을 수 있었다. 준호는 그 시기를 놓친 게 안타까울 뿐이었다. 더는 기회를 놓치지 않을 생각이다.

이제 물밑작업은 필요치 않았다. 굳건한 성벽을 무너트리는 건 전차의 몫이 아니었다. 그들이 살고 있는 현실은 가벼운 세 치 혀면 성벽, 아니 그보다 더한 것도 무너트릴 수 있었다.

서서히 무너지는 재인을 보며 준호는 쓰게 웃었다. 정신 나간 노인네의 망령만 아니었다면 진즉 이렇게 됐을 일이었다. 이제야 모든 게 제자리로 돌아가고 있었다.

준호는 한서가 오전에 가져다준 서류를 읽으며 작게 웃었다.

한서를 컨시어즈로 스카우트한 건 그에게 천운이었다. 물론 한서를 스카우트한 건 준이었다. 하지만 준은 한서가 그의 사람이 된 걸 모르고 있었다. 여기저기 동분서주하고 있지만 아무리 뛰어다녀도 준호에 대한 건 어디서도 얻을 수 없을 것이다.

준호는 재인이 호텔을 상속받고 차근차근 호텔 매각을 준비해 왔다. 그는 준희처럼 허점을 드러낼 정도로 바보가 아니었다. 그동안 그룹을 매도하려고 무던히 애썼지만 마땅한 곳을 찾을 수가 없었다. 윈즈덤 또한 접촉을 시도했지만 번번이 실패했던 곳이었다. 그런데 뜻하지 않게 한서를 통해 이안을 알게 됐고 그룹의 매도는 급물살을 타게 됐었다.

이제 재인의 지분은 위력을 발휘하지 못했다. 좀 먹듯 야금야금 내놓은 주식은 이미 그의 손아귀에 있었다. 이사들에게 받은 위임장과 윈즈덤에서 매입한 지분을 합치면 그룹 매도는 손쉬울 것이다.

그의 몫이 아닌 호텔 따위, 관심도 없었다. 그가 원한 건 만족할 만큼의 부(富)였다. 건이 가지고 있던 호텔에 관한 이념이나 가치는 애초부터 없었다.

회사를 운영하는 건 수익 창조를 목적으로 하는 것이다. 제 몫을 챙기지도 못하면서 호텔을 가지고 자선사업 할 생각은 추호도 없었다.

향후 발전 가능성은 아무리 봐도 찾을 수가 없었다. 몇 해 전까지는 호텔도 괜찮은 경영 성과를 보였지만 건의 건강 악화로 실질 경영자의 교체 소식이 전해지며 쇠퇴해져가기 시작했다.

3년 전 코르와 전략적 비즈니스를 체결할 당시만 해도 자금의 여유가 있었지만 건의 부재로 투자자들이 하나둘 손을 뗀 상황이었다. 재인은 채권단으로부터 6천억에 이어 천억에 달하는 자금 지원을 추가로 받은 상태였다.

그들이 막대한 지원을 한 목적은 단 하나, 자신들의 주머니를 채워줄 거라는 믿음 때문이었다. 그동안 건은 그들의 기대를 저버리지 않았다. 하지만 경기가 하락세를 지속하며 매출 부진은 계속됐고 그들의 믿음에 보답할 건은 더 이상 퀸에 존재하지 않았다.

낮은 성급일 때는 몰라도 5성급 호텔의 면모를 유지하는 건 쉽지가 않았다. 준호는 재인이 대표인 호텔을 건사하고 싶지 않았다. 책임을 물어야 한다면 그 책임은 대표인 재인의 몫이었다.

채권단으로부터 자금 지원을 받을 당시, 재인은 보유한 주식을 시장에 내놓을 수도 없는 상황이었지만 후에 일정 부분 주식을 매도해 부채비율을 낮췄다. 그럼에도 여전히 부채비율은 수익 배분에 타격을 줄 만큼 큰 비율을 차지하고 있었다. 완공된 호텔들이 비교적 안정적인 매출을 보이고 있지만 부채를 줄이기에는 역부족이었다.

준호가 이를 갈았던 그날의 이사회가 그에게 준 기회. 재인은 유동성 지원의 대가로 수익 분배의 한계점이 넘을 경우 매해 수십억의 당기순이익을 낳는 퀸 호텔 본사를 매각하겠다는 조건을 간과했었다.

오래전 채권단에게 지원받은 금액도 상당했던 터라 조건을 받아들일 수밖에 없었다. 재인은 준호가 그 사실을 이용할 거라는 걸 예상하지 못한 것 같았다.

채권단 대표는 이미 준호에게 호텔 매각을 맡긴 상태였다. 칼자

루는 이미 준호에게 넘어와 있었다. 재인은 그걸 여태 인정하지 못한 채 동분서주하는 중이었다. 준호는 그 어느 때보다 느긋한 마음으로 너른 집무실에 앉아 있었다.

재인은 서류를 보며 절망감에 고개를 숙였다. 준호는 이미 9개 중 5개 호텔의 지분을 윈즈덤에 넘긴 상태였다. 윈즈덤은 오래전부터 그룹의 지분 또한 매입했었다. 이미 제정의 삼분의 일 이상을 윈즈덤 그룹에서 소유하고 있다는 걸 이제야 파악했다. 불과 2주 사이에 일어난 일이라고는 믿을 수가 없었다. 재인은 그동안 대체 무얼 하며 있었는지 모르겠다.

지난 2년간 그녀가 한 일이라고는 준이 가져다준 서류에 사인한 게 고작이었다. 자금이 필요할 때도 준의 조언대로 채권단과 합의했고 호텔의 개보수 비용도 그의 조언에 따라 처리했었다. 재인은 그저 건이 처리하지 못하고 떠난 것들을 마지못해 했을 뿐이었다. 호텔을 위해 발 벗고 나선 적이 한 번도 없다는 사실에 자괴감이 밀려들었다.

누군가의 허수아비로 살아온 지난 시간 동안 준호는 차근차근 그녀를 무너트릴 준비를 하고 있었다. 재인은 절망감에 눈을 질끈 감았다.

준은 말없이 고개를 떨어뜨리는 재인은 보며 그 어느 때보다 절망감을 맛보고 있었다. 조금만 빨리 알아챘더라면 이런 일이 없었을 것이다. 준은 그동안 수수방관하고 있던 자신에게 화가 났다. 준호의 이 같은 행동을 예상하고 있었음에도 이번 사태를 대처하지 못한 건 그의 탓이었다. 무슨 일이 있어도 마지막 계약 전에 일을 마무리해야 했다. 그렇지 않으면 재인은 모든 걸 잃게 될지도 몰랐다. 두려움이 폭풍처럼 밀려왔다.

호텔마저 빼앗기게 둘 수는 없었다. 더는 재인이 무언가를 잃은 모습을 보고 싶지 않았다.

준호는 완벽하게 숨어 있었다. 준희에 대한 건 모두 파악한 상태지만 아직 결정적인 증거를 잡지 못한 상태였다.

준은 사냥을 위해 잔뜩 몸을 웅크리고 있는 사자처럼 그들 곁으로 갈 생각이었다. 이미 준비는 마쳤다. 걸리는 게 있다면 재인뿐이었다. 그동안 흘린 눈물만으로도 충분했다. 더는 울게 하고 싶지 않았다. 그럼에도 또다시 울릴 수밖에 없는 현실에 가슴이 시려왔다.

준은 그녀를 향해 나아가려는 손을 거세게 그러쥐었다. 위로의 말을 당장이라도 뱉어내려는 혀를 악물었다. 비릿하게 퍼지는 통증과 함께 준은 아픈 눈으로 재인을 바라보고 있었다.

#10 - 풀어야 할 과거

　재인은 아무렇지도 않은 얼굴로 회의실에 들어섰다. 으레 있는 오전 업무회의임에도 다른 날에 비해 많은 자리가 비어 있었다. 빈 자리 수만큼 가슴에 묵직한 통증이 더해졌다.

　지금 자리를 지키고 있는 사람들도 단지 이윤 때문인지 아니면 알량하게 남은 직업의식 때문인지 알 수 없었다. 그럼에도 자리를 지키고 있는 그들에게 고마운 마음이 들었다.

　누구를 믿어야 하고 누구를 의심해야 하는지, 그 어떤 것도 판단할 수가 없어졌다. 해무가 가득한 바다를 표류하는 기분.

　언젠가 걷힐 거라는 걸 알지만 그 앞에 펼쳐질 상황은 예측할 수가 없었다. 거대한 폭풍우가 몰아칠지 평온한 바다를 마주하게 될지는 아무도 알 수 없었다.

　유산상속을 받고 호텔에 생활하는 건 어느 정도 예상할 수 있었다. 하지만 누군가를 믿는다는 건 그녀에게 어려운 일이었다. 가장 믿었던 부모가 사라지고 할아버지도 사라졌다. 그리고 준도 그녀 옆에 없었다. 두려움이 왈칵 밀려드는 건 어쩔 수가 없었다.

재인은 울렁거리는 속내를 감추며 주위를 둘러봤다. 객실부 전체를 총괄하는 부지배인 수성, 식음료 팀의 준혁, 클럽 마린과 레스토랑 마린을 맡고 있는 수린, 트레이닝 매니저 진선, 새로 오픈한 피트니스 센터의 팀장 수리가 전부인 임원 회의실은 적막감이 감돌고 있었다.

재인은 밤새 뒤척여 뻑뻑한 눈을 깜빡이고 자리에 앉았다. 멀리 서 있는 준의 모습은 언제나처럼 차가웠다. 변함없는 그 모습에 저도 모르게 안도의 한숨이 새어 나왔다. 우선은 할 수 있는 일부터 할 생각이다. 이유야 어쨌든 자신의 자리에서 최선을 다하는 사람들이었다.

재인은 수성과 준혁, 늘 자신감 있는 미소가 가득한 수린에게 가볍게 눈인사를 했다. 눈을 마주친 진선과 수리에게도 짧게 묵례로 인사를 대신했다. 그들은 평상시처럼 깍듯하게 인사를 했다.

"오전 업무회의를 시작하도록 하겠습니다. 우선 객실 관리부 일정부터 듣도록 하겠습니다."

수성에게서 서류를 건네받은 재인의 손끝이 미세하게 떨렸다. 객실 예약 현황이 눈에 띄게 줄어 있었다. 그래프로 나타내지 않아도 호텔 오픈 이래, 최저 점유율을 밑도는 수치에 무거운 한숨이 막을 새도 없이 새어 나왔다. 객실을 이렇게 비워둘 수만은 없었다. 대책 마련이 시급했었다.

"빈 객실이 자꾸 늘어가네요. 리노베이션이 마무리되는 다음 주에 맞춰 호텔 개방 행사를 대대적 계획했는데도 예상보다 객실 예약이 저조하군요."

"예년보다 연회도 많고 컨포지엄이나 학회도 많이 주최했지만 숙박하는 손님은 점차 줄어드는 추세를 보이고 있습니다."

"아무리 그래도 전년에 비해 저조한 상황이네요. 보통 호텔 개방 행사를 주관하면 객실 점유율이 높아져야 하는 게 기본인데 말이죠. 원인이 뭐라고 생각하시나요?"

"아무래도 홍보 부족인 것 같습니다."

수성의 말에 재인은 비어 있는 자리를 바라봤다. 홍보 팀은 준희는 물론이고 늘 참석하던 홍보부장 재진도 보이지 않았다. 서면으로 전달한다 해도 그들이 제대로 움직이지 않는다면 쓸데없는 비용만 지출하는 꼴이 될 수도 있었다. 그때 서류를 들여다보던 수린이 입을 열었다.

"전에 보고드렸던 가온의 컴백 무대가 오늘 밤 마린에서 열립니다. 소속사에서 간단하게 쇼케이스와 더불어 팬 사인회도 개최한다고 하는데 호텔 개방과 관련해 홍보하는 조건으로 간단한 음료를 제공하는 것도 도움이 될 것 같습니다."

오래전 해체했지만 아직도 팬텀을 이루고 있는 아이돌 그룹 가온의 컴백은 그들이 한 무대에 선다는 것만으로도 이슈가 됐었다.

잘 활용한다면 그 어떤 광고보다 더 큰 홍보 효과를 볼 수도 있었다. 재인은 수린이 건네는 서류를 받아 천천히 살폈다.

수린은 이미 만반의 준비를 해뒀었다. 제반 비용과 추후 호텔 홍보에 따른 소속사와의 협의까지 끝낸 상태였다. 자신감 가득한 수린의 얼굴이 그 어느 때보다 믿음직스럽고 고맙게 느껴졌다.

"그럼 그대로 진행해주세요."

재인은 잠시 고민하다 수린을 바라봤다.

"경품으로 호텔 숙박권을 지원하는 게 어떨까요?"

재인의 질문에 수성은 빠르게 예약 현황을 살폈다.

"다음 달 이후에 숙박한다면 본관과 별관, 모두 상관없습니다."

"그럼 부탁드릴게요."

수린은 긍정적으로 고개를 끄덕였고 수성은 재인의 말이 끝나기 무섭게 메모를 했다. 준혁은 이미 수린과 인원 파악을 위해 메모를 주고받고 있었다. 일사불란하게 자신의 일들을 찾아 하는 그들 모습에 가슴속에 열기가 피어올랐다.

'왜 이 사람들이 호텔을 위해 이토록 애쓰고 있는 모습을 보지 못했을까?'

자책 같은 깨달음에 코끝이 시큰거렸다. 재인은 목이 메어오는 걸 느끼며 급하게 물을 마셨고 준은 그 모습을 말없이 바라보고 있었다.

회의 시간은 그 어느 때보다 빠르게 지나갔다. 팀장회의가 끝날 무렵 준은 그녀에게 서류를 내밀었다.

<다음 주 화요일 긴급 주총 통보. 예상 안건 대표이사 해임안.>

재인은 터져 나오는 한숨을 삼키며 자리에서 일어섰다. 예상했지만 너무 빨랐다. 재인은 준을 말없이 바라봤다. 그의 눈에는 그 어떤 감정도 보이지 않았다.

'오빠, 이제 어떡하면 좋아?'

무언의 질문에 준은 아무런 대답도 하지 않았다. 밀려드는 절망감에 재인은 고개를 숙였다. 손안에 그러쥔 서류가 그녀의 속절없이 무너지는 감정처럼 형편없이 구겨져 있었다.

준은 말없이 회의실에서 있었던 내용을 빠짐없이 메모해 다시 그녀에게 건넸다. 형형색색 안건별로 표시된 내용들이 머리를 어지럽게 만들었다.

준이 대답해준다 해도 결국 선택과 그에 따른 결과는 그녀 몫이었다. 재인은 고개를 들고 의식적으로 어깨에 힘을 줬다. 그러지 않으면 당장에라도 무너질 것 같았다.

"오늘도 잘 부탁드립니다."

늘 같은 말로 회의를 마치는 재인의 목소리는 평상시와 다를 바가 없었지만 회의실을 나서는 마음은 그 어느 때보다 무거웠다.

그녀의 치열한 하루는 또 그렇게 시작되고 있었다.

준은 파리해진 얼굴로 회의실을 나서는 재인의 뒷모습을 보며 주먹을 그러쥐었다. 언제나처럼 재인은 다부진 얼굴로 회의실을 나서 자신의 성역으로 향하고 있었다.

당당한 그녀의 모습에 사람들은 안도했지만 그는 알고 있었다. 발을 떼는 걸음 하나하나에 그녀의 소리 없는 비명이 실려 있다는 걸.

지금 그가 바라는 건 하나뿐이었다. 그녀를 지킬 수 있는 시간이 허락되기를. 그의 간절함은 그 어떤 때보다 절실했다.

시간은 빠르게 흘러갔다. 주총 당일이 되자 호텔은 회의 참석을 위해 모여드는 주주들로 인산인해를 이루고 있었다. 소액주주부터 이미 안면이 있는 대주주들까지 회의장을 가득 채우고 있었다.

재인은 몇 시간 전부터 자리에 앉아 미동조차 하지 않았다. 준은 그녀에게 다가와 작게 속삭였다.

"그런 얼굴 계속하고 있을 거면 당장 일어나서 도망쳐! 여기서 널 잡을 사람은 아무도 없을 테니까."

재인은 고개를 획 틀어 준을 쏘아봤다. 입을 떼려던 그녀는 수많은 시선에 입을 다물었다. 그 어느 때보다 단호한 목소리로 준은 그녀만 들을 수 있게 말했다.

"오늘 회의 안건이 뭔지 잊은 게 아니라면 지금 그 얼굴, 회의 끝날 때까지 유지하도록 해. 누가 뭐라고 해도 그 자리의 주인은 강재인이라는 걸 보여주란 말이야!"

준은 그만의 방식으로 재인에게 용기를 북돋아주고 있었다. 재인은 그제야 자신이 얼마나 바보 같은 얼굴로 그 자리에 있었는지 깨달았다.

재인은 정신을 차리고 회의장을 둘러봤다. 준호의 입꼬리가 묘하게 뒤틀려 있는 게 보였다. 웃음을 참으려는 건지 어떤 건지 파악하기 어렵지만 하나만은 확실했다. 그녀를 걱정해 이 자리에 있는 건 아니었다.

재인은 굽어 있던 어깨를 펴고 정면을 응시했다. 그 예전처럼 수수방관하며 손 놓고 있지는 않을 것이다.

'어디 한번 해보세요. 지금처럼 당하는 일은 두 번 다시 없을 테니까.'

준은 재인의 눈이 투지로 빛나는 걸 확인하며 천천히 뒤로 물러났다. 그가 지금 이 자리에서 해줄 수 있는 건 이것밖에 없었다. 그의 싸움도, 그녀의 싸움도 이제부터 시작이었다.

"지금부터 퀸 호텔그룹 긴급 주주총회를 시작하겠습니다."

사회자의 말이 장내에 퍼짐과 동시에 정적이 찾아들었다.

재인은 모골이 송연해짐을 느끼며 정면을 응시했고 그런 재인을 보며 준호의 입가가 비릿하게 올라가고 있었다.

"이번 주주총회 안건은 공지한 바와 같이 대표이사 해임안입니다."

사회자의 말이 끝남과 동시에 참고 있던 주주들이 말을 쏟아냈다.

"더는 강재인 대표를 퀸의 얼굴로 둬서는 안 된다고 생각합니다."

"맞습니다. 언론에서 쏟아져 나오는 스캔들 때문에 호텔 주가가 얼마나 떨어졌는지 알고나 있습니까?"

"아무리 선대 회장님의 유언과 대주주 자격으로 대표 자리에 앉았다지만 이 정도 문란한 사생활로 퀸의 얼굴에 먹칠을 계속한다면 당연히 파면해야 된다고 생각합니다."

"옳습니다. 당장 해임해야 된다고 생각합니다."

여기저기서 해임안에 동의하는 말들이 쏟아져 나왔다. 하지만 해임에 찬성하는 이들만 있는 건 아니었다.

"강재인 대표만큼 호텔을 각인시킨 인물도 없다고 생각합니다. 퀸 호텔 하면 강재인, 강재인 하면 퀸 호텔. 이렇게 만든 것만 해도 그룹 발전에 큰 이바지를 했다고 생각합니다. 안 그렇습니까?"

"저도 마찬가지입니다. 지금 상황에서 대표를 바꾼다고 큰 의미가 있을 것 같지는 않습니다. 단순히 대표를 바꾼다고 문제를 해결할 수 있다고는 생각지 않습니다."

"전문 경영인을 전면에 내세워서 해결하는 게 가장 낫다고 봅니다. 이미 이번 사태를 해결할 전문 경영인을……."

부회장의 오른팔 격인 박 이사는 이미 전문 경영인 명단까지 내세우며 본격적으로 재인의 해임을 주장하고 있었다.

"전문 경영인을 대표로 바꾸면 하락했던 주가가 갑자기 상승이라도 한다는 겁니까?"

함 이사의 말에 박 이사는 입을 다물었다.

"제 생각도 마찬가지입니다. 도리어 선대 회장이 타계했을 때보다 더 큰 혼란을 가져올 겁니다. 그것보다 당면한 문제를 강 대표가 해결할 수 있게 힘을 모으는 게 우리 주주들의 일이라 생각합니다."

함 이사를 비롯해 해임에 반대하는 이견에도 꽤 많은 사람들이 동조하고 있었다. 재인은 계속되는 해임 동의와 반대 의견에 잠자코 있었다.

한참 동안 난장이 벌어지고 조용히 있던 준호가 자리에서 일어섰다. 그의 움직임에 장내가 찬물을 끼얹은 듯 일순 조용해졌다.

"어느 한 사람의 의견으로 해결될 일이 아닌데, 계속 시간 낭비하실 겁니까? 민주주의 국가답게 표결에 붙이도록 합시다."

준호의 말이 끝나기 무섭게 주주들은 자신의 일행과 눈빛을 교환하고 있었다. 이미 이곳에 발을 들이기 전부터 결정된 사항 같았다. 재인은 마른침을 삼키며 입을 열었다.

"오랜만에 부회장님과 마음이 맞는 것 같네요. 어설픈 해명 따위 하지 않겠습니다. 저는 하늘을 우러러 한 점 부끄럼이 없으니까요."

재인은 준호의 눈을 정면으로 바라봤다. 준호는 그녀의 시선에 코웃음을 치며 고개를 돌렸다. 재인은 시선을 돌려 청중들의 차가운 시선을 하나하나 되받아쳤다.

"거짓 언론 플레이에 대응할 가치를 못 느끼고 있었는데, 많은 분들은 그 놀음에 장단을 맞추고 계셨군요. 기억하고 있겠습니다."

당당한 그녀의 태도에 장내가 다시 어수선해졌다. 몇몇 주주들은 이미 결정지은 의견을 다시 조율하기 위해 눈빛으로 논쟁을 펼치고 있었다. 이곳에서 결정된 모든 것들은 오로지 그녀의 몫이었다.

"저는 지금처럼 앞으로도 최선을 다해 그룹의 성장을 돕겠습니다. 주주 여러분! 여러분은 지난 2년간 저와 함께 그룹의 퀀텀 점프를 몸소 느끼셨습니다. 지금이야말로 제2의 퀀텀 점프를 위해 힘을 모아야 할 때라고 생각합니다."

천천히 좌중을 돌아보는 재인의 시선과 목소리에는 자신감이 넘쳐흘렀다.

"날아오르는 퀸의 날개를 꺾으실 거라면! 기회는 지금밖에 없을 겁니다. 주주분들이 어떤 선택을 하든 그 결과에 승복하도록 하겠습니다. 하지만 후회는 제 몫이 아닐 것입니다."

재인의 확신에 찬 어조에 장내가 술렁거리기 시작했다. 실상 건이 타계하고 한동안 주춤했던 호텔은 재인이 대표가 되고 놀랍도록 큰 성장을 이뤄냈었다. 부채비율이 높다고는 하지만 그룹은 그만큼 몸집을 키운 상태였다. 더불어 그들의 자산 가치도 놀랄 만큼 커져 있었다. 한번 부를 맛본 이들은 그것이 주는 안락함을 버릴 수 없었다. 언론에서 수많은 루머와 편협한 거짓으로 뭉친 기사들을 모두 믿을 수는 없었다. 그렇다고 모두 거짓이라고 단정 지을 수도 없었다.

그들은 지난 2년간 자신들의 주머니를 채운 진실에 흔들리고 있었다. 재인의 말을 부정할 수는 없었다. 재인이 이슈몰이를 하지 않았다면 퀸이 언론의 주목을 이토록 받을 일은 없었을 것이다. 항간의 소문이야 어찌 됐든 호텔은 연일 주목받고 있었다. 그 주목이 그들 주머니를 부풀려주고 있었다. 그곳에 모인 이들은 빠르게 잇속 계산을 하고 있었다.

재인은 마치 그들이 귓속말로 나누는 말들이 들려오는 것 같았다. 쓴물이 올라오는 걸 참으며 좌중을 둘러봤다. 멀리 준이 표정 없는 얼굴로 그녀를 바라보고 있었다. 답을 원하는 그녀의 눈길을 준은 말없이 응시하고 있었다. 알고 있었다. 결국 선택은 그녀 몫이라는 걸.

"지금부터 강재인 대표 해임안을 표결에 부치도록 하겠습니다."

사회자의 말에 여기저기 웅성이던 소음이 더 커져갔다. 재인은 자리에 앉으며 쓰린 속을 겨우 달래고 있었다. 운명의 주사위는 이미 던져져 있었다.

시간이 무게를 더해가며 발목을 잡아채는 것 같았다. 오롯이 그녀 혼자 풀어야 할 문제들과 넘어야 할 험난한 산 앞에 무너지지 않기 위해 안간힘을 쓰고 있었다.

"내일 오전 회의 자료야. 한 글자도 빼놓지 말고 읽어. 더불어 여기 있는 접시도 깨끗하게 다 비우고."

안 그래도 속이 쓰린데 오후 내내 서류 더미를 내미는 것도 모자라 저녁을 한식으로 가득 가져왔다. 재인은 준을 다시 한 번 쏘아봤다.

"저녁을 먹으라는 거야, 말라는 거야?"

"서류는 눈으로 봐도 충분해. 손과 입은 저녁 먹는 데 활용하도록 해."

"생각 없으니까 치워."

"생각 같은 거 하지 말고 먹어. 억지로 먹이는 수가 있으니까."

또다시 시작된 실랑이에 머리까지 지끈거렸다. 재인은 한숨을 내쉬며 서류에서 시선을 떼고 준을 바라봤다.

"왜 이래?"

"먹어야 싸울 거 아냐. 굶는다고 해결되는 건 아무것도 없어."

준은 이미 작은 접시에 음식을 덜고 있었다. 그는 그녀 손에 들린 서류를 빼앗았다.

"검토하려면 밤새도 모자라. 줘!"

"오후에 갖다준 서류 검토는 이미 끝났잖아. 적어둔 메모는 내가 조만간 다시 올릴 거니까 됐고. 이건 기껏해야 한두 시간이면 끝날 일이야. 다른 것들도 마찬가지고."

"전주 호텔 투자 사항 검토해야 돼. 새벽에 다른 투자자랑 통화도 해야 되고……."

"그럼 좀 늦게 자."

"쳇, 쉬라는 말은 절대 안 해요."

준의 냉정한 말에 재인은 투정 섞인 말로 작게 중얼거렸다.

"쉬고 싶어?"

재인은 한숨을 내쉬고 고개를 돌려 음식을 째려봤다. 왜 야채로

만 접시를 채웠는지 이유를 알지만 식욕이 일지 않았다. 그럼에도 천천히 접시를 비우기 시작했다.

준의 말처럼 굶는다고 해결되는 건 아무것도 없었다. 지금 그녀에게 필요한 건 적과 맞서 싸울 힘이었다. 정신적으로나 육체적으로나 지금은 힘을 비축해야 했다.

"으윽, 진짜 싫어."

말은 그렇게 하지만 접시는 어느새 바닥을 보이고 있었다. 준은 작게 한숨을 내쉬고 작은 접시를 내려놨다.

재인은 접시를 확인하고 준을 바라봤다. 다른 날과 달리 약까지 준비해온 준을 보며 아무 말도 않고 모든 접시를 비웠다. 준의 마음을 알기에.

재인은 쓰게 퍼지는 약 기운을 뒤로하고 산더미 같은 서류를 검토하기 시작했다.

마지막 밤이다. 준은 그 사실을 깨닫고 처음으로 당당하게 재인의 룸으로 들어갔다. 재인의 방 앞에 설 때마다 뜨거운 열기를 감춰야 했다. 그래서 더욱 차가운 가면을 써야 했었다. 그래야 함께할 수 있다고 믿었다.

뜬눈으로 보낸 지난날의 쓰린 기억 따위, 모두 불살라버릴 생각이었다. 감추지 않을 것이다. 이 밤만큼은 거짓 없이 그녀와 마주하고 싶었다. 그래야 끝낼 수 있었다.

결자해지(結者解之).

오래전 그날, 어둠이 내리는 골목에서 먼저 손을 내민 건 그였다. 뼛속 깊이 파고드는 동질의 외로움을 본능적으로 감지한 탓이었을까? 어쩌면 마주 잡은 손의 온기가 서로에게는 더없이 귀함을 알고 있었던 탓인지도 모르겠다.

그 온기가 너무 그리워, 가슴 저미는 고통에도 그녀 곁을 떠날 수가 없었다. 타인의 눈에는 그의 곁을 맴도는 재인만 보였을 테지만 자신도 모르게 그를 찾을 수밖에 없도록 만들었는지도 몰랐다.

한결같은 진심을, 뜨거운 외침을 외면하면 할수록 재인은 더 그에게 집착했었다. 알면서 모른 척하는 그를 자극하려 했던 재인의 수많은 탈선과 행동들은 모두 그의 탓이었다.

느낄 수 있었다. 그들 인연의 끝. 그럼에도 불구하고 그 끈을 쉽게 놓지 못했다.

잃어본 사람만이 공(空)의 무서움을 알았다. 그래서 이토록 모질게 붙들고 있었는지도 모른다. 외로움의 끝에서 만난 재인 덕분에 행복했었다. 그래서 더는 머물 수가 없었다.

이제 마지막이다. 그가 먼저 시작한 인연, 끝을 내야 한다면 그가 하는 게 옳았다. 그 뒤에 찾아올 무서운 추위를 견딜 자신이 없음에도, 마지막을 위해 준은 그녀 앞에 서 있었다.

준은 그 어느 때보다 떨리는 감정을 감추며 재인을 바라보고 있었다.

옷을 갈아입던 재인은 준의 등장에 놀랐다. 하지만 그녀의 놀람은 옷깃을 여미는 빠른 손끝으로 모습을 감춘 뒤였다.

"무슨 일이야?"

그 예전 다정함을 감춘 무미건조한 말투. 하지만 잔뜩 긴장하고 겁먹고 있는 그녀의 속내를 느낄 수 있었다.

"후우."

준은 재인의 모습에 손끝이 떨려왔다. 여전히 눈부시게 아름다웠다. 놀랄 때마다 커지던 호수보다 맑은 눈동자, 찡그린 이마의 작은 주름, 당황으로 살짝 벌어진 입술까지도.

준은 천천히 그 모습을 뇌리에 새겼다. 오래도록 지워지지 않을 만큼 아주 깊이 새겼다.

"강재인."

"이 시간에 무슨 일이야? 급한 일 아니면 내일 와."

재인은 가운을 단단히 여미며 짜증스러운 시선으로 머리를 쓸어 올렸다. 지금 준의 잔소리가 아니어도 충분히 힘들었다.

준은 등 뒤로 문을 닫고 잠금장치를 눌렀다.

드르륵.

재인은 문이 잠기는 소리에 인상을 썼다. 평상시 준은 그녀와 비밀스러운 이야기를 나눌 때조차 문을 잠근 적이 없었다.

살아 있는 본능이 그녀를 무섭게 흔들었다. 등줄기를 타고 흐르는 감각에 재인은 몸을 떨었다.

"무슨 일 있지?"

준은 천천히 재인에게 다가갔다.

"무슨 일이야?"

"이 시간에 내가 왜 왔을 거라고 생각해?"

평소보다 낮은 음성이 고막을 자극했다. 오소소 소름이 돋아났다. 입술이 타는 것 같았다. 재인은 마른 입술을 무의적으로 축이며 준을 바라봤다.

평소처럼 차가운 얼굴, 며칠 새 더 마른 것 같지만 여전히 심장을 두근대게 만드는 깊은 눈동자가 오롯이 그녀를 바라보고 있었다. 재인은 긴장한 걸 감추려 급하게 시선을 피했다.

"장난할 기분 아니야."

지금도 충분히 엉망이었다. 오전에 있던 주총 결과는 예상 밖이었다. 당장 해임할 것처럼 굴던 준호는 몇몇 이사들에게 호의적인 태도를 보이며 그녀의 자리를 지켜달라고 말했다.

목적을 숨긴 채 넓은 아량으로 불손한 조카를 감싸 안는 것 같은 준호의 행동에 주주들은 감쪽같이 속아 넘어갔다. 그들은 준호의 말에 언제 해임안을 상정했냐는 식으로 금세 태도를 바꿨다.

결국 대표이사 해임안은 부결됐고 대표 자리는 지금처럼 유지할 수 있게 되었다. 하지만 그것이 언제까지일지는 장담할 수 없었다. 준호는 결과를 예상했다는 듯이 주주들을 몰고 회의실을 나갔다.

텅 빈 회의실에서 앉아 있던 재인은 찝찝함을 감출 수가 없었다. 준호는 그녀를 궁지로 몰고 있었다. 마치 이 모든 결과를 예상한 것 같은 그의 모습에 숨조차 여유롭게 쉬지 못했다.

오후에 준이 가져다준 서류를 읽을 때부터 속이 쓰려왔다. 아무것도 넘기지 않는 그녀에게 준은 자신의 고집대로 저녁을 먹게 했다. 오랜만에 가진 포만감에 가라앉았던 속이 울렁거리기 시작했다. 하지만 전과 달랐다.

흘끗 바라본 시계는 이미 날이 바뀌었음을 보여주고 있었다. 언제 시간이 이렇게 흘렀는지 모르겠다. 쌓여 있는 서류들은 지겹도록 검토했고 투자자와의 통화는 나름 만족스런 답변으로 마무리 지었다. 하지만 여전히 가슴이 묵직했다.

약이라도 먹으면 좀 가라앉을까 싶은데 준이 허락해줄 리가 없었다. 이래저래 답답한 심정으로 겨우 잠자리에 들 생각이었다. 그런 와중에 준의 등장은 달갑지가 않다.

다른 사람은 몰라도 준 앞에서 무너지는 모습을 보일 수는 없었다. 재인은 어깨에 잔뜩 힘을 주며 준을 쏘아봤다.

"총지배인까지 소문 거들 필요는 없다고 생각해. 쓸데없는 소리 들리지 않게 얼른 나가."

"그딴 소문에 겁이라도 먹은 거야?"

"닥쳐!"

재인은 준의 비아냥거림에 화가 났다. 그녀를 자극하려 작정한 사람 같다. 다른 사람은 몰라도 준은 알 거라 생각했다.

소문의 거짓됨을. 그 헛됨을. 그럼에도 그녀를 몰라주는 준이 오늘만은 야속했다.

파리하게 떨리는 입술에 그녀의 분노가 느껴졌다. 준은 앞으로 나아가려는 손을 주머니에 밀어 넣었다. 여기서 무너질 순 없었다. 그녀를 위해. 그리고 그를 위해.

"천하의 강재인이 이러면 쓰겠어?"

"나는 왜 안 되는데?"

재인은 욱신거려 잔뜩 힘을 줬지만 목소리까지 감출 수가 없었다.

물기 가득한 그녀의 목소리가 그의 가슴을 묵직하게 짓눌렀지만 그의 표정과 말투는 여전히 변함없었다.

"후훗, 겁쟁이 같은 표정이네. 진짜 겁이라도 먹은 거야?"

재인은 참고 있던 숨을 내쉬고 소리를 질렀다.

"그래! 겁나. 겁나 미칠 것 같아. 그런데 아무도 믿어주지 않잖아."

준은 한 걸음 더 다가갔다. 재인은 성큼 다가온 그를 보며 한 걸음 뒤로 물러났다. 눈가가 시큰거렸다.

"내가 아무리 아니라도 외쳐도…… 진실을 알리려고 하는 사람은 하나도 없어. 안 그래?"

그녀를 끌어내리지 못해 안달 난 준호의 마수에 걸려 허우적대는 꼴이라니. 겨우 참고 있던 설움이 터질 것 같아 이를 악물었다.

준에게는 보이고 싶지 않았다. 바닥까지 주저앉은 모습을.

"진짜 진실이 있긴 해?"

준의 차가운 말투에 눈물이 흘러내렸다.

"흐흑."

재인은 아무 말도 하지 않고 급하게 눈물 자국을 지웠다.

준은 아랫입술을 지그시 악물었다. 의지와 상관없이 그녀를 향해 나아가려는 손을 아프게 말아 쥐었다. 여기서 무너지면 그도 그녀도, 끝이었다.

"말해봐! 내 입으로 그 진실이 뭔지, 뭘 말하고 싶은 건지."

재인은 그렁한 눈으로 한참 동안 준을 쏘아보던 토해내듯 말을 뱉어냈다.

"그동안 이 방에서 날 안은 남자가 몇이나 된다고 생각해?"

"……."

"다른 사람은 몰라도 오빠는 알고 있잖아."

준은 아무 말도 하지 않았다. 그는 대답을 원하는 게 아니었다. 알고 있는 사실을 확인하고 싶을 뿐이었다.

"없었어."

준은 천천히 그녀에게 다가갔다.

"내가 그 말을 믿어야 하는 건가?"

"믿고 싶지 않으면 믿지 마."

재인의 외침에 준은 그녀와의 간격을 더 좁혔다. 어느새 손만 뻗으면 당장이라도 그녀를 보듬을 수 있는 위치에 서 있었다.

"그렇다면 믿어줄게. 난 이제 네가 원하는 대로 할 생각이 없거든. 내 마음대로 할 거야."

준은 재인의 팔을 잡아당겼다. 재인은 순식간에 준의 품에 안겨 있었다.

"뭐 하는 짓이야? 이거 놔!"

재인은 준의 손을 거세게 뿌리쳤다. 하지만 단단히 거머쥔 손은 떨어지지 않았다.

"싫어."

"놓으라고 했잖아!"

준은 거친 숨을 내쉬는 재인을 보며 낮게 속삭였다.

"더는 네 말, 듣지 않을 거야."

준은 재인의 턱을 아프지 않게 잡고 눈을 바라봤다.

"이제부터 내 말 듣는 게 좋을 거야."

평소와 달랐다. 슬픈 것처럼 보이면서도 뭔가를 초월한 것 같은 눈빛이었다. 재인은 그제야 이상하다는 걸 느끼고 준을 제대로 바라봤다.

준은 그녀를 아린 듯이 바라보고 있었다.

"진짜 무슨 일 있는 거야?"

"강재인."

"대체 뭘 감추고 있는 건데?"

"재인아, 오늘 난…… 네가 그토록 바라던 걸 줄 생각이다."

여전히 파악이 안 된다. 재인은 혼란스러운 눈으로 준을 바라봤다.

"무슨 일이야? 대체 뭔데 이러는 건데?"

"재인아."

"대체 뭘 주겠다는 건데 그래?"

준은 재인을 한참 동안 바라보다 작게 속삭였다.

"나."

말을 마친 준은 뜨거운 입술을 부딪쳐왔다. 놀란 듯 굳어 있던 재인의 행동 같은 건 문제 되지 않았다.

싸늘한 말과 달리 그의 입술은 뜨겁고 촉촉했다. 그의 따뜻한 손이 그녀의 얼굴을 부드럽게 쓸었다.

천천히 그러나 점점 깊어지는 그의 혀 놀림에 점점 숨이 가빠졌다. 잠시 나눈 키스에 아득해졌다.

"하아아."

재인은 모자라는 산소를 보충하려 잠시 입술이 떨어진 사이 정신을 차렸다. 준의 행동에 놀라 몸을 뒤로 뺐다. 하지만 허리를 잡아끄는 손길에 그의 몸에 더 가깝게 밀착됐다.

"뭐 하는 거야?"

그의 얼굴이 다시 다가왔다. 얼굴로 쏟아지는 뜨거운 기운에 재인은 눈이 스르륵 감겼다.

"너와 내가 바라던 거."

맞닿은 입술에서 스파크가 일었다. 그에게 반응하는 그녀로 인해 준은 점점 다급해져갔다. 그의 뜨거운 기운에 가슴 저 밑바닥 끝에서 올라오는 야릇한 감각들. 그것들이 무엇인지 몰랐다. 하지만 저도 모르게 긴장감에 몸이 떨려왔다.

거침없이 파고드는 그의 혀에 미세한 신음 소리가 흘러나왔다. 두려웠다. 온몸의 모든 말초신경들이 그가 주는 느낌에 곤두서는 것 같았다.

준은 그녀가 두려워하는 걸 느꼈다. 두려워하고 있는 그녀를 달래야 했다. 평소의 자신이었다면 이렇게 자제력을 잃진 않았을 것이다. 그러나 그녀를 영영 잃을 수도 있다는 생각에 그녀를 안고, 그녀가 옆에 있다는 걸 느끼고 싶어졌다.

이 새벽이 지나면 후회할지도 몰랐다. 아니, 분명 후회할 것이다. 하지만 평생을 후회한다고 해도 그녀를 안아야만 했다.

준은 부드럽지만 결코 얕지 않게 그녀를 맛봤다. 그가 상상했던 대로 그녀는 달콤했다. 그녀의 몸 안에 고여 있는 달콤한 과즙이 자신의 온몸으로 전해져왔다.

그 달콤함에 점점 다급해져가는 자신의 몸을 식히려 그녀의 드러난 하얀 목에 입술을 묻었다. 이제 그녀는 자신의 것이라는 자국을 남기기 위해 진하게 입술 자국을 남겼다.

"흡."

그녀의 입에서 거친 숨결이 이어졌다. 준은 낯선 욕망에 눈이 먼 그녀를 침대에 뉘었다. 그녀를 가리고 있는 몇 가지 안 되는 옷에 손을 대는 그의 손길이 떨려왔다.

"후회할 거야?"

재인의 목소리에선 긴장감이 묻어났다. 그럴지도 모르겠다. 하지만 여기서 멈추지는 않을 것이다. 멈출 생각이었다면 시작하지도 않았을 일이었다. 준은 아무 말도 하지 않고 그녀를 내려다봤다.

"아니. 너는?

"후회해야 돼?"

"그러지 마."

재인은 그의 얼굴을 부드럽게 쓰다듬었다.

"후회하지 않아."

준은 그녀의 말이 떨어지기가 무섭게 그녀의 입 안으로 혀를 밀어 넣었다. 지금 멈춰버리면 영원히 갖지 못할 것 같았다. 그의 다급함에 놀란 혀가 뒤로 물러났다. 부드럽고 깊게 그녀의 입 속을 계속 공격하는 그는 뜨거운 북풍 같았다.

수줍은 듯 숨어버리는 그녀를 찾아 정신없이 혀를 감았다. 숨막힘에 헐떡거리는 호흡을 금방이라도 앗아갈 것처럼 그는 그녀를 거세게 감쌌다.

"강재인. 재인아."

'오늘은 내가 원하는 걸 갖는 날이다.'

뒷말을 삼키며 재인에게 열중했다. 비록 처음이자 마지막일지라도 갖고 싶었다. 준은 그들을 가로막고 있던 옷들을 걷어냈다.

이제 더 이상 물러설 곳이 없어졌다. 오래도록 바라던 진심이 이제야 전해졌는지도 모르겠다. 그럼에도 현실을 마주하니 두려움이 앞섰다. 그동안 이 순간을 바라왔지만 현실이 될 거라는 상상은 하지 못했다.

재인은 자신의 모습에 갑자기 얼굴이 달아올랐다. 급하게 몸을 가렸다.

"가리지 마."

준은 가슴을 가리고 있는 그녀의 손을 잡아 손가락 하나하나에 입을 맞췄다.

"널 보여줘."

"시, 싫어."

"강재인, 넌 세상에서 가장 아름다운 여자야. 부끄러워할 필요 없어."

망설이는 그녀를 대신해 그가 부드럽게 손을 깍지 끼웠다. 그 어떤 탐스러운 과실보다 아름다운 그녀의 가슴에 시선을 뗄 수가 없었다.

그의 눈빛이 짙게 변했다. 보는 것만으로도 아득해지려는 정신을 다잡으며 수줍게 드러나는 가슴에 그의 입술이 닿았다.

거칠게 빨아 당기는 힘에 그녀는 온몸의 힘이 빠져나가는 것 같았다. 허리가 꺾이는 그녀를 그가 단숨에 품에 안았다.

어느새 그의 옷도 사라져 있었다. 천천히 그리고 부드럽게 온몸을 더듬어 나가는 그의 부드러운 몸짓에 어떻게 대처해야 할지 모르겠다. 그의 혀가 그녀의 온몸을 핥으며 맛보고 있었다. 알 수 없는 쾌감에 머리끝이 일어서는 것 같았다.

연신 거친 신음이 쉴 새 없이 그녀의 입에서 흘러나왔다. 이 감각의 끝에 올 무언가가 겁났다.

"아훗, 흐훗, 그, 그만해."

그는 멈출 수가 없었다. 아니, 멈추지 않았다. 이미 이성은 굳게 닫힌 문 뒤로 집어던진 지 오래였다.

그의 혀 놀림이 점점 깊어가며 아래쪽으로 향했다. 난생처음 그 누구도 닿지 않은 늪에 그의 입술이 닿았다. 지금까지의 감각과는 전혀 다른 감각이 온몸을 관통했다.

"아홋, 아."

사람이 가진 감각 가운데 이런 감각이 있는지 몰랐다. 영상이나 책에서 봤던 것과는 비교할 수도 없었다.

허리가 저절로 들렸다. 그는 거칠게 몸을 트는 그녀의 허리를 단단한 손길로 잡았다. 성급하게 시작하고 싶지 않았다. 금방이라도 그녀의 안으로 들어가려는 자신을 억제했다.

천천히, 아주 천천히 그녀가 젖어들었다.

"아아흑."

어느 순간 샘이 터져 흘러나왔다. 그녀의 입에서 나온 거친 신음을 자신의 입 속으로 삼켰다. 계속되는 그녀의 야릇한 신음에 더이상은 기다릴 수가 없었다.

그의 손이 그녀의 양다리를 벌렸다. 조심스럽지만 전혀 부드럽지 않은 동작으로 그녀의 몸 안으로 자신을 밀어 넣었다. 아무도 닿은 적 없는 깊은 늪 속에 자신을 묻었다.

그곳이 주는 감각에 준은 그녀의 비명도 들려오지 않았다. 그녀가 처음이라는 느낌에 저도 모르게 허리에 힘이 들어갔다. 자신 아래서 고통스런 그녀의 목소리가 들렸다.

"흐흑, 윽."

고통을 참으며 이를 악물고 있는 그녀가 보였다.

"미안해. 조금만. 조금만 참으면 괜찮아질 거야."

감은 눈을 들어 그를 본 재인은 준도 그녀만큼 고통스러워한다는 걸 깨달았다. 그녀는 팔을 들어 그의 얼굴을 쓰다듬었다.

"믿을게. 오빠 말이니까."

재인은 천천히 자신을 채우는 그를 느끼며 고통을 참았다. 어차피 한 번은 겪어야 할 고통이었다. 그는 더욱 깊게 그녀를 채웠다.

"아흐흑."

마지막 깊은 곳에 다다르며 크게 새어 나가려는 비명을 그는 입으로 삼켰다. 서서히 움직이기 시작한 그의 몸놀림에 맞춰 움직이고 싶었지만 도저히 그럴 수가 없었다. 아직은 자신을 채우는 통증이 심했다. 재인은 그를 꼭 안으며 이를 악물었다.

"재인아, 강재인. 하아, 하아."

그의 숨결이 점점 빨라지고 있었다. 짐승 같은 신음과 몸이 맞부딪치는 농도 깊은 소리가 방 안을 가득 채웠다.

"하아, 하아."

더 이상은 참을 수가 없었다. 재인의 아픔을 알면서도 멈출 수가 없었다. 그는 지금 육욕에 빠진 들짐승 같았다. 평소 냉정하던 그의 모습을 어디에서도 찾아볼 수 없었다.

점점 빨라지는 허리 동작과 함께 출렁이는 그녀의 가슴을 쥔 손아귀에 감각이 그의 이성을 앗아갔다. 지독하게도 고통스럽고도 만족스러웠다.

그녀의 긴 다리를 허리에 두르게 하고 조심스럽게 움직이게 했다. 적극적이지는 않지만 그녀가 조심스럽게 몸을 움직였다

"그래……. 그렇게……. 후우, 하아, 하."

"아훗, 훗."

두 사람의 거친 움직임이 계속됐다. 서로를 더듬고 핥기 바빴다. 고통과 통증이 있던 자리에 새로운 감각들이 찾아오기 시작했다. 그의 움직임이 빨라지면 빨라질수록 그녀 안에서 뭔가가 몽글몽글 피어올랐다. 그리고 일순간 펑하고 터지며 온몸으로 퍼져갔다.

"아아홋."

지독한 감각에 몸이 깊은 심해로 가라앉는 것 같았다. 재인의 뜨거운 숨이 가득한 비명과 함께 그의 입에서 엄청난 신음이 흘러나왔다.

"아흐흑."

거친 호흡을 조절하는 소리만이 온 방 안을 가득 채웠다. 그녀의 위에서 내려온 준은 재인을 끌어안았다. 품에 안긴 그녀는 미동조차 하지 않았다.

"재인아."

그립던 그의 따뜻한 목소리에 눈가가 뜨거워졌다. 재인은 준의 허리를 꼭 끌어안았다. 뜨거운 입술이 이마에 닿는 게 느껴졌다.

"잘하고 있어. 앞으로도 그럴 거고."

준은 땀으로 얼룩진 그녀의 앞머리를 쓰다듬으며 재인을 바라봤다. 그녀가 웃으며 울고 있었다.

"여전히 울보네."

준은 그녀의 눈가에 맺힌 눈물을 뜨거운 입술로 지웠다. 자잘한 입맞춤에도 그녀의 눈에서 쉬이 물기가 사라지지 않았다.

그와 함께하는 이 시간을 믿을 수가 없었다. 상상이 현실이 되는 순간, 모든 건 변해버린다.

어릴 적 길을 잃고 헤맬 때 늘 상상하며 바라던 왕자님이 나타

낳지만 사랑하는 부모는 사라졌었다. 더불어 그녀의 인생도 전환점을 맞았었다.

늘 여유롭던 건은 민호의 부재 이후 준을 앞세워 그녀를 내몰았었다. 재인에게 준은 학업에 열중할 촉매제는 됐지만 이유의 전부는 아니었다. 민호의 부재로 급격하게 악화되는 건의 건강 상태를 어린 재인도 눈치챌 수 있었다. 작은 힘이나마 호텔이 전부인 건에게 도움이 되고 싶었지만 한 치 앞을 내다볼 수 없는 현실에 지친 건 사실이었다. 재인은 준의 진심 어린 위로와 격려의 말에 앞으로의 행보에 윤곽을 떠올렸다.

준은 재인의 얼굴에서 서서히 걷히는 그림자를 보며 소리 없이 웃었다.

'그래. 앞으로도 지금처럼 하면 돼.'

그는 수없이 떠오르는 말들을 삼켰다.

"업어줄까?"

"아니."

재인은 그의 얼굴을 천천히 쓰다듬었다.

"그냥…… 이대로 있어줘."

그가 왜 왔는지 묻지 않을 생각이었다. 느낄 수 있었다. 그의 믿음이, 그가 바라는 모든 것들이. 이 밤이 지나면 모든 게 바뀔 것이다. 어떤 상황이 와도 무너지지 않을 것이다.

준은 그녀의 말에 뜻 모를 미소를 지으며 천천히 다가왔다.

"후훗, 잠시 착각했네."

"뭘?"

재인은 조금은 편안해진 얼굴로 그를 바라봤다. 동공 가득 채워진 그녀의 모습이 그 어느 때보다 행복해 보였다. 준은 그녀의 미소를 더 보고 싶어졌다.

"우리가 이제 성인이라는 걸."

말이 끝남과 동시에 그의 입술이 겹쳐져왔다. 그녀의 눈에는 이제 그가 전하는 열기로 눈물이 차올랐다. 준은 늦은 아침까지 그녀의 미소를 가슴 깊이 새기고 있었다.

#11 - 개와 늑대의 시간

큰 변화가 생길 거라 예상했다. 준은 선택을 끝낸 것 같았다. 지난밤 그는 총지배인이 아닌 남자로 그녀 옆에 있었다. 새벽녘까지 그의 품에 있던 재인은 눈을 감는 시간조차 아까웠다.

그의 모습을 하나도 빠짐없이 가슴에 새기고 입술에 새겼다. 꿈일지도 모른다고 생각될 만큼 깨고 싶지 않은 시간이 지나고 눈을 떴을 때 옆자리는 비어 있었다.

온몸에 남아 있는 붉은 자국과 지난밤 그와 나눈 정사의 흔적이 아니라면 꿈을 꿨다고 여겼을 것이다. 지난밤은 분명 꿈이 아니었다. 그런데 준은 꿈처럼 자신의 흔적을 지우고 사라졌다. 재인은 깊은 한숨을 쉬며 자리를 털고 일어났다.

오늘은 다른 날보다 긴 하루가 될 것 같았다. 준의 시선이, 그의 몸짓이, 모든 걸 말해줬었다.

오늘을 기점으로 모든 게 바뀔 것이다. 하지만 예상했던 건 이런 게 아니었다.

준은 사표를 내고 자취를 감췄다. 집무실 책상 위에 가지런히 놓인 업무 보고서와 그의 사표를 보며 재인은 아무 말도 하지 않았다. 아니, 하지 못했다.

수없이 그만둔다고 했지만 사표를 본 건 처음이었다. 준이 사표를 놓고 갔다는 건 다시 돌아올 생각이 없다는 확실한 의사 표명이었다.

갑작스러운 총지배인의 부재. 팀장단은 준이 돌아올 거라는 희망을 버리지 않았다. 수성과 준혁이 그의 빈자리를 채우며 호텔을 유지하기로 잠정 결론지었다. 하지만 뜻하지 않은 곳에서 준의 부재는 큰 태풍을 몰고 왔다.

준이 사라진 지 일주일, 주식시장은 물론 언론에서도 준의 부재를 알아차리고 연일 보도에 열을 올렸다. 거대 호텔그룹 본사가 공개 매각될지도 모른다는 소문이 돌고 있는 시기였다.

그에 앞서 호텔을 대표하던 젊고 유능한 총지배인이 떠났다는 사실은 이사들을 동요하게 만들었다.

근래 들어 오전 팀장회의에 참석하는 인원수가 늘고 있었다. 회의실을 가득 채운 이사들은 팀장회의를 마친 재인을 따라 집무실까지 들어왔다. 그들은 또다시 재인을 채근하고 있었다.

"이게 대체 어떻게 된 일입니까? 강 대표! 말을 해야 할 거 아닙니까? 말을!"

"총지배인이 갑자기 사표를 썼다는 게 진짜 사실입니까?"

"여기서 이러시면 곤란합니다."

수성은 흥분한 이사들을 만류하느라 정신이 없었다. 경호원들도 이사들은 막아내고 있지만 그들은 막무가내였다.

쏟아지는 질문에도 재인은 미동조차 하지 않았다. 업무 서류를 보는 것만으로도 오전 시간은 늘 부족했다. 흡사 전쟁 통 같은 집무실에 앉은 재인은 보고서에서 시선을 떼지 않았다. 그녀의 침묵에 지친 이사들은 하나둘 자리를 뜨기 시작했다.

한참의 시간이 지나고 집무실은 태풍이 휩쓸고 간 폐허를 떠안은 고요함이 찾아들었다.

어떻게 된 것인지 알 수는 없었다. 하지만 준이 이런 선택을 한데는 이유가 있을 것이다.

당장 따져 물을 수도 없지만, 앞에 있다 해도 답을 들을 수는 없을 것이다. 대답해줄 문제였다면 준은 답을 하고 떠났을 것이다. 답할 수 없는 일이기에 그는 말없이 떠난 것이다.

재인은 그 어느 때보다 맑은 눈으로 눈앞에 있는 서류를 검토하기 시작했다. 당장 해결해야 할 문제가 한두 개가 아니다. 지금은 감정적 사치에 놀아날 시간이 없었다.

재인은 그가 남겨준 선물 같은 그 밤에 감사했다. 지금은 그것만으로도 충분했다.

오늘은 수린인 것 같다. 점심을 핑계로 집무실을 찾은 수린은 레스토랑으로 자리를 옮기고 나서도 말이 없었다.

그녀의 식성에 맞춘, 그러나 묘하게 건강을 위한 메뉴가 앞에

있었다. 분명 채소가 들어가 있을 것 같은데 이제는 뭔지 알아챌
수도 없었다.

후각이 무뎌진 건 아니었다. 건너편 테이블에 있는 샐러드 향이
코를 찌르고 있었으니까.

수린이 최근 스카우트한 셰프 실력이 탁월한 게 틀림없었다. 그
럼에도 식욕이 돋지 않는 건 늘 있던 시선이 사라진 탓이리라. 또
다시 준의 부재를 깨닫게 되는 현실에 목으로 쓴물이 올라왔다.

"강 대표! 식사할 때는 음식에 집중해요. 한숨 그만 쉬고."

자각하지 못한 사이 한숨이 또 새어 나온 모양이다. 재인은 쓰
게 웃었다.

"오늘은 입맛이 없네요."

재인이 들고 있던 포크를 내려놓기 무섭게 수린도 움직임을 멈
추며 푸념을 시작했다.

"아무튼 강 대표는 여러모로 사람 다이어트하게 만드는 데 일가
견 있어."

"더 드세요"

"내가 이것저것 능력이 많기는 한데, 혼자 먹는 취미는 없네요."

며칠 전처럼 기어이 접시가 빌 때까지 고집부릴 모양이다. 재인
은 한숨을 내쉬며 포크를 다시 쥐었다. 천천히 그녀의 입 속으로
음식이 사라지는 걸 보며 수린은 그제야 식사를 시작했다.

"생각보다 더 잘하고 있어요."

재인은 앞에 놓인 음식 없애기에 열중하다 고개를 들었다. 수린
은 음식을 나노 크기까지 잘라 그중 가장 작은 조각을 입에 넣고
있었다.

진즉 흔적도 없이 사라졌을 음식을 오래도록 씹고 있었다. 다이어트 운운하면서도 하루에 한 끼 이상은 그녀와 테이블에 마주 앉았던 탓에 수린의 식습관이나 작은 버릇까지 알게 됐다.

타고난 몸매와 외모일 거라 생각했는데 수린은 자기 관리에 상당히 많은 시간을 투자하고 있었다.

"무슨 얘기하시는 거예요?"

"지금 상황에서 강 대표보다 더 잘할 사람 없어요. 그러니까 그렇게 힘 빠진 얼굴 하지 말아요. 전투력 저하되니까."

뜻밖의 칭찬에 당황했다.

"마린을 휘젓던 강재인 대표님! 요즘 전투복 착용을 등한시하는데 오늘은 무조건 레벨 1로 하고 와야 하는 거 알죠? 메이저 방송사는 물론이고 케이블에 해외 언론까지 이미 어제부터 진치고 있어요. 기자들도 죄다 불렀으니까 다 깔아뭉개주자고요."

"풋."

결의에 찬 수린의 말에 재인은 저도 모르게 소리 내어 웃었다.

"전에 그 레드 드레스가 예술이었는데 그건 이미 언론에 노출됐고……. 뭐가 좋을까?"

곰곰이 생각에 빠진 수린을 보며 재인의 입가가 부드럽게 바뀌었다. 클럽과 레스토랑에 이어 이제 그녀의 코디까지 하겠다고 나설 심산인 것 같았다. 이제 수린의 관심이 나쁘지가 않았다.

"강 대표는 사이즈가 예술이라 가봉도 필요 없어 좋겠다. 아! 한 선생님한테 전화 한번 드려볼까? 강 대표! 전에 파리 컬렉션에서 가져온 신상 중에 핫한 건 없어요? 남은 거 입에 넣고 얼른 생각해 봐요."

대답 없이 재인은 손을 움직였다. 포만감이 차오르는 게 느껴졌다.

"가온 컴백 쇼케이스잖아요. 거기에 집중해주세요."

수린은 재인의 비워진 접시를 만족스러운 얼굴로 바라봤다.

"꿩 먹고 알 먹고 몰라요? 이번 쇼케이스에 우리 호텔이 투자한 게 얼만데 그래요? 본전에 이자까지 쳐서 제대로 활용해야죠. 이럴 때 보면 사람이 너무 물렀어."

재인에게 물렀다는 표현을 쓰는 사람은 아마도 수린밖에 없을 것 같았다. 수린은 식사를 다 마쳤는지 입가를 예쁘게 단장하고 있었다. 어느새 그녀의 접시는 깨끗하게 비어 있었다. 수린은 얼렁뚱땅 사람 정신 팔리게 하는 데는 도사였다. 그녀는 제 할 말은 다 하고 거울을 꺼내 들며 아무렇지도 않게 치아 상태를 확인하고 있었다.

가족보다 더 가까운, 허울 없는 사람인 듯 그녀를 대하는 수린의 행동에 가슴이 따뜻해졌다.

이런 사람들이 옆에 있다는 것만으로도 이미 큰 복을 받은 사람이었다. 그 사실을 이제야 깨달은 자신이 얼마나 어리석었는지 새삼 부끄러워졌다. 그럼에도 이제라도 깨달을 수 있어서 감사했다.

준이 사라지고 그제야 주위 사람들이 눈에 들어오기 시작했다. 준의 부재는 어둠 속에서 그녀를 지지하던 사람들을 밖으로 나오게 만들었다.

그간 자각하지 못했던 당연시 여기던 그들 존재 자체가 전과는 확연히 달라졌다. 건이 왜 그토록 호텔을 유지하려 애썼는지 이해할 수 있었다.

지키고 싶다. 유산도, 재산으로서의 호텔도 아닌 그녀 스스로 지키고 싶어진 이곳. 그녀와 그 안에 있는 모든 직원들의 성을 지키고 싶었다. 앞으로 어떻게 해야 할지 서서히 윤곽이 잡히는 것 같았다.

"오늘 쇼케이스 때문에 신경 썼더니 그새 주름이……."

수린은 거울에 비친 자신의 모습에 인상을 쓰다 금세 눈가를 톡톡 두드리며 투덜거렸다.

"어휴, 도저히 안 되겠네. 강 대표, 다음 주에 같이 한 쌤 좀 만나러 갈래요? 아니, 내가 예약할 테니까 암말 말고 같이 갑시다."

잠시 딴생각에 빠져 있던 재인은 웃으며 수린에게서 거울을 뺏었다. 잘생긴 외모와 매력적인 목소리로 유명세를 떨치고 있는 성형외과 의사 진수를 만나러 가자는 얘기를 며칠째 듣는지 모르겠다. 뭔가 있는 것 같지만 지금은 모른 척할 생각이었다.

"한 팀장님만큼 멋진 여자 세상에 없어요. 다른 사람이 들었으면 밤새 욕했을 거예요."

재인의 말에도 수린은 여전히 눈가를 살며시 두드렸다.

"강 대표는 아직 어리니까 의느님의 손길이 필요 없지만, 난 주기적으로 만나야 된다고 몇 번을 말해요. 어휴, 어리고 예쁘니 얼마나 좋아. 내가 10년, 아니 5년만 젊었어도……."

지금 같은 시국에서도 이런 시답잖은 대화를 나눌 수 있다는 게 놀라웠다. 수린이 가진 장점이자 가장 큰 무기는 그 어떤 상황이 와도 금세 해결책을 만들어낸다는 것이다.

신기할 정도로 고민이 없어 보이는 수린을 볼 때마다 부러웠다. 수린과 함께하며 그녀의 능력이 조금이라도 자신에게도 전해지기를 바랐다. 부질없음을 알면서도 그녀가 할 수 있는 게 고작 이것뿐이라는 사실에 한숨이 새어 나왔다.

"후우."

"어허! 자꾸 그러면 안 예쁜 주름 생긴다니까!"

수린은 재인의 입가를 손으로 눌러 보기 좋은 모양으로 만들었다. 흘긋 본 시계가 꽤나 시간이 지났음을 알려주고 있었다. 다시 일상으로 돌아갈 시간.

"그만 일어나죠."

"그러게 벌써 시간이 이렇게 됐네. 슬슬 오픈 준비해야겠네."

평소 오후 8시부터 오픈하는 클럽은 행사로 5시로 시간을 당긴 상태였다. 마감 시간도 한 시간 이상 늘려 직원들도 한층 긴장한 상태였다. 지금은 한산하지만 몇 시간 뒤면 불야성을 이룰 게 분명했다. 지금도 꽤 많은 사람들이 가온의 컴백 행사를 보기 위해 호텔 곳곳에 머물고 있었다. 지금 레스토랑에 있는 손님의 절반 이상이 쇼케이스에 참석할 건 분명해 보였다. 그녀가 평소보다 빨리 식사를 끝낸 이유 중 하나가 계속해서 가온을 찬양하고 있는 팬텀 무리들의 수다 때문이기도 했었다.

"시작 전에 변동 사항 있으면 바로 연락할게요."

"오늘도 잘 부탁드릴게요."

"강 대표도 이따 봐요."

"매번 고마워요."

수린은 주름은 생각지도 않는다는 듯 환하게 웃고 있었다. 눈가의 주름 따위 걱정하지 않아도 될 정도로 예쁜 미소에 진수 또한 그녀처럼 반한 게 분명했다.

여자가 아닌 한 사람으로서도 수린은 매력이 넘쳤다. 그걸 수린만 모르는 것 같았다. 조만간 수린과 진수를 만나러 가야겠다는 생각을 하며 자리에서 일어섰다. 해줄 수 있는 게 그것뿐이지만 그거라도 해줄 수 있어 감사했다.

"누가 할 소릴! 강 대표, 오늘도 같이 점심 먹어줘서 고마워."

진짜 누가 할 소리를 하는 건지 모르겠지만 수린은 유유히 손을 흔들며 사라졌다.

재인은 레스토랑을 나서며 크게 심호흡했다.

오늘도 넘어야 할 산이 수없이 많았다. 하지만 전처럼 혼자가 아님을 알기에 더 이상 그 자리에 있지 않았다. 그녀는 한 걸음, 한 걸음 정상을 향해 발을 떼고 있는 중이었다.

손끝이 떨려왔다. 서류를 덮는 손등 위로 순간, 뜨거운 물기가 느껴졌다. 자각하지 못하는 새 눈물이 툭 하고 떨어졌다.

진짜 마지막이다. 이것으로 재인과의 인연도 끝이었다. 그녀에게 필요한 제반 서류들을 말끔히 정리한 준은 문을 닫고 밖으로 나왔다.

이제 호랑이 굴로 들어갈 시간이다.

"하아"

준은 재킷에 묻은 작은 먼지를 털어내고 힘차게 발을 옮기기 시작했다. 멀리 준호가 그를 보며 서 있었다.

준호와 손잡는 건 어렵지 않았다. 오랜 시간 준호는 그를 자신의 사람으로 만들기 위해 혈안이 되어 있었다.

처음 영입에 불안해하던 준호는 본사 매각이 공론화가 되며 준의 변심을 기정사실로 받아들였다. 그도 그럴 것이 준에게 스카우트 제안을 한 건 그가 아닌 이안이었다.

이안은 윈즈덤 한국 지사에 준을 앉힐 생각이었다. 준이 새로운 사장으로 온다면 호텔에 있던 기존 직원들도 쉽게 그룹을 받아들일 거라 생각한 것이다.

지난 몇 년간 실질적으로 호텔을 경영해온 건 재인인 아닌 준이라는 사실을 모르는 이는 없었다. 합당한 자리에 합당한 인물이 앉는다면 윈즈덤의 새로운 랜드마크 설립은 순조롭게 진행될 것이다.

준만큼 적당한 인물은 어디에도 없었다. 그간 여러 방면으로 접촉을 시도했으나 불발에 그쳤는데 이번에는 기회가 좋았다.

무너지는 성안에 앉아 있을 만큼 준은 아둔한 인물이 아니었고 이안은 거절할 수 없을 조건을 제시했다.

물질이 주는 풍요를 거부할 사람은 어디에도 없었다. 준호도 그랬고 한서도 마찬가지였다. 그간 접한 모든 사람들은 막강한 부 앞에 무릎 꿇었다.

거절 못 할 조건들과 고액의 스카우트 비용은 악취 가득한 준호의 입에 계속 넣어주기보다 준에게 투자하는 게 나았다. 그들 입장에서 준의 영입은 천군만마를 얻은 것과 같았다.

협상 막바지 단계에서 준을 히든카드로 내놓을 생각이었다. 준호는 아직 준을 사장 자리에 앉힐 그들의 계획을 모르는 것 같았다.

가장 높은 자리에 앉는 기쁨을 잠시 누리게 하는 것도 나쁘지 않을 것이다. 그 기쁨이 가져다주는 독이 그의 눈을 멀게 할 것이고 그는 전처럼 원하는 것을 손에 쥐게 될 것이다.

당분간 준호를 허수아비로 앉혀두는 것도 나쁜 대안은 아니었다. 어차피 누구도 오래 둘 마음도 없는 자리였다.

다음 달 긴급이사회를 통해 재인을 해임시키고 준호를 추대하면 호텔 매입은 급물살을 탈 것이다. 그가 포섭한 이사들도 당분간 준호의 수족처럼 역할을 다할 것이고 준호는 그의 꼭두각시 노릇을 철저히 할 것이다.

잠시 상념에 빠져 있던 이안은 노크 소리에 집무실 문을 바라봤다. 준이 무표정한 얼굴로 안으로 들어오고 있었다.

이안은 반갑게 손을 내밀었지만 준은 가볍게 묵례만 할 뿐이었다. 상관관계가 확실한 그의 태도에 피식 웃음이 나왔다.

「이번에 제안한 조건은, 어떻게 마음에 들었습니까?」

웃음기가 가득한 이안의 말에도 준의 표정은 변화가 없었다.

「마음에 들지 않았다면 이 자리에 오지도 않았을 겁니다.」

'그럼 그렇지.'

결국 돈이면 안 되는 일이 없었다. 이안은 전 세계 곳곳에 있는 그의 회사 호텔들을 마음껏 이용할 수 있는 티켓을 그에게 내밀었다.

「당분간 여행이라도 하고 오시죠. 일이 끝나면 여행도 쉽지 않을 테니까.」

준은 티켓을 확인하며 피식 웃었다. 이안은 준의 웃는 모습에 괜한 이질감이 들었다.

동양 남자만이 가진 매력적인 얼굴에 실력까지 겸비한 그를 스카우트한 건 그에게 행운이었다. 그럼에도 불구하고 그 행운이 그에게 괜히 찾아온 게 아닌 것 같은 기분이 들었다.

「진짜 마음을 바꾼 이유를 물어도 되겠습니까?」

「이 정도 조건에, 이 정도 돈이 쉽게 오는 건 아니지 않습니까? 월급쟁이한테 흔하게 오는 기회는 아니고 전, 그 기회를 잡은 것뿐입니다.」

본사 인수 지분을 일정 부분 양도한 건 마음에 걸리지만 그렇다고 그 지분으로 그가 무언가를 할 수 있는 것도 아니었다. 결국 지분도 돈이었다.

괜한 우려에 준을 조사했던 일이 생각났다. 생각보다 많은 현금을 가지고 있는 준의 재력에 놀랐었다. 하지만 오래전 받은 부친의 사망보험금인 걸 확인하고 코웃음을 쳤다.

뭔가 있을지도 모른다고 조사했던 자신이 얼마나 우스웠는지 모르겠다. 이안은 준비해둔 계약서에 사인하는 준을 보며 안도의 한숨을 내쉬었고 준은 그렇게 그의 사람이 되었다.

그 이후, 준은 철저하게 이안의 사람이 되었다. 겉모습은 물론 마음까지도 그렇게 되기로 마음먹었다.

그 누구도 준의 배신을 기정사실로 받아들일 수밖에 없을 정도로 그는 변한 모습으로 사람들 앞에 나타났기에 준호는 그를 완전히 신임하게 되었다. 하지만 주희는 믿지 않았다. 변한 준의 모습에 그녀는 화부터 냈다.

"남궁준! 지금 뭐하자는 거야?"

"내가 뭘?"

주희는 짐을 싸는 준을 사납게 쏘아봤다.

"내가 뭘? 지금 내가 뭘, 이라고 했어? 사람이 변해도 정도가 있어야 믿지. 차라리 벌이 꿀을 끊었다고 해. 아님 개가 똥을 끊었다고 하든가! 차라리 그편이 나을 거니까."

세련된 외모와 달리 입만 열면 구수해지는 주희를 보며 준은 고개를 저었다. 주희와 나누는 이런 대화도 그리울지 모르겠다. 아니, 그리울 것이다. 그럼에도 그가 할 수 있는 선택은 이게 최선이었다. 재인을 위해서도 그렇지만 주희를 위해서도 그는 떠나야 했다.

"그냥 밀린 여행한다고 생각해."

"무슨 여행을 이따위로 하는데! 그리고 이 집은 왜 바꾸려는 거야? 설마 진짜 떠날 생각은 아니지?"

계속되는 질문에 그녀를 바라봤다.

"그냥 믿어주면 안 되니?"

"너라면 믿겠어? 남도 아닌 네가 이러는데, 너라면 믿겠냐고?"

깊은 한숨이 쏟아져 나왔다. 주희를 못 믿어서가 아니다. 만에 하나 실수할지도 모를 그녀를 위해 알리지 않은 것뿐이었다.

"안 믿어도 어쩔 수 없어. 난 이렇게 살기로 결심했으니까."

"재인 씨는 어쩔 건데? 재인 씨 지키려고 호텔에 있었던 거 아니야? 이제 와 이러는 너를 아무리 생각해도 이해할 수가 없어. 윈즈덤이라면 호텔 인수한다고 나선 그룹이잖아. 재인 씨 입장에서 보면 배신감 느낄 거야."

재인의 이름에 짐을 싸고 있던 그의 손이 잠시 멈칫하다 다시 움직이기 시작했다.

"걔도 이제 현실을 자각해야지. 방황도 그만하면 됐고. 차라리 잘됐다 싶게 떠나주는 것도 예의가 아닐까 싶다."

씁쓸한 준의 말에 주희는 그의 뒤통수를 시원하게 후려쳤다.

"당연히 아니지. 차라리 같이 싸워보는 건 어때? 너는 얼마든지 할 수 있는 사람이잖아. 지금까지 잘해왔으면서 이제 와 이러면 재인 씨는 어쩌라는 거야?"

"내가 아니라 재인이가 싸워야 하는 싸움이라 빠져주겠다는 거야."

"이제 와?"

"이제라도 빠질 수 있어 다행이다 싶기도 하다."

"너도 참 대단하지만 재인 씨도 대단하다."

"왜?"

"나 같으면 너 같은 놈 싹 잊어버리고 진작 다른 남자 찾아서 결혼했지 싶어서."

"악담하는 거냐?"

"둘 다 바보 같아서 하는 말이야."

"어쩌면 이게, 재인이를 호텔에서 해방시킬 수 있는 가장 좋은 방법이 될지도 모른다는 생각이 들기도 해. 사실은 그런 이유도 있다."

주희는 준의 말에 입을 다물었다. 정확히는 몰라도 상속받는 조건에 호텔 생활도 포함된다고 들었다.

이십 대 젊은, 거기다 화려한 외모와 재력으로 이미 세간의 주목이 된 재인의 호텔 생활은 사람들 입방아에 오르내리기 충분했었다. 그곳에서 행복할 수 없다면 그 세상을 무너트려서라도 자유롭게 해주고 싶은 준의 진심이 이런 방향으로 표출된 건지도 모르겠다.

"남궁준!"

"왜?"

"얼마나 있다 올 건데?"

"이번 일 마무리하면 우선 미국 쪽 호텔부터 돌아보려고. 천천히 유럽과 아시아 쪽도 돌고 들어올 거라…… 짧으면 3개월. 길면 1년이 될 수도 있을 것 같아."

어쩌면 더 길어질 수도 있다는 말이었다. 떠나 있는 시간 동안 해결할 일들이 많았다.

"돌아올 거지?"

잠긴 듯한 주희 목소리에 준은 가슴이 뜨거워졌다. 이번 일이 어떻게 해결되는지에 따라 그도 그녀의 미래도 달라질 것이다. 한결같은 희망에 기대를 걸고 그는 자신 있게 대답했다.

"어."

다시 돌아올 수 있기를 바라며 한 선택. 이 선택이 후회로 얼룩지지 않길 간절히 바라고 있었다.

"아, 이럴 줄 알았으면 된장찌개 끓이는 법이라도 배워둘 걸 그랬네. 떠나기 전에 가르쳐주고 가. 아니, 네가 할 줄 아는 요리 전부 레시피 만들어두고 가. 아니다. 빨리 와서 다시 살림 맡아. 내가 열심히 돈 벌고 있을 테니까."

아무 일 없는 것처럼 행동하는 주희가 있어 그는 그 힘든 시간을 버틸 수 있었다.

"후훗, 재료 낭비하지 말고 그냥 정곤이한테 만들어달라고 해."

"천하의 하정곤한테 내가 어떻게 음식을 받아먹겠냐? 컴백하고 콧대가 하늘 높은 줄 모르고 올라갔어. 언제 적 가온인데 아직도 가온, 가온 하는지 모르겠어. 에휴."

주희가 근무하는 스카이의 대표인 정곤은 얼마 전 컴백한 가온 의 멤버이기도 했다. 퀸에서 성공적으로 컴백한 가온은 연일 매스 컴의 주목을 받고 있었다.

아이돌 못지않은 인기를 구가하고 있는 가온. 그중에서 정곤의 인기는 하늘을 찌르고 있었다.

그런 정곤이 바쁜 와중에도 늘 집 앞으로 찾아와 주희를 보고 갔었다. 한동안 정곤의 속을 태우는 것 같더니 이제 그의 마음을 받아들인 것 같았다. 주희가 혼자 남게 되지 않아 다행이었다.

"오늘 밤에도 온다고 하지 않았어?"

"몰라. 스케줄 끝나고 온다는데 오든가 말든가. 피곤하면 가서 쉴 것이지 뭐하러 오는지 모르겠어."

"구박 그만하고 예쁘게 봐줘."

"예쁜 구석이 있어야 봐주지. 아주 동네방네 소문 다 내고 다니 는 통에 내가 얼굴 들고 다닐 수가 없어."

공개적으로 주희에게 애정 표현을 한 덕에 주희도 본의 아니게 언론의 관심을 받고 있었다.

한때 아이돌 연습생이었던 그녀의 과거까지 팬들은 알아냈었 다. 조용히 살던 주희는 한숨을 내쉬지만 그들의 관심이 기분 나쁘 지만은 않은 것 같았다. 더불어 정곤의 애정도.

앞으로 어찌 될지 몰라도 그가 그녀의 앞길에 가림막이 될 수는 없었다. 그와 살고 있는 사실을 팬들이 알게 된다면 어떻게 나올지 몰랐다. 주희는 거기까지 생각하지 않은 것 같지만 준은 그 사실이 제일 걱정됐었다.

"이번 일 때문에라도 이사할 생각이었으니까 이제 혼자 살아."

"나갈 거면 내가 나가야지, 네가 왜 나가?"

"집 살 때 네 돈도 들어갔잖아. 아무 말 말고 내일 서류 들고 와."

준은 변호사를 통해 집 명의를 그녀로 바꾸려 했었다. 그녀가 안 된다고 거절했지만 준의 고집을 꺾을 수는 없었다.

"절반도 안 들어갔어. 나 돈 갚을 능력 없다."

"그동안 방패막이로 쓴 값이라고 생각해."

"나까지 그런 식으로 정리할 생각이라면 됐어. 그냥 이 집은 네 명의로 둬."

"네 이름으로 둬야 다시 올 수 있을 것 같아서 그래."

대체 무슨 일을 꾸미고 있는지 알 수가 없었다. 준은 최근 가지고 있던 예금도 정리한 것 같았다.

한철에게 물어도 말해주지 않을 것이다. 나쁜 일에 엮이지만 않으면 좋을 것 같은데 안 좋은 예감이 자꾸 들었다. 그렇다고 내색할 수는 없었다.

준의 선택이었고 그녀는 친구로서 그를 믿어주는 것밖에 할 수 없었다.

"나한테 맡기는 거라면 맡아둘게. 대신 오래 맡아두진 않을 거니까 빨리 찾으러 와."

말하지 않아도 알아주는 주희에게 마지막 만찬을 차려줘야 할 것 같았다.

"저녁으로 된장찌개 어때?"

"나야 좋지."

"인심 썼다. 내가 특별히 차돌도 넣어줄게."

주희는 입맛을 다시며 일어섰다.

"다이어트하려고 했는데 내일부터 해야겠네. 씻고 나온다."

준은 욕실로 사라지는 주희를 보며 부산스럽게 움직이기 시작했다. 주희와 보내는 마지막 밤이 그렇게 가고 있었다.

준은 이안이 준비한 사무실에서 인수 관련 서류를 검토하고 있었다. 준호는 처음 그와 만나고 나서는 이곳에 얼굴을 내비치지 않았다. 하지만 인수 후 회장직을 준호가 맡기로 한 건 기정사실이 되어 있었다.

그간 얼마나 많은 돈이 준호에게 흘러들어갔는지 몰라도 준호는 제대로 이안의 꼭두각시가 되어 있었다. 돈이라는 줄에 매달려 움직이는 꼭두각시.

이안이 마음먹으면 준호는 한 방에 무너질 수 있었다. 호텔 쪽에 이미 오래전부터 이안의 수족이 있었다는 것도 파악했다.

호텔에 근무할 때부터 주시해왔던 사람이었지만 이렇게 깊게 연관되어 있는 줄은 몰랐다. 파악은 대부분 끝났고 자금의 규모와 위치만 정확히 알아내면 될 것 같았다.

그런데 자금 파악이 쉽지가 않았다. 이안은 완전히 의심을 푼 것 같으면서도 여전히 경계하는 태도를 보이고 있었다.

어슴푸레한 저녁처럼 혼란스러운 시기. 이안에게 준은 자신이 키우는 개인지 자신을 해치러 오는 늑대인지 파악이 안 될 것이다. 이안의 의심을 풀 방법은 하나뿐이다.

준은 철저하게 개가 되어 그들에게 복종할 것이다. 누구도 의심할 수 없게. 그리고 결정적인 순간이 되면 그들의 목을 물어뜯는 늑대가 되어 그녀를 지킬 생각이었다.

그 시간까지 아프더라도 그녀에게서 떨어져 있을 것이다. 설령 다시는 돌아갈 수 없게 되더라도 그는 지금의 선택에 최선을 다할 생각이었다.

서류를 들여다보는 준의 눈이 뜨거워지고 있었고 늦은 밤의 어둠은 더 짙어져가고 있었다.

재인은 낮부터 검토하던 서류를 이제야 내려놨다. 두 눈이 뻑뻑하다 못해 아려왔었다. 어느새 날이 바뀌었는데 그것조차 눈치채지 못하고 있었다.

수린과 저녁을 먹은 지도 한참이 지나 있었다. 자정이 넘은 시각, 배 속에서 무언가를 달라고 요란하게 소리 내고 있었다.

"하아."

배고픔을 느끼고 있다는 사실에 헛웃음이 나왔다. 한숨을 내쉬고 있는데 집무실 문을 두드리는 소리가 들려왔다.

"네. 들어오세요."

사무실 문이 열리고 트레일러가 먼저 눈에 들어왔다. 순간, 준이 돌아온 게 아닐까라는 생각에 벌떡 일어선 재인은 준혁의 얼굴에 다시 자리에 앉았다.

수성과 함께 부지배인 자리를 성실하게 지키며 식음료 관리팀장을 맡고 있는 준혁은 여느 때처럼 그녀에게 야식을 배달하러 온 길이었다. 수린과 수성 못지않게 그녀에게 음식을 먹이기 위해 혈안이 되어 있는 준혁이었다.

"오늘도 야근하고 계실 것 같아 좀 챙겨왔습니다."

"감사합니다. 마침 출출하던 참이었어요."

자리에서 일어서는 재인을 보며 준혁은 빠른 손놀림으로 테이블을 세팅했다. 순식간에 테이블에 음식이 가득 차려졌다.

"메인 셰프가 다음 주에 새롭게 선보일 메뉴라고 합니다. 대표님 입에 맞는지 꼭 여쭤보라고 했습니다. 식기 전에 드시고 평 좀 해주십시오."

준혁은 오늘도 빈 접시를 가져가겠다는 의지를 감추지 않았다. 재인은 웃으며 접시들을 차례차례 훑어봤다.

"데코레이션은 화려하지 않고 깔끔한 게 나을 것 같네요."

재인은 음식을 천천히 맛보며 개선했으면 좋을 것 같은 것들을 얘기했고 준혁은 열심히 받아 적었다. 식사하는 와중에도 재인은 대표로서 해야 할 일을 완벽하게 처리하고 있었다.

얼마 뒤 준혁은 만족스러운 얼굴로 빈 접시를 들고 사라졌다. 잠시 뒤 자리에 앉은 재인은 다시 서류를 집어 들었다.

오후에 윈즈덤에서 보내온 서류. 재인은 인수자 대표 이름에서 눈동자가 흔들렸다.

남궁준. 준이 사표를 쓰고 몇 주 뒤 그의 행보에 대해 많은 사람들이 이야기했지만 그녀는 믿지 않았다. 하지만 눈앞에 있는 서류는 거짓말을 하지 않았다.

그녀의 성을 무너트리기 위한 자리. 그 맨 앞에 준이 서 있었다.

무너트리려는 자와 무너지지 않으려 안간힘을 써야 하는 사람으로서 만나야 하는 자리.

그럼에도 준을 다시 만날 수 있다는 기대감에 가슴이 떨려오는 걸 보면 여전히 그녀는 그에게서 벗어나지 못한 것 같았다.

다음 주 그를 만나면 냉정함을 유지할 수 있을까?

냉정함을 유지해야 하는 대표와 한 남자만을 사랑하는 여자, 그 앞에서 어떤 모습을 보여야 할지 아직 결정하지 못했다.

"하아."

재인은 다시 한숨을 내쉬었다. 지금 그녀가 선택할 수 있는 건 하나였다. 냉정함을 유지해야 하는 대표로서 그녀는 있어야 한다.

그녀를 떠난 그를 위해서도. 그리고 그녀를 믿고 따르는 수많은 사람들을 위해서도.

재인은 맑은 눈으로 서류를 들여다보기 시작했고 그녀의 전투 의지는 그 어느 때보다 불타오르고 있었다.

#12 - 카르페디엠

갑작스럽게 열린 주주총회임에도 많은 이사들이 자리를 채우고 있었다. 기다렸다는 듯이 밀고 들어오는 이사들의 당당한 모습에 재인은 터져 나오는 한숨을 내리눌렀다.

당장이라도 자리를 박차고 일어나 달아나고 싶다. 그럼에도 주먹을 말아 쥐고 버텼다. 예견하던 일이었다.

대표이사 해임. 윈즈덤과의 거래가 수면 위로 부상하고 이제 본격적으로 준호는 움직이기 시작했다. 그 시작이 대표이사 해임이었다. 그동안 잠시 유보됐을 뿐이라는 걸 알고 있었다.

마음을 다잡고 준비하고 있었지만 현실로 맞닥뜨리자 겁이 났다. 깊은 바다에 홀로 표류하는 기분. 가라앉지 않으려 발버둥 칠수록 검은 바다가 집어삼킬 것 같은 압박감에 숨이 막혀왔다.

"대표님."

회의장 입구에 서 있던 수성은 언제 준비했는지 따뜻한 차를 내밀었다. 은은한 허브 향이 코를 자극했다.

"감사합니다."

재인은 가볍게 인사하며 수성을 바라봤다. 수성은 짧게 묵례하며 자리로 돌아가 이사들을 안내하고 있었다.

아무것도 모른다는 듯 여느 때처럼 자신의 자리에서 최선을 다하는 모습에 가슴이 뜨거워졌다. 혼자가 아니라는 사실에 안도의 한숨이 새어 나왔다. 시간이 지날수록 소모품에 불과하다고 여겼던 그들의 존재가 소중한 존재들로 다가왔다.

그녀는 혼자가 아니었다. 지켜야 할 소중한 것들이 많았다. 그간 지켜주지 못한 그들을 위해 이제 그녀가 나서야 할 때였다.

언론에서 보도된 윈즈덤의 인수 계획은 누가 봐도 합당해 보였다. 채권단도, 이사들도 만족할 만한 거래가와 추후 개발 계획까지.

원하는 모범 답안을 내민 것처럼 모든 조건이 매각의 합당함을 부여했다. 보도된 개발 계획만 보면 퀸의 발전과 미래를 위해 그만한 조건은 없어 보였다.

하지만 다른 통로를 통해 들어온 정보는 그들의 계획과 달랐다. 본사 건물을 매입한 순간부터 그곳에 대한 권리는 그들에게 넘어갔다. 언론 보도가 연막이고 들려오는 소문이 진실이라면 상황은 완전히 달라졌다.

정보대로 만약 기존 호텔을 폐쇄, 철거하게 된다면 그곳을 터전으로 삼고 있는 4,000여 명의 직원들은 갈 곳을 잃게 된다. 법적으로 고용 승계가 정해져 있지만 호텔이 사라지면 이야기는 달라졌다. 계약 내용에 별도로 고용 승계를 넣지 않는다면 그들의 일자리 보장은 거의 불가능했다. 지금까지 공개된 인수 계획에 고용 승계에 대한 언급은 한 번도 없었다. 서면으로 보장되지 않은 이상, 추후에 거론될 가능성은 희박했다.

위기에 처한 호텔과 그곳을 터전으로 알고 있는 그들을 지켜 낼 방법을 찾아야 했다. 그녀는 타들어가는 속과 떨려오는 손을 감추려 찻잔을 쥐었다.

손끝을 타고 전해져오는 온기. 그녀가 보지 못했던, 아니 외면해왔던 그들의 진심.

언론에서 그녀에 대한 루머가 쏟아질 때도, 본사 매각이 공론화될 때도 그녀 옆에서 그들은 말없이 자신의 일을 하고 있었다.

늘 그녀의 룸을 정리하는 건주도 새벽까지 일하는 그녀를 위해 따뜻한 차를 마련해주고 가기 일쑤였다. 가끔 말벗이 되어줄 정도로 건주는 좋은 사람이었다.

이제 수린은 그녀를 먹이고 입히는 일을 자신의 일처럼 하고 있었다. 거기다 피트니스 팀장 민성과 트레이닝 매니저 진선도 밤낮으로 그녀의 건강을 체크하며 쓴소리를 마다하지 않고 있었다.

자신의 밥그릇을 지킨다는 명목으로 새로운 일자리를 찾아간 사람도 늘고 있었다. 최근 이직하겠다는 직원들에게 지급할 퇴직금의 단위가 커지고 있었다. 어쩌면 그건 당연한 일일 것이다. 하지만 아직도 많은 직원들은 노조에 매각 반대 의사를 표출하며 성실히 일하고 있었다. 그 예전에도 그랬듯이 호텔을 지키기 위해 재정 위기 때마다 봉급 인상분을 자진 삭감하기도 했고 보너스며 유급휴가를 반납하는 직원들도 많았다. 그들은 변함없었다.

달라진 건 그녀의 시선 하나뿐이다. 하지만 그것만으로 모든 게 달라졌다.

준이 바라던 것이 바로 이런 것일지도 모르겠다. 달라진 시선과 함께 보이기 시작했다. 그들의 진심을, 그들이 이곳에 가진 애정을. 함부로 판단했던 건 그녀였다.

저자세라 치부했던 그들의 태도는 투숙객인 동시에 대표로 있는 그녀를 향한 배려와 신의였다. 재인은 여전히 그녀를 믿고 있는 그들에게 보답할 수 있는 기회가 오기를 간절히 바랐다.

만석을 이룬 장내를 보며 사회자가 입을 열었다.

"지금부터 긴급이사회를 시작하겠습니다."

재인은 입술을 지그시 물고 허리를 세웠다. 이사회의 결과는 받아들일 것이다. 하지만 쉽게 포기하지는 않을 것이다. 재인은 느긋하게 앉아 있는 준호를 보며 가슴속으로 다짐했다.

"이번 회의 안건은 대표이사 해임입니다."

사회자의 말이 끝나기 무섭게 여기저기서 해임에 찬성하는 말들이 쏟아지기 시작했다.

"더는 강재인 대표를 묵과할 수 없다고 생각합니다."

"맞습니다. 지금 같은 상황에서 강 대표가 한 게 대체 뭡니까? 호텔 이미지에 타격만 주는 사생활 때문에 주가가 얼마나 하락했는지 다들 아실 겁니다. 사실 여부를 떠나 반박 기사도 내지 않는 건 인정한다는 말 아닙니까?"

처음 유산을 상속받고 얼마 전까지 호텔을 대표한다며 홍보실에서 혈안이 되어 언론 플레이를 했었다. 하지만 지금은 그 어떤 움직임도 보이지 않았다.

언론에서 연일 보도되는 건 강재인이라는 여자의 개인사지 호텔과 관련된 일이 아니었다. 홍보 팀장으로 있는 준희는 여전히 관심 없었고 거기에는 부회장인 준호의 지시가 없는 탓도 있었다.

재인은 계속되는 언론 플레이에 전면에 나서 반박 기사를 내지 않았다. 그들이 원하는 것이 바로 그것인 걸 알기에 침묵으로 일관했다.

잘 짜인 각본에 놀아나듯 터지는 기사들의 선정적인 문구와 그보다 더한 사진들. 내부 협조자가 없다면 절대 유출되지 않았을 사진들에도 그녀는 동요하지 않았다. 매스컴에 놀아나는 그녀 모습을 보고 싶을 테지만, 그럴수록 그녀는 침묵으로 일관했다. 하지만 그것이 독이 되어버렸다.

대중이, 기득권을 가진 이사들이 침묵을 인정으로 받아들인 순간 재인은 대표로서 그들에게 철저하게 배척당했다.

그들에게 중요한 건 진실이 아니다. 허울 좋은 명분이 필요했고 그녀는 지난 2년간 그들에게 좋은 명분을 만들어준 셈이다. 변명한다고 믿어주지도 않을뿐더러 변명하고 싶지도 않았다. 자신의 과오였고 그에 대한 결과라면 받아들일 것이다. 지금 그녀에게 중요한 건 지나간 과거가 아니었다.

앞으로 닥칠 호텔의 미래. 그 미래가 곧 그녀의 미래이기도 했다. 단순한 자산으로서의 가치가 아닌 지키고 싶은 곳. 지켜야 하는 곳. 이곳에 모인 수많은 이들에게는 그저 주머니를 채워줄 도구일 뿐이지만 그녀에게 호텔은 곧 그녀 자신이었다.

그동안 등한시했지만 결코 저버릴 수 없었던 자신처럼. 풍전등화 상황에 직면해서야 자각하게 되었다.

후회로 목 언저리가 욱신거렸다. 재인은 아무렇지도 않은 척 고개를 세우고 열변을 토하는 이사를 바라봤다. 그녀의 시선에 이사는 코웃음 쳤다.

"이제 와 왈가왈부해봐야 무슨 소용이 있습니까? 지금 그룹이 당면한 문제를 한번 보십시오. 주가는 연일 최저치를 갱신하며 하락 추세를 멈추지 않고 있고 부채비율 또한 천정부지로 올라가며 채권단의 압박이 거세어지고 있습니다. 채권단은 이미 만기 연장을 두 차례 해준 상태라 더는 간과할 수 없다는 입장을 고수하고 있습니다."

"지금 상황에서 본사 매각이 해결책이 될 수는 없다고 생각합니다."

여전히 매각에 반대 의사를 두는 이사 또한 지지 않고 대답했다.

"그럼 지금 상황에서 본사 매각 말고 그룹을 구제할 방법이 있습니까?"

사실상 현재로서 막대한 부채비율을 효과적으로 줄일 방법은 윈즈덤과의 계약이 최선이었다. 그들도 알고 그녀도 아는 사실에 이사는 입을 다물었다.

"험."

머뭇거리며 입을 다무는 태도에 힘을 얻은 것 같았다.

"더불어 우리 그룹을 더는 조롱거리가 되지 않게 해줄 새로운 대표를 한시바삐 선출해야 된다고 생각합니다."

결국 그들이 원하는 것은 이것이다. 준호는 말없이 이사들의 언쟁을 지켜보고 있었다. 재인은 길게 심호흡하며 마이크를 잡았다.

"오늘부터 저 강재인은 퀸 호텔그룹의 대표 자리에서 물러날 것입니다."

그녀의 말에 장내는 엄청난 소음에 휩싸였다. 준호는 뜻밖이라는 표정으로 그녀를 바라봤다.

끌려 내려오는 것보다 스스로 내려오는 길을 택한 건 반드시 돌아가겠다는 의지였다.

알량한 자존심으로 비춰질지 몰라도 그녀는 이 방법을 택했다. 더는 그들과 의미 없는 싸움을 지속하고 싶지 않았다. 아직 그녀에게는 이 모든 걸 되돌릴 시간이 있었다.

허락된 시간, 그 속에서 반드시 방법을 강구해낼 것이다. 그러기 위해 그들의 눈을 잠시 가릴 필요도 있었다.

"언론 보도는 제가 물러남과 동시에 사그라질 거라 사료됩니다."

"무작정 물러난다고 해결될 일이 아닙니다. 지금까지……."

"늘 바쁘신 와중에 오늘 이곳에 이사님들이 모인 이유가 저의 해임인 걸로 아는데, 아니었습니까?"

재인의 말에 이사는 당황했다.

"험, 그거야 그렇지만……."

"저와 관련해 호텔에 불미스러운 언론 보도는 앞으로 원천 봉쇄할 예정입니다. 그간 보도에 대한 정정 기사는 물론이고 상황에 따라 법적 대응을 해야 한다면 끝까지 할 생각입니다."

더는 언론을 가지고 그녀를 몰아세우지 말라는 경고.

재인은 준호를 한참 동안 바라봤다. 준호는 재인의 시선에 한쪽

눈썹을 끌어올렸다.

'해볼 테면 해봐라. 어차피 네가 할 수 있는 건 아무것도 없을 테니까. 그렇게 물러나는 게 네가 할 수 있는 전부다.'

재인은 자신을 향해 말하는 것 같은 준호의 시선에 주먹을 그러쥐었다. 당당한 눈빛과 일말의 양심 따위 없는 차가운 시선에 그녀는 더 냉정해졌다.

재인의 말에 순식간에 회의장 분위기가 바뀌었다. 그들은 눈치만 보며 서로 입을 열지 않았다.

"회의 안건이 바뀌어야 될 것 같은데요."

그녀의 말에 이사들이 의견을 한참 동안 주고받았다. 약간의 의견 조율이 있는 것 같지만 이내 그들의 의견은 사회자에게 전달했다. 그녀는 그 과정을 말없이 지켜봤다.

"그럼 안건을 바꿔 새로운 대표이사 선임을 하도록 하겠습니다."

수순처럼 진행된 회의. 그렇게 준호는 많은 주주들의 지지로 새로운 퀸의 대표 자리에 앉았다.

예견된 일이었고 그녀는 그들의 뜻대로 자리에서 내려왔다. 카르페디엠, 지금 살고 있는 현재, 이 순간에 충실하라. 정해진 일이라면 순응해야 했고 그녀는 현재를 담담하게 받아들였다.

발 빠르게 움직인 언론 덕인지 준호는 대대적인 인기를 구가하며 퀸의 새로운 주인으로 자리매김했다. 채 하루도 되지 않아 재인에 대한 기사들은 자취를 감췄다.

준비한 듯 쏟아지는 새로운 대표에 대한 기대감과 그의 비전에 대한 칭찬 일색으로 주가는 조금씩 상승하고 있었다.

당분간 이대로 유지하게 두는 것도 나쁘지 않을 것이다. 재인은 홀가분한 기분으로 호텔을 나왔다.

호텔을 나서는 재인을 수성과 수린이 배웅하고 있었다. 객실을 정리하던 건주가 짐을 정리하며 눈물을 보인 탓에 기분이 가라앉아 있었다. 재인은 애써 웃으며 그들을 바라봤다.

"들어가세요. 혼자 갈 수 있어요."

"대표님, 건강 잘 챙기십시오."

수성은 고개를 깊이 숙이며 인사했다. 재인 또한 고개를 숙였다.

"부지배인님, 그간 감사했습니다."

진심이었다. 늘 그렇듯이 한결같은 수성이 그녀 옆에서 버팀목이 되어 주었다.

"별말씀을 다 하십니다."

"호텔…… 잘 부탁드릴게요."

목이 메어와 더는 입이 떨어지지 않았다. 그런 재인을 향해 수린이 한 걸음 다가왔다. 수린은 재인 앞에 있는 단출한 가방을 흘끗 바라봤다.

여행은 가는 것처럼 그녀는 편안한 표정이었다. 잠시 떠나는 것이다. 이 또한 그녀의 의지였다.

수린은 그녀의 뜻을 존중했다. 분명 다른 뜻이 있을 것이다. 쉽게 물러날 재인이 아니다. 결연한 표정의 재인을 보며 수린은 안도감이 들었다.

"강 대표! 좀 쉬면서 그간 밀린 잠도 실컷 자고 여기저기 다니며 맛있는 것도 먹읍시다. 솔직히 우리, 호텔 말고 다른 데 가서 먹으려고 해도 눈치 보여 갈 수도 없었잖아. 김 셰프가 생긴 거랑 다르게 은근 질투가 심해. 내가 전에 다른 호텔 가서 점심 먹고 얼마나 잔소리를 들었는지 얘기했지? 이참에 강 대표 핑계 대고 좀 돌아다녀야겠다. 그러고 보니 강 대표랑 할 게 한두 가지가 아니네."

수린의 말에 웃음과 함께 눈물이 터질 것 같아 이를 악물었다.

"송 사장님, 그러지 않으셔도 돼요. 그리고 이제 강 대표라 부르지 마세요."

수린은 재인의 말에 정색을 했다.

"강 대표, 이제 나랑 안 볼 생각이야? 완전 서운하네. 그리고 한번 대표는 영원한 대표야. 강 대표, 내가 한 집착 하는 거 알지? 매일 전화할 거니까 알아서 해."

그간 충분히 겪어봤다. 수린의 걱정과 위로에 파르르 입가가 떨려왔다. 이 사람들을 두고 떠나는 발걸음이 무겁지만 더는 겁나지 않았다.

"고마워요."

재인은 차에 올라 천천히 호텔을 벗어났다. 돌아올 것을 다짐하고 떠나는 발걸음은 더 이상 무겁지 않았다.

휘황찬란한 호텔 불빛이 서서히 시야에서 멀어지고 있었다.

오랜만에 오는 본가였다. 지난번 다녀가고 몇 달 만에 오는 집인데 전혀 낯설지가 않았다. 선화는 언제든 그녀를 맞을 준비를 하고 있었다. 선화는 현관에 짐을 내려놓기 무섭게 그녀를 안았다.

"재인이 왔니?"

잠시 외출 후 돌아온 사람을 맞이하는 것 같은 평범한 인사. 훅

하고 뜨거운 기운이 치밀었다. 누가 봐도 예쁜 외모의 선화는 아직까지 독신을 고집하고 있었다.

그 이유가 혼자인 그녀 때문이라는 걸 모르진 않았다. 몇 년 새 주름도 깊어져 있었다. 모두 그녀 때문이었다.

"아줌마."

무슨 말을 해야 할지 모르겠다. 재인은 아무렇지도 않게 등을 토닥이는 손길에 뜨거운 숨을 토해냈다.

"아줌마……."

"밥은? 먹고 싶은 거 있니? 냉장고에 뭐가 있더라. 이것저것 만들긴 했는데……. 아이고, 네가 좋아하는 케이크를 깜빡했네. 내가 이렇게 정신이 없다. 전화해놓고 찾아온다는 걸 깜빡했네. 요즘 왜 이리 깜빡깜빡하는지 모르겠다. 나이 먹고 건망증만 늘어간다."

"후훗."

선화의 호들갑에 웃음이 나왔다. 갈 곳이 있고 그곳에 그녀를 아끼는 사람이 있다는 건 행복이었다.

행복이 행복인 줄 모르고 지났던 시간, 돌이킬 수 없는 과거에 얽매여 지금의 행복을 지나치는 우를 더는 범하지 않을 것이다. 재인은 선화를 꼭 끌어안았다.

"점심은 됐어요."

"재인아."

선화가 그녀를 지그시 바라보고 있었다. 재인은 경련이 일 정도로 크게 웃었다.

"무리하지 않았으면 좋겠다."

선화는 재인의 등을 천천히 쓸어내렸다. 그 어떤 말보다 위로가 되는 선화의 손길에 힘이 났다.

"다 잘 될 거야."

"네. 걱정하지 마세요."

"그래. 아이고, 주책이다. 왜 이러니……."

웃고 있는 선화의 눈이 젖어들고 있었다. 선화는 급하게 고개를 돌려 눈가를 훔쳤다. 재인은 그런 선화를 다시 꼭 안았다.

"죄송해요. 좀 더 일찍 정신 차렸어야 하는데……. 그럼 아줌마가 이렇게 혼자 계시지도 않았을 거고……."

목이 꽉 막혀왔다. 이런 모습을 보이려고 했던 건 아니었다. 그녀는 늘 누군가에게 짐이 되는 사람인 것 같았다. 준에게 그랬고 선화에게도 그런 사람이었다.

준이 떠난 이유도 어쩌면 그런 그녀가 버거워서일지도 모르겠다. 억측일 뿐이라는 걸 알지만 단정할 수 없는 것도 사실이다. 하나둘 그녀를 떠나갔고 결국 그녀는 혼자 남게 될 것이다. 혼자라는 사실이 몸서리치게 서러웠다.

"흐흑."

젖어드는 얼굴을 감추지도 못하고 선화에게서 한 걸음 떨어졌다. 선화 또한 이렇게 잡아두는 건 아니다. 이제 감출 수도 없는 일이었다.

늘 걱정거리만 안겨주는 그녀를 걱정하는 선화. 그녀에게 오는 화가 선화까지 다치게 할 수도 있었다. 당연하게 생각했던 것들이 결코 당연한 게 아니었음을 깨달았다.

누군가의 희생이 없다면, 누군가의 수고가 없다면 지금의 평안은 없었을 것이다.

호텔 생활을 하며 매일 깨끗하게 청소된 객실과 준비된 음식들, 그녀가 누렸던 수많은 것들이 눈에 보이지 않았던 수많은 사람들의 노고였다. 단순하게 노동의 대가로 지급되는 돈이 전부는 아니었다. 그들이 하는 일에 갖고 있는 자부심과 자긍심을 그녀는 알아채지 못했다.

청소를 하며 잡다한 일을 한다고 하찮게 여겼던 건 아니지만 그들과 그들이 하는 일을 귀히 여겼던 것도 아니었다.

하나의 인격을 가진 사람으로, 그들이 하는 일에 대한 고마움을 가지고 진심으로 대하는 순간, 그들은 누구보다 귀한 존재가 됐었다. 귀한 대접을 받은 사람이 귀히 여길 줄도 알았다.

할아버지가 호텔을 상속하며 그녀에게 진짜 알려주고 싶었던 것이 그것이 아닌가 싶다.

바보처럼 변호인단이 하는 말을 곧이곧대로 들은 건 그녀였다.

일주일에 최소 3일 이상 호텔에 묵어야 한다는 상속 조건은 강제 사항이 아니었다. 그 외 조건들도 마찬가지였다.

유산을 포기했다면 그녀는 호텔에서 자유로워질 수 있었다. 포기하지 않은 건 그녀였다. 변호인단은 건의 말을 그대로 전했던 것뿐이고 그녀는 그 말을 액면 그대로 받아들였었다.

그녀가 법적으로 한 번이라도 이의를 제기하고 물었다면 이 모든 것이 강제 사항이 아닌 당부였다는 것을 알아챘을 것이다.

성인이 된 그녀가 자신의 자산을 처분하는 건 자유의지였다. 신탁은 어린 그녀의 재산을 보호할 장치였을 뿐이었다. 그녀가 가진 주식으로는 경영권을 되찾을 수 없었다.

이미 호텔은 준호와 그의 사람들이 장악하고 있었다. 앞으로의 거처를 어떻게 할지 아직 갈피를 잡지 못했다. 당분간은 이곳에 있을 생각이었다.

"진즉 말씀드렸어야 하는데……. 이제 여기 계시지 않아도 돼요."

떠나보낼 용기가 있을 때 보내줘야 했다.

"무슨 소릴 하는 거야? 다신 그런 소리 하지 마."

선화는 눈물을 멈추고 단호한 얼굴로 재인을 바라봤다.

"강재인! 잘 들어. 난 고용인으로 네 옆에 있는 게 아냐. 내가 한 선택이고 그 선택에 대한 책임은 내 몫이야. 나는 지금 내 삶에 충분히 만족하며 살고 있어. 앞으로도 그럴 거고."

선화에게 재인은 가족인 동시에 전부였다. 갓 걸음을 뗀 순간부터 지금까지 그녀의 모든 걸 알고 있는 선화는 재인 곁에 언제나 머물 생각이었다. 남들이 하는 말 따위, 과거에도 상관없었고 앞으로도 상관없었다.

"여기가 내 집이야. 네 집이기도 하고."

"흑, 아줌마."

참고 있던 서러움이 쏟아졌고 선화는 그녀의 설움을 한참 동안 따뜻하게 받아주었다.

재인은 선화의 성화에 못 이겨 결국 점심을 먹고 휴식을 취했다. 최근 들어 속 쓰림이 현저하게 줄어들었다.

식사 양도 전해 비해 늘었다. 그렇게나 싫어하던 채소도 조금씩 양을 늘렸더니 고질적으로 따라다니던 두통이 사라졌다.

약을 먹으며 악순환을 반복하던 그녀의 일상이 바뀌며 체력 또한 확연히 좋아졌다. 재인은 맑아진 머릿속으로 냉정하게 현실을 판단하기 시작했다.

남은 주식으로 호텔에 돌아갈 방법은 없었다. 주주들을 찾아가 볼까 싶기도 했지만 그들이 그녀 편에 선다는 보장이 없었다. 이미 준호에게 줄을 선 주주들도 꽤 되는 상황에서 우스운 꼴이 될 수도 있었다.

새로운 방법을 모색해야 했다. 더불어 정확하게 지난 시간을 되짚어볼 필요가 있었다.

오후에 도착한 변호인단은 엄청난 서류를 들고 왔다. 재인은 처음으로 상속에 관련된 모든 사항을 다시 한 번 검토해보기 시작했다.

변호인단은 이미 이 상황을 예상하고 있던 것처럼 제반 서류를 모두 가져왔다. 재인은 그들이 가져온 서류를 하나하나 면밀히 검토했다.

예전처럼 알아서 처리해줄 사람은 없었다. 앞으로의 모든 일은 그녀 스스로 해결해야 한다. 온전히 그녀의 몫이고 그녀가 감당해야 할 일. 재인은 한 글자도 놓치지 않고 서류를 검토했다.

서류를 검토하며 재인은 자신의 무능함에 한숨이 터져 나왔다. 그간 준호와 준희가 제기했던 상속분에 관한 가처분 신청은 물론이고 그 외 소송들은 모두 그녀를 속이기 위함이었다.

눈먼 자를 속이기 위해 벌인 요란한 장난에 놀아난 건 그녀였다.

변호인단이 했던 말에 귀 기울이지 않았다. 처음부터 호텔은 철저하게 그녀 소유였다. 그녀 몫의 주식은 원래 민호 앞으로 되어 있던 것이었다.

초창기 준호와 준희에게 배분됐던 주식은 그들이 헌신짝처럼 버렸었다. 지방 호텔 유치 실패와 경영 악화 등등, 호텔 주가가 하락세를 보일 때마다 그들은 주식을 시장에 내놓기 바빴었다. 그 주식을 민호는 차근차근 사들였고 건은 그걸 그녀에게 돌려줬을 뿐이었다.

명목상 작성한 상속포기 각서. 그것은 자신들이 버렸던 걸 탐하지 말라는 건의 마지막 만류였다.

자산 가치로 따지면 그들에게 분배된 재산에 문제는 전혀 없었다. 그들은 호텔에 공동상속인으로서의 자격조차 없었다.

상속재산 분할심판청구도 처음부터 그들은 할 수 없었다. 상속부동산인 호텔에 대해 그들은 어떠한 조치도 할 수 없었다.

자사에 근무하던 그들은 기여분 권리 자격조차 없었다. 민호의 유일한 혈육인 재인에게 정당한 유산으로 호텔은 상속된 것이었다.

건은 이미 오래전부터 준호와 준희 몫으로 합당한 몫을 건넸다. 재인은 그걸 간과했었다. 도리어 엄청난 재정난과 부채까지 포함한 호텔을 상속받은 그녀가 유산을 포기하지 않았던 탓에 호텔이 지금까지 유지될 수 있었다 해도 과언이 아니었다.

자신 몫의 주식을 시장에 내놓으며 호텔을 지켜낸 건 그녀였다. 오래전 지분등기조차 완료되어 있었는데 그녀는 아무것도 모르고 있었다.

좀 더 일찍 호텔에 관심을 가졌더라면 얼마든지 그곳을 지킬 수 있었다.

야금야금, 좀 먹듯 지분을 늘려가는 준호를 그녀는 알아채지 못했다. 아니, 관심조차 없었다는 게 맞을 것이다.

그녀는 유산이라는 명목으로 주어진 부와 명예를 가벼이 여겼다. 사람들의 말과 시선에 현혹되어 현실을 직시하지 못했다. 지금의 결과는 모두 자초한 일이었다.

준호와 준희는 자신의 주머니를 보기보다 다른 이의 손에 들린, 가치를 더해가는 재산이 눈에 들어왔을 것이다. 엄밀히 따지면 그들이 저버렸던 것들에 대한 탐욕.

그 탐욕과 그녀의 무관심이 오늘을 만들었다. 이제 와 바뀌는 건 아무것도 없었다. 그녀가 할 수 있는 일을 찾아야 했다.

재인은 새로운 시작을 준비하며 비밀리에 채권단 대표와의 만남을 주선했다. 그것이 지금 할 수 있는 최선이었다. 하지만 채권단의 의지는 확고했다. 그녀는 입을 다문 채 이사의 말을 경청했다.

"유동성 지원을 할 때 본사 매각을 조건으로 제시했고 부채비율이 적정 수준을 지났기 때문에 당초 계약대로 호텔을 매물로 내놨던 겁니다. 이미 두 차례 상환 기일은 연장해준 상태고 윈즈덤 쪽에서 제시한 조건이 나쁘지 않았을 뿐입니다. 윈즈덤과의 사전협약 따위는 없었습니다. 더 나은 조건을 제시하는 곳이 있다면 우리는 얼마든지 협상할 준비가 되어 있습니다."

재인은 준비해 간 서류를 내밀었다. 며칠 밤을 새우며 준비한 기획안. 두 시간 전 이사는 이미 서류를 검토했고 변한 건 하나도 없었다. 되풀이되는 이야기지만 재인은 포기하지 않았다.

"제가 제시하려는 건 떨어진 현재 가치가 아닌 미래 가치를 두고 투자한 채권단의 원금 이상을 보장해드리겠다는 말입니다."

"솔직하게 지금 상황에서, 우리가 강 대표를 믿을 수 있습니까?"

재인은 비아냥거리는 듯한 이사의 말에 조금도 주눅 들지 않았다. 도리어 고개를 세우고 이사를 응시했다.

"현재 투자자와 긍정적으로 협상 중입니다. 시간을 조금만 더 주실 순 없습니까? 유동성 지원금 만기도 아직 3개월 이상 남은 상태잖습니까? 그때까지만이라도 협상을 미뤄주십사 부탁드리는 겁니다."

"지금 상황에서 우리가 선택할 수 있는 최선은 윈즈덤과의 계약입니다. 강 대표도 반박할 수 없을 거라 생각됩니다. 서면 계약은 다음 주로 미뤘지만 오늘 구두로 MOU를 체결한 상태입니다."

알고 있었다. 언론은 오늘 오전 채권단이 윈즈덤을 우선 협상 대상자로 선정하고 양해 각서를 쓰는 MOU를 체결했다고 대대적으로 보도했었다.

구체적 협상 금액과 추후 호텔의 경영 방향까지 보도된 걸 보면 오래전부터 준비하고 있었던 건 확실했다.

정보의 출처가 어디인지 짐작할 수 있지만 재인은 그 어떤 반박 기사도 보도하지 않았다. 이제 그녀에게는 그런 권한도, 권리도 없었다. 더불어 채권단의 선택을 질타할 그 어떤 명분도, 이유도 없었다.

채권단 대표와 협의해보고 싶었다. 하지만 이번에도 대표는 얼굴을 보이지 않았다. 협상의 키를 쥐고 있는 인물, 그인지 그녀인지조차 모르는 사람을 만나기 위해 그녀는 그녀가 가진 마지막 힘을 쥐어짜 기회를 얻었다.

경영 위기 때마다 손을 내밀었던 인물에 대한 정보는 어디에도 찾을 수가 없었다. 채권단 대표라는 직함 아래 숨어 있는 사람을 대면해보고 싶었다.

알량한 자존심 따위 던져버리고 매달려야겠다고 생각했는데, 대표가 아닌 그의 뜻을 전하는 이사의 말에 재인은 입을 다물었다.

어떻게든 지켜내고 싶었다. 하지만 지금 그녀가 할 수 있는 건 아무것도 없었다. 보유하고 있는 지분으로 할 수 있는 게 고작 이것밖에 없다는 사실에 가슴 아팠다.

묵직하게 퍼지는 통증을 애써 무시하며 그녀는 마지막에 마지막까지 최선을 다할 생각으로 이를 악물었다.

"양해 각서를 체결한 거지 협상이 마무리된 건 아니죠."

시작은 본사겠지만 결국 지방에 남아 있는 호텔도 하나둘, 윈즈덤에 넘어갈 게 분명했다. 서두르지 않으면 모두 무너지게 될 것이다.

"이제 강 대표, 아니 강재인 씨가 아닌 강준호 대표가 협상 테이블에 앉을 거 아닙니까? 다음 주면 채권단에서 매각 절차를 진행할 겁니다. 처음이자 마지막으로 이런 비밀스러운 만남에 응한 건, 강재인 씨가 그간 애쓴 데에 대한 보답입니다."

재인은 자리를 털고 일어서는 이사의 말에 쓴물이 올라오는 걸 느꼈다. 최소한 얻은 것은 있다. 희망이 남아 있었다. 아직 끝난 게 아니다. 재인은 결연한 의지로 자리에서 일어섰다.

"조만간 다시 뵙겠습니다."

재인은 당당한 눈빛으로 자리를 털고 일어섰다. 가볍게 인사를 하고 천천히 밖으로 나갔다. 서서히 멀어지는 재인의 뒷모습을 보며 채권단 이사는 어딘가로 전화를 걸고 있었다.

준호는 집무실에 느긋하게 앉아 창밖을 보고 있었다. 이곳에서 보는 풍경은 사뭇 달랐다. 가장 높은 곳에서 만끽하는 여유.

말로 표현하기 힘든 만족감이 온몸을 감쌌다. 아무것도 하지 않았음에도 웃음이 절로 나왔다. 그가 진정으로 원했던 건 바로 이것이었다.

누구도 함부로 할 수 없는 위치에 서서 군림하는 것. 이제 그 누구도 그를 함부로 대할 수 없었다.

호텔 곳곳을 순시하는 그를 바라보는 직원들의 시선, 확연히 달라진 주위 사람들이 태도. 절대적인 힘에 복종하는 그들의 시선에 희열이 느껴졌다.

준호는 책상 위에 있는 매각 서류를 물끄러미 바라봤다. 회생할 가치를 잃은 호텔에 머물 의사는 없었다. 가치가 있을 때 그 몫을 거두고 부가 주는 기쁨을 만끽하며 여생을 보낼 것이다. 더는 책상머리에 앉아 골치 아픈 일이 없었다.

"후후훗."

호텔 매각은 급물살을 탄 듯 일사천리로 진행되고 있었다. 역시나 준을 전면에 내세운 건 현명한 선택이었다.

준은 이안의 개가 되어 착실히 일을 수행했다. 그는 인수 합병이라는 명목 아래 드러내놓지 못한 비용을 효과적으로 가시화시켰다. 실질적 인수 가격은 잠재 가치를 대변하지 않았다.

가치가 상승한다는 보장이 없는 상황에서 가치 상실에 대한 선행치의 폭을 메우는 건 제반 비용밖에 없었다.

투자자를 찾는다고 해도 반드시 원금에 대한 수익을 요구해올 것이다. 타당한 지출과 함께 효과적인 자금 활용에 이보다 좋은 이유는 없었다.

준은 그들이 원하는 것보다 늘 한발 앞서 준비했고 윈즈덤뿐 아니라 준호에게도 더없이 만족스런 결과를 가져다줬다.

반드시 필요한 비용이라는 명목으로 지출된 공적 자금. 당분간 호텔을 유지하며 나오는 수익을 자금으로 활용하며 윈즈덤의 다른 투자자들은 호기롭게 매매가를 인상시켰다.

여전히 본사 매각에 회의적인 일부 이사들과 노조를 설득하는 일만 남았다. 다음 주에 있을 MOU만 마무리되면 넘치는 부를 마음껏 누릴 것이다. 돈이 곧 권력인 시대. 준호는 그 안에서 가장 중심이며 높은 곳에 서 있었다.

"하하, 하하하하!"

웃고 있는 그의 뒤로 석양이 붉게 타오르고 있었다.

준은 서류를 보며 작게 한숨을 내쉬었다. 생각했던 것보다 자금 규모가 컸다. 매각 예정가의 30프로는 본사 자금, 나머지 70프로가 얼굴 없는 투자자의 주머니에서 나왔다.

수천억에 달하는 자금을 보유한 투자자는 많지 않았다. 그럼에도 투자자에 대한 정보는 아직 알 수 없었다.

이안은 철저하게 투자자에 대해 함구했다. 영원히 숨길 수는 없을 것이다. 그 시기를 앞당길 뭔가가 필요했었다.

준은 며칠 동안 고민했고 결국 방법을 생각해냈다. 결국 그들이 원하는 건 돈이었다. 원하는 걸 쥐여줄 방법을 제시하면 그들은 더 큰 부를 위해 그에게 손을 내밀 것이다.

다음 주에 있을 우선협상은 당분간 이뤄지지 않을 것이다.

준은 지영을 통해 페이퍼컴퍼니 쪽 자금을 차단했었다. 갑작스러운 투자 철회로 준호는 주식을 모두 확보하지 못한 상태였다.

그는 그간 준호를 철저하게 감시하고 있었다. 매각을 준비하며 준호의 씀씀이는 더 커져갔었다. 그리고 그의 예상대로 이나가 꽃집을 통해 마련한 비자금이 바닥을 드러냈다.

한동안 이사들의 주식을 사들이더니 최근 그 움직임이 무뎌졌다.

흥청망청 써대던 자금의 갑작스러운 경색으로 준호는 지영이 내민 손을 더 굳건하게 잡을 수밖에 없었다. 준은 그 틈을 놓치지 않고 파고들어갔다. 준은 지영을 통해 준호에게 큰 자금을 지원하게 만들었다.

돈이 주는 마력은 대단했다. 무조건적인 신임과 복종. 막대한 돈이 그의 눈을 가리고 귀를 막았다.

준호는 지영이 운영하는 아투에 대해 아무것도 몰랐다. 아투는 준호가 건설사에 있을 때부터 호의적으로 그에게 투자했고 그 덕에 꽤나 많은 자금을 유용할 수 있게 만들었다. 지영은 그림자 이사를 앞세워 투자금을 늘려가며 영향력을 키워왔었다.

아투의 성장과 함께 주기적으로 자금을 지원한 결과, 준호의 신임을 얻는 데 성공했다. 그 탓에 자금 경색이 오자마자 준호는 지영에게 제일 먼저 손을 내밀었다.

거대한 자금에 눈이 먼 준호는 지영이 원하는 대로 페이퍼컴퍼니의 지분을 순순히 그녀에게 넘겼다.

자연스럽게 이안의 귀에 아투의 존재가 알려졌고 더불어 모습을 감추고 있던 투자자도 모습을 드러냈다. 예상 밖의 인물. 재인에게 득이 될지 독이 될지는 아직 모르겠다.

준은 새로운 투자자에 대한 정보는 빼고 다른 서류들을 정리해 봉투에 넣었다. 이제 재인에게 전해주기만 하면 된다. 준은 오래전부터 이날을 기다리고 있었다.

아투는 사실 준이 만든 회사였다. 한철의 아내이자 그의 중학교 담임이었던 지영이 교직을 떠나 만든 자산 운용그룹이 그 시작이었다.

소규모 부동산 투자로 사업을 시작한 아투는 어느새 자산 운용 업계의 신화적인 회사로 자리매김했었다. 명석한 두뇌와 판단력으로 지영은 회사를 운용했지만 외부적으로 그녀는 자신을 드러내지 않았다.

한철의 부탁이기도 했고 지영의 뜻이기도 했지만 준을 보호하기 위함이 가장 큰 이유였다. 어차피 준이 만든 회사였고 자금 또한 준에게서 나온 것이었다.

그들은 보험금이 아닌 자금의 출처에 대해 한 번도 묻지 않았다. 한철과 지영은 지금까지 준의 가름막 역할을 충분히 해주었다.

준이 아투를 만든 이유는 하나였다. 프랑스어로 성공의 수단이자 으뜸 패를 의미하는 아투.

아투는 적에게 보낼 일격이자 맞설 용기를 뜻하기도 했었다.

어떤 상황이 와도 재인을 보호할 방패가 필요했었다. 그는 넘어진 그녀를 다시 일으켜 세워줄 용기를 주기 위해 오랜 시간 준비했다.

대표 자리에서 물러나며 재인은 감추고 있던 칼을 꺼내 들었다. 그간 싸울 마음조차 없던 그녀였지만 지금은 아니었다. 지킬 마음조차 없던 예전과 확연히 달라진 재인이 기특하고 대견했다.

긴 잠에서 깨어난 여왕을 막을 사람은 어디에도 없었다. 그것은 이제 적에게 일격을 가할 때가 되었음을 의미하기도 했다.

재인은 말없이 떠난 그를 원망하고 있을 것이다. 그럴 수밖에 없었다는 작은 변명조차 못 하는 그였기에 그리움조차 사치로 여기며 지냈다.

목표는 하나뿐이었다. 재인을 지키는 것.

이제 그들을 막아설 패를 쥐여줄 시간이다. 그가 할 수 있는 건 여기까지였다. 여왕의 귀환을 알리는 서막이 이제 시작되고 있었다.

준은 재인의 일상이 찍힌 사진을 물끄러미 바라봤다. 기억 속 모습보다 더 아름다운 모습으로 재인은 사람들 속에 있었다.

일상을 영위하고 있는 그녀는 진짜 웃음을 찾았다. 전보다 단단해져 있었다. 그의 품에 안겨 떼를 쓰며 울던 소녀는 이제 진짜 어른이 되어 있었다. 그녀는 혼자가 아니었다.

이제 그가 없어도 될 만큼 자랐다. 여전히 호텔과 관련된 사람들과 함께지만 자유로워 보였다.

스스로를 묶어둔 포박에서 풀려나 자유로워진 그녀는 이제 비상만을 남겨두고 있었다. 감춰둔 날개를 펼치고 날아오를 것이다. 준은 사진 속 그녀를 천천히 쓰다듬었다. 온기가 손끝을 타고 오는 듯 가슴이 뜨거워졌다.

"재인아, 이제 돌아갈 시간이다."

준은 은밀하게 서류를 재인에게 보냈다. 그가 갖고 있는 지식만큼 재인도 호텔에 관해 알고 있다는 게 얼마나 다행인지 모르겠다.

준호가 그동안 페이퍼컴퍼니로 통해 사들인 호텔 주식은 명의 신탁 주식으로 전환해두었다. 초창기 법인 설립 시에 발행된 주식을 시장에 내놓게 했던 것도 다 그 이유에서였다.

명의 신탁 해지로 당초 명의 신탁된 재산의 소유권이 실소유자 앞으로 환원될 수 있었다.

그간 준호가 사들인 주식은 실소유주인 재인에게 환원이 되지만 조세 회피 의도가 없었고 주식의 실제 소유자가 그녀임을 증빙하는 근거 자료 또한 충분했기에 수십억의 세금도 피할 수 있었다.

준호는 처음에도 그랬고 지금도 주식에 대한 그 어떤 권리도 가질 수 없었다. 도리어 비자금 조성을 위해 지속적으로 횡령한 자금과 업무상 사문서 위조 등등으로 조사를 받아야 할 것이다. 모두 원래 자리로 돌아가는 것이었다.

과점주주 취득세 문제와 의제배당, 가지급금 등의 문제 또한 이미 주식을 매입하는 과정에서 납부한 취득세로 이중과세에서 벗어날 수 있었다. 결국 호텔은 완벽하게 재인의 소유가 되는 것이었다.

돌아온 여왕이 꾸려갈 호텔의 앞날이 기대됐다. 하지만 그 미래에 그는 없었다. 그의 역할은 이것이 마지막이었다. 처음부터 그럴 의도였고 이제 끝났다. 홀가분하기도, 공허한 기분이 들기도 했다.

준은 진심으로 건에게 감사했다. 그가 재인을 지켜낼 수 있었던 건 건의 선견지명이 아니었으면 절대 할 수 없었던 일이었다. 준은 건이 비밀리에 그의 명의로 해둔 수백억 원의 자금을 활용해 아투를 설립하고 회사를 운용했었다.

신형과의 대화를 엿들었다고 불호령을 내릴 것 같던 그 밤, 건은 또 다른 제안을 했었다.

"내가 가지고 있는 비자금의 전부다."

준은 고개를 번쩍 들었다. 대충 보아도 그가 한 번도 본 적 없는 어마어마한 현금이 눈앞에 놓여 있었다. 떨려서 입이 떨어지지 않았다.

"이, 이걸 왜 저한테?"

설마 이 돈을 가지고 사라지라는 건 아닐까라는 생각이 들었다. 아직은, 아직은 재인 옆에 있고 싶었다.

'지켜주겠다고 약속했는데, 지켜주고 싶은데…….'

주체할 수 없이 눈물이 쏟아졌다.

건은 깊은 한숨을 내쉬며 준의 머리를 쓰다듬었다. 어린 준에게 너무 큰 책임을 떠맡기는 것 같아 가슴 아팠다. 하지만 마지막까지 그녀를 지켜줄 사람은 그가 아니었다.

준이라면 험한 세상에 혼자인 재인을 끝까지 지켜줄 것이다. 오빠라는 제약을 걸어둔 건, 건이 할 수 있는 아픈 시험이자 묘책이었다.

가질 수 없다는 절망이 열망이 되어 그를 달리게 할 것이다. 열망이 갈망이 되고, 그 끝까지 가봐야 다시 돌아올 수 있었다. 사람의 인언이기에 더 그랬다. 스스로 선택해야 책임질 수 있었다.

재인은 흔들리지 않을 것이다. 그녀에게는 준뿐이었다. 집착이 열망이 되어 이미 그녀를 달리게 하고 있었다. 쉬이 바뀔 감정이 아니란 걸 알기에 그는 준을 시험하기로 했다.

제발 포기하지 말기를. 그 끝에서 다시 돌아올 용기를 가졌기를 간절히 바랐다.

건은 간절한 바람과 달리 변함없는 얼굴로 준의 맑은 눈을 응시했다.

"죄책감 따위 던져버려라. 난 너의 미래를 사는 것뿐이다. 네 미래에 투자하는 거다. 이 돈을 네가 어떻게 활용하든 상관하지 않으마. 네가 필요할 때 언제든 쓸 수 있게 해주마. 대신 언젠가 이 돈이 힘을 발휘해야 할 날이 오면, 재인이를 도와다오. 늙은이의 바람이라면 끝까지 이 돈이 너를 위해 쓰였으면 좋겠구나."

준은 건과의 약속을 지키기 위해 지금까지 달려왔었다. 건은 그의 몫이라 말했지만 처음부터 그 돈은 그의 것이 아니었다. 재인의 것을 잠시 맡았던 것뿐이다. 빚처럼 갖고 있던 재산까지 정리하니 진짜 끝난 것 같았다.

한철은 회사 자금을 정리해 재인에게 보내는 그를 보며 마지막까지 잔소리했었다. 그도 알고 있었다.

마음만 먹으면 얼마든지 그들 관계는 바뀔 수 있었다. 하지만 여전히 겁났다. 모든 진실을 안다고 행복한 것은 아니었다. 그럼에도 그는 행복하다고 생각했다. 그녀를 지킨 것만으로도. 그런데 가슴이 답답해 미칠 것 같았다.

준은 가슴속에 또다시 일고 있는 불길을 무시했다. 그녀와 함께 했던 그 밤, 모두 불살라버렸다. 감정의 잔재조차 남기지 않았다

318

생각했다.

그런데 작은 불씨는 여전히 꺼지지 않은 모양이다. 준은 숨을 깊이 들이마셨다. 차가운 공기가 폐부를 가득 채웠다.

모든 책임은 그에게 있었다. 그는 모든 걸 안고 갈 생각이다. 그녀에게 지워질 책임은 하나도 없었다. 각자 원래의 삶으로 돌아가는 것뿐이다.

그는 지금 현재의 삶을 충실하게 살고 있었다. 더는 욕심내지도, 바라지도 않았다. 그럼에도 깊은 갈망은 쉬이 사그라지지 않았다.

끝에 다다른 갈망과 출구를 찾지 못한 감정들로 가슴이 갈가리 찢기고 있었다.

쿡, 쿡 쑤셔오는 깊은 통증. 그녀만 행복하다면 얼마든지 참을 수 있었다. 그는 쓰려오는 가슴을 무시하며 오랜만에 맘껏 그녀를 생각하는 사치를 누리고 있었다.

#13 - 체크메이트

재인은 밤낮을 가리지 않고 뛰어다녔다. 수없이 많은 투자자와 사업가들을 찾아갔지만 그들의 반응은 냉담하기만 했다.

언론에서 떠들어댄 추문과 명백하게 호텔서 쫓겨난 그녀의 신세를 모르는 이는 없었다. 면전에서 은밀한 제안을 하며 더러운 추파를 던지는 이도 많았지만 그녀는 포기하지 않았다.

그날도 기획안을 한가득 안고 새로운 투자자를 찾아 나섰다. 막 집을 나와 강릉으로 향할 때였다.

찌르릉, 찌르릉.

전에 만났던 민욱의 전화였다.

"댁으로 가고 있는데 무슨 일 있으신가요?"

강릉의 유지인 민욱과는 이미 몇 차례 만나 투자를 논의했었다. 그는 자금이 필요해 대지를 내놓은 사람이 아니었다. 그는 지역 발전을 위한 사업을 구상 중이었고 재인의 제안은 비전이 있었다. 재인은 대지 매각 조건으로 신규 호텔 지분을 얘기했었다.

지역의 유지인 민욱을 대표로 강원 호텔을 운영할 생각이었다. 지역색이 강한 강원도에 대해 그만큼 잘 아는 사람은 없었다. 그를 필두로 호텔 착공을 시작하면 안정적으로 운영할 수 있었다.

재인은 재기의 발판으로 신규 호텔을 구상했다. 그녀가 가장 잘할 수 있는 것은 호텔 사업이었다. 재인은 서두르지 않았다. 하지만 쉬지도 않았다.

그녀는 국내는 물론이고 해외까지 새롭게 시작할 곳을 물색해 나섰고 그 시작으로 강원도를 선택했다. 강원에는 아직 그룹을 대표할 호텔이 없었다.

수도권 접경지라 하기에는 거리가 있었기에 관광객 유치와 성공 여부를 확신할 수 없어 매번 무산됐지만 그녀는 과감하게 생각을 전환했다.

천혜의 자연과 바다를 가진 청정지역 강원도는 사람들을 끌어모으기에 충분한 조건을 가지고 있었다. 시대와 함께 성공의 조건도 바뀌고 있었다.

고객을 만족시킬 수 있다면 지역은 상관없었다. 재인은 강원 지역에 신규 호텔 부지로 합당한 토지를 찾던 중, 민욱을 알게 됐고 그녀는 적극적으로 협상을 진행 중이었다.

민욱은 편견 없이 매번 찾아오는 그녀를 반갑게 맞아주었지만 그 어떤 확답도 하지 않았다. 소득 없이 매번 돌아오는 길에 힘이 빠질 만도 한데 그녀는 끊임없이 그를 찾아가고 있었다.

-급한 일이 생겨서 오늘 약속은 다음으로 미뤄야 될 것 같은데……. 미안하게 됐어요.

다른 투자자를 만나며 이미 수차례 겪었던 일이었다. 낙담은 금지였다. 그럼에도 맥이 빠지는 건 어쩔 수가 없었다. 그녀는 나오려는 한숨을 참았다. 이런 전화를 해준 것만으로도 사실 감사할 일이었다.

"괜찮습니다. 그럼 조만간 다시 약속 일정 잡겠습니다."

-대신 내가 누굴 소개시켜줄까 하는데…….

"네?"

매번 그녀의 이야기만 들었지 그 어떤 질문도 하지 않았던 민욱이었다.

-주소 보내줄 테니까 한번 찾아가봐요. 알아서 나쁜 사람은 아닐 테니까.

보이지 않지만 웃음기 가득한 목소리였다. 이런 호의가 얼마나 큰 힘이 되는지 몰랐다.

"감사합니다."

그녀는 망설임 없이 민욱이 보내준 주소로 향했고 그곳에서 지영을 처음 만났다. 부동산 투자펀드 업계에 큰손으로 혜성같이 등장한 아투의 대표 지영은 말 그대로 손을 대는 사업마다 신화 같은 성공을 이룬 사람이었다.

이미 재인에 관한 이야기를 해둔 것인지 지영은 처음부터 호의적이었다.

호텔을 벗어나며 기다렸다는 듯 찾아오는 귀한 인연들. 전처럼 호텔에만 있었다면 절대로 만나지 못했을 민욱과 지영과의 만남으로 재인은 대표에서 물러나게 된 걸 감사하게 됐다.

모든 걸 잃었다고 생각한 순간 그녀는 더 많은 것을 얻었다. 지영은 국내는 물론이고 외국 기업의 투자까지 하며 사업가로서 많은 인맥을 보유하고 있었다.

자연스럽게 지영의 인맥 속으로 들어가 그들과 교류를 시작했다. 이미 그녀에 대해 많은 사람들이 알고 있었지만 그녀는 시작하는 마음으로 그들에게 다가갔다.

초심. 잊고 있던 초심 속에 모든 복이 들어 있었다.

새로운 호텔과 투자에 대한 긍정적인 논의가 계속되고 투자 확정을 지은 사람들도 점차 늘고 있었다. 한 걸음, 한 걸음 멀어졌던 거리만큼 재인은 호텔을 향해 나아가고 있었다.

재인은 하루 24시간이 모자랄 정도로 바쁘게 움직였다. 준을 앞세워 급물살을 타며 빠르게 진행될 것 같던 본사 매각은 순조롭지 못했다.

당초 유동성 지원이 만기되는 11월까지 본 계약을 체결하기로 한 윈즈덤은 자금시장 경색과 호텔 직원들의 반발 등의 이유로 계약을 미루고 있었다. 더불어 준에 대한 여론이 들끓기 시작했다.

한때 퀸의 지배인으로 세간의 주목을 받았던 그가 호텔과 척을 지며 매각 전면에 선 것만으로도 이슈가 되기 충분했었다. 그런데 계약이 미뤄지고 기다렸다는 듯이 여기저기서 첩보가 쏟아지기 시작했다.

비용 절감을 위해 가시화한 공적 자금의 흐름이 투명하지 않다는 제보로 준은 코너에 몰리기 시작했다.

매각이 공론화된 상황에서 호텔의 수익 상승은 한정되어 있었고 비용이 늘고 있는 상황을 간과할 사람은 아무도 없었다. 온갖 억측이 난무하고 있었지만 준의 행보는 변함이 없었다.

재인은 이제 한 걸음 뒤에서 준을 볼 수 있었다. 여전히 그를 그리워하며 돌아오길 바라지만 내색하지 않았다. 오래도록 품었던 감정을 모두 버릴 수는 없지만 그때처럼 한없이 쏟아내지 않았다.

호텔을 상속받았던 철부지 강재인은 이제 없었다. 사업가로 변모한 그녀는 이제 모든 상황을 냉정하게 판단했다.

수집한 정보는 정확했다. 윈즈덤은 호텔 매각 후 그곳에 새롭게 건물을 지을 생각이었다. 계획대로 되게 둘 수 없었다.

재인은 그들이 했던 것처럼 언론을 철저하게 이용했다. 흑색선전은 하지 않았다. 공개되길 원치 않았던 진실을 알려주는 것,

감춰져 있던 진실은 큰 파장을 일으켰다. 연신 언론에서 보도되던 소문들이 사실로 알려지며 일부 이사들이 호텔 매각에 반기를 들기 시작했다.

연이어 고용 승계는 협의하지 않았지만 일자리를 보장해준다는 윈즈덤의 제안이 거짓임을 알게 된 호텔 노조의 반발도 만만치가 않았다. 당분간 호텔을 운용해야 하는 입장에서 노조와 맞선다면 당장 매출에 영향을 끼칠 건 불 보듯 뻔했다. 결국 윈즈덤은 당초 계획을 철회하며 인수를 미루기 시작했다.

언론 플레이와 인수 철회는 호텔 매출에도 영향을 주기 시작했고 대표인 준호는 이사들에게 뭇매를 맞기 시작했다.

최근 윈즈덤에 투자했던 거물 투자자가 발을 뺀 상태였다. 호텔 인수를 위해서는 윈즈덤 또한 새로운 투자자를 찾아야 하는 그녀와 같은 입장으로 변해 있었다.

매각자와 매수자의 입장에서 악재지만 그녀에게는 호재일 수밖에 없었다. 신탁 자금을 움직일 수 있어 다행이었다.

채권단과 합의하려면 그들이 원하는 걸 제시해야 했다. 확신을 줄 무언가가 필요했고 재인은 땅끝마을 호텔을 기점으로 삼았다.

두드리면 열린다는 말이 결코 틀린 건 아닌 것 같았다. 수없이 찾아다니던 투자자 중 한 사람을 통해 해남 호텔이 시장에 나왔다는 걸 알게 됐었다.

강원 지역 호텔은 완공까지 최소 2, 3년이 필요했지만 계속해서 매각이 무산되던 해남의 호텔은 수차례의 유찰로 가치가 급격하게 하락되어 있었다.

헐값에 나온 호텔의 상태가 생각보다 양호했다. 보수가 필요하지만 바로 운영해도 될 만큼 여건은 갖춰져 있었다.

오너의 경영 부실만 아니었다면 시장에 나올 일도 없었을 호텔을 잡은 건 그녀에게 기회였다.

비록 퀸에서 쫓겨났지만 그녀만큼 호텔에 관해 알고 있는 사람이 드물다는 걸 그들은 알고 있었다.

투자자들 사이에서 공공연하게 거론되던 말들을 재인은 직접 움직이며 확신으로 바꾸었다. 그 확신이 그녀에게 기회를 가져다줬다.

퀸 호텔 본사 매각이 미뤄지고 신임 회장인 준호에 대한 이사들과 노조의 반발이 거세어지며 일각에서는 재인의 복귀를 원하는 이들이 늘고 있다고 했다. 수성과 수린을 통해 소식은 전해 들었지만 그녀는 때를 기다렸다.

재인은 해남 호텔의 영업 재개를 위해 발 빠르게 움직이기 시작했다. 기존 직원들은 체불된 임금 지급을 약속하며 고용 승계를 약속하자 우호적으로 나오기 시작했다.

처음 재인이 호텔 매수자임을 알고 노조위원장인 경목은 협상 자체를 거부했었다. 재인은 포기하지 않고 수차례 방문하며 그를 설득하기 시작했다. 계속되는 설득과 확실한 경영 방안은 결국 경목의 마음을 돌리게 만들었다.

이제 경목은 전면에 나서 그녀의 새로운 시작을 돕고 있었다. 이곳에 퀸의 서비스와 시스템이 더해진다면 새로운 도약을 꿈꿀 수 있었다.

해남 호텔 매입과 영업은 일사천리로 진행됐고 그녀는 더 바빠졌지만 그 어느 때보다 행복한 시간을 보내고 있었다.

정신없는 날들이 계속되고 있었다. 본사 매각은 결국 무산되고 말았다. 윈즈덤은 매각에서 완전히 손을 뗐다고 공식 발표했다. 그들은 결국 새로운 투자자를 찾지 못했다.

여전히 시장에 본사 건물이 나와 있지만 쉽게 손대는 이들이 없었다. 매입 의향이 있다는 회사가 다수 있다는 소문이 있지만 호텔 업계에 기생하는 거간꾼들의 장난일 뿐이었다.

재인은 이제 그런 말들에 휘둘리지 않았다. 바로 전날도 새벽까지 일하던 재인은 선화의 잔소리에 겨우 잠자리에 들었다.

요즘은 눕기만 해도 잠이 들었다. 신기할 정도로 깊이 잠든 탓에 선화가 깨우지 않으면 일어나기도 힘들었다.

오랜만의 늦잠으로 그 어느 때보다 머리가 맑았다. 선화는 그날도 한 상 가득 음식을 차렸다.

재인은 넘치는 포만감에 웃으며 서재에 앉았다. 발신인이 없는 서류가 좀 전에 도착했다. 책상 위에 놓인 서류 봉투로 쉬이 손을 뻗을 수가 없었다.

마치 판도라의 상자 같았다. 무엇을 보게 되든 지금과는 완전히 달라질 것 같은 예감이 온몸을 엄습했다. 그럼에도 반드시 봐야 할 것 같았다. 그녀는 조심스럽게 서류를 확인하기 시작했다.

그녀는 서류를 넘길 때마다 터져 나오는 비명을 참아야 했다. 마지막 장을 내려놓고 그제야 참았던 숨을 쏟아냈다.

"하아."

그간 준호가 은닉한 재산이 고스란히 그녀의 몫으로 되어 있었다. 복잡한 과정 중에 눈에 익은 곳이 있었다.

아투. 모든 곳이 아투와 연결되어 있었다.

지영은 단 한 번도 그녀에게 내색한 적 없었다. 수많은 의문들을 안은 채 그녀는 지영에게 전화를 했다.

"강재인입니다."

-전화 기다리고 있었어요.

"어떻게 된 건가요?"

-절대 말하지 않겠다고 했는데……. 이제는 재인 씨도 알아야 할 것 같네요.

온몸에 소름이 돋았다.

"무슨 말씀이세요?"

-영원한 비밀은 없다고 생각해요. 시간이 지나고 언젠가는 알게 되겠죠. 그런데 그 시간 동안 잃어버린 것들에 대한 보상은 그 누구도 해줄 수 없더라고요.

"대체 무슨 말씀을 하시는 거냐고요?"

재인은 머릿속이 복잡해졌다. 검은 미로 속에 갇힌 기분이었다.

-사실 전, 아투의 대표가 아니에요.

재인은 당황스러워 입이 떨어지지 않았다. 그간 지영과 비즈니스를 했던 그녀였다. 겉으로 드러나진 않았지만 아투의 대표는 분명 지영이었다. 대표이사가 대외적으로 활동하지만 지영이 최종 결정을 하는 걸 모르지 않았다. 그 모든 게 거짓일 리 없었다.

"후우."

재인은 천천히 숨을 내쉬며 냉정하게 생각했다. 그녀가 모르는 뭔가가 있었다.

대표에서 물러나 투자자를 찾던 와중에 운 좋게 지영을 만났고 그 뒤로 모든 일들이 순풍에 돛을 단 듯 풀리기 시작했다. 간과하고 있던 지영과의 만남. 어쩌면 민욱이 지영을 소개했던 것도 모두 계획된 일이었을지도 몰랐다. 서서히 머리가 맑아지고 있었다.

"제대로 말씀해주세요."

잠시의 침묵. 지영 또한 쉽게 꺼낼 얘기는 아닌 것 같았다.

"지금까지 아무것도 모른 채 살아왔어요. 앞으로는 그렇게 살고 싶지 않아요. 더는 후회하며 살고 싶지 않아요."

재인의 말에 지영은 용기를 얻은 것 같았다.

-두 사람 다…… 제발 그러길 바라요. 아투의 진짜 대표는 남궁준이에요. 이야기하자면 긴데…….

그렇게 시작된 이야기. 재인은 그녀의 말을 들으며 얼굴이 젖어들었다. 오래전부터 준비하지 않았다면 결코 얻지 못했을 자료와 재산들.

준이 이 모든 걸 얻기 위해 어떤 심정으로, 어떤 일을 했는지 알 수 없었다. 하지만 그녀를 위해서였다는 건 의심하지 않았다.

계약을 진행하던 윈즈덤 입장에서 누군가 책임질 사람이 필요했을 것이고 그 책임을 준은 달게 받으며 물러났었다.

근무하던 호텔 매각에 전면으로 나섰던 그는 언론의 뭇매를 맞았다. 사실 관계를 떠나 그의 도덕성을 논하는 이들도 많았다.

준은 업계는 물론이고 대중들에게까지 돈을 좇은 속물로 전락해 있었다. 결국 매각이 무산됐고 그 책임은 모두 준에게 돌아갔다. 컨시어즈뿐 아니라 지배인으로서의 그의 명성은 이미 바닥으로 내려앉았다. 앞으로 호텔리어로 그의 인생은 끝나고 말았다. 준은 이 모든 것을 계획한 것 같았다.

"하아, 흐흐흑."

그녀를 지키기 위해 준은 자신의 모든 걸 희생했다. 쏟아지는 눈물을 닦지도 못하고 재인은 지영의 말을 끝까지 듣고 있었다.

통화를 끝낸 재인은 서류를 다시 검토했다. 준의 희생을 헛되게 만들지 않을 것이다. 그녀가 그동안 조사한 내용을 확인시켜주는 자료들. 더는 머뭇거리지 않을 것이다.

채권단 이사와 오후에 만나 협상할 생각이었다. 그들은 해남 호텔에 큰 관심을 가졌다. 해남 호텔은 영업을 재계하며 순식간에 매입가의 세 배가 넘는 상승 가치를 보였다.

1급 관광호텔에서 특1급 호텔의 서비스를 받을 수 있다는 건 큰 호응을 얻었다. 재인은 그간 호텔 생활을 하며 배운 노하우를 과감하게 영업에 활용했고 실 고객을 위한 오픈 기념 이벤트는 관광객들에게 빠르게 입소문이 나기 시작했다.

재인은 위기에 있던 호텔을 멋지게 재기시켰다. 추후에 얼마나 더 큰 상승세를 보일지 모르지만 그녀가 단기간에 보인 성과는 채권단과 새로운 투자처를 찾는 이들의 이목을 집중시켰다.

그간 재인이 찾아갔던 투자자들은 이제 그녀의 집 문턱이 닳도록 찾아오고 있었다.

재인은 때가 도래했음을 인지하며 다시 젖어드는 눈가를 말끔하게 지웠다.

"꼭 갚을게."

재인은 어느새 단단해져 있었다.

재인은 눈앞에서 플레이되고 있는 영상에 눈을 감고 귀를 틀어막고 싶었다. 하지만 영상이 끝날 때까지 그녀는 꼼짝도 하지 않았다.

심증으로만 여겼던 그때 일의 확증. 실행에 옮기지 않았더라도 모의한 정황만으로 그들에게 죄를 추궁할 명분은 충분했다.

오래전 있었던 사고에는 그 어떤 외압이나 고의성도 없었다. 경찰 조사에서도 그랬고, 추후 조사에서도 나온 건 아무것도 없었다. 그날의 사고는 단순한 사고에 불과했었다.

그 단순한 사고로 재인과 준은 부모라는 울타리를 잃었고, 준은 만에 하나라는 죄책감에 시달리며 지난 시간을 보냈지만 진실은 변하지 않았다.

그런데 어떻게 가족이, 혈육이라는 이름을 가진 이들이, 이런 모의를 할 수 있는지 이해할 수가 없었다. 재인은 영상을 메모리칩으로 복사하며 자리에서 일어섰다.

체크메이트. 이제 게임을 끝낼 시간이었다.

갑작스럽게 만나자는 재인의 말에 준호와 준희는 불편한 내색을 감추지도 않았다. 도리어 무슨 일이냐는 듯 귀찮은 얼굴로 그녀를 맞았다.

어차피 호텔 매각은 물 건너간 상황이었다. 두 사람은 마지막에 윈즈덤이 그런 식으로 발을 뺄 거라 예상하지 못했다.

이사들의 추궁에 준호는 골머리를 앓고 있었다. 대표라는 자리는 그의 예상과 달리 할 것도 많지만 하지 못하는 것들도 많았다.

그가 알고 있던 호텔과 지금의 호텔은 완전히 달라져 있었다. 스마트 시대에 맞춰 변화해야 한다는 건 인식하고 있었지만 피부로 와 닿는 현실이 그가 감당하기 힘들 만큼 변해 있었다. 쉴 틈 없이 올라오는 업무 보고서와 결재 서류들.

시대에 맞춰 서비스의 품질과 방향도 전환해야 된다며 참여해야 하는 릴레이 회의들. 숨 쉴 틈조차 주지 않았다.

매각이 무산되며 채권단의 압박은 더 심해졌었다. 계속 증가세를 보이는 해외 고객 유치를 위해 모바일 체크인, 체크아웃, 앱 활성화, SNS 활성화 마케팅 등으로 엄지족을 사로잡을 방안을 매일 생각해내야 하는 고충도 만만치가 않았다.

책상머리에 앉아 결재만 해서는 안 됐다. 국내 관광시장의 변화와 트렌트를 인지하고 경영 전략에 적극 활용하지 못하면 순식간에 도태되어 버렸다. 보수적인 자세를 유지하던 호텔들도 갈수록 유연해지고 유동성을 더해가고 있었다. 결국 준호는 두 손을 들었다.

준호는 건강상의 이유로 이사들을 회유했다. 그들은 망설임 없이 재인을 다시 불러들였다. 자신들의 주머니가 비고 있는 상황에서 홀로 지방 호텔을 재기시킨 재인은 그들에게 구세주 같은 존재였다. 임시이긴 해도 재인에게 다시 호텔 일을 넘긴 건 잘한 일이었다.

재인이 돌아오고 모든 일들이 일사천리로 진행됐다. 재인이 임시 회장으로 복귀함과 동시에 유동성 자금 만기가 도래했지만 그녀는 기다렸다는 듯 거액의 투자를 유치시켰다.

세계적 호텔그룹이자 호텔계의 큰손 르포의 대표 프랑스와 자르제, 그가 거액을 투자하며 퀸의 부활을 알리기 시작했다.

자르제의 제안은 간단했다. 앞으로 퀸에서 건설하는 모든 신규 호텔은 르포 퀸이라는 명칭으로 새롭게 시작한다.

프랑스어로 휴식, 휴가를 뜻하는 르포와 퀸이 합쳐지며 여왕의 휴식 같은 시간을 제공하겠다는 그의 경영 제안에 반기를 들 사람은 아무도 없었다.

거액의 투자금으로 부채비율은 현저하게 낮춰졌고 순식간에 총자본 경상 이익을 상승시키며 투자자들을 몰려오게 만들었다.

세계적 호텔그룹 르포와 전략적 파트너십을 확정 지은 퀸은 빠르게 안정을 찾아가고 있었다. 그 와중에 재인이 제안한 모바일을 이용한 마케팅 강화는 준호가 보지 못한 신세계를 보여줬었다. 재인은 예전과 달리 과감하게 멀티태스킹 파일럿을 진행했다.

오버 타임 등 정규직 직원들의 과중한 업무 부담을 줄이고 비정규직 직원에 대한 직무 신뢰도를 높여 서비스의 퀄리티를 유지시키기 시작했다.

시작한 지 채 한 달도 되지 않아 자연스럽게 고객 만족으로 표출되기 시작했다. 더불어 직원들에게는 다양한 분야의 업무 지식을 습득할 기회로 작용하며 경력이 확대되는 효과로 노조에 적극적인 지원을 받게 됐다.

단일 직무 형태에 비해 많은 급료는 장기적으로 우수한 젊은 자원들을 호텔에 유인할 수 있는 주요한 수단이 될 수 있음을 정확히 파악한 것이었다.

효율성과 생산성에 포커스를 두긴 했지만 사람 중심의 스탠스를 포기하지 않고 있는 경영 전략. 완벽한 패배였다. 재인은 철저히 사업가가 되어 돌아왔다.

"무슨 일이냐?"

마음과 달리 퉁명스럽게 말이 나왔다.

"우선 앉으세요."

준호는 마뜩잖은 얼굴로 자리에 앉았다. 얼마 전까지 그가 앉아 있던 자리에 재인이 서 있었다. 위화감이 전혀 없었다.

그가 이곳에서 느꼈던 무게감이나 압박감은 느끼지 않는 것 같았다. 비어 있던 곳이 꽉 찬 것 같았다.

불현듯 자리가 주인을 만드는 게 아니라 주인이 자리를 만드는 것일지도 모른다는 생각이 들었다.

"무슨 일이야?"

준호는 심드렁하게 말하며 앉는 준희를 보며 상념을 떨쳐버리려 고개를 흔들었다. 요즘 들어 자꾸 괜한 생각이 들었다.

꿈자리에 보이는 건과 민호 때문일지도 모르겠다. 준호는 슬금슬금 피어오르는 불안감을 애써 무시하며 큰소리쳤다.

"할 말 있으면 짧게 해라."

호텔 회장단 모임이 있었다. 전에는 초대조차 안 하더니 이제는 그쪽에서 먼저 와달라며 사정했다. 부회장으로 있을 때와 대우부터가 달랐다.

전임이라고 하지만 실질적인 권력이 그에게 있다는 걸 알고 벌벌 기는 사람들을 보는 재미도 쏠쏠했다. 더는 그를 무시하는 사람이 없었다. 재인 또한 이제는 알 것이다. 그가 마음만 먹으면 그녀의 위치가 또다시 바뀔 수 있다는 걸.

준호는 피식 웃으며 재인을 바라봤다.

재인은 짧게 숨을 삼키고 준호와 준희를 바라봤다. 여기까지 오는 내내 넘어지지 않으려 힘이 빠진 다리에 얼마나 힘을 주고 걸었는지 모르겠다. 이제 한 발짝만 남았을 뿐이었다.

"이걸 먼저 보고 얘기하시죠."

플레이를 시작한 영상에서 흘러나오는 목소리. 준호는 느긋하게 누인 몸을 벌떡 세우고 영상을 바라봤다. 그의 얼굴이 점점 흑색으로 변해가고 있었다.

침묵이 무겁게 내려앉은 회장실. 그 안에 있는 세 사람 중 그 누구도 입을 열지 않았다. 한참 동안 숨을 참고 있던 준희가 갑자기 울음을 터트렸다.

"흐흑, 아니야. 이건 분명 모함이야. 얘기한 건 맞아. 하지만, 하지만…… 실행에 옮기진 않았어. 그렇지, 오빠? 말해봐."

준호는 멍한 얼굴로 멈춘 영상에서 시선을 떼지 못하고 있었다.

"어떻게……. 어떻게 이게……."

이런 영상이 존재하고 있는지도 몰랐다. 준호는 조여 오는 목에 숨을 쉴 수가 없었다. 그는 급하게 넥타이를 풀며 깊게 숨을 내쉬었다. 이건 분명 음모였다. 기억조차 나지 않는 옛일로 이제 와 발목 잡힐 수는 없었다.

"이, 이건 분명 모함이다. 조작된 게 확실해! 대체 어디서 이딴 걸 가져와 협박하는 거야?"

재인은 말없이 준호가 그동안 비자금을 조성한 내역과 세금 탈루를 위해 행한 것들이 적힌 서류를 내밀었다.

준호는 떨리는 손으로 차근차근 서류를 넘기기 시작했다. 준희는 이미 포기한 얼굴이었다. 준호는 초점 잃은 눈으로 서류를 내려놨다.

"호텔이 가장 안전할 거라고 생각하셨나요? 언제부터요?"

준호와 준희는 아무 말도 하지 못했다. 눈앞에 있는 서류들이 이미 모든 걸 말해주고 있었다. 어떤 말로도 그들이 그간 꾸민 일을 감출 수가 없었다.

명백한 증거들 앞에 그들은 무릎 꿇었다. 재인은 북받쳐 오르는 감정을 내리눌렀다.

"이 안에 있는 수많은 사람들이 설마 소모품이라고 착각하신 건가요? 그들에게는 눈도 없고 귀도 없고 입도 없다고 생각하신 거냐고요? 소모품이 가지고 있던 걸 한번 보시겠어요?"

재인은 그들 앞에 영상을 다시 재생시켰다. 준호와 준희는 눈앞의 영상에 파랗게 질려가고 있었다.

"혹시나 하고 말하지만, 이 일은 너와 나만 알고 있는 거다. 너도 알지만 아버지는 민호 형한테 유산 전부 넘길 생각이셔. 언제까지 홍보실에서 썩기만 할 거야? 형만 없으면 호텔은 우리 거가 되는 거야. 지분 양도할 때 형이 나타나지 않으면 되는 거잖아. 안 그래?"

"무슨 얘기를 하는 거야?"

"아버지가 회의에 참석하지 않으면 한 좌도 주지 않는다고 하셨잖."

"말이 그렇지. 아빠가 큰오빠를 얼마나 아끼는데 안 주시겠어?"

"아버지 성격 몰라서 그래? 회의 참석 안 하면 절대 주지 않으실 거야."

"어차피 아빠한테 다시 양도할 거 아냐? 자본금 때문에 유상증자 하는 거잖아. 호텔은 관심 없어."

"네가 그렇게 나오니까 아버지가 뭐라고 하는 거잖아! 제발 욕심 좀 부려봐."

"솔직히 오빠도 호텔에 관심 없는 건 마찬가지잖아. 민호 오빠가 그래도 호텔은 제일 많이 아는 건 사실이지 뭘 그래?"

"그래서 호텔을 통째로 형한테 주자는 소리야? 이 호텔이 얼마짜린 줄 알기나

해? 그때 팔아치웠어야 했어. 형이 반대만 안 했어도 이렇게는 안 했을 거 아냐?"

"그래서 어떻게 하자는 건데?"

"회의 참석 못 하게만 할 거야."

"어떻게 하려고?"

"참석 못 하게 하는 방법이야 여러 가지지. 접촉사고도 있을 수 있는 거고…….
방법이야 여러 가지야. 내가 알아서 할 테니까 넌 입 다물고 있으면 돼. 선인
기사한테 접촉했는데 사람이 어찌나 답답한지 모르겠어."

"누가 들으면 어쩌려고 그래?"

"여기 우리 말고 사람이 어디 있다고 그래? 잠자코 있기만 하면 한몫 잡게 해줄
테니까 기다려."

"난 몰라."

"돈으로 안 되는 게 어디 있는 줄 알아? 세상에 돈 싫어하는 사람 없어. 선인 기
사가 계속 못 한다고 하면 다른 사람 알아보면 돼."

어떤 일에 있어 도리어 방관이 큰 잘못인 경우가 있었다. 일을
계획한 건 준호지만 그런 그를 보며 방관한 준희의 책임 또한 막
중했다.

누가 찍었는지 알 수 없지만 그 오래전 준호와 준희가 객실에서
주고받은 대화는 물론이고 사무실 곳곳에서 나눈 이야기들이 영
상으로 플레이되고 있었다. 선명한 영상 속 인물은 준호와 준희가
확실했다.

준희는 이제 소리조차 내지 못한 채 뜨거운 눈물만 흘리고 있었
다. 벌떡 일어섰던 준호는 말없이 의자에 털썩 주저앉았다. 그 뒤

로도 계속 들려오는 그들의 밀담. 준호는 자신의 귀를 의심할 정도로 추악함이 가득한 계획들을 들으며 눈앞이 깜깜해졌다.

재인은 그들의 무너진 모습에 눈가가 시큰거렸다. 눈물을 보이는 것조차 아까웠다. 재인은 다시 거세게 이를 악물었다. 입 안 가득 비릿함이 퍼졌지만 고통조차 느껴지지 않았다.

"고객들의 비밀을 유지하듯 그럴 거라고 생각하신 거겠죠? 소모품은 말이 없으니까요."

부라는 이름으로 사람이 어디까지 악해질 수 있는지 그들은 여실히 보여줬었다.

"비밀리에 만났다고 하지만 그곳까지 방문을 열어주고 차를 준비하고 음식을 나르고, 그곳을 정리한 건 한 인격체였어요."

재인은 북받쳐 오르는 감정들로 잠시 숨을 골랐다.

"단지 소모품으로 보이셨겠죠? 언제든 필요에 의해 썼다 버릴 수 있는 일회용품처럼요. 하지만 할아버지와 저에게는 소중한 가족이에요. 그 사람들은 저의 눈이고 귀며 입이에요."

준호는 모든 게 끝났다는 걸 깨달았다. 자신은 그 누구보다 호텔을 잘 경영할 거라고 믿었다. 하지만 막상 가장 높은 자리에 앉아보니 현실은 그게 아니었다.

그가 생각했던 왕좌는 이런 게 아니었다. 존경 따윈 처음부터 바라지 않았다. 군림하고 싶었다. 가장 높은 곳에 서고 싶었다. 그 열망으로 여태껏 달려왔었다.

준호는 천천히 눈을 들어 재인을 바라봤다. 붉게 변한 눈에 결의가 서려 있었다. 그가 왕좌에 앉아 쉬고 있는 사이, 재인은 진짜 여왕이 되어 돌아왔다.

그제야 깨달았다. 왜 건이 재인에게 호텔을 남겼는지, 왜 그가 아닌 재인을 선택했는지. 두 사람은 많이 닮아 있었다.

그가 그토록 좋아하고 또 증오하던 건과 민호의 모습이 재인에 게서 그대로 비쳐졌다.

처음 대표에서 순순히 물러났을 때 이상하다고 생각했지만 의심하지 않았다. 준호는 그가 가진 돈의 힘을 믿었다. 돈이 곧 권력이고 힘이었다. 하지만 그 힘은 지금 아무 소용이 없었다. 재인을 아무것도 모르는 애송이라 생각했던 자신의 오판에 준호는 철저하게 무너졌다.

"언제부터 알고 있었니?"

준호의 말에 헛웃음이 나왔다.

"그게 그렇게 중요한가요?"

"하아, 아니다. 이제 와 변명하고 싶지 않구나. 그래서 어떻게 했으면 좋겠니?"

담담히 상황을 받아들이는 준호를 보며 재인은 다리에 힘이 빠졌다. 이렇게 허무하게 무너져 내릴 거라곤 생각지 못했다. 온갖 변명거리를 쏟아낼 거라 생각했다. 아니면 악에 받쳐 악담이라도 쏟아낼 거라고 생각했다. 준호는 그 어떤 말도, 행동도 하지 않았다.

차라리 변명이라도 해줬으면 했지만 준호는 이미 입을 굳게 다문 상태였다. 허무함에 울분을 참고 있는 눈가가 크게 시큰거렸다.

재인은 크게 숨을 내쉬었다. 용서는 없다. 하지만 그들이 생각하는 처벌 또한 없을 것이다. 그녀는 그들의 가장 소중한 걸 가져왔었다.

"스스로, 내려놓으세요. 그게 제가 가족으로서 할 수 있는 마지막 배려예요. 본사 매각은 오늘부로 완전 백지화될 거예요."

준호의 눈이 커졌다. 윈즈덤과의 계약이 무산됐을 뿐 여전히 본사는 시장에 매물로 나와 있는 상태였다. 의문 가득한 준호의 눈을 보며 재인은 담담히 말을 이었다.

"채권단 협의는 이미 마쳤어요. 퀸의 자리에 다른 곳이 들어오는 일은 절대 없을 거예요."

"하아."

그간 무얼 위해 이토록 달려왔는지 모르겠다. 늦은 후회와 함께 짙은 패배감이 찾아들었다. 언제, 어디서부터 잘못된 건지 모르겠지만 되돌릴 수 없었다. 그때로 돌아간다고 해도 그는 같은 선택을 했을 것이다. 준호는 허탈함에 비틀거리며 자리에서 일어섰다. 방법이 있을 것이다.

"검찰 조사는 어떻게 할 생각이냐?"

변호사. 그래. 변호사를 먼저 만나봐야 할 것 같았다. 분명 방법이 있을 것이다.

"검찰 조사는 없을 거예요."

준호는 놀란 눈으로 재인을 바라봤다.

"케이맨제도 티아라는 르포 쪽에서 역외펀드 관리를 위해 인수하는 조건으로 합의 끝냈어요. 티아라는, 더 이상 이곳에 있는 누구와도 상관없는 곳입니다. 퀸 그룹의 자회사였던 티아라의 조세 차익은 그룹 차원에서 자진 신고해 분할 납부할 겁니다."

준호가 비자금으로 형성해 가지고 있던 은닉 재산은 합법적으로 퀸의 자산으로 복귀시켰다. 지영은, 아니 준은 이미 모든 걸 준비하고 있었다.

이제 준호에게는 그 어떤 권리도 없었다. 그들에게 있어 부는 목숨과도 같은 것이었다. 재인은 그들의 마지막 숨통까지 철저하게 앗아왔다.

"작은아빠가 할 수 있는 일은 더는 없어요. 고모도 마찬가지고요."

그간 그들이 개인적으로 늘린 재산은 건들지 않았다. 하지만 그들은 거기에 만족하지 않을 것이다. 빼앗겼다고 생각하는 것들에 대한 동경으로 평생 살아갈 것이냐, 현실에 만족하며 살 것이냐는 이제 그들 몫이었다.

준호는 멍한 눈으로 재인을 바라봤다. 그간 퀸의 주식을 사들이며 사용했던 페이퍼컴퍼니 티아라. 마지막까지 쥐고 있던 왕관마저 이미 그녀의 손에 있었다.

준호는 얼마 전 모든 비자금을 정리해 티아라 구좌로 송금했었다. 그토록 움켜쥐고자 했던 모든 것들이 사라져버린 것이다.

"하, 하, 하."

준호의 허탈한 웃음이 객실을 가득 채웠다.

재인은 준호와 준희를 뒤로하고 밖으로 빠져나왔다. 길고 길었던 전쟁이 비로소 끝났다. 긴장으로 굳은 어깨가 아파왔지만 상관없었다. 진짜 시작은 이제부터였다.

재인은 천천히 발을 떼기 시작했다.

언제나 같은 모습이던 객실과 복도가 오늘따라 다르게 보였다. 그녀가, 아니 우리가 지켜낸 이곳. 이곳에 다시 설 수 있음에 가슴이 벅차올랐다.

화끈거리는 눈가가 발걸음을 재촉하고 있었다. 누가 보기 전에 집무실에 가야 할 것 같았다.

한 번씩 마주치는 직원들이 따뜻하게 눈인사를 건네고 있었다. 재인은 터져 나오려는 울음을 꾹꾹 내리눌렀다.

막 집무실 앞에 다다랐을 때였다. 수성이 그녀의 집무실에서 나오고 있었다. 수성은 언제나처럼 깍듯하게 인사했다.

"한 시간 뒤 새로운 총지배인 면담이 있습니다."

"네. 감사합니다."

수성은 그녀의 붉어진 눈가를 보면서도 아무 말도 하지 않았다.

"간단하게 드실 거 갖다놨습니다. 부탁하신 서류는 책상에 뒀습니다."

"매번 감사합니다."

사무실에 들어가려던 재인을 보며 수성이 옅은 미소를 지어 보였다.

"잘하고 계십니다."

"네?"

"저희는 대표님 믿고 있습니다. 지금도 그렇고 앞으로도 그럴 겁니다."

겨우 참고 있던 감정이 터져 나오려 했다. 재인은 이를 악물고 수성을 바라봤다.

"부지배인님이 계셔서 얼마나 힘이 되는지 몰라요. 그리고……
이번 일도 감사합니다."

준호와 준희의 영상을 갖다준 은인. 십여 년 동안 감춰져 있던
비밀은 그가 아니었으면 어둠 속에 묻혔을지도 몰랐다.

누군지 모르지만 영상을 찍은 사람은 분명 불법 행위를 저질렀
다. 호텔에서뿐 아니라 어디서든 개인의 사생활을 영상에 담는 건
범죄였다.

어떤 의도를 가지고 촬영됐는지 모르지만 준호를 협박하는 용
도로 사용됐다면 평생 쓰고도 남을 거금과 맞바꿀 수도 있었을 것
이다.

재인은 어떻게 그 영상을 수성이 가지게 됐는지 알 수 없었다.
이제 와 경로를 파악할 마음도 없었다.

오늘부로 모든 영상은 폐기될 것이다. 모두 잊을 것이다. 처음부
터 없었던 일이다. 그렇게 마음먹었음에도 불구하고 준호가 주는
부가 아닌 그녀를 선택한 수성의 선택에 감사함까지 잊을 순 없었
다. 개인의 이득이 아닌 공익을 위한 선택에 고민이 없었을 리 만
무했다.

재인은 다시 고개를 깊이 숙여 인사했다.

"다시 한 번 감사드려요."

"마린 한 팀장이 20분 뒤에 올라올 거라고 전해달랬습니다. 다
른 전달 사항 없으시면 그만 가봐야 할 것 같습니다."

재인의 감사 인사에도 수성은 변함없는 얼굴이었다. 그 어떤 것
도 바라는 게 없는. 그래서 더 고맙고 감사했다. 이런 사람들과 함
께할 수 있다는 사실에 가슴이 벅차올랐다.

"하."

터진 웃음과 함께 참았던 눈물이 볼을 타고 흘러내렸다. 수성은 옅은 미소를 지으며 손수건을 건넸다.

"대표님…… 이제 웃으셔도 됩니다."

"아직 대표 아니에요."

재인은 흐르는 눈물을 닦으며 환하게 웃었다.

'더는 울지 않을 거예요. 조만간 다시 대표 직함도 찾을게요. 예전처럼 명색만 대표가 아닌, 진짜 여러분들을 대표하는 사람이 될게요.'

재인은 따뜻한 눈으로 그녀를 바라보는 수성을 보며, 그리고 그녀를 믿어준 직원들과 수많은 사람들을 생각하며 가슴속 깊이 다짐했다.

"부지배인님, 진심으로 감사드려요."

"퀸의 대표는 언제나 한 분뿐입니다."

진심 어린 말 한마디. 그 안에 담긴 무한한 신뢰가 가슴을 세차게 두드렸다.

"흐흑, 감사합니다."

그녀의 바람을, 뜻을 알아주는 이가 있어 감사했다.

"다시 돌아오셔서 저희야말로 감사드립니다."

깍듯이 인사하고 멀어지는 수성의 뒷모습을 보며 재인은 고개를 들었다. 더는 혼자가 아니다.

아니, 처음부터 그녀는 혼자가 아니었다. 처져 있던 어깨가 천천히 솟아올랐다.

"하아."

묘한 감정이 그녀를 뒤흔들었지만 전처럼 겁나지 않았다. 집무실로 들어서는 그녀의 얼굴에 창밖으로 비친 햇살이 따뜻하게 쏟아지고 있었다.

#14 - 너의 세상에 중심이 되어

　재인은 이사들의 만장일치로 퀸의 대표가 됐다. 서면상이 아닌, 직함과 그에 어울리는 능력을 검증받고 다시 왕좌에 앉았다.

　달라진 그녀를 보며 이사들도 변하기 시작했다. 그저 부를 축적하는 용도에 불과했던 호텔에 조금씩 관심을 보였다. 그것만으로도 족했다. 그녀 또한 그랬기에 이해할 수 있었다.

　강요하기보다 스스로 변하는 게 변화의 가장 빠른 길이었다.

　그녀는 본격적으로 그룹을 운영하기 시작했다. 탄탄하게 시작한 해남 호텔은 물론이고 강원 지역에 신규 호텔 사업도 순조롭게 진행되고 있었다.

　민욱은 그녀의 뜻을 받아들여 강원 지역 호텔 대표를 맡기로 했다. 부지는 이미 결정되어 있었다. 그는 대지는 물론 추후 비용까지 투자하겠다는 의지를 표명했다. 거절할 이유가 없었다.

그는 호텔 착공에서 완공까지 모든 권한을 그녀에게 양도했다. 돈 몇 푼으로 경영자를 쥐고 흔들 마음 또한 없다고 했다.

재인은 이제 모든 일에 최선을 다했다. 대규모 개발로 제대로 수요 파악을 못 하면 실패할 가능성이 있었다. 철저한 수요 조사를 바탕으로 용적률 등을 고려해 착공하면 최소 2, 3년이면 건물을 완공할 수 있을 것이다. 하지만 앞으로 10년, 아니 수백 년이 지나도 호텔로서 면모를 잃지 않을 건물을 구상하는 건 쉬운 일이 아니었다.

회장실에서 업무를 보던 재인은 책상 위에 수북이 쌓인 서류를 바라봤다. 취임하고 재인은 그날부터 업무를 시작했었다. 그녀에게는 하루하루가 소중했다.

그녀는 강원 지역은 물론 전국에 있는 호텔을 돌며 수요 조사를 시작했었다. 그동안 보지 못했던 사안들이 너무 많았다. 일거리는 산더미처럼 늘어가고 있었다.

그 예전이었다면 준이 매일 밤 그녀를 위해 검토하고 정리했을 일들. 단 한 번도 힘든 내색한 적 없던 그가 갑자기 생각났다.

재인은 일어서 창밖을 바라봤다. 멀리 별관 앞에 그녀를 전면에 내세운 호텔 광고가 보였다.

<여왕의 귀환. 여왕의 휴식처.>

세간의 관심은 순식간에 호텔로 쏟아졌다. 말 그대로 퀸은 단번에 포커스의 중심에 서게 됐다. 자연스럽게 호텔을 찾는 사람이 늘기 시작했고 새롭게 단장한 호텔 시스템은 고객들에게 선풍적인

인기를 얻기 시작하며 매출 또한 급성장했다.

객실 점유율이 백 프로라는 유례없는 기록을 하루하루 갱신하며 퀸을 국내 특1급 호텔로서 명성을 되찾게 됐다. 준호를 앞세워 그녀를 내몰았던 이사들도 이제 문턱이 닳도록 회장실을 찾아오고 있었다.

준호는 탈세와 주가 조작, 업무상 횡령 혐의, 그 외에도 수많은 죄목으로 구속 수사 중이었다. 준희는 혐의가 인정되지 않아 불기소 처분을 받았다.

모든 걸 덮을 생각이었지만 준호는 욕심을 버리지 못했다. 마지막 배려조차 그는 철저히 거부했고 지금 그 대가를 치르고 있었다.

준호는 재훈이 가지고 있던 주식을 이용해 그녀를 임시 대표에서 해임시키려 했었다. 하지만 재훈은 아버지인 준호가 아닌 재인의 편에 섰다. 결국 준호는 회장직에서 물러날 수밖에 없었다.

재훈은 준호가 회장직에서 내려오고 얼마 뒤 재인에게 주식을 양도했다. 준호는 만약의 사태를 대비해 재훈에게 주식을 증여해 둔 것 같았다. 하지만 재훈은 과감하게 아버지인 준호 대신 재인의 손을 잡았다.

재훈 덕에 그녀는 명실상부 퀸의 최대주주가 됐다. 재훈은 아무 말도 하지 않았지만 모든 걸 알고 있었던 것 같았다. 그는 준호에 대한 선처나 용서를 구하지도 않았다. 그저 자신이 가지고 있던 호텔 주식을 내놓고 미국으로 건너갔다.

재인은 그들에게 죗값을 치르게 할 생각이었다. 두 번의 용서는 없었다. 아버지의 죄를 알면서 힘든 선택을 한 재훈까지 후회하게 만들고 싶지 않았다.

해가 바뀌고 정신없이 연말과 연초가 지나갔다. 어느새 봄이 찾아오고 호텔은 안정권에 접어들기 시작했다. 하지만 여전히 경영권은 위협받고 있었다.

재인은 소액주주들을 찾아가 경영권 확보를 위해 그녀의 편에 서줄 것을 부탁하기 시작했다. 인수가 전부인 줄 알았던 과거와 달리 그녀는 모두의 회사를 만들고 싶었다.

직원들에게도 단순한 직장이 아닌 평생을 함께할 동반자로서의 그룹을 만드는 게 목표였다. 진심은 반드시 통하는 법이었다.

서서히 우호적으로 나오는 주주들이 늘기 시작했다.

그사이 검찰 조사가 마무리되고 준호는 대부분의 혐의를 인정해 2년 6개월의 징역을 선고받았다. 정황 증거밖에 나오지 않은 준희는 벌금형을 선고받고 조용히 살겠다며 지방으로 내려갔다.

재인이 대표로 취임하고 초반 급등하는 주가로 주식시장이 혼란을 겪었다. 하지만 그녀는 시장에 나온 주식은 한 주도 매입하지 않았다.

퀸은 더 이상 개인 소유의 호텔이 아니었다. 주식을 가지고 있는 모든 사람이 그룹의 주인이었다.

재인은 미루고 있던 최대주주 변경을 수반하는 주식양수 계약을 공식 발표하고 명실상부 최대주주로 등극했다. 그녀는 대주주라는 이름으로 호텔이 최상의 서비스를 제공할 수 있도록 운영할 뿐이었다. 호텔 운영을 위한 최소한의 방어 장치를 구축했을 뿐이었다.

재인은 모든 것이 마무리된 고요한 회장실에서 멀뚱히 창밖을 바라봤다. 책상 위에는 한 통의 편지가 놓여 있었다.

의도 따위 알고 싶지도 않았다. 하지만 뒤늦게 알게 된 진심에 가슴이 아파왔다.

<재인아, 내 소중한 손녀야,

네가 이 편지를 읽는다는 건 내 의도대로 되었다는 말이겠구나.

그간 이 할애비를 많이 원망하고 있었을 거라 여긴다. 그럼에도 네가 다시 호텔에 돌아왔다는 사실에 나는 기쁨을 감출 수가 없구나. 고맙구나.

재인아, 부디 원망도 미련도 다 털어버려라.

자식 하나 단속 못 한 이 할애비로 인해 많은 일을 겪은 너에게, 해줄 말이 이것밖에 없어 마지막 가는 발걸음이 무겁기만 하구나.

비록 너의 앞길에 늘 밝은 빛만 내리쬐지 않더라도 비가 오면 비가 전하는 운치에 젖어들 줄 아는 여유가 생기기를 바란다.

눈이 오면 쌓이는 눈의 소리에 귀를 기울일 줄 아는 아름다운 마음이 오래도록 충만하기를, 바람이 불면 그 바람에 실려 온 이야기를 맛보며 살아가기를 바란다.

너의 미래는 네 스스로 선택해야 한다. 그 누구도 아닌, 너의 선택으로 결정한 미래를 두려워하지 않길 바란다.

가지 않은 길에 대한 두려움으로 발조차 떼지 못하는 겁쟁이로 살지 않길 바란다.

재인아, 넌 내 모든 것이자 미래다.

네게서 준을 떼어놓은 건 내 마지막 선택이었다. 인연의 상흔은 깊은 법이란다.

너희 두 사람이 그 상처가 아물 때까지 시간을 벌어준 것뿐이다. 그 뒤는…… 너희들 몫으로 남겨두려고 한다.

내가 벌어준 시간으로 상처가 아물었기를, 더 단단해졌기를 바란다.

마지막까지 어려운 선택을 하게 만든 이 할애비를 용서해다오.

재인아, 삶은 아름답단다.

시련이 있기에 극복할 용기를 얻고 상처가 있기에 서로를 끌어안아줄 온기의 소중함을 알게 된단다. 네 삶을 행복하게 영위하거라.

사랑한다, 재인아.>

재인이 최대주주가 되고 경영권이 완벽하게 확보되는 날 공개되도록 되어 있는 건의 편지. 건은 그녀에게 닥칠 모든 것들을 알고 있었다.

준은 서신을 통해 그간 아투를 경영한 자금이 모두 건이 맡긴 비자금이라고 했었다.

처음 십여억에 달하는 자금을 준은 한 푼도 쓰지 않았다. 처음부터 자신의 몫이라 생각한 적 없었다며 수백억으로 불린 자금을 고스란히 그녀 앞으로 만들었다.

분명 돈이 가진 부의 가치도 컸다. 하지만 환산할 수 없을 만큼 준의 시간이 그 안에 녹아 있다는 걸 알기에 재인은 거절했었다. 하지만 준에게 돌려줄 방법이 없었다. 서류상으로나 법적으로나 모든 자금은 그녀 소유였다.

재인은 준의 뜻을 꺾지 못했다. 그녀는 준이 건넨 자금으로 좀 더 확실하게 경영권을 안정화할 수 있었다.

그날도 오전 팀장회의를 마치고 집무실에 홀로 있었다. 더는 경영권이 위태로울 일은 없을 것 같았다. 그동안의 시간이 주마등처럼 지나갔다.

"하아."

이제야 모든 게 끝난 것 같았다. 재인은 한쪽에 쌓인 서류를 보다 문득 서랍 속에 넣어둔 편지 생각이 났다. 가장 믿을 수 있는 준에게 자금을 맡긴 것도, 그에게 말도 안 되는 약속을 받아냈던 것도 그녀를 지키기 위함이었다.

재인은 눈가를 적시는 뜨거운 눈물에 눈을 꼭 감았다. 원망하지 않았다면 거짓일 것이다. 준이 떠나간 건 모두 건과의 약속 때문이었다.

한철과 지영을 통해 모든 사실을 전해 들은 재인은 한달음에 준에게 달려가고 싶었다. 하지만 그리움을 꾹꾹 눌러가며 참고 있었다.

준이 원하지 않았다. 준은 그녀가 끝까지 모르길 바라고 있었고 그녀는 그러기로 결심했다. 준이 더는 그녀로 인해 아파하지 않으면 좋겠다.

재인은 아무렇지도 않은 척 눈물을 털어내고 서류를 검토하기 시작했다. 그녀는 예전처럼 밤에는 밤의 여왕으로 낮에는 퀸의 여왕으로 생활했다. 하지만 전과 달리 누구도 그녀를 욕하는 사람은 찾아볼 수가 없었다.

준은 멀리서 재인을 보고 있었다. 언제나 혼자인 그녀를 걱정하던 준은 이제 그런 걱정은 하지 않아도 된다는 걸 알았다.

그녀는 더 이상 외롭지 않았다. 그녀 곁에 믿을 수 있는 사람들이 점점 많아지고 있었다. 그녀 곁을 지키는 사람들이 믿을 만한 사람이어서 다행이었다. 이제야 마음이 놓였다.

"하하하."

갑자기 웃음이 터져 나왔다. 저 멀리 사람들과 함께 사라지는 재인을 보며 자조적인 웃음이 천천히 소리를 줄여갔다.

"하아, 재인아, 강재인."

멀어지는 재인의 모습을 좇는 그의 눈에 슬픔이 가득 차오르고 있었다.

재인은 미친 듯이 일에 몰두했고 계절은 빠르게 지나갔다. 그녀가 그리움을 참아가며 호텔을 재건하는 사이, 준은 자취를 감췄다.

어쩌면 그럴지도 모른다고 생각했다. 하지만 완벽히 사라진 그를 다시는 볼 수 없다는 생각에 가슴이 무너졌다.

모든 걸 버리고 그를 찾아내고 싶었지만 그 마음을 꾹꾹 눌렀다. 재인은 준의 뜻을 존중가기로 했다. 그가 한 선택이었다. 더는 그를 힘들게 하지 않을 생각이다.

재인은 그가 바라는 대로 오로지 호텔에 매진했었다. 아무 일도 없는 것처럼 그렇게.

시간은 유수처럼 흘러갔다. 그사이 준호는 재심으로 형량을 경감받았고 어느새 복역을 마치고 출소했다.

재인은 며칠 전 들은 보고를 통해 준호가 한 번은 그녀를 찾아올 거라 생각했다. 그런데 준호는 아무 말도 없이 미국으로 건너갔다.

재훈은 한국에서 하던 일을 모두 정리하고 미국에서 그토록 하고 싶던 갤러리를 시작했다. 재훈은 제법 자리를 잡았다며 너스레를 떨었다. 전날 준호와 함께 소호 거리를 다녀왔다며 잘 살고 있다고 소식까지 전해왔다. 어쩌면 이제야 준호와 재훈도 행복을 찾은 건지도 모른다는 생각이 들었다.

재인은 책상 위에 있는 과일들을 보며 고개를 저었다. 준희는 귀농을 해 한 번씩 감당하기 힘들 만큼 많은 과일을 보내왔다. 그녀에게는 그것이 자신의 죄를 속죄하는 방법인 것 같았다. 재인은 감사 인사를 적으며 사진을 찍었다. 전처럼 보내주면 될 것이다.

답변으로 또다시 과일들이 오겠다는 생각에 고민하던 재인은 이내 고개를 저으며 사진을 전송했다.

[고맙다.]

언제나 같은 말. 준희는 모든 걸 내려놓고 자신의 삶에 적응하며 살고 있었다. 모두 다 각자 자리에서 열심히 새 삶을 시작했다.

지나간 과거는 상관없었다. 스스로 결정할 미래가 더 소중하다는 걸, 지난 시간을 통해 깨달았다.

재인은 오랜만에 건의 편지를 다시 읽었다. 읽을 때마다 건의 사랑이, 그의 결단이, 그리고 앞으로 그녀가 살며 이루어야 할 목표가 더 또렷하게 보였다.

"하아, 할아버지…… 용기를 주세요."

살며시 편지에 입을 맞추고 고이 접어 서랍 깊숙이 넣으며 일어섰다. 이제 그녀가 미래와 마주할 시간이었다.

몇 번의 계절이 지나가고 마주한 두 눈은 여전히 변함없었다.

처음 봤던 그날처럼 눈부시게 아름다웠다.

준은 마른침을 삼키고 고개를 돌렸다. 그 시선 안에 그녀의 모습이 다시 담길 거라 생각하지 못했다.

"남궁준."

잊으려 할수록 또렷이 기억났던 미소로 그를 부르고 있었다. 준은 눈을 질끈 감았다. 차라리 현실이 아니었으면 좋을 것 같았다.

"후우."

준은 격한 숨을 참으며 감았던 눈을 천천히 떴다. 여전히 손만 뻗으면 닿는 거리에 재인이 서 있었다.

"험."

준은 헛기침을 하고 숨을 골랐다. 우연일 것이다. 엊그제 같은데 벌써 3년이 지나 있었다.

그사이 재인은 누구보다 멋진 오너가 됐다. 그녀의 일상과 성장하는 모습은 기사를 통해 접하고 있었다. 준은 언론 매체를 통해 그녀를 보는 것만으로도 만족했다.

'잘 살고 있으면 된 거야. 그것만으로도 감사해.'

늘 그렇게 생각하고 있었다. 하지만 오래도록 키워온 감정까지 통제할 수는 없었다. 커져가는 열망에 결국 먼 모나코까지 오게 됐었다. 시간이 지나며 감정도 사그라졌다고 생각했다. 하지만 아니었다. 눈앞에 서 있는 재인의 모습에 그는 그 어느 때보다 흔들리고 있었다.

재인은 용기 내어 준을 찾아왔다. 그런데 막상 마주하고 나니 어떻게 해야 할지 감도 오지 않았다. 혼란스러운 감정과 달리 준은 무표정한 얼굴로 인사했다.

"오랜만입니다, 강재인 대표님."

재인은 여전히 깍듯한 준의 태도에 웃음이 나왔다. 변함없는 그가 반갑기도 하고 시리게 고맙기도 했다. 재인은 벅차오르는 감정을 내리누르며 준을 찬찬히 살펴봤다.

'찾아오길 잘했다.'

바라보는 것만으로도 가슴이 뜨거워진다는 걸. 이렇게 벅차오르도록 행복하다는 걸 새삼 깨달았다. 한 번의 용기, 그 용기가 가져다준 기회.

그동안 준을 찾고 싶은 마음을 참았던 걸 보상이라도 하듯 그의 소재를 묻는 재인의 말에 수린은 단번에 준이 있는 곳을 알려줬었다.

모나코에 있는 호텔 프린스 데 아모르. 총 16개의 객실이 전부인 4성급의 작은 호텔에서 그는 하우스맨으로 일하고 있었다. 한때 세계적인 호텔에서 최고의 조건으로 스카우트 제의가 물밀듯이 몰려왔던 그가 이제는 투숙객조차 많지 않은 작은 호텔에서 온갖 잡무를 하고 있었다.

전날 모나코에 도착한 재인은 멀리서 준을 지켜봤었다. 워낙 작은 호텔이었기에 그의 동선을 파악하는 건 쉬운 일이었다.

투숙객이 오기 전에 객실을 점검하고 비품 관리를 위해 커다란 트레이를 밀고 여기저기 다니고 있었다. 그럼에도 그의 얼굴에는 웃음이 떠나지 않았다.

저녁이 되어 미니바에서 웨이터로 분해 취객들과 얘기하는 모습을 보며 재인은 가슴이 벅차올랐다.

잘 살고 있어줘서, 웃고 있어줘서 고마웠다. 재인은 준을 향해 한 걸음 다가갔다. 준의 눈이 흔들렸다.

"며칠 묵을 생각인데…… 방이 있을까요?"

잠시 당황한 것 같던 준은 짧게 고개를 끄덕였다.

"방이 있기는 한데, 며칠 묵으실 건가요?"

"우선…… 하루."

"네. 안으로 들어가시죠."

재인은 앞장서는 준을 따라 호텔 안으로 들어갔다. 안으로 들어간 호텔은 낡은 외관과 달리 근사한 조명으로 곳곳이 아름답게 꾸며져 있었다. 골동품과 장식품들이 묘한 분위기를 만들어내고 있었다.

체크인하는 그녀를 지배인이 유심히 바라봤다. 그러고는 뭔가 깨달은 듯이 작게 웃으며 키를 건넸다.

"따라오십시오."

벨 보이가 없는 건지 준이 방을 안내하고 있었다. 재인은 방을 안내하는 준을 물끄러미 바라봤다.

그때보다 편해진 얼굴이다. 여유로워진 표정에 그녀마저 편안해졌다. 방에 트렁크를 놓고 준은 가볍게 묵례를 하고 뒤로 물러났다.

"필요하신 게 있으시면 언제든 말씀해 주십시오."

"언제든 상관없다는 건가요?"

그녀의 질문에 고개를 든 준의 눈썹이 꿈틀거렸다.

"저희 호텔은 고객님의 편의를 최선으로 하고 있습니다. 불편한 게 있으시면 언제든 말씀하셔도 됩니다."

"네."

"그럼 편안한 시간 보내시길 바랍니다."

문을 닫고 나가는 준을 보며 재인은 의미심장한 미소를 지어 보였다.

호텔에서 제공하는 석식에도 모습을 보이지 않던 재인은 늦은 밤이 돼서야 나타났다. 그런데 그녀의 복장에 바에 있던 남자들이 환호성을 질렀다.

"휘이익!"

"부라보!"

"와우!"

강렬한 붉은색 튜브톱 미니 드레스. 언젠가 그의 혈압을 올리며 클럽 마린에서 춤출 때 입었던 드레스였다.

시간이 주는 원숙미까지 더해진 그녀는 가슴은 강조하고 늘씬하게 뻗은 각선미를 한껏 뽐내며 언제나처럼 사람들의 시선을 전부 끌어당기고 있었다.

그의 시선도 예외는 아니었다. 남자들의 환호성에 재인은 응답이라도 하듯 가볍게 손을 들어 보였다.

"휘이이익!"

더욱 커져가는 환호성에 준은 머리가 지끈거리는 것 같아 슬며시 관자놀이를 눌렀다. 재인은 인상을 쓰는 준을 보며 피식 웃었다. 재인은 미니바에 있던 준의 건너편에 앉았다.

"키스 오브 파이어 한 잔이요."

그녀가 주문한 칵테일에 다시 한 번 남자들의 환호성이 터져 나왔다. 도발이 분명하지만 내색하지 않았다.

"네."

준은 의례적인 주문처럼 칵테일을 만들었다. 하지만 단걸 좋아하지 않는 그녀를 알기에 슈가 리밍은 하지 않고 알코올 양을 줄였다. 어느새 재인 주위로 남자들이 몰려들었다.

"Hi, Sweety."

"My girlfriend will be coming soon, Her personality is filthy."

"No problem."

"I don't understand what you mean. I like women better than men."

"Opps! sorry."

재인은 어쭙잖은 작업 멘트들을 능수능란하게 대처하고 있었다. 준은 웃음이 새어 나오는 걸 참으며 잠자코 그녀를 지켜봤다.

재인은 천천히 칵테일을 마시며 주위를 둘러보고 있었다. 이따금씩 마주치는 시선에도 재인은 동요조차 하지 않았다. 준은 묘한 감정이 끌어올라 얼음을 꺼내 입에 넣고 씹었다.

그 후로도 웬만한 남자들은 전부 그녀에게 왔던 것 같다. 하지만 계속되는 퇴짜에 기분이 상한 남자들은 서서히 꼬리를 감추기 시작했고 결국 재인과 준만이 미니바에 남게 됐었다.

벌써 5잔. 알코올 양을 줄였다고 하지만 더 마시게 두면 안 될 것 같다. 턱을 괴고 있는 재인의 두 볼에 홍조가 일었다. 취기가 올라왔다는 증거였다.

예전보다 살이 붙긴 했지만 술은 그때보다 늘지 않은 것 같다.

클럽에는 여전히 가는 것 같지만 최근 술에 취한 사진은 본 적이 없었다.

바뀐 게 없는 것 같지만 그는 알고 있었다. 누구보다 그녀가 달라져 있다는 걸. 그럼에도 변함없는 것들도 있었다.

그녀의 고개가 조금씩 흔들거렸다. 조만간 잠이 들 것이다. 술에 취하면 그녀는 여지없이 잠이 들었다.

만취한 그녀가 남자들을 방에 데려왔지만 결국 아무 일도 없었던 건 그녀의 잠 탓도 있었다. 예민한 그녀는 누가 옆에 있으면 잠을 자지 못했다.

모두 쫓아내고 술에 취해 잠든 그녀를 새벽마다 아프게 지켜봤던 그였다. 그녀가 잠에서 깨기 전 항상 침실을 빠져나왔기에 누구도 알지 못했었다.

"그만 마시는 게 좋을 것 같아."

"싫다고 하면 어떻게 할 건데?"

준은 한숨을 내쉬고 얼음물을 그녀 앞에 내려놨다.

"마시고 그만 올라가. 밤에는 여기 공기도 차."

10월의 모나코는 낮은 여전히 뜨겁지만 밤이면 긴 옷이 필요할 만큼 쌀쌀했다. 그는 재인이 이곳에 온 뒤로 얼음을 계속 찾을 만큼 몸이 뜨거웠었다. 준은 한쪽에 걸어둔 재킷을 그녀의 어깨에 둘렀다. 재인은 그의 행동에 피식 웃으며 재킷을 다시 벗어 그에게 건넸다.

"됐어."

"추워. 그만 들어가."

"조금만 더 있다가……."

"그러다 감기 걸려."

준은 기어이 재킷을 걸치게 하고 바를 정리하기 시작했다. 재인은 물끄러미 준을 바라봤다. 그를 다시 볼 수 있다는 게 아직도 믿기지 않았다.

같은 공간, 같은 시간을 그와 함께하는 게 이렇게 행복한지 잊고 있었다.

미치도록 보고 싶었다. 그리움에 밤새 그의 이름만 되뇌며 잠든 적도 있었다. 사진만 봐도 쏟아지는 눈물 때문에 상이라도 주듯 힘든 날에만 그의 사진을 보며 혼자 밤을 지새웠다.

재인은 울컥하며 치밀어 오는 감정을 내리눌렀다. 아직은 아니다. 재인은 고개를 흔들어 올라오는 취기와 함께 차오르는 물기를 날려버렸다.

"내가 아직도 걱정돼?"

잠시 멈칫하던 준은 빠르게 정리를 하고 그녀 앞에 있는 잔을 가져갔다.

"투숙객의 건강을 걱정하는 건 당연한 거 아닌가요?"

한 걸음 다가왔다 생각했는데 어느새 두 걸음 달아난다.

"후훗, 투숙객이라……."

재인은 한숨을 쉬며 일어섰다. 한꺼번에 취기가 올라왔다. 그녀는 급하게 테이블을 잡았지만 이미 중심을 잃어버렸고, 걸치고 있던 재킷이 바닥으로 떨어졌다.

"아야."

준은 휘청이는 재인을 보며 급하게 밖으로 나와 그녀를 안았다.

"괜찮아?"

준은 그녀의 발목을 살폈다. 재인은 이리저리 살피는 준을 보며 그의 머리를 쓰다듬었다. 놀란 준은 움직임을 멈추고 천천히 고개를 들었다.

"지금 연봉의 10배. 직속 비서는 물론이고 최고급 아파트와 차량 제공. 직함은 총지배인. 저희 퀸 호텔로 오시겠어요?"

준은 한숨을 내쉬며 일어섰다. 그는 한 걸음 뒤로 물러났다.

"제안은 감사하지만 거절하겠습니다."

"20배."

"하아, 전 그만한 가치가 없는 사람입니다. 그 제안은 못 들은 걸로 하겠습니다."

준은 몸을 돌려 미니바로 가 말없이 조명을 껐다. 영업이 끝났으니 돌아가라는 확실한 의사 표현. 하지만 재인은 여전히 그 자리에 서 있었다.

"오늘 영업은 끝났습니다."

"30배!"

재인은 아직 끝나지 않았다. 호텔 외벽에서 비추는 조명보다 그녀의 눈이 더 빛나 보였다. 준은 눈을 질끈 감았다.

"강재인, 그만해."

참는 데도 한계가 있었다. 가고 싶다는 마음조차 잊고 살았다. 아니, 모두 잊었다 생각했다. 그런데 그녀가 나타나고 잊었던 감정들이 모두 되살아났다.

"원하는 조건이 있다면 얘기해. 얼마든지 맞춰줄 수 있으니까."

준은 눈을 뜨고 재인을 바라봤다.

"원하는 조건 따위 없어. 지금 생활에 충분히 만족하고 있으니까."

"생각해봐."

재인의 고집을 잠시 잊었다. 준은 단호한 얼굴로 그녀를 바라봤다.

"자꾸 이러면…… 난 다시 떠날 수밖에 없어. 그러길 바라는 거야?"

준의 확실한 거절에 재인은 취기가 달아나는 걸 느꼈다. 쉽지 않을 거라 생각했다. 어쩌면 그가 가장 원하는 게 이런 삶일지도 모르겠다. 재인은 작게 웃으며 어깨를 으쓱였다.

"하아, 무리한 조건 얘기하면 어쩌나 싶었는데……. 처음 얘기한 조건은 변함없으니까 생각 바뀌면 연락 주세요."

애써 웃는 재인을 보며 준은 말이 없었다. 어색하게 변한 공기, 갑자기 한기가 느껴졌다. 재인은 몸을 부르르 떨었다.

"아하, 밤이 되니 춥긴 하네."

준은 말없이 재킷을 들어 그녀의 어깨에 다시 둘렀다. 재인은 짧게 인사하며 몸을 틀었다.

'돌아보지 마라.'

그녀는 스스로에게 주문하고 있었다.

'돌아와.'

끝내 이 말을 하지 못했다. 재인은 차오르는 눈물을 떨어트리지 않으려 이를 악물고 안으로 들어갔다.

준은 멀어지는 그녀의 어깨가 떨리는 걸 보며 주먹을 그러쥐었다. 잊었다 생각했다. 떨쳐버렸다 생각했다. 그런데 눈앞에 있는 그녀를 향해 손을 뻗지 않으려 안간힘 쓰는 자신을 보며 결국 인정했다.

미치도록 보고 싶었다. 미치도록 안고 싶었다. 매 순간 그녀가 그리웠다. 그녀의 제안을 받아들이고 싶었다. 하지만 그럴 용기가 없었다. 이제 그녀는 모든 비밀을 알고 있었다.

무슨 낯으로 그녀를 볼 것인가?

그녀를 속이며 기만했던 시간들, 그녀가 혼자 힘겹게 과거와 싸울 동안 그는 옆에 없었다. 칼과 방패만 쥐어줬을 뿐, 같이 싸울 용기가 없어 도망쳤었다.

맞서 싸운 건 그녀였다. 승리를 쟁취한 것도 그녀였다. 그런 그녀 옆에 도피자에 불과한 그가 설 자리는 없었다.

그럼에도 욕심나는 건, 사그라지지 않는 감정이 또다시 몸집을 키우기 때문일 것이다.

준은 숙소로 걸어가며 깊어지는 슬픔에 가슴이 묵직해져옴을 느끼고 있었다.

재인은 크게 심호흡했다. 물러서지 않을 것이다. 다짐에 다짐을 하며 내려왔는데 막상 앞에 서고 나니 겁부터 났다. 더 이상 취기는 남아 있지 않았다.

취기로 서두를 꺼냈지만 준에게 한 제안은 물릴 생각이 없었다. 방으로 올라가 샤워를 하고 편한 옷으로 갈아입었다. 언제까지 어린아이처럼 굴 순 없었다.

퀸은 이제 안정적으로 운영되고 있었다. 하지만 늘 뭔가가 허전했다. 수많은 기획안과 계획들로도 부족했다. 한 걸음 더 도약할 뭔가가 절실히 필요했다. 준을 스카우트하려는 건 단순한 감정만으로 결정한 게 아니었다.

호텔과 그룹의 미래를 볼 수 있는 혜안이 필요했고 준은 그 혜안을 가지고 있었다.

건이 타계하고 실질적으로 호텔을 이만큼 성장하게 만든 배경에 준의 역할이 크다는 걸 이사들은 모르지 않았다. 그럼에도 섣불리 나서지 않는 건 재인이 한 번도 준에 대해 언급하지 않아서였다.

준이 호텔을 떠났지만 여전히 그의 공백은 큰 작용을 했었다. 공석으로 계속 둘 수 없었던 총지배인 자리는 결국 수성에게 맡겼다. 직원들의 적극적인 추천도 있었지만 수성만큼 호텔을 아끼는 사람이 없다는 걸 알기에 인사를 단행했었다.

학벌이나 경력보다 중요한 게 사람이라는 걸 알았다. 하지만 호텔 운영은 그것만으로 안 되는 것들이 존재했었다.

며칠 전 수성은 총지배인 자리를 내려놓겠다고 했었다. 그녀의 만류에도 그의 뜻을 꺾을 수가 없었다. 수성은 적임자를 찾을 때까지 만이라고 못을 박았었다. 아직 대외적으로는 알리지 않았지만 곧 모두가 알게 될 일이다.

한참 고민하는 재인에게 오랜만에 수린이 찾아왔었다. 결혼 후에도 여전히 클럽과 레스토랑 운영하고 있지만 전처럼 그녀와 수다 떨 시간은 없었다. 그럼에도 수린은 고민이 있을 때면 꼭 나타났다. 어렵사리 꺼낸 재인의 말에 수린은 명쾌한 답을 제시하듯 준이 있는 곳을 알려줬었다.

그녀의 미래에 준은 반드시 있어야 하는 사람이다. 이렇게 포기할 생각이었으면 이곳까지 찾아오지도 않았을 것이다. 재인은 크게 숨을 들이켜고 힘 있게 문을 두드렸다.

똑똑똑.

갑자기 들려온 노크 소리에 준은 화들짝 놀라 일어섰다. 새벽 4시. 누군가 이 시간에 그의 숙소를 찾아온 적은 한 번도 없었다.

직감적으로 알 수 있었다. 문 앞에 있는 존재가 누구인지.

문을 사이에 두고 있음에도 느껴졌다. 복잡한 머리를 식히려 오랜 샤워를 하고 나왔음에도 도저히 잡념을 떨쳐버릴 수가 없어 뒤척이고 있었다. 하늘은, 운명은……

언제나처럼 마지막까지 그를 시험하고 있었다.

"하아."

저 문을 열면 포기하지 못할 것이다. 준은 주먹을 거세게 그러쥐었다.

"남궁준, 안 자는 거 아니까 문 열어!"

역시나 재인이었다. 준은 마른침을 삼키고 문 앞으로 걸어갔다. 문고리를 잡았지만 쉽게 열 수가 없었다.

탕, 탕, 탕,

다시 들려온 소리에 손이 움찔거렸다.

"소란이라도 피워야 이 문이 열리는 거야?"

준은 한숨을 쉬고 문을 열었다. 재인은 당당하게 안으로 들어왔다. 순식간에 싱그러운 향이 그녀와 함께 그의 작은 방을 가득 채웠다.

"생각해봤는데 아까 제안을 잘못한 것 같아서 말이야."

"내일, 아니 아침에 얘기해."

준은 그녀의 시선을 피하며 문 앞에 서 있었다.

"길지 않으니까 문 닫고 얘기해."

재인은 아무렇지도 않게 그의 침대에 앉아 옆 자리를 두드리고 있었다. 준은 인상을 쓰며 문을 닫았다.

지금 재인에게 말해봐야 소용없을 것이다. 재인은 입을 고집스럽게 앙다물고 있었다. 작정하고 찾아온 것이다. 여간해서는 고집을 꺾을 수 없을 것이다.

준은 성큼성큼 다가가 그녀를 일으켜 세웠다. 그녀의 어깨를 아프지 않게 쥐고 흔들었다. 제발 그만 흔들라고 소리치고 싶은 걸 꾹 참느라 거친 숨이 새어 나왔다.

"강재인, 그만해."

"다시 가져야겠어."

재인은 고개를 들고 그를 바라봤다.

"무슨 얘길 하는 거야?"

"다시 돌아와. 내 옆으로. 새로운 조건이야."

준은 좀 더 세게 그녀 어깨를 흔들었다. 그녀의 말이 얼마나 큰 파장으로 그를 흔드는지 재인은 모르고 있었다.

"그만해!"

"왜, 새로운 조건이 마음에 안 들어?"

"넌 대체…… 내가 어떻게 하길 바라는 거야!"

참고 있던 감정들이 봇물 터지듯 터져버렸다. 준은 거친 숨을 내쉬고 손을 내렸다. 준은 천천히 뒤로 물러났다.

"하아."

"오빠!"

몇 년 만에 듣는 단어에 눈을 질끈 감았다. 준은 한 걸음 더 뒤로 물러났다. 하지만 재인이 더 빨랐다.

그녀는 뒤로 물러나는 그의 손을 잡아당겼다. 준은 갑작스럽게 당겨진 팔에 눈을 뜨고 그녀를 잡았다.

"강재인! 참는 데도 한계가 있는 거야!"

"참으라고 강요한 사람 없어!"

"하, 참 말은 쉽다."

거친 숨을 내쉬며 준은 손을 뗐지만 재인은 그를 놓지 않았다.

"쉽다고? 내가 쉽게 말한 거라 생각해?"

쉽지 않았을 것이다. 그도 알고 있었다. 그랬기에 더 돌아갈 수 없었다.

"재인아, 나는…… 돌아갈 수 없어."

"왜?"

"왜냐니? 이유를 몰라서 묻는 거야?"

재인은 이유를 알고 있었다. 검찰 조사에서 거론되지 않았지만 사고에 관해 그녀가 알게 될 거라는 걸 알고 있었다. 그리고 도망친 그를 원망할 거라고 생각했다.

수성은 재인에게 파일을 건네기 전 준에게 미리 알렸었다. 준호를 무너트릴 강력한 무기. 그 또한 무너지겠지만 재인을 위해서라면 상관없었다. 준은 머릿속이 터질 것 같았다.

"할아버지와 한 약속 때문이라면 관둬!"

놀란 준이 재인을 바라봤다. 재인은 단호한 얼굴로 그를 바라보고 있었다. 도대체 재인이 어디까지 알고 있는지 알 수가 없었다.

금석뇌약. 그 밤의 약속은 그가 살아온 이유였다.

그 약속을 지키기 위해 살아왔었고 그 약속 때문에 그녀 옆에 머물 명분을 찾을 수 있었다. 그리고 그 약속을 지키기 위해 힘들게 떠났다. 그녀가 알았다고 해도 변하는 건 없었다.

"약속은 반드시 지켜야 하는 거야."

준의 말에 재인은 피식 웃었다.

"그럼 지켜!"

"강재인!"

"약속은 반드시 지켜야 하는 거라며? 그럼 지켜!"

"후우, 그 약속을 지키기 위해 이러는 거야. 그러니까 그만해. 원망이라면 달게 받을게."

준의 말에 재인은 한 걸음 더 가까이 다가갔다.

"원망 따위로 된다고 생각해? 그동안 날 기만하고 속이며 지낸 시간에 대한 보상, 제대로 해야 할 거야."

"하아, 재인아,"

"난 제대로 받을 생각이야."

"내가 어떻게 하면 좋겠니?"

"약속 지켜."

"무슨 약속?"

"무슨 일이 있어도 날 떠나지 않겠다고 했잖아. 오빠가 지켜야 할 약속은 이제 그거 하나야. 그러니까 내 옆에 있어."

뜨거워지는 눈을 도저히 참을 수가 없었다. 준은 손을 들어 눈앞을 가렸다.

"나와 한 약속이 먼저야. 지켜줄 거지? 내가 바라는 건 그거 하나야."

물기 가득한 그녀의 음성. 그 안에 담긴 그녀의 마음에 그는 무너져 내렸다.

"후우우."

누구보다 돌아가고 싶었다. 하지만 명분이 없었다. 그런 그에게 돌아갈 명분을 만들어주는 그녀가 고마웠다.

준은 젖은 손을 천천히 내리고 재인을 바라봤다. 그녀의 맑고 큰 눈에 눈물이 가득 차 있었다.

"사랑해."

"하아, 강재인…… 너는 진짜……."

재인은 그의 젖은 얼굴을 감싸 안았다.

"기억해? 공주를 구하고 나면 그때는 왕자가 뽀뽀 먼저 해주기로 했던 거?"

오래전 어두운 골목에서 처음 만났던 작은 공주는 이제 여왕이 되어 그 앞에 서 있었다.

여왕이 처음부터 선택한 상대. 더 이상 거부할 수 없었다. 아니, 거부하고 싶지 않았다.

준은 피식 웃으며 그녀의 손을 잡았다. 힘겹게 잡은 손, 다시는 놓지 않을 것이다.

오랜 갈등이 마침내 종지부를 찍었다. 준은 그녀의 얼굴을 잡고 살며시 입을 맞췄다.

"이것마저 먼저 하게 둘 순 없을 것 같다."

준은 무슨 말이냐는 듯 바라보는 그녀를 보며 그 예전처럼 환하게 웃었다.

"강재인, 내 옆에 있을래? 평생."

고개를 끄덕이는 재인의 볼에 눈물이 흘러내렸다. 준은 흐르는 눈물을 손끝으로 닦아주며 입을 맞췄다.

"이제는 울어도 업어줄 수가 없어, 울보 공주님. 아니, 여왕님인 가?"

"쳇!"

재인은 울먹이며 그의 품에 안겼다. 준은 그리움을 가득 담아 그녀를 끌어안았다. 가슴으로 전해지는 온기에 오래도록 시린 가슴이 녹아내렸다.

"보고 싶었어."

"나도, 보고 싶었다."

언제나 그의 세상에 중심이었던 그녀. 이제 그 중심을 당당하게 마주할 생각이었다. 준은 그녀를 더 세게 끌어안았다.

"사랑해."

재인의 말에 준은 그녀의 얼굴을 들어 짧게 입을 맞췄다.

"사랑한다. 내가 더……."

뜨겁게 떠오르는 아침 햇살이 창으로 스며들고 있었다. 작은 방은 오랜 연인이 쏟아내는 감정들로 이미 따뜻하게 채워져 있었다.

#에필로그

준은 차갑고 냉정하며 그 어떤 꽃보다 아름다운 자태로 퀸의 여제로 우뚝 선 재인을 보며 더없이 행복했다. 이걸로 충분했다. 하지만 그녀는 더 많은 걸 바라고 있었다.

재인은 준과의 열애 사실을 감추지 않았다. 본의 아니게 호텔에 복귀하고 그들의 열애 사실은 순식간에 공개되었다.

언론에서도 연일 그들의 열애를 보도하고 있었다. 사람들의 수군거림도 날이 갈수록 더해가고 있었다. 그 탓인지 재인의 집무실을 찾아오는 이사들의 발길도 잦아졌다.

몇 분 전에도 몇몇 이사가 쓴소리를 하고 갔다.

준은 아무것도 모른다는 얼굴로 그녀 앞에 서 있었다. 재인은 새벽까지 클럽 행사에 참여한 탓에 잠시라도 눈을 붙이고 오후에 하린 인터내셔널 최무혁과 업무 제휴 협상을 해야 했다.

하린이 퀸과 업무 제휴를 시작한다는 소문이 업계에 돌고 주가는 하루가 다르게 상승세를 보였다.

무혁은 투자 가치가 없는 곳에 투자하는 사람이 아니었다. 무혁의 투자 소식만으로 퀸은 이제 완벽한 성공을 이룬 셈이나 마찬가지였다. 그럼에도 여전히 이사들은 그녀의 사생활을 물고 늘어졌다.

재인은 오전 보고를 위해 찾아온 준을 물끄러미 바라봤다.

"아무래도 안 되겠어."

"무슨 얘기야?"

"홍보 팀에 연락 좀 해줘."

준 또한 말도 안 되는 억측만 쏟아내는 언론에 대응할 때가 됐다고 생각하고 있었다.

"소송보다는 정정 보도 쪽으로 협의해볼게."

"무슨 말 하는 거야?"

"기사 때문에 그러는 거잖아. 홍보 팀이랑 마무리해둘게."

"후후."

재인이 준의 말에 피식 웃었다. 준은 재인의 태도가 당황스러웠다.

"왜?"

재인은 침대에 느긋하게 기대어 그를 바라봤다. 잠보다 다른 게 필요했다,

"지금 내 앞에 있는 남자가 총지배인인지 남궁준인지 헷갈리네."

농염하게 변하는 재인의 눈빛을 보며 준은 한 걸음 뒤로 물러났다.

"업무 시간입니다, 대표님."

"흥, 총지배인이라는 소리네. 알았어."

재인은 테이블 옆 태블릿 화면을 가득 채우고 있는 일정들을 보며 중얼거렸다.

"이날은 그렇고. 이때도 그렇고……. 음."

"홍보 팀에 전달 사항 있으면 업무 보고 후에 바로 전하겠습니다."

"올 연말도 바쁘겠지?"

리모델링을 마친 호텔은 안전은 물론 서비스 면에서도 고객들에게 높은 평가를 받고 있었다. 이제 예약 오픈을 하기 무섭게 모든 룸에 매진 사태가 벌어졌다. 합리적으로 객실의 단가를 낮춘 것도 한몫했었다.

문턱이 낮은 호텔을 만들겠다는 재인의 의도는 고객의 마음을 잡기에 충분했다. 적절한 객실 단가와 높은 객실 점유율로 호텔은 80프로 이상의 영업 이익을 내고 있었다.

거기다 클럽에서 정기적으로 진행하던 쇼케이스는 이제 엔터테이먼트 쪽에서 높은 가격을 제시할 정도로 문전성시를 이루고 있었다.

지방 호텔들도 이제 자리 잡으며 고르게 실적이 오르고 있어 한때 빠져나갔던 주주들이 이제는 웃돈을 주고 주식을 보유하려 애쓰고 있었다.

"아무래도 올해는 더 바쁘겠지. 연말 행사가 한 달여밖에 남지 않은 것도 있고. 현재 잡혀 있는 행사만 해도 열 개 이상은 되니까."

"아무리 생각해도 이때밖에 시간이 안 되겠다."

"새로운 일정이라도 생긴 거야? 언제, 무슨 행사인데? 따로 연락받은 건 없었는데……. 체크해볼 테니까 얘기해봐."

준은 급하게 메모 준비를 했다.

"다음 주 목요일, 6시. 퀸 호텔 스위트룸. 강재인, 남궁준 결혼식."

준은 메모하던 펜을 멈추고 그녀를 바라봤다.

"재인아."

"어차피 할 거잖아. 빨리하자."

재인은 어깨를 으쓱이며 그를 바라봤다.

"그래도 이건 아니야. 날 잡고 제대로 준비해서 하자. 형식에 맞게 제대로."

준의 복귀를 두고도 말이 많았다. 수성의 적극적인 지지와 직원들의 여론이 없었다면 복귀는 쉽지 않았을 것이다. 그들의 믿음에 보답하려면 더 열심히 일해야 했다.

복귀한 지 채 한 달도 지나지 않았다. 그런데 결혼이라니. 그들 사이를 두고 커지는 소문에 기름을 부을 이유는 없었다.

"형식이 그렇게 중요해? 그런 것보다 오빠만 있다면 나는 충분하다고 했잖아."

그에게도 재인만 있으면 상관없었다. 하지만 그녀가 가진 사회적 지위와 위치 때문에라도 최소한의 형식은 갖출 필요가 있었다. 지금도 무성한 소문이 그들 사이를 저울질하고 있었다.

"한 번뿐인 결혼식이잖아. 모든 사람들에게 축복받으며 시작하고 싶어. 천천히."

"에휴, 뭐가 그렇게 복잡한데? 설마 다시 도망가려는 건 아니지? 평생 옆에 붙어 있을 거니까 절대 안 돼."

준은 그의 허리를 끌어안은 재인의 머리를 쓸어내렸다. 가슴에 파고드는 따뜻함에 미칠 것 같았다. 슬쩍 시간을 확인하며 그녀를 번쩍 안았다.

"아악! 뭐 하는 거야?"

휘청이며 서 있는 재인에게 거칠게 입을 맞췄다. 재인은 기다렸다는 듯이 그의 목에 팔을 둘렀다.

준은 그녀의 입술에 대고 속삭였다.

"약속을 몸소 실천해볼까 싶어서……."

그녀의 입술 안쪽 민감한 속살을 지분거리는 그의 음성에 취해 재인은 아무 말도 할 수가 없었다. 준은 그에게 몸을 기대고 간신히 서 있는 재인을 안아 올리고 침대로 향했다. 커다란 침대 위에 그녀를 내려놓은 그는 가운을 벗겨냈다.

"아직도 믿기지가 않는다."

알몸의 그녀를 내려다보는 그의 눈에 경이감이 어렸다. 그녀를 안을 수 있다는 사실을 아직도 믿을 수가 없었다.

재인은 그의 시선에 꼼짝도 할 수가 없어 멍하니 그를 올려다봤다.

"나도 마찬가지야. 오빠와 함께하는 이 시간이 나한테 얼마나 행복한 시간인지 알아? 눈물 나게 행복해."

재인의 말에 준은 깨지기 쉬운 유리를 만지듯 그녀의 얼굴을 감싸며 입술을 부딪혀왔다. 행복했다. 너무 행복해서 말로 다 할 수가 없었다. 준은 그가 느끼는 감정을 고스란히 그녀에게 전해주고 싶었다.

뜨거운 혀가 거침없이 그녀 안으로 들어와 당당히 움직였다. 그녀의 혀를 쓸어내리고 격렬하게 빨아들이는 그의 입맞춤에 온몸으로 퍼지는 짜릿한 감각을 이기지 못하고 재인은 가늘게 몸을 떨며 두 팔로 그의 어깨를 감쌌다.

"참아야 하는 걸 아는데 참을 수가 없다."

준은 그녀의 귓불을 깨물며 관능적으로 속삭였다. 그의 입김이 귀 뒤를 간질이며 등줄기에 짜릿한 전율을 일으켰다.

"사랑한다."

그녀의 목줄기를 따라 내려간 준은 쇄골 근처에서 입술을 놀리면서 자신의 마음을 전했다.

"사랑한다, 강재인."

그녀의 가슴을 두 손으로 감싸 쥔 그는 엄지로 유두를 가지고 놀다 고개를 숙여 입 안에 넣고 혀로 희롱하며 빨아대기 시작했다.

재인은 전신을 뒤흔드는 달콤한 고문을 이기지 못하고 허리를 비틀었다.

"아흐흑."

"떠나지 않을게. 다시는."

준을 자신에게 다짐하듯 속삭였다. 그녀의 한쪽 가슴을 희롱하던 그는 다른 가슴으로 입술을 옮기며 한 손을 그녀의 허벅지 사이로 미끄러뜨렸다.

허벅지 안쪽의 부드러운 살을 매만지던 그의 손이 좀 더 은밀한 곳으로 움직여 그녀의 여성을 부드럽게 애무했다.

이미 촉촉하게 젖어들고 있는 그녀의 여성 안으로 그의 손가락이 밀고 들어왔다.

그보다 한없이 작고 여리지만 결코 그가 이길 수 없는 그녀. 그에게는 자신의 쾌락보다 그녀의 만족이 더욱 중요했다.

그의 입술이 점점 밑으로 내려가 배꼽 주위의 민감한 부분을 빨고 핥는 동작을 되풀이했다. 재인은 참지 못하고 허리를 들어 올리며 비명을 삼켰다.

"아흑."

애태우는 듯한 입맞춤은 그녀의 허벅지 안쪽으로 끊임없이 이어져갔다. 재인은 자신도 모르게 애원하고 있었다.

"제발……."

"나도 더는 못 참아."

욕망으로 흐려진 그의 음성이 귀를 자극했다. 재인은 간신히 고개만 끄덕였다.

"참지 마."

재인의 말에 준은 그녀의 허벅지 사이에 자리를 잡고 조심스럽게 그녀 안으로 밀고 들어갔다. 그와 함께할 때마다 비교할 수가 없는 황홀한 감각들이 그녀를 잠식했었다.

"나의 여왕님."

그의 속삭임은 그녀의 입 안으로 묻혀 들어갔고 격렬한 키스로 이어졌다. 그를 원하는 마음이 커지며 그녀의 여성이 욱신거리고 있었다.

"날 사랑해줘."

그는 느릿하게 움직이며 그녀를 애태우고 있었다.

"하아, 빨리……."

그녀의 애원에 그가 격렬하게 움직이기 시작했다. 그는 결승점을 향해 전력 질주하는 선수처럼 혼신의 힘을 다해 그녀를 몰아갔다.

"아흐흑."

절정에 다다른 재인의 입에서 비명이 터져 나왔고 준은 그녀 안에 뜨거운 자신을 쏟아냈다. 아찔한 환희감에 두 사람은 서로를 부둥켜안고 몸을 떨며 여운을 즐겼다.

분위기에 취하고 서로의 눈빛에 취해 공기마저 끈적끈적하고 뜨거운 시간이 지나갔다.

준은 거친 숨을 내쉬며 재인의 이마에 입을 맞췄다.

"아무리 생각해도 안 될 것 같아."

그의 품에서 열기와 잠에 취한 재인이 중얼거렸다.

"뭐가?"

"업무 보고도 이제 집무실에서 해야겠어."

"후훗, 난 좋은데."

재인의 가늘고 긴 손가락 그의 맨가슴을 천천히 쓸어내렸다.

"그만해. 10시 30분에 새로운 컨시어즈와 객실부 리셉셔니스트 관련 회의가 잡혀 있어."

"먼저 시작한 게 누군데 그래? 그런데…… 이대로 가도 되겠어?"

그녀의 손은 어느새 몸집을 키운 그의 물건을 쓸어내리고 있었다. 그녀는 그의 말에도 아랑곳 않고 손을 움직였다.

결국 준은 거친 숨을 다시 토해내며 그녀 위로 올라왔다. 그는 그녀의 두 손을 꼼짝 못 하게 잡았다.

"오늘도 늦으면 안 되는데……."

"자꾸 말만 할 거야?"

준은 웃고 있는 재인을 보며 고개를 숙였다.

"그럴 리가."

천천히 입술이 그녀의 얼굴 윤곽을 더듬었다. 입술 위에서 춤추듯 움직이며 그가 낮은 목소리로 속삭였다.

"사랑해."

숨결이 입술에 고스란히 와 닿고, 그의 입술이 움직이는 것까지 느껴졌다. 반쯤 몽롱해진 상태로 그녀는 그의 입술을 받아들였다. 달콤한 사탕도 이것보다 그녀를 현혹시키지 못할 것이다.

그녀의 입술을 혀로 핥다가 천천히 깨물고, 입가를 간질이며 키스를 했다. 그는 뜨거운 기운을 안고 그녀의 입 안으로 들어왔다.

그녀의 손을 잡고 있던 손은 어느새 그녀의 가슴을 부드럽게 주물렀다. 다른 한 손은 그녀의 엉덩이를 쓰다듬으며 그와 한 치의 틈도 허락하지 않겠다는 듯이 바짝 그녀를 끌어당겼다.

온몸에 화기가 번지는 것 같았다.

그녀는 손을 뻗어 그의 얼굴을 쓰다듬었다. 부드럽고 단단하면서도 따뜻했다. 또다시 기분 좋은 설렘이 그녀를 가득 채웠다.

그는 거칠지만 늘 뜨거웠다. 그녀의 모든 숨을 빼앗아가려는 듯 한껏 그녀를 삼켰다. 그의 모든 것이 자극적이다. 그녀는 아무 말도 나오지가 않았다.

그가 전한 열기가 그녀의 온몸을 잠식했다. 열기가 더해가며 숨이 가빠졌다. 격렬하게 움직이는 그의 움직임에 맞춰 그녀의 심박은 미친 듯이 빨라졌다.

숨결이 거칠어지고, 신음은 점점 더 커져갔다. 그가 한 손을 내려 그녀의 뜨거운 샘 입구를 문질렀다. 결합한 부분이 움찔거리며 거친 숨이 새어 나왔다.

"아홋, 아흑."

그는 쉬지 않고 허리를 움직이며 샘 입구를 자극했다. 그녀가 또다시 감각의 폭풍에서 몸을 떨었고 그가 거친 숨을 토해내며 그녀를 끌어안았다.

그의 뜨거움이 그녀를 채우는 게 느껴졌다. 그녀는 그와 함께 그대로 무너져 내렸다.

"아아웃."

그녀는 감각의 늪에 빠져 일어날 힘도 없었다. 그는 조심스럽게 몸을 빼고 그녀에게 입을 맞췄다. 그녀는 아무 말도 하지 않고 그의 어깨에 기대 거친 숨을 골랐다.

"정말 일어나야겠다."

준은 그녀의 이마에 다시 입을 맞추며 서둘러 자리에서 일어나 주변을 정리했다. 재인은 물끄러미 준을 바라봤다. 그와 함께하는 이 시간이 여전히 꿈만 같았다.

"아, 진짜 사실이라면 좋겠다."

"좀 자. 이따 깨워줄게."

재인은 이불을 목까지 덮어주는 준의 손을 꼭 잡았다.

"오빠 닮은 아이 갖고 싶어. 그래서 아주 행복한 아이로 키울 거야. 지금의 나처럼."

재인의 말에 준은 뭐라 형언할 수 없는 감정이 소용돌이침을 느꼈다.

"후훗, 널 닮은 딸이 있었으면 좋겠다."

"오빠 닮은 아들 낳고 나 닮은 딸 낳으려면 좀 더 노력해야겠어."

"풋, 이러다 진짜 늦어."

"오빠, 사랑해."

준은 웃으며 그녀에게 진하게 입을 맞췄다. 아무리 생각해도 그의 키스에는 마력이 있는 것 같았다. 그와 함께하면 그 어떤 난관이 와도 이겨낼 수 있을 것 같았다.

깊어지는 키스로 또다시 시간을 망각하는 그들 뒤로 따뜻한 햇살이 빛나고 있었다.

-마침-

작가 후기

오랜만에 완결, 이라는 두 글자를 쓰네요.
그것도 아홉 번째로 말이죠.

작년 이맘때쯤 출간하며 이사했다는 말을 한 것 같은데,
얼마 전 또다시 새로운 곳에 터를 잡았습니다.

저는 그간 참 바쁘게 살았습니다.
오래전 기억 같은, 그럼에도 이제야 고작 3년째에 접어드는
힘든 이별을 극복하는 데 꽤나 많은 시간을 보내고
이제야 제자리를 찾은 것 같은 기분이 들고 있습니다.

지난 한 해, 무척이나 바쁘게 살며 소홀했음에도

불평 없이 곁에서 힘이 되어준 신랑과 세 아이들, 그대들이 있어 참 행복합니다.

앞으로 우리, 더 건강하고 행복하게 살아갑시다. 사랑합니다.

힘들다 바쁘다 투정하며 지낸 시간 동안, 조금씩이라도 작품 활동할 수 있게 격려해준 우리 로화 작가들에게도

고맙고 감사하다는 말을 전하고 싶네요.

마지막 자판을 두드리는 그날까지, 멋진 글로 함께해봅시다.

그동안 고생하신 와이엠 편집 팀에도 깊은 감사의 말씀을 전합니다. 조만간 사무실 급습 한 번 하겠습니다. 하하하.

그리고 제 글을 읽으시는 독자님들께도

올 한 해 무한한 기쁨과 행복이 가득하시길 바라봅니다.

마지막으로 매번 힘들다 하면서도 새롭게 도전하는 나에게,

새로운 길을 도전하는 용기 속에

그동안 알지 못한 기적과 재능이 기다리고 있을지 몰라.

포기하지 말고 힘내자!

라는 파이팅을 전하며 글을 마치고자 합니다.

오늘도 내일도

행복하고, 또 사랑하시길 바랍니다.

-양주에서 노혜인 배상